四川历史
名人丛书
小说系列
NOVEL SERIES

算尽天机
西汉历家落下闳

刘甚甫 著

四川文艺出版社

图书在版编目（CIP）数据

算尽天机：西汉历家落下闳 / 刘甚甫著. —成都：四川文艺出版社，2019.11

（四川历史名人丛书小说系列）
ISBN 978-7-5411-5371-6

Ⅰ．①算… Ⅱ．①刘… Ⅲ．①传记小说－中国－当代 Ⅳ．①I247.5

中国版本图书馆 CIP 数据核字（2019）第 157020 号

SUANJIN TIANJI: XIHAN LIJIA LUOXIAHONG

算尽天机：西汉历家落下闳

刘甚甫 著

出 品 人　张庆宁
编辑统筹　宋　玥
责任编辑　周　轶
内文设计　史小燕
封面设计　今亮后声 HOPESOUND
责任校对　蓝　海
责任印制　崔　娜

出版发行　四川文艺出版社（成都市槐树街2号）
网　　址　www.scwys.com
电　　话　028-86259287（发行部）　028-86259303（编辑部）
传　　真　028-86259306

邮购地址　成都市槐树街2号四川文艺出版社邮购部　610031
排　　版　四川胜翔数码印务设计有限公司
印　　刷　成都东江印务有限公司
成品尺寸　168mm×238mm　　开　本　16开
印　　张　18.5　　　　　　　字　数　300千
版　　次　2019年11月第一版　印　次　2019年11月第一次印刷
书　　号　ISBN 978-7-5411-5371-6
定　　价　88.00元

版权所有·侵权必究。如有质量问题，请与出版社联系更换。028-86259301

"四川历史名人丛书"编委会名单

主　任：何志勇
副主任：李　强　　王华光
委　员：谭继和　何一民　段　渝　高大伦　霍　巍
　　　　张志烈　祁和晖　林　建　黄立新　常　青
　　　　杨　政　马晓峰　侯安国　刘周远　张庆宁
　　　　李　云　蒋咏宁　张纪亮

"四川历史名人丛书"总序
——传承巴蜀文脉,让历史名人"活"起来

　　文化是民族的血脉,是哺育民族成长壮大的乳汁,是一个国家、一个民族的灵魂,文化兴国运兴,文化强民族强。从十八大到十九大,习近平总书记以政治家的战略眼光,以唯物主义的科学态度,从中华文化的思想内涵、道德精髓、现代价值和传承理念等方面多维度、系统化地阐述了对待中华文化的根本态度和思想观点。他将中华优秀传统文化提升到"中华民族的基因""民族文化血脉""中华民族的根和魂"和"中华民族的精神命脉"的崭新高度,指出"一个国家、一个民族不能没有灵魂","优秀传统文化是一个国家、一个民族传承和发展的根本,如果丢掉了,就割断了精神命脉",要"加强对中华优秀传统文化的挖掘和阐发",从传统文化中提取民族复兴的"精神之钙","对历史文化特别是先人传承下来的道德规范,要坚持古为今用、以古鉴今,坚持有鉴别的对待、有扬弃的继承",努力实现传统文化的"创造性转

化、创新性发展"。总书记的一系列著名论断,从中华民族最深沉精神追求的深度、国家战略资源的高度、推动中华民族现代化进程的角度,把中华文化的发展提升到一个新高度,升华到一个新境界,推向了一个新阶段。

中华文化源远流长,积淀着中华民族最深沉的精神追求,是中华民族独特的精神标识,为中华民族生生不息、发展壮大提供了丰厚滋养。沧海桑田,古印度、古埃及、古巴比伦文明早已成为阳光下无言的石柱,而中华文明至今仍然喷涌着蓬勃的生机。四川作为中华文明的重要发源地之一,历史文化源通流畅、悠久深厚。旧石器时代,巴蜀大地便有了巫山人和资阳人的活动。新石器时代,巴蜀创造了独特的灰陶文化、玉器文化和青铜文明。以宝墩文化为代表的古城遗址,昭示着城市文明的诞生;三星堆和金沙遗址,展示了古蜀文明的不同凡响;秦并巴蜀,开启了与中原文化的融通。汉文翁守蜀,兴学成都,蜀地人才济济,文章之风大盛。此后,四川具有影响力的文人学者,代不乏人。文学方面,汉司马相如、王褒、扬雄,唐陈子昂、李白,宋苏洵、苏轼、苏辙,元虞集,明杨慎,清李调元、张问陶,近现代巴金、郭沫若等,堪称巨擘;史学方面,晋陈寿、常璩,宋范祖禹、张唐英、李焘、李心传、王称、李攸等,名史俱传。此外,经过一代代巴蜀人的筚路蓝缕、薪火相传,还创造了道教文化、三国文化、武术文化、川酒文化、川菜文化、川剧文化、蜀锦文化、藏羌彝民族风情文化等,都玄妙神奇、浩博精深。瑰丽多姿的巴蜀文化,是中华文化的重要组成部分,有着鲜明的地域特征和独特的文化品格,是四川人的根脉,是推动四川文化走向辉煌未来的重要基础。记得来路,不忘初心,我们要以"为往圣继绝学"的使命担当,担负起传承历史的使命和继往开来的重任,大力推动巴蜀文化的传承、接续与转生,让巴蜀文化的优秀基因代代相传,"子子孙孙无穷匮也"。

四川历史文化异彩独放,民族文化绚丽多姿,红色文化影响深广,历史名人灿若星辰,这是四川建设文化强省重要的文化资源。中共四川省委、四川省人民政府秉持高度的文化自觉和文化自信,借助四川文化资源富集的优势,持续深入推进文化强省建设,先后出台《四川省"十三五"文化发展规划》《关于传承发展中华优秀传统文化的实施意见》《建设文化强省中长期规划纲要》等一系列战略规划及措施,大力推进古蜀文明保护传承、三国蜀汉文化研究传承、四川历史名人传承创新、藏羌彝文化保护发展等十七项优秀传统文化传承发展工程,着力构建研究阐发、保护传承、国民教育、宣传普及、创新发展、交流合作等协同推进的文化发展传承体系,不断探索传承守护中华文脉的四川路径。

"四川历史名人文化传承创新工程"是四川启动最早、影响最广的一项文化工程。自2016年10月提出方案,经过八个多月的论证调研、市(州)申报、专家评审,最终确定大禹、李冰、落下闳、扬雄、诸葛亮、武则天、李白、杜甫、苏轼、杨慎为首批十位四川历史名人。这十位历史名人,来自政治、文化、科技、艺术等多个领域,他们是四川历史上名人巨匠的首批杰出代表,各自在自己专业领域造诣很高,贡献杰出:李冰兴建都江堰,功在千秋;落下闳创制《太初历》,名垂宇宙。李白诗无敌,东坡才难双;诸葛相蜀安西南,杜甫留诗注千家。大禹开启中华文明,则天续唱贞观长歌。扬雄著述称百科全书,千古景仰;升庵文采光辉耀南国,万世流芳。

十大名人之所以值得传颂,不仅在于他们具有雄才大略、功勋卓著、地位崇高、声名显赫,更在于他们身上所承载的思想理念、人文精神、气质风范、文化品格等,是中华民族和巴蜀文化的集中表达。大禹公而忘私、为民造福的奉献精神，李冰尊崇自然、求真务实的科学态度，落下闳潜心研究、孜孜不倦的探求意志，扬雄悉心著述、明辨笃行的学术追求，诸葛亮宁静淡泊、廉洁奉公的自律品格，武则天巾帼不让须眉的豪迈气概，李白"直挂云帆济沧海"的博大胸怀，杜甫心系苍生、直陈时弊的忧患意识，苏轼宠辱不惊、澄明旷达的坦荡胸襟，杨慎公忠体国、坚守正义的爱国情怀，都是中华民族优秀文化的浓缩和凝聚，是四川人民独特气质风范的体现，是社会主义核心价值观的本源和本质，是四川发展的宝贵资源和突出优势。

历史名人要有现实意义才能活在当下。今天我们宣传历史名人，不能停留在斯土有斯人的空洞炫耀，而要用历史的、发展的、辩证的思维去深入挖掘、扬弃传承、转化创新，不断赋予时代内涵，不断呈现当代表达，让历史名人及其文化"站起来""活起来""动起来""响起来""火起来"，真正走出历史、走出书斋、走进社会，走向世界、走向未来。"四川历史名人文化传承创新工程"实施三年多来，全社会认知、传承、传播历史名人文化的热潮蓬勃兴起，成效显著：十大名人研究中心全面建立，一批中长期规划先后出台，一批优秀成果陆续推出；十大名人故居、博物馆、纪念馆加快保护修复，展陈质量迅速提升；十大名人宣传片全部上线，主题突出，画面精美；名人大讲堂、东坡艺术节、人日游草堂、都江堰放水节、广元女儿节等品牌文化活动多地开花，万紫千红；以名人为元素打造的储蓄罐、笔记本、手机壳、冰箱贴等文创产品源源上市，深受民众喜爱；话剧《苏东坡》《扬雄》，川剧《诗酒太白》《落下闳》，歌剧《李冰父子》，曲艺《升庵吟》，音乐剧《武侯》，交响乐《少陵草堂》等一大批舞台艺术作品好戏连台，深入人心……

"四川历史名人丛书"的编纂出版，是实施振兴四川出版战略、实现文化强省目标的重要举措，其目的是深入挖掘提炼历史名人的思想精髓和道德精华，凝练时代所需的精神价值，增强川人的历史记忆、文化记忆，延续中华文化的巴蜀脉络，推动中华文化传承创新，彰显巴蜀文化的生命力和影响力。

"四川历史名人丛书"的编纂出版，始终坚持正确的政治方向、出版导向、价值取向，深入挖掘名人的精神品质、道德风范，正面阐释名人著述的核心思想，借以增强川人的文化自信，激发川人了解家乡、热爱家乡、建设家乡的澎湃力量；始终坚守中华文化立场，着力传承中华文化的经典元素和优秀因子，促进人民在理想信念、价值理念、道德观念上团结一致；始终秉承辩证唯物主义和历史唯物主义观点，用客观、公正、多维的眼光去观察历史名人，还原全面、真实、立体的历史人物，塑造历史名人的优秀形象，展示四川文化的独特魅力，让历史名人文化为今天的社会发展提供精神动能。

"四川历史名人丛书"的编纂出版，注重在创新上下功夫，遵循出版规律，把握时代脉搏，用国际视野、百姓视角、现代意识、文化思维，将思想性、知识性、艺术性、可读性有机结合，找到与读者的共振点，打造有文化高度、历史厚度、现代热度的文化精品，经得起读者检验，经得起学者检验，经得起社会检验，经得起历史检验；注重在质量和水平上下功夫，立足原创、新创、精创，努力打造史实精准、思想精深、内容精彩、语言精妙、制作精美的文化精品，全面提升四川出版的知名度和美誉度，为建设文化强省、助推治蜀兴川再上新台阶提供思想引领、舆论推动、精神鼓励和文化支撑，为增强中华文化影响力贡献四川力量。

"四川历史名人丛书"编委会

2019 年 10 月 30 日

1

吴终于坐在我对面了。我来阆中时即与吴联系,吴却称需做些准备。我等了三天,吴总算答应见面。

此时,一片不知从何而来的落叶悠悠而下,正好掉在吴的头上。吴顶着那片来路不明的叶子,与我寒暄,令人忍俊不禁。

恰值丁酉年腊日午后,我依约来到阆中古城某茶楼后院,阳光粲然,树影婆娑,是我喜爱的那种温和的清寂,更有恰到好处的惬意。

据称,阆中的年也从腊日开始。腊八粥的浓香与蜡梅的芳烈交相袭人,鼎沸的市声如看不见的潮水暗自涌动。

我赶紧给吴叫了一杯茶,时不时偷觑一眼。吴很沉静,显然,是那种不苟言笑的人,更不为那片落叶所动。

吴点上一支烟,深吸一口。我释然一笑说:"总算见到你了。"吴忍了忍才将那口烟吐出,似以此聊作回应。片刻,茶已上来,吴端起杯,极认真地吹尽浮沫,轻轻啜了一口。

那片落叶终于掉下来了,掉在吴的膝头上。吴伸手拈起,四处望了望,仿佛想看清来历。最后,他将那片叶子搁在了桌面上。

"我们开始吧。"我说,心里充满期待。吴将茶杯放下,再次环顾四周,目光停在一幕水墙上。在电动机不息的轻吟里,一挂小瀑自石墙上轻轻落下,源源不绝。我有些惶然,又说:"这小院还算幽静。"

吴弹了弹烟灰说:"在闹市里谈落下闳,不合适吧?"

我几乎有些愤然,等了三天,竟然等来这么一句话。吴一定看出了我的失望，淡淡一笑说："在我看来，落下闳不仅是旷古奇才，更是孤高之士，不宜在这种地方谈论。这样吧，明天我带你去乡下，那是落下闳的故乡，也是我的故乡。这三天我都在乡下准备，恰好蜡梅也开了，说不定还会遇上一场雪。"

原来如此！我不好勉强，只能依他。

翌日一早，吴打电话说，已经候在酒店大厅里了。我赶紧洗漱，收拾下楼，然后与吴驾车去乡下。在一层烟霞般的薄雾里，车子驶过一山又一山，虽是严冬，山间仍松绿竹翠，并不萧条，时有鸡鸣狗吠悠然而起，仿佛从云间跌落。

时近正午，车停在一条群山环抱的乡街上，一片清亮的日色里，几个乡亲蹲在街边，面前摆着各色山货。吴一边下车一边说："这是桥楼乡，西汉时应该属落亭，老家早已无人，需买点东西。"

我仍然坐在车上，目光在每一寸街道上逡巡，两千多年前有这条街么？地上是否有落下闳的足迹？

很快，吴已回到车上，买了粮油、蔬菜和几块腊肉。车子离开桥楼乡街，拐入一条小路，很快又到了山脊，一座落下闳的青铜塑像迎面矗立，几乎与山齐高，一派日光当头泼下，通体金光灿烂，我忽然想起"浴火重生"这个词。

我们下车，注目，参拜。吴指着四周说："这里是西汉落亭旧址，原来有条小街，很古朴，可惜被时间毁了。乡亲们曾挖出过许多汉瓦、汉砖，应该是落亭遗存下来的。"

我随吴所指一一看去，目光停在与塑像几乎同处中轴线的一座古朴的小庙上。吴说："那是长公殿，是纪念落下闳的祠堂。落下闳字长公，想必你已知道。"

随后，吴领我登上塑像背后那座状若坟丘的山峦，山峦浑圆而规整，我甚至怀疑非自然造化。站在山顶，极目一望，远山近岭尽收眼底。吴说："此山名高阳，最宜观测天象，当年，落下闳每每来此，观天察地。"言毕，又四处指点，原来，几乎每一座与此对应的山峰，都有一个与太阳相关的名字。

吴指着山下一个小村落说："看见没有，那里就是落下闳的故居，原名叫落阳谷，现在叫落阳村，有五座山环绕四周，每座都以太阳命名，说是典型的五阳朝圣，所以出了个落下闳。"

我望着那个叫落阳谷的地方，映入眼底的是一片片新旧交错的屋顶和几块泛绿的麦地；麦苗在微风中轻轻涌动，忽左忽右，那是时光划过的痕迹么？

吴轻轻扯了我一下，指向几座在日光里飘忽的烟峰，告诉我每一座山的名字。我忽觉离天竟那么近，似乎伸手可触。而脚下这座已然荒芜的山峦，一定布满落下闳的足印，一草一木似乎都是落下闳的身影。

吴的老家在此山一侧，是一座青砖碧瓦的农家小院，屋后有几树老梅，正凌寒怒放，清芬四溢。吴用了三天，将内外洒扫干净，格外整洁而清雅。

吴竟然酿了一桶米酒，捂在锅里，酒已熟，香气幽深而内敛。我顿时觉得，以落下闳之孤高，确乎只应在这样的清雅里言及。吴的用心可谓良苦，我几乎有些感动。

天色已暗，吴忙碌一番，酒菜上桌。吴拿起一个黢黑的酒壶说："你一定不知道，落下闳还是一个酿制清酒的高手。清酒出巴郡，自秦汉开始，巴郡清酒一直是贡品。今天条件有限，不能取浊酒为清酒。今夜，我们就在一壶浊酒里畅谈落下闳吧。"

于是我们对饮，梅香如缕缕幽魂，缭绕左右，轻盈不散。我更加确信，只有在这样的寒夜，在酒气与梅香里，才适合谈及清绝人寰的落下闳。

吴透过朦胧的灯影看着我说："先从长安说起吧。"

我点了点头。吴的声音充满往昔的质感。

2

汉武帝元封二年九月，长安西风四起，落叶飘飞，正秋色满城。

恰此时，各州、郡奏表纷纷驰送长安，皆称百魔俱显，人鬼共哭，以致五谷不熟，仓廪空虚，官民受困于此，将无以为生。

武帝刘彻大为惊恐，于是召会群臣，一时文武毕至。

武帝对群臣道："连日以来，州、郡纷纷奏报，称四海之内稼穑不熟，八荒之间仓储俱虚，国不能足用，民不能足食。而我疆域之广，北连荒漠，南通海岸，精甲如云，士民亿万，如不驱尽邪魔，必危及江山社稷。卿等俱为国之佳士，当各出良策，各尽己任，以解天下之忧。"

群臣自相顾盼，无人敢应。顷刻，太中大夫公孙卿奏道："臣以为，所谓百魔俱显，人鬼共哭不过邪说。高祖灭暴秦，败强楚，创汉室基业，然官制历法仍袭用秦例。至于稼穑延误，五谷歉收，实因仍用《颛顼历》，故而岁时不符，天人差谬。臣请改创新历，以绝祸患。"

御史大夫儿宽、太史令司马迁、中大夫壶遂等纷纷附和。护军将军韩安国不以为然，驳公孙卿等称："臣以为《颛顼历》法出自圣人之手，焉有差谬，岂能妄废。恕臣直言，自有汉以来，百余年间，杀戮不止，冤狱不绝。文帝屈贾谊于长沙，使之死于英年；景帝斩晁错于东市，使天下寒心。如此等等，不一而足。此类英才，非但不能尽其用，或屈死，或冤杀，无数怨魂充塞天地之间，宁不祸及社稷。臣请陛下怀柔四方，绝征伐，息干戈，轻税赋，养生民，昭雪冤魂，大赦天下；具三牲，祭神灵，祷告上苍，必能祛尽阴霾，还海内清明。"

丞相石庆等纷纷称赞，俱请纳韩安国之说。武帝以为然，令石庆择吉日，备祭品，欲大祀天地神灵。

是夜，公孙卿、壶遂拜访韩安国。壶遂世居梁国，自幼苦读，明经史，知天文。韩安国曾为梁王相，与壶遂结识，以为一时英才，荐与梁王，梁王又荐壶遂入朝。壶遂视韩安国为再生父母，颇为感激。今日朝议，韩安国竟针锋相对，壶遂不解，请公孙卿同访韩安国，欲晓以利害，以正邪说。

韩安国颇知二人用意，命仆人置酒。公孙卿辞谢称："我等来此，不为欢会，实因有疑，请卿释之。"

韩安国请二人入座，说二人道："今获巴郡清酒一壶，清冽不已，正愁无知己对饮，卿等竟不请自来，岂非天意？"

于是仍命仆人温酒，又呼随从，吩咐道："今丛菊正开，冷香暗逸，可撷取数枝，与酒同煮，其芳烈当过于寻常。"

公孙卿颇不耐烦，讥刺道："如此烦冗，想必为梁王风范。梁王已薨多年，卿竟不改旧习。"

韩安国笑道："卿语带嘲讽，当为朝议所怒，若欲兴师问罪，可直言，不必王顾左右而言他。"

公孙卿道："《颛顼历》法，颇为粗疏，行至今日，差错毕现。卿亦知今古，岂不识此理，何故以妄说而乱圣听？"

韩安国道:"我之用心,上苍必知。陛下雄才大略,旷古绝今,自登基以来,凿通西域,开拓夷道,平复四海,驯化异族,其功业之伟,与开天辟地何异。于是官民称颂,朝野叹服,陛下雄心愈甚,或行游八方,或兴造九州,盛况之下,税赋屡增,徭役日多,民生之艰,怨恨之广,犹如静水深流,一旦涌出,大汉危矣。我所以执此说,不过欲使陛下知治世之道不在穷兵黩武,而在宽养士民。卿等以为如何?"

公孙卿、壶遂方知韩安国用心,不好多说。谈话间,酒肴已备,三人饮过数巡,公孙卿、壶遂忧心愈盛,告辞。

三日后,恰值秋尝,正当设祭。武帝率群臣往南郊,登台大祭。郊外秋风凛凛,落叶乱飞,一派萧然;群鸦集于寒林,啼声不绝;淡烟浮于郊野,散漫不息。

公孙卿以为不祥,欲请武帝罢祭。丞相石庆劝道:"卿为士大夫,岂不知谨遵圣命,若多言,必惹杀身之祸。"

郊祭毕,武帝又命公车司马赵瑾入终南山访高隐奇士,再察吉凶。赵瑾率随从取道东郊,入终南山。此时已近夏历十月,山间满目清红,霜色迷离,时有鸟鹊惊飞,狐兔奔走。赵瑾等驻足山腰,放眼四顾,见林泉深幽,路径荒渺,顿觉茫然,不知奇士隐于何处。正徘徊间,忽见一樵夫荷薪而下,赵瑾忙上前询问。

樵夫指白云缭绕处道:"俱言绝顶有神人,人称南山野老,能知天地人世,有缘人方能与之相遇。"

赵瑾大喜,仍攀缘而上,过尽榛莽,又为山溪所阻,不能逾。正欲命随从伐木搭桥,忽听歌吟声起,音色清越而洪亮。赵瑾以为凡夫俗子无此等声色,于是高呼。歌吟声暂止,片刻,一白发老者于林间健步而出,止于对岸。赵瑾忙拱手施礼,称奉天子之命,来此访问大贤南山野老。老者不还礼,沉吟片刻称:"我即南山野老,夜梦朱雀翔于林间,知有贵人来访,特来此处迎候。"

言毕,轻轻一跃,须发与衣袂齐动,猎猎有声,瞬间已来此岸。赵瑾三请,南山野老方随其下山,入未央宫,拜见武帝。武帝见南山野老须发如雪,面如童子,又举止从容,清癯洒脱,欣喜不已,以为其风采气质,远超宫中术士,于是命设酒宴,欲款待。南山野老辞谢称:"老朽潜居深山近百载,已不知人间况味，无须佳肴玉液，唯蔬果一碟，勉能饱腹即可。"

武帝也不勉强，命上蔬果。食毕，引南山野老入宣室，与之夜谈。宣室位于未央宫内，天子退朝，每每于此召见近臣，详议要事；凡能获召入宣室议事者，无不以此为荣。

南山野老听毕武帝所说，沉吟道："古人云：'人心良善，则天心悲悯；人心凶恶，则天心必冷。'恕老朽直言，自陛下登基以来，用兵四方，或征服羌戎，或驱逐匈奴，世人皆以为此功之大，空其前而绝其后。然农夫苦于重税，征人曝尸荒野，怨气盈塞，遮天蔽日。敢问陛下，人心何以言顺，天心何以言慈？"

武帝久不能言，唯冷汗暗下。良久，问南山野老道："事已至此，何以为解？"

南山野老道："所谓精诚所至，金石为开，悔过之心一动，上苍必能感应。陛下可于宫中设坛祷祝，使历来怨魂得以往生，必天日复朗，气象复清。"

于是武帝纳其说，请南山野老率宫中术士筑坛。武帝绝酒肉，食蔬果，拒女色歌舞，着玄衣素服，每日登坛祭祀，凡七七四十九日。

恰此时，匈奴单于遣使节来长安，拜会武帝，再请臣服。武帝已有和解之心，召其入宫觐见。会毕，赐来者蜀布一百匹，清酒一斛，留于长安，命大行王新等每日陪宴。

不料，使节极好酒，以为巴郡清酒妙绝人间，竟醉死。单于获知大怒，以为武帝将之毒杀，于是率十万之众，大举侵犯。武帝遣韩安国等率五万精甲增援朔方，欲威压单于。单于果然恐惧，不敢攻，退走。

3

不觉已元封三年初春，武帝虽极尽虔诚，祷告不息，无奈于事无补，灾害愈重，四海之内，饿殍遍野，流民遍地。

公孙卿、壶遂、兒宽、司马迁等纷纷上书，请斩妖人南山野老及宫中术士，绝虚妄之说，议改新历。武帝虽已生疑，然不能决断。忽忆及董仲舒辞官退居故里，遂遣赵瑾往衡水，问以策略。

元光元年，武帝命州郡各举贤才，董仲舒获荐入朝，与武帝对策。武帝纳其说，于是推明孔氏，抑黜百家，儒家治世之说得以大行。同年七月，武帝拜董仲舒为易王相。董仲舒居江都十年，易王病死，又改任胶西王相。胶西王骄横跋扈，董仲舒规劝不听，辞官而去，回衡水，兴学课徒，再未出仕。

赵瑾拜见董仲舒，称天子思贤若渴，欲请其入京，奉为国师，为君国决疑释惑。董仲舒年过六旬，已无功利之想，于是极力辞谢。赵瑾又请其言改历是非。董仲舒道："老夫归隐田园以来，别无所好，每日唯以读书著述自娱，所幸略有所得。汉用秦历，子午不合，寅卯互错，必有误差。而天人之间，互有感应，不能孤立。既岁时不符，自当改之，何须多议？"

赵瑾留一日，辞别董仲舒，昼夜疾行，还长安，以董仲舒之说回奏武帝。武帝疑虑尽释，召公孙卿、壶遂、兒宽、司马迁等，议改新历。司马迁性情执拗，再请武帝斩南山野老，责韩安国等。武帝不听，说司马迁道："南山野老、韩安国等，俱欲使朕去好大喜功之心，存悲天悯人之志，使士民得以安处，使资费不至空耗，虽不能助朕祛邪降魔，然使朕无心插柳而获盛夏之荫，其用心之良苦，与医家之于患者何异？"

于是任南山野老自决去留。南山野老拜辞武帝，仍回终南山隐居。武帝命公孙卿、壶遂等观测天象，思谋改历之法；命御史大夫兒宽与五经博士详加议论，寻找可行之道。

公孙卿世居齐国，自幼随其父习黄老之术，又治儒学，随方士修神诡之道，颇知天文历数。当年，武帝欲登太华封禅，公孙卿上奏表，请武帝东封泰山，称黄帝曾登临岱岳，祷祝天神，始与天神相通，于是社稷安泰。武帝以为然，率百官东至齐鲁，召公孙卿觐见，拜为黄门郎，随其登山封禅，后几经升迁，拜为太中大夫。

兒宽为千乘人，自幼随当时名士孔安国修习学问，经史典籍无所不涉，又兼修天文历法。后举为廷尉文学卒史，转任侍御史，再迁御史大夫，主朝中议论。

公孙卿、壶遂率僚属登观星楼，察日月星辰之轨迹。观星楼筑于长安城内，高十层，独出群楼之上。司马迁亦率治历吏邓平等同往，凡数十日，每与兒宽及众博士昼夜议论，以为此时天象与夏正同，当以夏正为准，改制新历；然不知以何起历，更不知以何取数、运算，虽殚精竭虑，毫无所获。于是兒宽拜见武帝，奏称："臣等昼观日行，夜察皓月盈亏、星辰之位，虽知其动静有度，亦知此时天象与夏正同，然臣等才识疏浅，不知以何作为。请陛下召天下俊材，无论贵贱，起而用之，方能纠辨谬误，扭转乾坤。否则，新历难成，仍将贻害天下。"

武帝无奈，遂下旨，凡官禄五百担以上者，俱可推举贤才；又命太史令司马迁主持选别，并改历。

司马迁世居夏阳，其父司马谈任太史令前，曾随同郡唐都习天文历法；司马迁亦曾为门下弟子，颇知唐都熟知古历之得失，于是举荐唐都。唐都又举荐酒泉侯宜君、长乐司马可等，凡二十余人。

巴郡阆中谯隆，曾于阆中落亭私学读书，私学为落下氏所建，落下南为其师，其子落下闱、落下闳与谯隆为同窗。尔后，犍为郡资中方士玉清子与落下闳不期相遇，以为落下闳乃旷古奇才，于是滞留落亭，引其为弟子，习天文历法。又数年，谯隆为州、郡所举，获诏入长安，先为郎，再为上林令。时值深秋，武帝率侍从入上林苑狩猎，见谯隆伟岸，对答敏捷，颇喜，又知其为巴郡人，善酿造，于是迁为侍中，主酿酒。

侍中为少府属官，可出入宫禁，百官无不以此为荣。谯隆知落下闳习天文历法已近二十年，以其聪慧敏悟，必已大成。今知武帝召民间制历者，于是荐落下闳。

诏书送达落亭，正值初秋。此时，玉清子已年过七旬，体力衰竭，双目混浊，咫尺之间不辨男女。落下闳醉心天文，不愿为家室所累，至今未娶，又父母兄长俱丧，师徒相依为命，因虑玉清子无人照料，欲辞而不往。

玉清子劝道："我客居此地，授卿天文，已近二十载，来时壮年，现已老迈，所待者，今日也。幸已知昊日行藏，星月显隐；盈亏之数，朔望之期亦在指掌之间。代天地立言，解古今之惑，使日月复轨，万类遵道，年岁合律，四时分明，乃我辈之任，岂能辞谢！"

落下闳道："我所虑者，恩师也。恩师年老体弱，耳目昏聩，若往，何人侍奉饮食起居？"

玉清子顿足道："大丈夫岂能儿女情长！因岁时不符，耕无所获，种无所收，天下凋敝，苟延残喘，亟待圣人出，廓清谬误，重定历法，否则，此祸汹汹，当使人种灭绝，卿何忍视而不救！"

落下闳深知兹事体大，关乎存亡，欲请玉清子同往。玉清子不肯，说落下闳道："此去长安，关山重重，而我已衰残，若往，必为累赘，或病于途，或死于野。况天子如虎，群臣如狼，我一介草民，不敢行走于虎狼之间。"

落下闳无奈，请来邻居王子建，以玉清子托付。王子建亦曾为私学弟子，家有薄田，以耕读为本。离别前夜，玉清子以帛书数卷赠落下闳，尽为日月星辰运行之数。

玉清子道："此中之数，乃数代方士所测，虽不免粗疏，或可为卿测而用之。而卿以神鬼之智绘浑象，制浑仪，测察之迅速，取数之精准，从古至今，无人能及。至此，虽日月星辰疾如闪电，瞬息万里，难逃指掌之间。卿去长安，料不出数月，必能尽察天宇之数。今重任在卿，以卿之才，必能知古历之粗疏，别辟蹊径，追日月星辰之须臾，察大地万物之荣枯，改制新历，重定岁时。"

落下闳跪谢玉清子，大哭不起，称待新历制成，即还落亭，为玉清子养老送终。

翌日，玉清子、王子建等送落下闳离落亭，落下闳请玉清子等止于山脊老梅下，三拜之后仍不肯去。玉清子不禁老泪纵横，嘱落下闳道："卿且去，勿以我为虑。我当每日来此树下，北望长安，待卿归来。我虽两眼昏花，勉能知卿情形；虽不曾入仕途，亦知此中艰险，若大功告成，可隐退，勿贪恋富贵；卿不回，我不死。"

落下闳泣下如雨，别绪茫茫，如风吹柳绵。

4

说到此处，吴停下来，点燃一支烟，我也松了一口气。浊酒已冷，菜肴已残，屋内灯光纷纷，人影摇曳，梅香如水，绵绵不绝；炉中火已将灭，夜气似乎格外湿润，有些沾衣惹袖，以为梅香有了许多重量。

我看了看吴，正要说话，吴轻轻一笑说："下雪了。"

我微微一惊，起座，走向门口，拉开大门。隐约间，片片雪花飘摇而下，院子里恍惚已积了一层柔白。我忽想起在阆中古城那家茶楼里，吴曾说，说不定还会遇上一场雪。我关上门，回到座位上说："真有一场雪！"

吴轻轻一笑，有些讳莫如深，看了看表说："快半夜了，明天再说吧。"

而我兴趣正浓，毫无睡意，落下闳已经奉旨入京，机会已经降临，但我更关心落下闳怎样与玉清子相遇，包括他的成长环境，他所依赖的文化土壤，以及他的家世等。于是我对吴说："既然梅香不绝，屋外大雪纷飞，而在你看来，落下闳是千古少有的孤高之士，正该在这样的夜晚谈起他。"

吴摇了摇头，有些无奈地笑道："你真是个夜猫子，你们作家都是夜猫子。好吧，我们继续。"

吴往火炉里加了几块木炭，将酒壶煨在炉前。我说："能不能从落下闳怎样随玉清子习天文开始？天文是一门极其偏僻的学问，比如落下闳，要不是同乡谯隆所荐，又获武帝征召，也许他毕生都将被埋没。我们知道，人心需求名利，自古以来，谁不为此奔波？当时，儒学已为天下第一显学，落下闳为何不苦修儒学，等待察举？是什么原因使他超越现实，而关注天象？我以为，仅玉清子恐怕不能让他做出这种选择。自汉文帝兴察举以来，科目繁多，比如孝廉、茂才、明经、孝悌力田、贤良方正、刚毅武猛等，相比天文，上述种种都是捷径，落下闳何故舍易而求难？"

我把这一连串问题抛给吴，也点燃一支烟，靠在椅背上，等待他一一解答。

吴沉思片刻，缓缓说道："落下闳属巴人，巴人勇武，世以渔猎为生。武王伐纣，以巴人为精锐之师，所谓前歌后舞，以凌殷人。"

我打断吴说："知道此说的甚多，但我一直不理解，所谓征战，必以强弓硬弩，或长矛大戟而赴敌阵，巴人何故以歌舞用于战争？歌舞可娱人，可祭祀，岂能杀人？"

吴笑道："看来你有所不知，巴人居千里巴山之间，涧谷深幽，丛林莽莽，到处是虎豹豺狼。所谓靠山吃山，巴人每日与恶虎熊罴周旋，渐渐找到一个令猛兽惧怕的方法，那就是歌舞。巴人的歌舞与众不同，虽然也源自祭祀，但这方神奇的山水赋予了巴人特定的气质。在长期的祭祀活动中，巴人渐渐找到一个与神灵沟通的特殊方式，于是涂身染发，歌之舞之并鼓之。神灵会来到他们面前，甚至杂于人群之中。说简单一点，巴人祭祀前需染发，并以彩漆涂身，再以兽皮画面具，在歌声鼓舞中请诸神降临，赐以祥瑞。试想，如此装束，岂不令人望而生畏？后来，巴人用这一套射虎猎熊，又渐渐用于征战，后世所谓巴渝舞，就是指的这个。"

我恍然大悟，不禁叹息道："原来如此，我终于明白了，是巴人首次以鼓舞用于战争，鼓舞士气，一鼓作气等，原来都源于巴人。如此说来，阆中范目率巴郡子弟助刘邦还定三秦，靠的也是巴渝舞？"

吴有些自豪地答道："当然，不仅范目靠的这一手，刘备被陆逊所败，退走鱼复，吴军追击甚急，所幸阆中马忠率五千巴西猛士及时赶到，击退吴人，才使刘备不至死于强敌之手，靠的也是巴渝舞。后来，马忠奉命征南中诸夷，诸夷望风丧胆，所到处莫不宾服，仍然靠的这一手。"

我与吴心领神会，都不说话，微闭两眼，似见一队装束奇异，戴面具，披红发，执鼙鼓的巴人正穿越时空，迎着漫天大雪，亦鼓亦舞，高歌猛进，正四面合围而来。

我不禁有些惶恐，赶紧睁开眼睛。吴正有些蒙眬地看着我。屋里，酒气与梅香相互混杂，难分彼此。吴倒了两碗浊酒，我饮下一口说："巴人何止勇武，简直有些狡诈，居然能想出这种办法！不管与人争斗，还是猎获猛兽，这一手足以使之胆寒。俗话说退神光，神光一退，即使你有撑天之力，也形若妇孺，肯定任人欺凌。"

吴更加一脸得意，一饮而尽，咂了咂嘴说："人是环境的产物。巴人处深山密林，而此间北通汉中，接壤西蜀，前后有猛兽，左右有强敌，这是被逼出来的。"

我忽觉扯得有些远，于是对吴说："这些虽然神奇，但似乎与落下闳本身的气质不符。我更想知道，巴人是否有穷天人之理的传统？"

吴说："当然有。在古时，中国有两个地方广出奇士，一个是齐鲁，另一个是巴蜀。齐鲁之风如何形成，我不明了，不敢胡说；但巴蜀风俗我还算略知一二，可以说说。"

说到这里，吴又拿起酒壶要斟酒，但壶已空，他有些遗憾地放向一侧，又说：“从地理上看，巴蜀相当独立，去中原，有群山峻岭遮挡；沿长江而下，有巫山巫峡阻隔。在这样一个相对独立的地理环境中，巴人蜀人欲知万物所以然，必然多有叩问。问天问地，问雨雪风霜，然后祝之祭之。可以说，巴人除了渔猎耕作，所有的闲暇都用于与自然对话中了。古人言，'蜀有三宝，巴有二绝'，三宝指蜀锦、蜀绣及金，金就是黄铜，古人分不清金和铜，往往一概而论；二绝指盐巴和清酒，古时称盐为巴盐，有着明确的地理身份，在人类历史上，巴人首次发现了盐。所谓二绝，其实都是在叩问自然中偶然发现的。《华阳国志·巴志》载：'嘉谷旨酒，可以养母。'这里说的旨酒，指的就是清酒。”

我点了点头，再次打断吴说："这个史书有载，也是《华阳国志·巴志》，说秦昭襄王时，秦巴之间有白虎为害，伤一千二百余人。巴人将白虎射杀，秦王感其勇壮，于是与巴人立约，刻碑为盟，称秦犯巴人，输黄龙一双；巴人犯秦，输清酒一盅。这是古籍文献里，有关清酒的最早记载。"

吴接过话头继续说："清酒是与浊酒相对的。也就是说清酒本为浊酒，变浊为清，就成了清酒。巴人酿酒是为了祭祀神灵，而浊酒混沌，巴人以为于神灵不敬，于是设法使之清亮。自秦汉以来，清酒一直是供品。巴人总是将最宝贵的东西献给神灵，这一点，大约也与其他种族不同。"

我有些不以为然，笑道："我也勉强知道清酒由何而来，与浊酒相比，只不过取酒方式不同。有句古话叫作醨酒而饮，所谓醨酒，不过以布帛滤掉酒渣，这很简单，凡是人都能想到，岂能因此定义清酒为巴人一绝？"

吴几乎有些义愤，又点燃一支烟，将一团浓烟近于发泄地吐向我。沉默片刻，吴说："你说的既对又不对，滤净糟粕，还不能称清酒，不信你试试，虽无糟粕，但一定混浊。巴人找到一个秘方，先滤尽糟粕，又将鹿脯捣烂，焯水去膻腥，以帛包裹，入酒中吸附沉淀物，酒已有七成清亮，但仍不是清酒。还需将桃木、李木、梨木等烧成炭，吹尽灰烬，再放入酒中吸附，三番五次，酒已清亮如水，其香醇浓厚又过于浊酒，这才是清酒。"

我不禁惊叹："天哪，巴人竟在远古就懂得运用木炭来祛除混浊与杂味！"

吴却打断我说："巴人以各种方式与天地对话，于是种种诡巫之术应运而生，神奇之士层出不穷，这一定是落下闳的文化土壤。当然，落下闳的文化身份十分复杂，几乎难以说清。落下是复姓，经我多年考证，这个姓氏与众不同，既与地名无关，也非君王所赐，几乎是个孤姓。神话传说里，有位神仙叫落下公，落下这个姓氏，想必与这位神仙有关。可以想见，一个与神仙同姓的人，他的禀赋气质当然不同凡响。不管落下闳与神仙是否有关，至少可以证明一点，巴是个人神共居的地方。如果忽视这一点，可能就无法理解巴文化与落下闳的关系。还有，落下闳字长公，而且那个闳，与公基本同义，我一直在想，《神仙传》的落下公可能就是落下闳。我并非妄猜，落下公也是得道成仙的西汉人，你可以看看《神仙传》。"

接下来，吴开始讲述落下闳入长安前的种种情形。

5

落亭有私学一所，始于秦，旺于汉，为落下氏所建。落下氏为书香门第，男读书，待其学成，至年长，即入私学课徒；妇则酿清酒，以此换钱，贴补家用。

落下闳之父落下南于私学授业，已十余年。自汉文帝兴察举以来，远近子弟皆以为能凭所学获州郡举荐，光耀门庭，一时学风蔚然，来此求学者日多。落下南亦命长子落下闱、次子落下闳随子弟读书。

私学所授，除儒家之说、黄老之术、诸子百家外，亦以巴郡风俗及方技、方术入教，十分杂糅。子弟中，落下南尤喜同邑谯隆及落下闱、落下闳，三人天资聪慧，颇能举一反三。子弟既广，束脩亦丰，加之落下氏极善酿制清酒，其法与众不同，较之他人，其酒芳烈甘美，饮之如咽琼浆，慕名而购者，络绎不绝，故而家境小康。

落下南之妻姜氏尽得酿酒秘方，每当蜡梅盛开，姜氏即大肆酿造，每能引梅香入酒，风味脱俗而清冽。

新任阆中县令长李济成，闻听落下氏清酒独领风骚，于是率县丞慕名而来。落下南不敢怠慢，备酒肴，携二子陪其饮宴。李济成饮至日暮，大醉而归，以为落下氏清酒远出他人之上，若以此为贡品，必能使天子开颜，可大获升迁；又知巴人自古以酿清酒为俗，并多以此获利；欲告示乡里，禁私酿，由官府专营，从中获巨利。于是命县丞复来落亭，欲解散私学，令落下南为官府酿酒。落下南不肯，严词拒绝。

李济成甚为恼怒，翌日即颁布禁酒令。此令一出，远近一片哗然。落下南极负名声，颇受乡人敬服，于是纷纷来落亭，请其出头，使李济成收回成命。落下南义不容辞，只身入阆中，求见李济成，指责此令有违人心，请收回。

因落下南不肯奉命酿酒，李济成深怀怨恨，于是以私闯官衙、侮辱命官为由，当即执落下南下狱，欲治罪，以震慑乡民。

乡人得知落下南入狱，大肆纠集，往阆中为落下南请命，仅一日，已充街塞巷，尚有老幼在途中，纷至沓来。李济成恐惧不已，遂释落下南，答应收回成命。然彼此已为仇敌，不可调和。

恰此时，武帝纳董仲舒之说，推明孔氏，罢黜百家，诏令天下私学，以儒学为课徒之本，将黄老之说，诸子之论，以及地方之学逐出庠堂。李济成欲以此泄私愤，遂率皂隶来落亭，指斥落下南叛经离道，以巫诡邪说误子弟。于是强行查封学堂，驱走弟子。

落下南义愤不已，即下江州，独闯郡衙，请巴郡太守应季先问李济成侮辱斯文、擅封私学之罪。应季先以为废黜百家之说不妥，又知巴郡奇士众多，若不慎，必犯众怒。于是令督邮持手令往阆中，命李济成揭去封印，使落下南重开私学。

与此同时，州郡私学及地方贤达纷纷抗争，以为天下之大，风俗各异，历代以来，圣贤辈出，岂能以一家之说而令天下人习之。

一时州牧、郡守纷纷上书，各言利害。武帝深知民心不可违，遂下诏，罢黜百家，表彰六经；至于地方之学，可于二十年内渐次罢黜。

翌年，公车司马王旭奉旨来巴郡，察举贤才，所经处，临江、平都、垫江、常安诸县均有所举，各县令长亦多有贿赂。是年秋，王旭来阆中，寄宿驿馆，召李济成问阆中贤才。李济成举二十余人，无一人出自落下氏私学。王旭曾闻李济成与落下南有私仇，又知落下氏弟子博雅清通，于是命随从往落亭，告知公车征选，其弟子可自荐。

诸弟子中，落下闳已成年，谯隆、落下闵等学养虽不亚于落下闳，然均未及弱冠，不在察举之列。落下南命落下闳往驿官，拜见王旭，并献治世十策。

王旭见落下闻清俊不俗，大为喜爱，又见十策精警过人，以为堪称奇才，于是请落下闻暂回落亭，等候喜讯。

是夜，王旭再召李济成议察举。王旭道："阆中山水妙绝，风俗殊美，又人物清通，实乃藏龙卧虎之地。我来此前，巴郡太守应季先曾言，落亭落下南父子堪称英才，然卿并未举荐，于是命随从召落下闻，落下闻献治世十策，俱中时弊，又辞采壮丽，文思如泉，远过卿所荐二十余人。我欲独举落下闻，卿以为如何？"

李济成深恐落下南父子出头，忙道："落下南父子固然有才，然国家所用，应德才兼备，有才无德，必祸害江山社稷。落下氏父子目无君王，心无纲纪，言行恣肆；又颇信诡巫之说，笃行神鬼之道，与山野匹夫何异？若使之登天子之堂，必贻笑大方，触怒圣颜。而我所荐二十余人，无不品行端良，学识笃深，卿何故弃佳木而取莠草？"

王旭颇知李济成用心，冷笑道："若卿与落下氏无怨仇，恐不至有此说。"

李济成大惧，告退，惶恐不安，于是备美酒佳肴，请王旭赴宴。李济成亲制鱼脍，殷勤奉陪，说王旭道："阆中物候绝美，尤以渝水之鱼为最，其味之鲜，恐仙桃芝草不能比。"

言毕，又指壶中酒道："此为巴郡清酒，甘烈芬芳，令人倾倒。今日高会，宁不大醉。"

王旭笑道："此处群山低浅，一水清渺，烟霞氤氲，终日不散，渔夫泛舟清流，凡举网，必有所获；樵人歌于云间，每运斤，尽为佳木。又市井多冠带君子，乡间多隐逸之士，与昆山阆苑何异！卿获任此间，有美酒佳肴可享，用之不竭，取之不尽，与仙居化外无别，岂不令人称羡！"

李济成见王旭谈笑风生，以为别有用意，于是以绢百匹、钱二十万贿赂，又称每岁当以上等清酒送入长安奉献。王旭略加推辞，竟一一收纳。

翌日，王旭命随从，以察举所得张榜公示，竟无落下闻。消息传至落亭，落下南义愤填膺，知为李济成从中作梗，即往阆中，欲问情由。恰逢李济成送王旭一行欲离阆中，取道米仓还长安。牛车正行于街衢，落下南父子奋然而出，阻王旭、李济成于众目睽睽之下。

落下南怒责王旭、李济成道："汝等身为命官，为天子察举良才，何故私仇公报，弃优选劣？"

王旭、李济成大怒，命随从将父子二人推走。落下南、落下闳极力挣脱，仍拦于车前。落下南大骂道："狗贼，天日昭昭，岂容汝等胡作非为！"

街人纷纷上前，严词指责。李济成以为可趁此治落下氏父子之罪，一面与之周旋，一面暗遣随从回衙，令县尉率衙役执二人入狱。

片刻，县尉奉命领部属喝道而来，不容分说，将落下南父子五花大绑，押入狱中。李济成又遣县尉往落亭，查封私学，遣散子弟；并将家中所贮清酒尽数罚没，欲置落下南于死地。

时年落下闳年方十五，知父兄下狱，又见私学被封，家业被抄，母亲姜氏呼天抢地，顿时怒不可遏，即出落亭，来阆中，租快船，直下江州，欲闯郡衙，为父兄鸣冤。

李济成知落下闳只身赴江州，恐太守应季先出面干预，遂命心腹携重金，飞马赶往江州，贿赂应季先，并罗列落下南父子十大不赦之罪。

落下闳途中遇雨，渝水大涨，船不能行，于是弃舟登岸，冒雨疾走，虽昼夜不停，无奈道路泥泞，举步艰难，至江州时，已四日后。

应季先已获李济成重贿，又见所陈罪状条目清晰，有凭有据，竟不复查，当即签署公文，命将落下南、落下闳斩首弃市，废其私学，没收家业充公……

6

说到这里，吴忽然打住，又看了看表说："快深夜两点了，不能再说了，明天继续吧。"

落下南父子命悬一线，落下闳能否救父兄性命，令我快要窒息，吴竟停止不说，我岂能甘心，于是请求道："说吧说吧，至少先把结果告诉我。"

吴却已经离座，有些抱歉地说："实在太晚了，反正今晚也说不完。要想了解落下闳身世及事迹，你至少要待到年关。"

我不好坚持，与吴分屋而眠。很快，吴的鼾声从隔壁传来，时高时低，时有时无，看来他确实累了；而我却睡意全无，心思仍在落下南父子身上。

我望着窗口，一抹清寒的雪光透过那挂陈旧的印花窗帘，轻轻渗入屋内，如一池静水；梅香更为深沉，似可捕捉。

不知何时，我已沉沉入睡，竟然无梦。待我醒来，天已大亮，屋里一派清光，鸟啼声不断传来，几乎令人心驰神荡。想起昨夜那场大雪，或许已经封住每一条进山的路。于是赶紧起床，竟不见吴。我不禁有些惶然，不知吴去了哪里。出大门一看，雪仍在下，满眼一片银白，屋顶，树冠，远远近近，山山岭岭，俱被封裹，犹如万树梨花，遍地开放，无方寸之空。一切已经改变，唯梅香依然，而且更为纯粹。

院子外，已不见吴的车，雪地上留下两道辙印，已快被雪花覆盖。我忽然紧张不已，怀疑吴已经回阆中去了，将我一人扔在了这座空房子里。

此前，我与吴素昧平生，经友人介绍才与之联系上。友人说，吴大约是这个世界上最了解落下闳的人。吴在阆中经营字画，有感于落下闳被岁月湮没，少有人知，于是穷尽典籍，阅尽方志，又访遍四乡，数十年下来，已尽知落下闳与太初历始末。

而我也不知史上有落下闳。去年，我来阆中游玩，听阆中朋友言及落下闳，竟然一头雾水，于是忽有冲动，欲搞清落下闳生平及事迹，写一部书。朋友大加赞赏，当即表示愿意提供帮助。经朋友再三斡旋，吴才答应与我见面。

是否吴于我有所嫌弃，或者怀疑我写不好这部书，已经大失所望，故而不辞而别？

或者他根本不愿与我分享几十年所得，又不好驳友人面子，所以才故弄玄虚，将我诱至深山空屋，然后弃我而去？

难怪推脱三日后才勉强现身，到了我精心挑选的那家相当安静的茶楼，却说不可于闹市中谈及落下闳；昨夜，谈至关键处又忽然打住，而且尚未触及落下闳制历过程，这才是关键，史书典籍均无详细记载；那么，他是否故意如此？

我越想越觉得是这么回事，几乎认定吴已经走了。我人地两生，又不曾记清来路，何况这么大的雪，不知如何才能回到阆中。

想了一阵，掏出手机，欲给朋友打个电话，告知这一切，这才发现竟然没有信号！

这简直是个圈套，我彻底慌了。犹豫良久，决定先去桥楼街上，至少能解决食宿。我回到寝室里,也无心洗漱,匆匆收拾一下,背上背包走出屋来。正此时,一阵汽车的轰鸣声悠然传来。我往那条白茫茫有若玉绸飘舞的公路上望去,吴的车正转过一道急弯,朝山上驶来,车尾吐出一溜白气,漫卷不息。我缓过神来,立即觉得惭愧,赶紧退回,将背包放回原处,生怕吴看出我的猜疑和卑怯。

车依旧停在原处,吴从车里拎出一大一小两个编织袋,走上阶沿,跺了跺脚说:"前几天订的几十斤果木炭,已经烧出来了;可惜没有鹿脯,只好用羊脯肉替代。"

原来,吴要以古法酿制清酒,我竟然怀疑他走了!

吴提着袋子进了厨房,忽听吴惊讶地问:"我把粥和煮土豆捂在锅里的,你没看见?"

我立即跟进厨房,吴已经揭开锅盖,溢出缕缕热气,锅里躺着一碗粥,两个已经剥了皮的土豆和一小碟咸菜。

我谎称自己刚起床,还没洗漱。于是洗脸、刷牙、吃早餐。吴忙着将已经泡好的糯米洗净,上笼蒸熟,再洗去黏液,拌上酒母,拍入一只小木桶里,捂在锅中。

我一直帮不上忙,只好旁观。吴又开始做午饭,煮了一块腊肉,温了一壶浊酒。饮食间,我忍不住问吴:"浊酒与醪糟有何区别?"

吴说:"酿造方法几乎一样,只是酒母不同;此外,浊酒需制曲米,而醪糟不需。"

我又问:"为何清酒需用鹿脯肉去沉淀物,其他肉不行?你用羊脯肉代替,效果又将如何?"

吴一边收拾餐饮具一边说:"鹿脯鲜美,又几乎无脂,不仅能去沉淀,还能改善酒味,这正是落下氏清酒与众不同的地方。当然,除此之外,使梅花香气浸入酒中,也是关键所在。落下闳入长安,没想到等待他的是一场足以要命的危机,他正是凭借一手酿酒绝技,保住了性命。"

我忙着帮吴洗涮碗筷,并对吴说:"还是先不说长安,请将落下氏父子能否保住性命告诉我。"

吴答应下来,叹息道:"落下南、落下闱祸起清酒,而落下闳又因清酒得以保命。所谓世事无常，由此可见。"

我们回到炉边，对一场大雪，沐缕缕梅香，继续讲述。我决定只听，不再打断。吴说："要讲清这件事的始末，必须从落下闳的恩师玉清子说起。"

玉清子是资中人，那时，资中属犍为郡。犍为人物诡奇，风俗另类，与别处不同，士民多好黄老之术，又信鬼神之道，故而不可屈服。西汉末年，公孙述割据西蜀，自立称帝，郡县纷纷依附，唯独犍为一郡不愿降服。公孙述大举讨伐，郡守及部属纷纷战死，而士大夫躲入山野，宁愿饿死，也不做降虏。后来，光武帝刘秀讨平公孙述，称赞犍为乃士大夫之郡。其风骨可见一斑。

犍为人自古好天文历算，资中苌弘就是其中代表。苌弘名满天下，后为周天子所召，以方术辅佐周天子。史称苌弘凡天地之气，日月之行，风雨之变，律历之数，无所不通。孔子往洛邑拜会老子，亦曾拜访苌弘，求教礼乐，史称孔子六问。苌弘所答，无不振聋发聩。后人称苌弘为孔子之师，此说绝对不虚。在东周，苌弘是与老子并驾齐驱的人物，影响远在孔子之上。苌弘虽冤死于周王朝内讧，但苌弘化碧的美谈却世代相传。

苌弘虽死，其遗风深深影响资中人。玉清子与苌弘为同乡，修习天文历法，欲穷天人之理，可谓自然而然。

我完全同意吴的说法，不住点头。吴说，玉清子名气日增，传说不仅能尽知天文地理，还能预测吉凶。巴郡太守应季先久慕玉清子大名，曾数次往资中拜访。落下闳往江州为父兄鸣冤时，恰好玉清子受应季先所请，为其老母察墓地，亦在此。他们的相遇竟在关乎父兄性命的危机时刻，实在令人唏嘘。

7

应季先签署文书，命将落下南、落下闱斩首弃市。李济成心腹持文书即离江州，星夜驰还阆中。

两日后，落下闳方至江州，虽满身污渍，饥饿不堪，然不敢耽误须臾，直奔郡衙，痛哭疾呼。

此时，应季先正与玉清子于官邸饮酒，忽有僚属来报，称落下南次子落下闳自阆中昼夜兼程，赶来江州，为父兄鸣冤。皂隶再三呵斥，落下闳不肯去，以头猛触衙门，鲜血覆面，呼声凄厉。僚属不知如何处置，特来禀报，请太守定夺。

应季先大怒，摔盏而起，厉声道："落下南父子目无官长，屡抗国法，以异端邪说误人子弟，又教唆乡民围攻命官，是可忍孰不可忍！可执落下闳，押回原籍，与其父兄一并斩首！"

玉清子亦曾闻落下南之名，忙劝道："若有罪，应复查，使其无可辩驳，再明正典刑不迟，何故如此草草？"

应季先道："县令长李济成所陈，条目清晰，证据确凿，我亦早有所闻，何需复查。"

玉清子再劝道："法乃一国公器，用之需铁证如山，虽十恶不赦，仍需逐一复核。卿如此，与草菅人命何异？"

应季先不好驳玉清子面子，命僚属先将落下闳下狱，隔日再问。玉清子有心搭救，待僚属告辞，又说应季先道："我昨夜观天，见文曲星闪烁于江州之西，似欲坠落，或应于此子之身。既为天星，若囚之，必遭天谴。卿应即刻召见，辨明是非，不可怠慢。"

应季先闻此大惊，既受李济成重贿，颇为心虚，于是命家仆往狱中，引落下闳来此。

二人仍饮酒。良久，衙役执落下闳随家仆而来。玉清子不禁一见心惊，落下闳虽被五花大绑，又遍身泥污，满面义愤，然其清通脱俗之质，不可掩蔽，不由起座惊呼道："此子风骨凛凛，气质逼人，若非天纵之才，焉能如此！我来江州，不为其他，只为与此子相逢！"

又转向应季先道："上苍遣我来此，为斯世留一旷古奇才，不知卿有何言？"

应季先见玉清子如此，不敢执拗，亲解落下闳之缚，并邀其入席，欲为其压惊。

落下闳泣道："父兄命在旦夕，恕我无心饮宴。"

于是将此案始末一一陈述。玉清子知斩首公文或已送达，焦急不已，请应季先书手令，持送阆中，命李济成刀下留人。

应季先欲命僚属翌日往阆中，落下闳唯恐救之不及，请应季先将文书付己，欲立即赶回。

玉清子恐落下闳途中有失，自愿陪同，当即告辞应季先，于市井中买快马两匹，顺官道昼夜疾走。

翌日午后，落下闳、玉清子驰入阆中，直奔县衙，恰遇李济成率僚属回。落下闳手举文书疾呼："太守有令，刀下留人！"

李济成急令衙役力阻落下闳，冷笑道："人犯落下南、落下闱罪不可赦，已斩首弃市！"

落下闳惨叫一声，顿时昏厥在地。

李济成等行刑回衙，正与落下闳、玉清子遇于此。

玉清子忙将落下闳扶起。李济成已入衙内，令紧闭大门。玉清子知落下闳昼夜奔走，无暇饮食，又悲愤交加，以致昏迷，于是抱落下闳入客栈，以浆水灌服。落下闳醒来，哭号不绝，其声之凄惨，令人心碎。

忽然，落下闳止住哭声，欲出客栈。玉清子忙将其拉住，问欲何往。落下闳切齿道："杀父戮兄之仇，岂能不报！"

言毕，奋力挣脱。玉清子将其死死拽住，极力苦劝。渐有围观者来此，知其为落下南之子，虽大为不平，亦纷纷劝阻。

落下闳渐渐平静，玉清子随其来落下南父子曝尸处，焚香化帛，大祭亡灵。落下闳跪于父兄尸首前，指天为誓："若不报此血海深仇，枉为男子！"

噩耗传至落亭，姜氏不堪悲愤，昏厥不醒。乡邻纷纷前来，人人义愤填膺。弟子谯隆、王子建等立即赶赴阆中，欲为落下氏父子讨还公道。

李济成深知巴人习性，先派人往邻县借兵，以防不测。待落下闳、谯隆、王子建等将落下南、落下闱尸首抬来县衙，士卒已遍布内外。众弟子披麻戴孝，于县衙前设灵大祭，声称必以李济成头颅献祭冤魂。围观者渐众，义愤不已。

李济成恐来者愈众，命心腹深夜潜出，往江州请应季先派兵增援。应季先不敢怠慢，命江州都督领精甲三千驰往阆中，平息事态。

三千官兵忽至，围落下闳等于县衙外，勒令其抬走落下南父子尸首，否则，将视为谋反，大开杀戒。玉清子见官兵众多，又剑拔弩张，以为不可强抗，劝落下闳等退走，先安葬父兄，再从长计议。落下闳、谯隆等不听，欲拼死一搏。

姜氏为乡邻救醒，知谯隆等欲杀李济成复仇，焦急不已，深恐反惹灾祸，于是不顾悲痛，来阆中规劝。

都督见落下闳、谯隆等毫无畏惧，欲命官兵张弓急射。正此时，姜氏呼号而来，拨开官兵，闯入围中，哭说落下闳及众弟子道："官兵如狼虎，汝等如羔羊，若硬拼，无异以卵击石，不过枉送性命！"

落下闳、谯隆等仍不听，欲先发制人，夺官兵戈矛弓箭。姜氏无奈，忽跪于落下闳身前，大哭道："我已丧夫失子，五内如焚，汝何忍使落下氏永绝子嗣！况谯隆等俱为人子，父母悬望，手足忧心，汝何忍使无辜者同遭大祸！"

玉清子亦苦劝。落下闳不再执拗，扶姜氏起，拜谢诸位同窗，扶父兄尸骨还落亭，举哀安葬。众弟子不肯去，仍集于此，欲为恩师守孝。

李济成知谯隆等仍在落亭，恐再生乱，又欲斩草除根，于是率衙役夜往落亭，驱走谯隆等，执落下闳入狱，欲以聚众闹事之罪，再置落下闳于死地，以绝后患。姜氏忧惧不堪，病倒在床。玉清子不能去，一面采药为姜氏诊治，一面请王子建往江州，拜见应季先，求其令李济成释放落下闳。

应季先自知已铸成大错，亦恐落下闳复仇，不纳玉清子所请，严责王子建。

谯氏为阆中旺族，世代于落下氏门下受业，彼此交谊最深。谯隆知落下闳命在旦夕，请其父谯羽召族中子弟施压官府，解救落下闳。谯氏家道巨富，世以织贩丝绸获利。谯羽以为官府无道，不可抗争；又因家业宏大，应知自保，不可涉险，不听。

谯隆哭道："所谓一日为师，终身为父。谯氏子弟，世代奉落下氏为师，若见死不救，大不义也！为富不仁，君子所耻；为人不义，壮夫所鄙！我虽幼弱，不辞舍生取义！"

言毕，愤愤而去。谯羽急命家仆阻拦，谯隆一一斥退，往厩中牵马，绝尘而去。

谯隆径入阆中，直奔县衙。李济成知谯隆只身而来，命衙役将其推出门去。谯隆疾呼李济成道："聚众闹事，乃我一人所为，与落下闳无关；要杀要剐，悉听尊便！"

李济成大怒，命执谯隆，亦关入大牢。

谯羽为谯隆斥责，深为羞愧；又知谯隆下狱，不禁拍案而起，于是大会宗族。谯羽说宗族子弟道："狗贼李济成，贪欲如炽，恶贯满盈，禁酿酒，封库学，又网织罪名，冤杀落下南父子，十恶不赦！我谯氏宗族，世为良民，或耕读，或经商贩卖，不愿与官府为敌，唯愿自保；然虎狼当途，恶吏嚣狂，若不救他人之危，他日必伤及己身，所谓覆巢无完卵，屋倾瓦不存！我欲凭家族之力，执李济成往江州，请太守依律问罪，卿等以为如何？"

宗族子弟纷纷附和，以为不除恶官，阆中不安。谯羽族父谯华却称："谯氏家族人丁虽旺，可集壮丁百余口，然恐不能与李济成相抗，应与大户联盟，以众驱寡；又巴郡太守应季先与李济成沆瀣一气，若押李济成往江州，无异与虎谋皮。若事成，不如往成都，请梁州刺史主持公道。"

谯羽等以为然，于是散去，分别拜会远近大户。大户亦视李济成为虎狼，纷纷响应。

8

谯羽等四处奔走，仅一日，已集一万余众。众人各执农具棍棒，拥入阆中，围李济成等于县衙。

落下南弟子王子建等获知此情，亦离落亭，俱往阆中。一时间，城乡子弟群情激愤，无不振奋而起。谯羽请子弟严守关口，封锁道路，以防应季先命郡兵来此弹压。

李济成及僚属大为恐惧，紧闭衙门，又释放落下闳、谯隆，以示妥协。谯羽等不肯散去，仍围县衙。谯羽呼僚属道："我等来此，别无用意，唯欲执狗贼李济成，押往梁州请罪，为朝廷剪除贪官，为乡民除害！元凶乃李济成一人，与他人无涉；若能执狗贼送与我等之手，必秋毫无犯！"

县丞、县尉等深知众怒不可犯，于是强缚李济成，押送而出。众人怒不可遏，欲杀李济成等，以泄愤恨。谯羽等苦劝，令僚属自去，携落下闳、谯隆等，取道成都，求见梁州刺史陈湘。

陈湘为扶风人，先祖陈栂曾为司马欣部属。司马欣、章邯、董翳俱为秦将，后降项羽，项羽分秦为三，以司马欣为塞王、章邯为雍王、董翳为翟王，镇守关中。高祖刘邦还攻关中，陈栂以为势不可挡，劝司马欣降迎刘邦。司马欣不听，率众出栎阳，与汉军战于成皋，为先锋范目大败。司马欣自刎，诸将退守栎阳，欲待援军。陈栴夜开城门，迎刘邦等入城。刘邦感其有功，封陈栴为西乡侯，世代荫袭。元光二年，陈湘为武帝所征，拜为郎，迁蓝田令，又为汉中太守，再为梁州刺史。

落下闳、谯隆、谯羽等百余人，押李济成入成都，求见陈湘。陈湘闻此大惊，将李济成、落下闳、谯隆等一并收监，欲详加勘问。

巴郡太守应季先知李济成被执送成都，忧惧不安，自感罪责深重，于是只身出江州，取道长安，求见武帝，请治罪。

陈湘经审问复察，已尽知李济成罪恶，又以为落下闳、谯隆、谯羽等聚众闹事，若不严惩，此风或将蔓延；然自感此事重大，涉人万千，不敢自决，于是书奏表，遣人驰送长安，请武帝决断。

应季先来长安，袒露上身，自缚双手，跪于皇宫外，求见武帝。武帝命侍从引应季先入宫，欲问缘由。应季先叩拜道："罪臣有负天子隆恩，助纣为虐，纵容阆中县令长李济成大设冤衙，草菅人命；又收受贿赂，贪赃枉法，罪不可赦。请陛下斩罪臣之头，以正纲纪，以儆效尤！"

言毕，叩头不已。武帝命押应季先入诏狱，欲召梁州刺史陈湘入京，责其失察。恰此时，陈湘奏表已到。武帝阅毕，一时难以决断，遂召丞相公孙弘于宣室，与之共议。

公孙弘为齐国菑川人，博学强记，为州郡所举，汉文帝拜其为太中大夫，后因议论朝政有失，被罢黜。武帝元光元年，又与董仲舒等获召，公孙弘已年届六十，先拜左内史，再拜御史大夫，又拜为丞相。

公孙弘知应季先与董仲舒为同乡，董仲舒为易王相时，应季先曾往江都拜董仲舒求学，后为董仲舒所荐入仕；今知应季先自缚请罪，于是奏道："臣以为知错能改，善莫大焉，应季先能自证其罪，应予宽恕，不宜严究。李济成公报私恨，滥施刑法，冤杀无辜，其罪大恶极，不可饶恕，应依律诛之，以正纲纪。至于乱民，虽事出有因，然有冤当诉于官府，有恨当付诸典律，岂能哗然生变！臣以为当斩元凶，以绝来日之祸。况巴郡风俗险恶，人物凶悍，非霹雳手段，难以使之生畏。"

武帝冷笑道："卿与董仲舒等以儒学门生而获征用，又劝朕大施仁政，宽爱士民。今儒学方兴，仁政方始，卿何故劝朕弃圣人之道而杀冤民？况巴郡虽偏远，巴人虽凶悍，然妇孺老幼，俱为子民，卿何故劝朕另眼相看？"

公孙弘不敢答，惶惶告退。异日，武帝大会群臣，慷慨陈词称："巴郡太守应季先、公车司马王旭、阆中县令长李济成等沆瀣一气，滥施刑律，践踏典章，毁我察举之德，坏我纲纪之威，所举非贤，所杀非罪，逼巴郡士民起而抗之，十恶不赦！阆中谯氏，为报师德，不惜舍身赴死，此大义也；落下闳为雪父兄之冤，四处奔走，万死不辞，此大孝也！天日昭昭，乾坤朗朗，罪与非罪，一览而知！朕若不诛邪恶，不张正气，枉为天子也！"

群臣不敢言，唯唯诺诺。于是武帝下诏，命廷尉收公车司马王旭，斩首弃市；斩李济成，并夷三族；应季先能入京请罪，尚可宽宥，贬为庶民，永不叙用；梁州刺史陈湘有失察之过，贬为犍为太守，夺去封爵。

圣旨一下，陈湘即释落下闳、谯隆、谯羽等，欲奉命往犍为履新。此时，廷尉率僚属来梁州，欲收斩李济成。

李济成自知性命不保，于是贿赂狱吏，深夜出逃，不知所踪。廷尉即遣僚属还长安，奏明武帝。武帝大怒，又下旨，追索李济成，收其家属子女尽斩之；又命夺陈湘犍为太守，流放辽西，永不得归。

陈湘方至犍为，忽有数骑来此，命其接旨。陈湘知李济成逃走，自感罪不可恕，自缢而死。

阆中士民知落下闳、谯隆、谯羽等归来，纷纷出城迎接，一片欢欣鼓舞。落下闳、谯隆等由此声名鹊起，远近敬服。

落下闳回落亭，跪于父兄墓前，大哭不起。玉清子劝道："既沉冤已雪，血仇已报，当喜不当悲。"

落下闳泣道："父兄冤死，我等呼号奔走，历尽凶险，几乎丧命，足见世道之艰，何来欣喜！况元凶在逃，不知所踪，虽圣命如天，然官官相护，至今不获行藏，试问喜从何来？"

玉清子又劝道："父兄虽死，慈母尚在，汝不孤矣。今汝母病弱，身心俱伤，唯愿汝撑持家道，衣食有托，汝岂能不摈弃哀痛，以遂母愿？况自作恶者，天必诛之，此天道也，报之不爽，何必幽恨不解？"

落下闳不以为然，自此沉默寡言，衣素服，食蔬饮粥，立志为父兄守孝三年。玉清子欲收落下闳为徒,教习天文,滞留落亭不去。姜氏虽有好转,然咳嗽不止,再难康复,见子弟星散,私学倒闭,又无钱买米酿酒,家无瓶粟之储,于是召落下闳于病榻前,说落下闳道:"落下氏以课徒为生,兼以酿造清酒贴补资费。今私学已关,家无积蓄,又不能买米酿酒。所幸私学有名,乡人信服,汝何不重兴祖业,再召子弟,以免生计之忧?"

落下闳道:"书有何益,既不能除世间凶恶,又不能伸人间正义。父兄俱为饱学之士,以为可凭胸中之学,救济衰弱,振兴社稷,竟死于冤狱!足见书非但无福,尚有害于人;读书不如钻营,治学不如谋利。我虽穷困,亦不愿误人子弟!"

落下闳拜谢而出,烧尽藏书,立誓不涉学问。玉清子与落下闳同居一室,趁机劝道,既然世道污浊,不堪涉足,不如以抬高望眼,察日月之行迹,观天宇之浩渺。

落下闳冷笑道:"人世之诡异尚不能察,何况天宇?"

玉清子道:"非也,天道人世,互能感应,若知天道之奥秘,必能察人世之纷纭。况天心如渊,虽广博无垠,然从不欺人,无论日月星辰,俱有动静,凡能察之,即可代天地立言,使世人遵而行之。如此,则万物有道,人神和谐,此功之大,远胜开天辟地,破旧立新,汝何忍辞之?"

落下闳沉吟良久道:"前辈美意如天,我岂不知;然我身心俱损,万念俱灰,恕难听命。"

玉清子也不再劝,仍留落下闳家中不去。家中积蓄已尽,生计日艰,玉清子每日往落亭,当街卖卜,获二十钱即止,买柴米油盐,以供炊用;或独登高阳山,察日月星辰之象。

落下闳不解,是夜,两人仍同榻就寝。落下闳问玉清子道:"我与前辈萍水相逢,非亲非故,何必如此?"

玉清子道:"汝聪慧绝顶,实乃旷古之才;我所以不去,实愿携汝观天测地,明天人之道,识神鬼之机,令盈亏合数,使枯荣合律。虽秦已亡,汉已兴,然所用历法,仍为颛顼历。较之古来诸历,此历虽最为精微,然仍不免有失,行至今日,已有差误。若不纠其偏颇,当晦朔月现,弦望盈亏,大为错乱。农人不知节令,种非其时;商旅不知阴晴,难避风雨;兴造不知吉凶,不免破败;

祭祀不知周期，难安亡魂。此天下之患，若不除之，则四海凋敝，万类惊惶，前后不继，人烟将绝，汝何忍见而不救？"

落下闳道："前辈昼察夜观，想必已知天地之数，何用我越俎代庖？我不过童子，勉知诗书，或略知方技，即使应诺，亦恐于事无补，前辈何苦逼我？"

玉清子道："制历者，代天地立言也，非圣人不能为之。我世居资中，资中乃苌弘故里，人物通达，又有先圣可慕，欲追而效之者，层出不穷。邑人深感历数将乱，天人将误，每欲创制新历，救苍生于水火，解人鬼于倒悬，于是日观夜察，冥思苦想，前赴后继，代代不绝。然天之浩渺，地之广袤，或取数之杂乱，运算之繁复，虽耗尽心机，一无所获。而汝风神超迈，天资卓绝，实非我等所能比。既天降大任于汝，汝若辞之，岂不有负上苍之意？"

落下闳道："我不过凡夫俗子，既非圣，亦非贤，岂能代天地立言！今父兄死于冤狱，而元凶逍遥法外，此仇如天，若不手刃恶贼，以慰亡灵，何颜苟且于世！况世道污浊，虎狼当途，与其问苍天之高远，不如除凶恶于左右！实不相瞒，我欲替父兄守孝三年，待三年满，将召乡间子弟，或除暴安良，或揭竿而起，使邪恶之徒不能横行，使良善之辈可以安处。此志坚如磐石，虽倾天之力不可移，前辈无须多言！"

玉清子忽然泣下如雨，翻身而起，跪于榻前；落下闳大惊，忙搀扶，说玉清子道："前辈岂能如此！请速起，否则，使晚辈情何以堪！"

玉清子道："汝不应，我当至死不起！"

落下闳亦下榻，跪于玉清子对面道："所谓君子不强人所难，前辈岂能以此逼迫！"

玉清子哭道："汝唯知父兄之仇，无视天下之危！他日，或妻哀丈夫之丧，父哭骨肉之死！替父兄复仇，不过小义；解万民之苦，方为大义。既为男儿，岂能舍大义而取小义！"

落下闳颇为震动，再不能言。思忖许久，说玉清子道："既前辈寄我殷切之望，我若坚辞，实不义也。然生父之恩如山，手足之情如海，请容我守孝三年，三年期满，我必拜前辈为师，学而习之。"

言毕，再扶玉清子起。玉清子仍拒之，说落下闳道："三年何其漫长！三年之间，或已百魔俱现，灾祸大起；所谓时不我待，汝岂能因此而贻误天时！"

落下闳不听，坚称孝期不除，绝不为此。玉清子不好再说，遂起，仍与之同寝。

9

玉清子深恐延宕时日，转而求告姜氏，请其劝落下闳。姜氏亦出自书香门第，深明大义，更知落下闳资质如冰雪，绝非凡夫俗子，于是又召其于榻前，劝道："自古孝义有大小，敬爱父母，友情兄弟是为小；怜恤苍生，哀悯天下是为大。既大小分明，汝何故弃其大而择其小？"

落下闳已有所悟，答道："慈母之命，岂敢不从？我愿拜玉清子为师。"

姜氏大喜，挣扎而起，请玉清子登堂而坐，命落下闳行弟子礼。落下闳正欲跪拜，玉清子将其止住，说落下闳道："我知汝乃千古不遇之才，故而欲引为弟子。此道高深，一旦有所成，当百世流芳；然又最为孤寂，若无所成，或不能为人用之，当毕生清贫，更默默无闻。较之读书入仕，可谓难如登天；较之贩夫农人，难获蝇头微利。一旦入此道，非矢志不渝、百折不回，不能穷尽奥秘。汝愿以我为师，我虽欣喜若狂，然汝若不指天立誓，我不敢受汝此拜。"

落下闳道："前辈其望殷切，我母教之谆谆，虽铁石之心，宁不感而化之。我虽愚鲁，亦知君子一言，驷马难追。况世间昏暗，处处险恶，不堪涉足，唯愿随前辈凌虚望空，察日月之行迹，观星辰之显隐，虽一世无成，绝不悔恨。"

于是望玉清子三揖三头。礼毕，玉清子双手将之扶起，又道："以汝天资之超绝，必能度越前贤，大有所成。自今日始，我将携汝日观夜察，以待时机。"

姜氏见落下闳意志坚决，大为欣慰，沉疴顽疾竟一扫而去。时值严冬，蜡梅怒放，姜氏复锅灶，洗瓦瓮，赊酒米五十担，重酿清酒，欲以此为家用之需。

玉清子领落下闳登高阳山，驻足绝顶，指四周峰峦道："此山孤绝，前后左右毫无遮挡，最宜观测。我曾问遍乡间耆老，俱言此山名高阳，发自剑门，独出群山之上；右侧名朱阳山，朱者赤也，凡日出，俱在此山之间，朝霞弥空，染尽草木；左侧名落阳山，每当冬至，天日俱落于此。"

说及此处，玉清子又指落阳山上两座小峦道："此双峰之间，乡人谓之落阳窠，称太阳冬至日从双峰之间坠落，故此得名。"

落下闳道："此处地名，多与天日有关，我家所处，亦名落阳旮。"

落下闳指门前不远处又一对双峰道："此二峰相依，乡人谓之双阳山；与二峰相对，一山横出，名赶阳山。"

玉清子闻此，顿时惊讶不已，指落下氏屋宇道："此房五山环抱，岂非五阳捧圣，上天何独厚爱汝至此，难怪我一见而为之倾心！代天地立言者，舍汝其谁也！"

此时，已夕阳西斜，碧天万顷，一轮新月正跃上天幕，与落日互映，光华交融，极为壮丽。二人注目落阳窠，落日自一侧轻轻滑过，渐渐隐没。落下闳不禁叹息道："我生长于此，竟不知天日之美！足见上苍无言，可亲之近之；世路多艰，当让之避之！"

玉清子又环指群山道："我已来此观天数月，凡日行于天，俱倚此山而走；而峰峦层叠，山树历历，几乎天然刻度，以此为比对，当尽知日月之轨迹，尽察天星之动静，可谓观天察地之圣地！而我在阆中时，亦曾登临绝顶，阆中一水环绕，状若巨丸，远近山峦相拥，深深浅浅。近者有四象，犹如青龙、白虎、朱雀、玄武；又山峰相对，环城而列，分布有度；远处青峰万点，环环相扣，层次分明，大小有致。依我看来，所谓天人之机，或在此山此水之间。而汝生于斯，岂非天意！我将携汝往返于阆中与落亭，取日月星辰之数，察万类荣枯之变，必能大有所获！"

于是，每当朔望，玉清子率落下闳登高阳山，立土圭于山顶，竖漏刻于一侧，看日月推移，观星辰之位，并详加讲解。

所谓漏刻，即以铜铸壶，底部钻孔，注清水于壶中，再于箭上刻十二时辰，时辰之间长一寸，每寸又刻五分，通体共十二寸又六十分，插入壶中。随贮水泄漏，刻度逐次现出，以取读时辰之数。

每至晦日，玉清子则携落下闳来阆中，于城北登高，察日星显隐。

阆中距落亭近百里，二人不能归宿，往往寄宿山岩之下。渝水经此山而过，水中多鱼，二人每以捕鱼烤食而果腹。

落下闳记忆超凡，星辰之位已能诵之如流，并能举一反三，玉清子常常为之惊讶。此夜，二人再登绝顶，玉清子放眼苍穹，辨行星与恒星之方位，以夹尺测相互距度。所谓夹尺，即用直尺两块重叠，以铜钉固定一端，可收放。玉清子每以丝绳缚铁锥，悬于树枝，使丝绳垂直而下，以为基准，再以夹尺测行星与衡星，量其角度，取其数，并一一记录。凡五行与二十八宿，每夜皆测之量之。

玉清子正测金星与昴星之间夹角，忽听落下闳道："此测量之法，不知出于何人？"

玉清子收回夹尺，答道："此圣人之法，流传千古，沿袭至今。"

落下闳笑道："难怪古历粗疏，皆因此也！"

玉清子大惊，斥落下闳道："圣人之法，唯可遵奉，岂能说三道四！"

落下闳道："既圣人之法不可疑，何故历数错乱？所谓差之毫厘，谬之千里，以我等所处，距星辰所在，其遥远何止千万里。以夹尺于此测之，虽极尽精微，宁不有所差误？"

玉清子惊讶万分，暗叹落下闳之善思善察，于是又问："以汝所见，当以何测之？"

落下闳反问玉清子："以恩师所见，何为天，何为地？"

玉清子道："天者如圆，地者如方，天在上，地在下，以圆盖方，此亦圣人之说也。"

落下闳沉思片刻，又问："此外，可有他说？"

玉清子道："近世以来，有人以为天似浑圆，地如鸡子；地悬乎于浑圆之间，不可静止。然此不过异端邪说，毫无可取。"

落下闳又沉思良久，忽道："妙哉此说！"

玉清子道："世人皆以为此说乃妖言，汝何故称叹？"

落下闳道："我昼夜随恩师观测，日月星辰俱在天宇之间，悬若圆球；想必地亦在太空之内，何独地为四方之状，而日月星辰圆而不方？浑天之说到底如何，弟子愿闻其详。"

玉清子惶恐不已，再斥落下闳道："既有圣人之言可以奉行，何必闻异端邪说？"

落下闳从容答道："若圣人之说合乎天地之道，以此观而测之，再制历法，当不应有误；既差错毕现，天人不合，足见其说之非。"

于是请求再三。玉清子亦有所悟，遂授浑天之说，然其言十分粗放。落下闳听毕，说玉清子道："以弟子愚见，二者较之，优劣毕现，若地如鸡子，悬于天宇，岂能不动？古历之误，除测量之法粗疏，难以逼近天象外，更在不取地动之数，不知恩师以为如何？"

玉清子颓然坐地，许久不言。落下闳不忍，朝玉清子一拜道："弟子生性多疑，妄言之处，望恩师勿怪。"

玉清子叹息道："卿之才气，干云搏日，以我之愚钝，岂能为师。我当自毁杆尺，永不再言天象。"

于是忽起，欲折夹尺，毁漏刻。落下闳忙止之，说玉清子道："我已舍身此道，若恩师弃我，无异黑夜行路，逆浪行舟。若无恩师导引，我亦将永绝此道。"

玉清子大为感慨，复坐地，问落下闳道："以卿之见，当以何取天日星辰之数，又以何取地动之数？"

落下闳道："此问茫茫，童子何知？然我虽小如芥子，亦愿随恩师大思天地之广，若心无旁顾，聚精会神，必有所获。"

二人即还落亭，足不出户，苦思冥想。

10

落下闳、玉清子昼夜冥想天地，几乎不出一言。是夜，二人抵足而卧，仍无话说。四周一片安静，唯漏滴之声不绝。玉清子翻身坐起，叹息道："唉，天宇之广，浩渺无边，实非心神可以抵达。我等已苦思数月，一无所获；与其空耗时日，不如仍以前人之法为之。"

落下闳忽问玉清子："漏刻长十二寸，每寸之间刻五分，不知此数取自何处？"

玉清子颇为惊讶，责落下闳道："我与卿闭门不出，大思天地，卿何故游离正题，转思其他？"

落下闳亦坐起，答道："所谓制历，不外乎勘定岁时，岁时者，年月日时也。依恩师所教，每至春分，年即回归；每朔望晦一期，即为一月。此天生之象，观而察之，必能有所获。而取时之法，托之漏刻，十二寸又各五分，想必亦为前人断想，然分寸之间，疏而不密，岂能察之毫厘而无误？"

玉清子顿时无言，细思，似觉有理，正欲问落下闳，落下闳又道："再者，以我所察，壶中之水漏而渐少，少则慢，多则快，快慢不同，所取之数又误矣。"

玉清子更不能言，良久方道："卿所说似有理，莫非卿欲重造漏刻？"

落下闳道："若能使壶中之水恒定不变，必能快慢相同，如此，则谬误少矣。"

二人沉默良久，仍卧于榻上，几乎一夜无眠。翌日晨，落下闳往溪边替母亲挑水，溪水从半山泻出，蜿蜒而下，一路多有浅潭。汲水处水潭最深，往上，则三潭相连，水注其间，绵绵不绝，多寡不变。落下闳忽然大悟，竟忘记汲水，疾步回屋，呼玉清子道："恩师，我有一法，可使壶中水深浅不变！"

玉清子大惊，忙问落下闳道："卿有何法，请言之。"

落下闳拉玉清子至溪边，指三潭道："此天赐我法也，若以三壶互联，上下其间，使两壶居上，留孔相同，一壶居下，置浮箭于其中，滴水没之，则漏水恒定不变，时之数当取之无误也！"

玉清子如梦方醒，不禁击掌叹道："卿之聪慧善察，非但我辈不及，恐神灵亦难到此！天生此子，苍生之福、社稷之幸也！"

于是师徒二人烧炉冶铜，以漏壶之规制，再铸十余壶，分别携至高阳山顶及阆中北山，上下架构，引水试之，果然快慢相同。

二人恐漏刻为牧童或樵人所毁，于是夯土筑墙，以瓦覆顶，又能锁闭。

是年秋，二人虽仍不能知天地之广，然玉清子以为时不我待，又携落下闳来阆中北山，北山草木已凋，一片萧然。近看，城阙嵯峨，楼宇参差，渝水绕城而去，岸宽浪小，波声依稀；远看，群山起伏，层出不穷，烟霞微茫，渺远空阔。

玉清子伫立良久，说落下闳道："我观此山，状如盘龙，自剑门游弋而来，尾扫碧空，头枕寒流，其威灵之态，实属罕见。以我所察，千百年间，此地必有人雄横空而出。不知卿以为如何？"

落下闳道："诚如恩师所言，此山形如苍龙，盘结蓄势，几欲腾飞，他日必有异人出。而我等立足处，当为龙脊，宁不使人惶恐？"

玉清子大笑道："以我所见，卿即盘龙，今足踏龙脊，他日必能直冲九霄，有何惶惧！既此山无名，何不名为盘龙？"

于是，师徒二人称此山为盘龙山，尔后渐为人知，盘龙山就此获名。

是夜，二人仍宿于山岩之下，篝火闪烁，照人影于岩壁之间，飘忽不定。天幕之上，群星明澈，犹如众神之目。山下，渝水轻流，如歌行幽婉。二人毫无倦意，交谈不绝。

落下闳道："我欲重定漏刻分寸，以求时刻之精，然不知以何取数，敢问恩师有何高见？"

玉清子道："自古以来，凡取数，必出自圣人之训，虽不精，亦不可改；否则，虽精密万分，亦不敢取，若取，必为世人所骂。"

落下闳叹息道："所谓圣人，不过后世所称也，若亦步亦趋，岂能有所建树！既所测粗疏，所取谬误，足见劳而无功，不如弃之！"

二人为此大起争执，互不相让。落下闳忽觉师徒有别，不可力争，于是闭口不言。

此时，夜已过半，微风轻拂，草木俱动，颇为荒寂。面前篝火将灭，黑暗四面涌来，几乎吞尽人影。玉清子背靠岩壁，闭目不言；落下闳往火堆上添几根柴，顷刻，火势复旺。

落下闳思绪如水，忍不住说玉清子道："恩师勿忧，既许身此道，虽一世无成，弟子绝不反悔。"

玉清子复睁双眼，沉吟道："自古以来，凡观天测地，制历改历，无不依古圣之说。而卿以为谬误所在，正在于古圣之说妄矣。多日以来，我亦苦苦寻思，似觉卿之所疑有理。若地果然与日月星形状相同，而我等居其间，犹如尘埃，不能知地极所在，何以取地动之数？卿非俗子，或假以时日，必能得其法。我已年过半百，目力日衰，心力日减，既无所教诲，又无所引导，愧为卿师也。"

落下闳忙跪于地，说玉清子道："恩师自幼修习天文历数，尽得前人所传，尽知古今之法；弟子初涉此道，至今尚在门外，若无恩师，岂能有所成！恩师此言，弟子惶恐不已。既岁时已差，祸乱将起，恩师为此心急如焚，何不悉数授我古今之法？所谓寸有所长，尺有所短，若不尽知古人之术，岂知昔日之非，而今日之是？"

玉清子深知落下闳精绝过人，必有奇思妙想，不可按部就班而授之，于是自此夜始，讲授黄帝历、颛顼历、夏历、殷历、周历、鲁历等古六历之精义，凡以何起历，以何取数，以何运算，以及优劣所在等等，无不涉及。

仅一月，落下闳已尽知古历要义，于是说玉清子道："果然不出弟子所料，古人皆以夹尺取星辰之数，而彼此遥不可及，得数岂不粗略，此一谬也；盖天之说，以为天居上，犹如穹窿，笼盖四野，而地如方，处其下，恒定不动，故仅取方位，而不取地动之数，此二谬也；漏刻仅一壶，随水位变化，其滴漏缓急不一，又分寸粗放，以此取时，何来精准，此三谬也。三谬俱在，其历数之差，可想而知！"

玉清子深然其说，问落下闳道："今漏刻之疏已解，卿当思以何取天星及地动之数。"

落下闳道："非也，壶中之水虽无深浅之患，然刻度粗放如故，弟子亦当思之。"

落下闳欲自闭室内，苦思冥想；玉清子深恐耽误时日，请落下闳仍依古人之法，观天取数，既不碍进展，或能有所顿悟。

落下闳不好辞谢，仍随其往返于落亭与阆中之间。不觉又是一年，虽日思夜想，仍无所获。

其间，州郡以为落下闳、谯隆为可用之才，于是一同举荐。武帝下旨，命二人入京待诏。

落下闳已无功名之想，立即上表辞谢。谯隆不解，临行时来落亭，问以何故。落下闳道："我已摈绝功利，唯愿随恩师察天地之数，虽今生无为，亦不愿半途而废。"

谯隆深知落下闳秉性，一旦许身此道，必不回头；又以为落下闳天资超迈，必有大成，亦不再劝。

落下闳置酒，为谯隆荐行。酒宴毕，谯隆起身告辞。落下闳执谯隆手，送出十里之外方止，彼此洒泪而别。

11

说到这里，已是三天后。屋外红日高照，晴空万里，积雪早已化尽，山色格外苍碧，草木房舍经过一场大雪的洗礼，异常洁净；梅香恰如缕缕琴声，缠缠绵绵，缭缭绕绕，动人心魄，恍然间疑非人世。

我与吴站在院子里，彼此一身湿漉漉的太阳。时有鸟声传来，呢喃啁啾，犹如私语。吴转过身来，看着我说："天气如此晴好，不如随我去落阳旮看看，那里尚有落下闳的一些遗迹，你一定有兴趣。"

"当然有兴趣了！"我说，语气中似有那么点责怪，怪他今天才想起。吴并不在意，领我走出院子，走上立有落下闳塑像的那道山脊，正经过长公殿，吴忽然停下来，指着殿后路口说："这条路往下，有三百六十五级石梯，一直连到殿后，老百姓称作年梯，是否感受一下？"

我十分惊讶，忙问："未必石梯为落下闳所建？"

吴笑着摇头道："肯定不是，但已足够久远，至少不下千年。以我猜想，一定是老百姓为了纪念落下闳，特意砌成，不多不少，刚好三百六十五步，所以称作年梯。"

我当然知道，落下闳创制的太初历，以正月为岁首，年因此得以确定，使我们有了这个普天同庆的节日。

我与吴转来后殿，沿石梯而下。石梯已经风化汗漫，如一部部古老的书籍，自下而上，排列有序，虽字迹模糊，不堪取阅，仍令人肃然不已，猜想不尽。我与吴均不敢落足，绕去一边，走进一片松柏相间的密林里，曲折向下。

石梯尽头是一道峡谷，谷底有一脉溪水，自满地松针里轻轻泻出，几乎无声无息。溪边有几棵略显苍老的松树，一只松鼠停在树干上，两眼闪烁，正盯着我和吴。吴朝那只松鼠轻轻吹了声口哨，松鼠仍一动不动，似乎已经石化。

我们在松鼠的注视里，数着石梯，沿林中返回。最后一级正是此路尽头，恰好三百六十五步。它们一直无言，却见证着落下闳生长于此，并以这种永垂不朽的方式，表达千古不变的敬意。

我与吴站在尽头，望向这些沉默而曲折的石梯，久不忍去。阳光从松柏间透过，洒上石梯，斑斑点点，如流不尽的热泪。

过了许久，吴转身朝殿前走去，边走边说："这里的老百姓历来以落下闳为骄傲，并将其奉若神明。等会儿到了落阳旮，你一定会深有感触。记住我一句话，多看少说，尤其注意少提疑问，否则，他们一定对你不客气。"

说话间，我们来到长公殿前。吴停下来，指着殿门上"长公殿"三个字说："据说，长公殿建于东汉，一直香火不绝，直到四十多年前，才被一帮外地来的年轻人烧毁。那时我还没上学，不知道具体情况，但我听说，乡亲们为了保住长公殿，曾与那帮人大打出手，双方伤了几十个。年轻人没能得手，竟与另一帮合伙，深夜忽来，放了一把火，将长公殿焚毁。这帮人不肯罢休，又一鼓作气拥入落阳旮，将落下闳的墓全部砸烂。"

说到这里，吴几乎有些哽咽，我也义愤不已。停了片刻，吴又说："直到上世纪九十年代，有人出面，要复建长公殿。老百姓立即响应，纷纷解囊资助，终于修造成功。复建时曾收到好几笔匿名捐款，且数额不小，据说是当年的那几个年轻人捐献的。唉，既有今日，何必当初！人哪，总是这么盲从，大约所有的疯狂，都与盲从有关。"

感叹之间，我与吴进殿，朝落下闳的泥塑彩像拜了几拜，然后退出，朝山下走去。走过几道山坳，已经来到落阳旮。这是一处十分安静的小村落，几十座房子散布其间，多为粉墙碧瓦，十分古朴。此时，太阳正在高阳山顶，一派静穆的光华倾泻而下，照耀每一个角落，热烈而宽厚。

村边是一片连一片的麦地，青幽幽的麦苗沐浴晶莹的阳光，似乎每一片叶子都极富质感，都充满沉甸甸的怀想。

几个人正在麦地里忙活，或浇灌，或除草，见我与吴过来，都直起腰，与吴招呼，显然他们很熟。吴停在田边说："这位是个作家，想写一本关于落下闳的书，我带他来看看。"

听见这话，几个人不约而同扔下水瓢或锄头，朝我们走来。吴赶紧掏出烟，给每个人散了一支，并一一为我介绍。我记住了，一个姓王，是个木匠；一个姓李，另一个姓余。他们的热情几乎令我自愧。

我被这热情推拥着，来到一座古今相混的院子里。所谓古今相混，是指房屋建成不久，最多不过三年；而院子一侧，竟残存一块约三十平米的院坝，每一块镶嵌拼接的石板都苍老毕现，其古朴令人惊叹。

"这是落下闳留下来的？"我问吴。木匠老王抢过话头说："是不是落下闳留下的不敢说，但肯定与他有关。"

老王伸出一只粗糙的手，一把拉住我，另一只手指着屋后一片竹木说："你看，这地形像不像一把椅子？"

我随老王所指望去，屋后有一道弧形的土坎，极其规整地圈住一块五六亩的平地，土坎上栽满竹木；由此往上，是一道缓坡，再往上是高阳山，太阳已经横过山顶，正往落阳山移动。

老王拉着我走上土坎，指着四周说："这就是一把椅子，搭在高阳山下。"

我认真看了一番，基本认可老王的说法。老王又将我拉回院坝里，指着这块平地说："这里原来是座大院子，大院子里又有几重天井院。土改时，全村几十户人都住进来了，你想想有多大！"

虽然吴让我多看少说，但我还是忍不住问："你的意思是，这就是落下闳的故居？如果是，那房子的主人是不是该姓落下？"

老李接过话说："落下是孤姓，应该在落下闳那一辈就断了。"

我再次环顾这块平地，仅东北一角是那座一楼一底的砖房，大半已经空出来，了无当年痕迹，忍不住又问："那座已经毁弃的房子，与落下闳有什么关系？"

老王说："我们都在落阳甴长大，都见过那座房子。"

老王又将我拉到砖房正面，站在一挂古老的石梯前，石梯已经严重风化，沧桑不已，比之那挂年梯，似乎更为久远。

在老王、老李、老余的述说里，当年盛况似乎依稀可见，从石梯正对过去，是大门，大门正中有一块牌匾，上书"观天测地"四个大字；左右两边也各有一匾，左边是"南山之寿"，右边是"德血坤贞"。

老王还将三块匾上的文字写下来，双手交给我。我想，似乎正中那块匾真与落下闳有关。这时，老王指着房前不远处说："那个地方叫桅杆田，原来有个石桅杆，我们都见过，也被毁了。桅杆立在一个雕花的石墩上，有小桌子那么大。"

老王双手展开，圈成一个圆形。我正努力想象石墩的大小和形制，老王忽将我拉到阶沿上，指着立柱下一个浑圆的雕花石墩说："立桷杆的石墩与此同。"

我猛然一惊，赶紧追问："你是说跟这个同？"

老王有些困惑，老余赶紧回答："对，与此同。"

我得到确认，但我的惊讶与石墩无关，而在于他们的用语。"与此同"，多么古雅，多么简洁。据我所知，汉语曾经的古雅与简洁，无非因刻于简或书于帛所致。制简需伐竹、开片、断青，再串连成册，方可书之刻之；而帛几乎为奢侈品，岂容繁文冗句？显然，是越来越发达的印刷术，或越来越廉价的书写用具，导致了汉语表达的泛滥。虽然古汉语的简洁是被逼出来的，但也成就了几千年的高贵与精致。

当然，这高贵与精致只属于士大夫，不属于贩夫走卒和野老村夫，但老王他们的口语里，竟至今残留这种奇迹般的古雅，足见落阳旮这地方，曾经有多么浓厚的文气。若无先贤可慕，岂能到此！

这使我对独处一隅的落阳旮油然起敬，似觉每一寸土里都散发出足以令人刮目的文气，袅袅升腾，氤氲不绝。

接着，老李又说："老人们都说，这院子里出过圣人。"

我又不禁一惊，所谓圣，许慎《说文解字》的释义极其简洁明确，圣，通也。通，指通晓天地人世，或代天地立言，唯此类人物方能称圣。落下闳的太初历，就是一部代天地立言的旷古奇书！

我已经确信，这里就是落下闳的故居。

12

老王、老李、老余将我和吴带到右侧，这是一道低矮的山梁，我们驻足山梁上。山梁是椅背的延伸，围住那块平地，极富情意。老王回指屋后说："这里原来有三棵古树，两棵是槐树，一棵是柏树，几个人手拉手都围不住。有两根青藤，差不多有脸盆那么粗，缠在三棵树上，远看像一匹马。"

老余说："青藤每年秋天都要开花，红得像火。"

说到这里，老余扯出外衣下的毛衣说："颜色与此同。"

又一个"与此同"！

我再次惊讶无比。老李指着近处另一道山梁说："这道梁叫闳公梁。"

我立即追问："是落下闳的闳么？"

三人一齐望着我，异口同声地回答："当然是。"

简直不容置疑。我忽记起吴的告诫，不敢再问。我们随老王等沿着这道山梁上行，停在一片乱坟前。老王指着一道低浅的荒丘说："那里原来是一座大坟，坟前有一座石塔和一座碑。碑高一丈，宽三尺，厚七寸，我们小时候碑都还在，碑文已经看不清；石塔有两层，底层烧纸钱，上层点万年灯。"

"点万年灯？"我不由再次发出疑问。老王告诉我："老人们说，那是圣人墓，必须点万年灯，要一代一代点下去。落阳旮五十岁以上的人都见过，可惜都毁在四十多年前了。"

这时，一个头发花白的大娘拄着一根木棍自一侧走来，站在我们身边，望着那座荒丘说："我都随我爹来点过万年灯，灯一直没熄过，落阳旮的人都往塔子里添油，不用哪个招呼，都自觉自愿。老人过世，要给后人说，一定要把万年灯点下去，哪怕忘了祖先，也不能忘了万年灯。"

说到这里，大娘一声叹息："唉，都毁了，造孽啊！"

一片默然，许久无人说话。大娘缓缓走了，木棍敲在地上，铿然有声。我望着那道荒丘，心里一片空茫。而那片草木丛生的荒寂，似乎正蔓延而来，涌入心底。

仍无人说话。我们默默退走，退到这道山梁上。老王似乎知道我心里的疑问，指着那片空地说："老人都说，那座大院是闳公祠，本来无人居住，土改后才让穷人住进去。老人们不敢去住，还挨了斗，斗怕了才勉强住进去。后来要修学校，就把大院拆了，瓦和木头都盖了学校。"

老李接着说："闳公祠不止这一处，桥楼街上也有一座，同样有块与落下闳相关的匾，刻有'灵官测天'四个大字，可惜也拆了，现在是信用社。"

一直不出声的吴说："虽然一切已经荡然无存，但落阳旮的老老少少，都坚称这是落下闳的故居。千百年来，落阳旮人都以落下闳而自豪。他们虽然没能守住落下闳的遗迹，但他们一直让他活在心里。我一直觉得，代代相传的故事，才是最可信的史料。"

我完全认同吴的话，但我却始终无言；我虽与那场疯狂无关，但我仍然觉得愧疚，到底是什么原因，使我们容不下一座旧居、一座古墓以及已经延续千载的守望？

我们站在这道山梁上，眼前虽群峰叠起，淡烟轻回，仍觉满目空茫。

傍晚，我和吴回到高阳山后的农家小院，酒又熟了。吴忙着将羊脯肉洗净，捣成肉泥，又放入热水，去净血污和膻腥，再滤水，包进一块白布里；又将酒中糟粕滤尽，装入一口缸里。

吴说："见证奇迹的时候到了。"

言毕，将包着肉泥的白布放入缸里，轻轻搅动，搅出满屋的酒气，呼啸跃动，如一场看不见的火。

许久，吴将布包取出，表面果然有许多浑浊物。吴将其放入盆里，解开，肉泥白洼洼一团，已经彻底变色。

"嗯，不错。"吴说，又将木炭拖到屋外，掏出几块，吹尽灰烬，再入水中轻轻洗过，木炭已异常洁净，一尘不染。

吴将几块已经处理的木炭放入酒缸，缸里立即发出一片微笑般的轻响，逸出的酒气已经有些熏人。

吴将酒盖住，开始做晚饭。我蹲到灶前，帮他烧火。吴将一块巴掌大的腊肉扔到灶前说："把这个架到灶孔里烧一烧。"

我有些不解地问："烧熟了吃么？"

吴笑道："搞忘了，你可能不懂这个。"

吴让我去淘米，把腊肉交给他。我虽让出位置，并未离开。吴用火钳将那块肉夹住，看了我一眼说："皮要朝下，只烧皮不烧肉。"

我轻轻一笑问："难道这也与落下闳有关？"

吴不答，将肉塞入灶孔里，一股沉郁的陈香蓬勃而起，似带着某种强烈的抗议。我有些惶然，赶紧去淘米。

吴将烧过的腊肉洗净，放入另一口锅里煮，待肉熟，再往汤里加了些青菜。吴一直记挂那缸酒，一边忙活，一边出去察看。此时，吴将煮熟的腊肉放上菜板，刚切了几片又放下，洗了洗手，再去看酒。片刻，吴在外屋说："酒好了，快来帮帮忙。"

我赶紧起身，也洗了手。吴已将另一口缸备好，他看了看我的手问："洗过了？"

"洗过了。"我说。吴指着另一口缸说："你把它扶住。"我赶紧蹲下，双手捧出缸身，几乎有些紧张。吴将那口酒缸捧起，缓缓挨过来，使两个缸口对上，开始倾倒。一股清流自此缸里出，往彼缸里去。吴屏住呼吸，一脸肃穆，近于虔诚，几乎令我感动。这过程小心而缓慢。我想，那些酒已经走完由清到浊的最后一步了吧。

吴将酒缸移开，呼出一口气说："行了，要舍得，舍得也是上等清酒的奥秘。"

我也缓过一口气来，松开两手，直起身。吴拿来那把酒壶和一个舀酒的木勺，舀起一勺酒，凑近鼻尖嗅了嗅，咂着嘴说："很香，你闻闻。"

我将鼻子凑上去，轻轻吸了口气，一股寒冷的甜香扑面而来，仿佛被人推了一把。

"如何？"吴紧紧盯住我问。我忙说："很好。"吴释然一笑说："走，烫热，好好醉一场。"

吴竟然忘了将酒缸盖上，径直去了灶房。我拿过盖子，将酒缸盖上，正要跟进去，吴回过头来说："盖上干啥，这叫醒酒！"

原来如此，我赶紧揭开。

等酒菜齐备，天已黑定。吴已将火炉烧旺，关上大门，将一壶酒，一碟腊肉，一钵青菜放到那张挨近火炉的小方桌上。吴饮下一杯酒，两眼微闭，轻轻咂着嘴，良久，睁开眼睛说："真的不错，你尝一尝，是不是有梅花的香味？"

我端起酒杯，浅尝一口，缓缓咽下，嘴里余香缠绵，似有许多往事渐次绽开，千枝万朵，恰如蜡梅怒放。

我不禁脱口赞道："好酒！"

吴几乎有些得意忘形，说自己花了差不多二十年，才找到了酿造清酒的古法，可惜没有鹿脯，所以不能跟落下氏的清酒比。

我无意与他讨论清酒，只想知道落下闳是否开悟。吴笑着说："肯定会开悟，否则，哪来的《太初历》？"

我点点头说:"当然,不知落下闳是如何开悟的?"

吴将酒杯搁到小方桌上说:"不知你注意到没有,玉清子曾说起过阆中的地形?"

我想了想说:"阆中一水环绕,状若巨丸,远近山峦相拥,深深浅浅。近者有四象,犹如青龙、白虎、朱雀、玄武;又山峰相对,环城而列,分布有度;远处青峰万点,环环相扣,层次分明,大小有致……"

吴轻拍小桌将我打断:"对,就是这几句!是阆中的地形使落下闳有了顿悟。"

13

严冬,远近树木脱尽,一片萧然。落下闳随玉清子再离落亭,来阆中北,登盘龙山脊。此处一峰孤绝,渺无人烟,可尽收四面于眼底。二人极目远望,天空明净如水,格外空阔。远处,群山层层环绕,峰峦万点;近处,一水蜿蜒,数山对峙。阆中城背山面水,处在巨丸之上,沉沉浮浮,悠悠荡荡。

落下闳忽有所悟,环指阆中四周对玉清子道:"恩师请看,此山此水,岂非天地之象?"

玉清子疑惑不解,问落下闳:"卿此说何意?"

落下闳异常兴奋,又道:"此间山水地形,与浑天之说竟如此吻合!城阙所在如巨丸,外围清流环绕,岂非鸡子!四周数山相对,互为呼应,岂非八卦!由此远去,群山层叠,青峰万点,环之绕之,岂非星辰!"

玉清子以为然,笑道:"此山为君生,此水为君流,君若不察尽天人之机,岂不有负上苍厚爱!"

落下闳叹息道:"诚如恩师所言。弟子曾闻,华胥于此间履大人之足而孕伏羲,伏羲制八卦,或许正取自此间山水;即使浑天之说,亦恐开悟于此!"

玉清子颇惊,以为落下闳欲以此间山水为准,测之度之,遂说落下闳道:"此间山水虽奇,然并非天象,岂能用之?"

落下闳道:"我欲用者,并非山水;然山水形态近乎天象,令我茅塞顿开。

若依方位变数，画二十八宿、日月行星于帛上，测之度之，岂不优于夹尺？"

玉清子思之良久，笑道："此法古今未见，孰优孰劣，不敢妄断。"

落下闳道："若不试之，岂知优劣？"

于是，二人入市井，购笔墨、布帛，再登山脊。此时，夜色降临，群星满天，玉清子定动静之位，落下闳展帛图画，又依时刻所移，反复替换，再测之量之，虽得数与往昔近，然尾数每有差异。

玉清子道："依此之法，取日月星辰之数，较之以往或更精密；然地动之数，不知从何而取？"

落下闳道："二十八宿虽为恒星，然随天时推移，亦有变化。以弟子愚见，此即地动之数，亦可取之。然画之图之，仍不能追星辰之变。何者，星辰所在，非但方位各异，高低不同，缓急亦有别。譬如测五星与苍龙星距度，若画一星与苍龙之位，则四星已移位而走，既不能同时测之，其数虽精，又有何益？"

言毕，落下闳颓然坐地。玉清子沉默良久，劝道："虽如此，今日所悟，亦可超绝前人。以卿之奇巧，来日必有妙想。此中奥秘，何止千万，不在一朝一夕之间。"

落下闳不言，思绪如飞，忽起，击掌道："可雇用数人，同时分画日月星辰之位，若缓急相同，则此患可解也！"

玉清子激赞道："卿果然不凡，仅须臾之间，已破千古之难！"

二人即还落亭，欲雇人画星象之图。姜氏愿以售贩清酒所获，支付工钱。恰此时，王子建胞妹秀姑来此送还曲米，闻知，即称愿随师徒学画星象，且不取工钱。

去年，王家自制曲米为老鼠所污，不能酿酒，曾借姜氏曲米五升。

姜氏笑说秀姑道："闺中女子，岂能抛头露面？"

秀姑顿时面红耳赤，然一顾一盼，无不意在落下闳。姜氏似觉秀姑与落下闳彼此有意，暗喜，欲请人做媒。

王子建等纷纷来此，俱愿随玉清子、落下闳画星象。姜氏见来者尽落下南昔日弟子，大喜，置酒酬谢。席间，落下闳说："我等所画者，浑天之象也，当称浑象，恩师以为如何？"

玉清子道："此说甚好，既依浑天之说，宜称浑象。"

时当晦日，玉清子、落下闳、王子建等共八人，离落亭，再往阆中，登盘龙山，待群星明朗，玉清子指分星座，令落下闳等各自图画。

数人虽颇能绘画，然各有缓急，不能同时，虽试之再三，亦如此。落下闳思之，说王子建等人道："我以天干之数呼之，呼甲，可各画一星；呼乙，再各画一星；以此类推，则缓急可同。"

众人皆以为妙，依此各画一图。绘毕，玉清子量度取数，落下闳一一记录。众人无不兴奋，落下闳却闷闷不乐。玉清子问以何故，落下闳道："虽如此，仍有差异，所谓差之毫厘，谬之千里，岂能追天星之疾！"

玉清子道："世间事俱有缺憾，难求完美；此法已度越古人，卿何必求全责备？"

落下闳不言，暗思，以为当有妙法，杜绝缺憾，可惜一时不悟。

翌日晨，落下闳、玉清子等仍于此测日行之数，于是立土圭，以察日影正斜与长短。

此时，日自东山出，朝霞弥空，赤光万里，山水之间淡烟横卧，恍若仙境；有渔舟出没烟波，网起网落，水光四溅，犹如画图。

落下闳道："不知此间景象，与落亭如何？"

玉清子道："冬日晴好，易生雾霭，想必落亭正在寒烟之中。"

落下闳道："落亭距此近百里，又山势各异，地位有差，想日月星辰，俱略有别；若能同时取数，分而记之，岂不更好？"

玉清子笑道："莫非卿欲与我分而测之？"

落下闳道："我随恩师半月登高阳，又半月来此，所取之数残缺不全，焉能察变化于须臾？我已勉知观测之法，愿与恩师分测两地之数。然我仍有疑问，若恩师能为我解惑，或能胜任。"

玉清子道："卿有何疑，请问之，我必竭尽所学，为卿解惑。"

于是王子建等坐于一侧，不敢出声。落下闳道："自古制历，何故以冬至为基准，又以冬月为子月？"

玉清子答道："制历者，俱以八卦图象定天部，又以地支、天干之数为对应。坤对应子，子恰与冬至日相对，又与二十八宿之女、虚、危三星对应；此外，古人以土圭测日影，而知冬至、夏至，冬至则日始长，夏至则日始短。而子为地支之始，故而以冬至日为基准，以冬月为子月。"

落下闳道："我曾闻，古人以芦膜烧灰，分置黄钟大吕之内，以测节气；又称黄钟为万物之始，皆因其声清越，可与天通；而置于黄钟内芦灰，必于冬至日自飞而起，可有此说？"

玉清子道："诚然。卿何处闻知？"

落下闳道："曾自家父闲谈中得之。黄钟大吕，自古用于祭祀天地，人以为既可通天庭，亦可达地府，于是以之起历，或以之测二十四节气。巴人度时节，既不用土圭，亦不用芦灰，每以柏籽烧灰，以梅花为粉末，再取柏油，调和成剂，以此制高香，长短大小一致，干湿分量相同，日日烧香于密室，不受风气所扰，不受晴雨所限，祷之祝之，测之度之，方寸之间，时节可取。以我思之，若冬至日有雨雪，气候湿润，芦灰或不能自飞；而巴人烧香于密室，虽雨雪风霜无奈其何，燃速不变，不致有误。未知巴人之法，与置芦灰于乐管，相比如何？"

玉清子道："巴人之法虽可取，然不过方技，恐难为天下所用。"

落下闳不以为然，又问："自古制历，或以黄钟起历，或以大吕起历；既相同，何故得数各异？"

玉清子道："所谓十二律，有阴阳之分，黄钟既为十二律之首，亦为阳律之始；大吕为阴律之首，处阴律第四位。制历者，或取黄钟之长为母数，或取大吕方位为母数。《颛顼历》即以大吕方位为母数，故称四分历。所谓四分，即分每日为四份也。"

落下闳又问："既黄钟之长可取用，何故颛顼取大吕方位，而非其长？"

玉清子竟不能答，沉默良久道："卿刨根问底，恐神灵亦不能答。然卿所疑所思，或能直指天地之象；既能设问，必能求解。我与卿相识，三生之幸也！"

落下闳朝玉清子一揖道："恩师教诲，必使弟子终身受益。"

恰此时，忽有数十皂隶合围而来，为首者喝道："大胆狂徒，竟私察天象，此大罪也！"

落下闳等大惊失色，欲拒捕，无奈人少，又手无寸铁，俱被捕。

14

落下闳、玉清子、王子建等被押入大牢。落下闳大为愧疚,说王子建道:"此事与卿等无关,我当尽揽罪责,使卿等获释。"

玉清子说落下闳道:"卿乃旷古奇才,重定岁时,救人水火,非卿不可;而我已年迈衰残,何惧生死?况卿已尽得我学,其思虑之精深,胜我何止十倍?有卿在,我虽死犹生!"

落下闳不听,慨然道:"所谓一日为师,终身为父;若使恩师替罪,我心何忍!请勿多言,既生死有命,非人所为,据理争之,或能有惊无险!"

于是,落下闳疾呼道:"要杀要剐,可速决,何故囚而不问?"

王子建等亦呼喊不绝。狱卒不堪喧嚷,报与狱吏,狱吏又报与县令长。县令长蔡应曾与李济成游学齐鲁,彼此交谊颇深。知李济成因落下氏父子获罪潜逃,蔡应大为怀恨;忽闻落下闳、玉清子等于盘龙山脊观察天象,即遣皂隶捕之,欲以此治罪,替李济成复仇。

蔡应即升堂,命押落下闳。落下闳披枷戴锁来至大堂。蔡应喝道:"汝等一介草民,竟敢私观天象!此罪之大,不可恕也,我必斩汝,以儆效尤!"

落下闳道:"所谓私观天象有罪,不知出自何律何典,若有,我自当伏法!"

蔡应斥道:"自古私观天象者,无非察帝星隐显,或以此惑众,然后作反贼;既欲图谋不轨,岂非大罪!"

落下闳又辩道:"我等所欲查者,不过天地之气,日月之行,风雨之变,律历之数,以解苍生之困而利于稼穑,卿何有此说?而君国之数,应在南斗,距此万里之遥,岂能察之!卿欲加罪于我,可另行罗织;若欲以此问罪,岂不贻笑大方!"

蔡应一时语塞,无以对答,命用刑,欲使落下闳屈服。衙役执刑杖,猛击落下闳,凡一百杖,虽血肉横飞,落下闳仍大笑不止。

刑毕,蔡应命押落下闳回狱。玉清子见落下闳浑身受创,气息奄奄,大怒,奋力嘶喊,谩骂不绝。

蔡应闻知，命押玉清子。玉清子称："观天测地因我而始，其术由我而授，与落下闳、王子建等无涉，请释之，无论何罪，由我一人承担！"

蔡应道："若汝能指落下闳欲为反贼，我当立释汝及王子建等。"

玉清子已知蔡应欲置落下闳于死地，大骂蔡应道："狗官，竟欲加害良民！我虽老弱，不惧一死！"

蔡应亦曾闻资中玉清子能察天象，于是冷笑道："汝枉生双眼，不察人情世故，而观天宇之渺，岂不可笑！为民者，或耕种，或织贩，此本分也；汝不务正业，偏执邪门歪道，殊可恶也！我为令长，当纠偏归正，以利风气，否则，必有负天子之恩、黎民之望也！"

于是命衙役针刺玉清子双目，另行关押。玉清子痛彻肺腑，惨呼不绝。蔡应又命分押王子建等，威逼利诱，欲使其污落下闳欲察帝星变数，起而谋反。王子建等亦不肯助桀为虐，虽受尽酷刑，只字不言。

姜氏闻知落下闳、玉清子、王子建等被捕入狱，大为惊恐，奔入王子建家呼救。王子建父亲即携钱财，径往阆中，贿赂蔡应。蔡应只欲以落下闳治罪，于是顺水推舟，释玉清子、王子建等。

玉清子双目受伤，几乎失明。王子建等扶玉清子还落亭，仍寄住落下闳家。秀姑知落下闳仍在狱中，大哭，怨父兄见死不救，于是来落下氏家，跪于姜氏面前，泣道："妾与落下闳青梅竹马，心心相印，本欲与之举案齐眉，共此一生；今落下闳身在囹圄，生死不明，妾岂能自安！愿赴阆中，不惜委身狗贼，换落下闳不死！"

言毕，叩头欲去。姜氏忙将之拽住，欲与秀姑同往阆中，搭救落下闳。方出落亭，忽见落下闳迎面而来，二人惊喜过望。

姜氏、秀姑迎落下闳回屋。姜氏问道："传闻蔡应为李济成故交，欲为之复仇，置汝于死地，何故又释之？"

落下闳笑道："恩师曾言我为天星下凡，想必狗贼亦知，故而不敢加害。"

原来，蔡应欲再审落下闳，逼其自证谋反大罪，正此时，巴郡太守华清来阆中，获知此事，严责蔡应道："所谓前车以覆，后车当鉴，应季先、李济成、陈湘、王旭等俱因徇私舞弊、枉用刑法而获大罪，虽时过境迁而教训犹在，宁不记取！况巴人勇悍，岂可屈服？若一意孤行，必有灭族之祸！请释落下闳，予以宽慰。"

蔡应大惧，命释落下闳，欲邀其入府，设酒款待。落下闳坚辞不往，即离阆中，取道落亭。华靖闻知，深恐落下闳往州郡申冤，于是只身追赶，于十里外与落下闳会于途。

华靖朝落下闳一揖道："卿能获释，俱因我严责蔡应；知卿欲还落亭，特意追赶来此，为卿道贺。"

落下闳颇知华靖之意，笑道："我虽涉世不深，亦知民不可与官斗；既有保释之恩，我当谢之！"

于是朝华靖一揖。华靖道："蔡应所虑者，卿等妄言帝星之数，以惑人心也，虽用刑过度，取证非法，然其情亦可体谅。既事已解，望不以为意。"

落下闳道："恩师有言在先，不可言帝星之数，我等每每引以为戒，卿不必有虑。至于官府作为，或徇私枉法，或草菅人命，屡见不鲜矣；民有冤屈，诉之无门；民有怨恨，求之无道，此亦常情也。卿勿忧，此事到此为止。"

华靖又道："卿风神俊朗，才思如流，我当荐卿入仕，必将鹏程万里。"

落下闳笑道："卿美意如天，令我感激不尽；可惜我已无功利之想，唯愿清贫自守，了此一生！"

言毕，告退，还落亭。华靖已知无须忧虑，亦还阆中，留一日，又回江州。

玉清子双目重创，痛楚不堪。落下闳入山采药，为其治疗。经一月，虽疼痛已解，然不能复明。落下闳欲遍访名医，为其诊治。玉清子自知不可康复，说落下闳道："我已年近六旬，又日观夜察，用眼过度，即使不遭此祸，亦将失明。今岁时之差已现，料不出十年，必群魔俱出。请卿夜以继日，勤观苦察，取尽天人之数，必有可用之日。惜我不能助分毫之力，唯有坐等佳音。"

落下闳无奈，独登高阳山，测日影，取星月之数。

王子建等因此罹祸，家人再不许助落下闳，或以为此道寂寞，不如耕种，以济家用。

落下闳亦不能往阆中，只能困于高阳山；又无人绘浑象之变，唯能以玉清子所授古法为之，以为不能追日月星辰之迅速，欲大思浑象，盼能顿悟。

于是落下闳独处一室，苦思数月，一无所获。玉清子颇为焦虑，说落下闳道："既思之无果，何不仍以古法为之？"

落下闳道："若依古法，其所得与六历何异？既如此，何必劳而无功？"

玉清子无奈，叹息不已。某日，落下闳忽问玉清子道："未知古人制历，以何运算？"

玉清子道："古历皆以盖天之说为据，以《周髀》为运算之本。"

落下闳跌足叹道："家父曾藏有此书，可惜一时愤恨，已为我焚毁！"

玉清子笑道："卿勿悔恨，我亦有此书。"于是玉清子自枕下拿出行囊，掏出一部古书，递与落下闳。落下闳称，既不能有所悟，不如先习运算之法。

落下闳闭门苦读《周髀》，昼夜不歇，十日后，已尽知《周髀》要义，以为此书无不基于盖天之说，若以此运算，必蹈古人覆辙。

玉清子又出一书，名为《甘石心经》，说落下闳道："此书古奥难懂，我曾昼夜苦读，一无所获。卿若能读破其中玄妙，或能有所得。"

于是，落下闳又苦读《甘石心经》，经三月，已至夏日，落下闳出见玉清子。玉清子悬望已久，见落下闳满面笑容，忙问："如何？"

落下闳道："《甘石心经》所据者，浑天之说也，弟子已知精要，与《周髀》相比，当有云泥之别！"

玉清子大惊失色，激赞道："卿真乃神人！我读《甘石心经》十余年，每每如在迷途，浑浑噩噩不知所以；卿仅数月，已知其中精要，苍天何独爱卿如此！"

落下闳道："我读此书，既知其说之妙，又知运算之精。然若欲制历，必取尽天地之数，其数之广，浩若烟海，若一一推算，恐集千百人之众，用数十年之久，不能求尽得数。"

玉清子以为然，说落下闳道："不知卿有何想，愿闻之。"

落下闳道："古人运算，或以积算，或以太一，或以两仪三才，或以五行八卦，或托以运筹，或用之珠算，方式各异，精疏有别，不一而足。而巴人运算，既不托之他物，亦不付诸笔墨，而用之以心，人称心算。家父颇善此道，亦曾授我要义。所谓心算，不过先定算法，蓄之脑内，然后反复习练，或相加，或相减，或相乘，或相除。久之，则无论数之繁简，更无论加减乘除，随口报之，得数俱能应声而出，其神速精准，堪称独步天下。"

于是，落下闳请玉清子任意以数读之，并以珠算验之；落下闳闭目运算，得数竟然精准无误。仅三日，其速已远出珠算之上。

玉清子惊骇不已，摇首道："卿何止超凡脱俗，恐神灵亦难如此！我何德何能，竟以卿为徒；虽孔、老再世，亦恐不能为卿之师！"

15

既已尽得运算之法，又快如疾风闪电，落下闳仍独处一室，苦思浑象。

姜氏以为落下闳已年过二十，宜娶妻成家，又知其与秀姑彼此心仪，于是夜召落下闳道："落下为孤姓，居此间已数代，虽有兄弟，或病亡，或死于非命，往往香火微弱，唯悬一线。今父兄已故，唯汝犹在。既与秀姑有意，宜娶之，以使子孙有继。"

落下闳喜不自禁，称非秀姑不娶。姜氏颇觉欣慰，欲请邻里为媒，求娶秀姑。

玉清子闻知，忧虑不已。是夜，劝落下闳道："观天测地，需心如古井，身无累赘。自古以来，凡许身此道者，无不孑然一身，耳不闻世事，眼不观美色。若娶妻室，当有子女，必为生计奔波。如此，则身为之累，心为之忧，岂能察日月星辰于须臾？"

落下闳道："我非神鬼，不过饮食之徒，娶妻生子本分而已。古人言，不孝有三，无后为大，若不娶妻，何以续祖宗香火？恩师尽知天地人事，何故劝我绝人伦，而作不肖子？"

玉清子道："孟子曰，天将降大任于斯人也，必先苦其心志，劳其筋骨，饿其体肤，空乏其身，行拂乱其所为。今灾害将起，祸乱将出，沸水已悬顶上，利刃已逼腹心，天倾地覆，已在瞬息之间；人之生死，只在尺寸之内。而卿身怀不世之才，善思善察，空前绝后，岂能拘于常情，受家室之累而不顾苍生祸福！天生之材，各有所用；重定岁时，纠尽谬误，卿之天命也，岂能辞之！"

落下闳不听，亦不言，解衣上榻。不觉，夜已深，玉清子知落下闳未眠，又问："我已言尽利害，不知卿欲何为？"

落下闳道："我与秀姑两情相悦，彼此心仪已久，实在难以割舍，恐有负恩师所望。天下之大,自古不乏良才,胜我者何止千万;既恩师所托非人,可另择优异者,或托之不晚。"

玉清子忽起,翻身下榻,再次跪于落下闳面前,泣下如雨道:"儿女情长,人之所共也;卿之心迹,我岂不知!然自古身负天命者,岂能不断绝常情,去尽欲念!我每每苦口婆心,卿何故至今不悟!"

落下闳亦下榻,一如数年前,跪说玉清子道:"不尊人伦,何言天命,恩师何故逼我太甚?若不能迎娶秀姑,弟子不惜以区区性命而为之殉情!"

玉清子忽朝落下闳叩头不绝,疾呼道:"汝竟沉溺私情,而不顾大义,上苍何故赐汝智慧,而不予汝志向!我既无识人之明,无颜苟且于世,不如死于此!"

落下闳忙止之;玉清子拼尽全力,仍叩头不止,顷刻,前额已破,鲜血覆面。落下闳紧拽玉清子,哭道:"恩师如此,岂不令我无地自容!"

玉清子方止,血泪并下,说落下闳道:"我所以如此,并不为己,实为天下苍生也!卿若不应,我当触地而死!"

言毕,又叩头。落下闳跌足呼道:"恩师请止,弟子当自此断绝欲念,永不言儿女私情!"

玉清子喜不自禁,与之抱头痛哭。姜氏早已惊醒,谛听良久,不禁暗自饮泣。

此后,落下闳每登高阳山,日观夜测,几乎不忍自王家路过。

王子建父母亦知秀姑与落下闳彼此有意,以为姜氏必托媒提亲,待时既久,并无动静,又见落下闳每每绕道而走,似有愧色,已知有变。于是往来渐少,已暗生嫌隙。

阆中张子扬亦曾来落下氏私学读书,借宿王子建家,亦爱秀姑美貌娴雅,于是请人为媒。

张家以丝织致富,家资巨万,秀姑父母当即应允。是年秋,佳期已临,张家大备礼仪,来落亭娶亲。

是日,秋雨绵绵,如泣如诉。迎亲者大吹大擂,颇有显扬之嫌。落下闳心如刀割,独坐室内,紧闭门户,不忍目睹。

玉清子深知落下闳肝肠寸断,邀其饮酒。落下闳竟不辞,与之痛饮,自正午至半夜，杯盏不停。玉清子早已颓然，醉卧席上不起。此时，仍秋雨满窗，西风凄冷，偶有落叶飘过，如愁绪乱飞。落下闳对物伤怀，有感于咫尺之间，不可亲近，虽情深意长，不能为眷属，悲不自禁，于是对酒唱道：

悠悠巴山雨
蒙蒙千万里
既为他人妇
莫恋旧时衣

悠悠巴山月
落地如霜雪
他年若相逢
可堪对落叶
……

歌未尽，已声泪俱下。

连日来，落下闳足不出户，唯饮酒自叹。玉清子深知其为情所伤，不好劝，暗自焦急。姜氏见落下闳愁眉不展，日渐消瘦，劝道："秀姑已为他人妇，去日不可还，流水不可追，何必如此？"

落下闳道："人非草木，孰能无情；双燕初散，岂能不痛！"

姜氏亦不好多劝。不觉，又近冬至，落下闳深知此节之重，于是暂释愁怀，重登高阳山，欲测日影变化，正架土圭，忽听有牧童齐声唱道：

玉清子
双眼瞎
恋姜氏
不归家

落下闳大惊，遂止，举目望去，见几头牛正于山腰吃草，几个邻家牧童正

跳跃欢唱:

> 姜氏姜氏
> 春心不死
> 不守妇道
> 厚颜无耻
> ……

落下闳怒不可遏,直奔牧童而去。牧童见落下闳愤恨而来,惊散乱走。落下闳不舍,执一子,喝问道:"说,谁人教唆?"

牧童不敢隐瞒,忙道:"歌谣早已传遍落亭,老少人人能唱。"

落下闳如五雷轰顶,久不能动。此时,太阳正在高阳山,精光四射,微风不动;落下闳唯觉一片昏暗,身心俱寒,于是还家。

玉清子坐于院内,偶与姜氏闲话;姜氏正忙于洗涤酒器,欲待梅花开时,好酿清酒。忽见落下闳归来,满脸惭恨,二人颇为惊讶。玉清子问落下闳道:"风日俱好,晴空万里,正宜测之,何故早回?"

落下闳不答,径入室内。姜氏颇为疑惑,遂来落下闳门前,见门已紧闭,推之不开,于是问道:"何事如此恼恨?"

问之再三,不见回答。姜氏无奈,以为仍因秀姑,嗟叹良久,转入厨房,备午炊。饭熟,又近门呼之,落下闳仍不应。姜氏、玉清子正手足无措,落下闳忽出,语气冷若冰霜,说二人道:"高阳已不可登,我即往阆中,不察尽天人之机,誓不还落亭!"

言毕,拂袖而去。

16

说到这里,又是三天过去,正当腊月十五夜,皓月当空,银光满地。吴说:"这是一年里最后一次月圆,岂能错过,走,出去看月亮!"

我不能拒绝，随他来到院子里。屋外一片粲然，一切景物如在水底，泛出一层虚光。山和树似乎远了许多，有了些诗禅般的空明。我特意走近一棵梅树，枝上有点点寒光，似乎已结了冰。梅花的香气格外含蓄，仿佛已被封冻。

忽听吴说："你看，这里的月亮如何？"

我抬头望去，月亮恰在中天，看上去丰盈而洁柔，似乎仅在数里之间，举步可至。

"真好，反正成都看不见这么好的月亮。"我说。吴有些自得地说："何止成都，天下没有任何地方的月亮能跟这里比。"

我有些不以为然，笑道："徐凝有两句诗，'天下三分明月夜，二分无奈是扬州'。至少在徐凝看来，最好是扬州的月亮。"

吴几乎有些愤然，看着我说："扬州的月亮好，为何落下闳出在这里，而不是扬州？"

"这有何关系？"我反问吴，有些不怀好意。

吴浅浅一笑，恰如一缕幽月："话这么说，像落下闳这样的旷古奇才，必须有相应的环境作为成长条件。要是这里的月亮不比其他地方好，落下闳不可能独出他人之上。近年来，有许多天文学家慕名来此，他们的结论完全相同，这里地理位置尤其特殊，最适宜观天测地；你敢说这里的月亮不是天下最好，岂不是笑话！"

我不愿争执，立即表示悦服，我说："我并没有说这里的月亮不好，我只是想说天下之大，适合观察日月星辰的地方可能不止这里。"

吴不肯放过我，仍然穷追猛打："你竟然拿两句诗来说事！徐凝算啥，在唐代诗人里，他顶多算是二流。只说明月诗，比这两句好的多的是，比如，明月出天山，苍茫云海间；吹灯窗更明，月照一天雪；满月飞明镜，归心折大刀；青女素娥俱耐冷，月中霜里斗婵娟；独携天上小团月，来照人间第二泉；湖光秋月两相和，潭面无风镜未磨……如此等等，随便拈出几句，都能使徐凝自愧不如！"

吴的固执再次令我惊叹，不由暗想，吴大约晚生了一百年，否则，他一定是个不可多得的雅士，只是雅得有些过分孤傲。

我给吴递去一支烟，算是进一步求和。吴也果然放过了我，吐出一口烟说：

"再过半月就过年了,我们就在这里过如何?"

我有些犹豫,毕竟年是举家团聚的大节,岂能只身在外?我轻轻一笑,并不回答。吴看出我的心思,将我拉回屋里,仍坐于炉边。

"你一定不知道乡下的年过得多有滋味,何况在阆中,更何况在落下闳的故乡。我敢说,阆中人的年最认真、最一丝不苟。比如现在,正好是腊月半,乡下人正忙着杀年猪。你见过杀年猪么?"吴望着我说。

我想,吴一定把我当成生长在城里的人了,于是笑说:"我也是乡下长大的,当然见过杀年猪。"

吴说:"不同不同,完全不同,阆中人杀年猪绝对不一样!听说过吃庖汤么?"

我想了想说:"我已经在成都生活了二十多年,老家的风俗反而不怎么熟;但我知道川西坝子有个风俗,凡杀年猪,总要大办宴席,叫作喜猪酒。"

吴有些蛮横地打断我说:"不一样不一样,绝对不一样!我不懂喜猪酒有什么内涵,但我知道吃庖汤是不可缺少的年俗。严格说来,阆中人过年,是从腊月初八开始的,过完初八就开始杀年猪。杀年猪必须吃庖汤,远远近近,老老少少都去,至少几十桌,今天这家,明天那家,一直要吃到腊月三十。你想想,那岂不是一场场欢会?"

我有些疑惑地问:"未必阆中人就天天吃庖汤,直到大年,啥事都不干了?"

吴一挥手说:"不不不,你这是曲解,吃庖汤并不影响做事,何况这之间还有很多年俗,比如打扬尘,点檐灯,送灶神,贴春联,抢银水,发天祝等;过了年,又要亮花鞋,送丝蚕,游百病等,这年要一直过到二月二龙抬头才算完。你说说,这普天之下,还有哪个地方把年过得这么持久,这么地道?"

我已经有些惊讶,虽然早已知道阆中被命名为春节文化之乡,但何曾想到阆中的年竟然包含这么繁多的仪式。在我看来,仪式是节日的筋骨,抽去这些筋骨,节日就只剩下一张干瘪的皮了。

吴又点燃一支烟,深吸一口说:"没有落下闳,就没有太初历,没有太初历,就没有今天的年。说到底,阆中人是以认真过年来纪念落下闳的。你如果不在这里过年,你绝对无法真正走近落下闳。况且这里是落下闳的故里,你好意思拒绝?"

吴总是这么不容置疑、不容分说；而我更愿理解为出自盛情，于是答应下来。吴异常兴奋地说："你绝对不会后悔，我敢保证，这一定是你有生以来过得最结实的年！"

吴忍不住站起，走来走去："太好了，你能在这里过年太好了！当然，更重要的是，你必须全面了解落下闳，不到过年，绝对说不完，所以你必须留下来。但我还是要感谢你，感谢你愿意留下来过年。"

似乎被挽留的是他，而不是我。吴停下来，看了看屋里，又说："可惜家里没有年猪，不能让你感受一下吃庖汤的盛况。我父母已经去世，家里再没有养过猪。"

我很想说：既然正是杀年猪、吃庖汤的时节，何不去邻居家里感受一下？

吴似乎看穿了我的心思，坐回炉边说："这样，我明天早上去打听一下，看哪家要杀年猪，我们一起去吃他一顿！"

我自然格外兴奋，向吴递去一支烟。吴伸手欲接，忽又收回，霍然站起，跌足道："完了完了，只顾得跟你说话，忘了件大事！"

我见吴一脸沮丧，忙问："什么大事，把你急成这样？"

吴两手朝我摊开，一脸追悔莫及地说："我之所以一定要回来过年，除了给你讲落下闳，为的就是这件大事！唉，竟然忘了！"

我仍然摸不着头脑，又问："到底啥事？"

吴跌坐回木椅上，叹息不已；过了许久才说起这件事。原来，这里有道极有个性的年俗叫放路烛。每到腊月，落阳旮的人就会砍来几棵经霜的老斑竹，划成长约一尺的蜡杆，烘到绝干，再把蜂巢与猪油一起熬成汁，浇铸成蜡。等到腊月十五夜，家家户户将蜡带到路口，沿每一条路点出去，将每条路点燃，烛火与月光辉映，人间天上，流光溢彩。

我不由为之绝倒，甚而有些疑惑，于是问吴："真有这道年俗？"

吴几乎有些愤然地说："这可以马上得到验证，岂能信口胡说！"

我点了点头，以示信然，感叹道："真是闻所未闻，如此说来，阆中的年真是不同寻常。不知这点蜡起于何年，有何讲究？"

我将烟再次递给吴。吴接过，点燃，吐出一口烟说："据传，这道年俗与落下闳有关。当年，落下闳辞别玉清子，入长安改历，一去数载，杳无音信。玉清子每日坐于老梅树下盼落下闳还乡,虽望断归路,不见人影。玉清子思念愈切,忽生灵感,亲手制蜡,一一点燃,插满归途。谁知不久,落下闳真就回来了!"

吴继续说:"后来,落阳邰人每到腊月十五都要点蜡,为那些远在异乡的亲人点燃每一条回家的路,期盼阖家团聚。必须注意,腊月十五是一年里最后一次月圆,而半月之后就是举家团聚的日子,这年俗所包含的情感如此深切,怎不令人动容……"

吴的声音几乎有些哽咽。我颇为惭愧,不知如何是好。片刻,我对吴说:"对不起,都是因我。"

吴将烟头扔进火炉里说:"没事,腊月十五年年有,明年又来。走,去高阳山,看那些被烛火点燃的路!"

17

我随吴踏着满地清霜似的月华,登上高阳山,放眼一望,山下早已烛火绵延,每条路都在尽情燃烧,蜿蜒起伏,如波光万点;缕缕深情,正在烛光中绽放,令人潸然泪下。

我与吴坐在一块山石上,默然无语。烛火仍在延伸,延向山外,延至天际。天上那轮圆月,似乎深受感动,每一缕月光都饱含热泪,洒向人间都是情。

我们就这么坐着,不愿出声。时间慢慢过了半夜,那些蜿蜒的烛火渐渐暗淡,又渐次熄灭,唯剩一片无边无际的月光。我似乎看到,在幽婉的月华里,那些远在异乡的游子正踏着每一条归途匆匆走来,走过千山万水,走向那个人人共享的伟大的节日。

此时,吴慢慢站起,看着我,极其自豪地问:"怎么样?"

我也站起,极为认真地说:"我相信,这一定是世界上最深情的年俗!"

吴一掌拍在我肩头说:"这就对了!这下你一定明白,天下人都过年,为何只有阆中才是春节文化之乡!我为这个称号感到骄傲,但又觉得太过小气,要是慷慨一点,应该叫春节发源地!落下闳是阆中人,因为他的太初历,春节才得到确定，两千年来再未更改，为什么不能慷慨一点？"

我不住点头，又问："不知落阳旮的人，是不是都回来过年？"

吴说："那当然，不管千里万里，不管有钱无钱，哪怕两手空空，落阳旮人都必须回家过年！"

我与吴边说边走，回吴的旧居时，已是鸡声四起。

翌日晨，我还赖在床上，吴顶着一头霜花推门进来说："快起来，我已经问好了，今天是落阳旮的老王家杀年猪！还记得老王么？"

"木匠老王嘛，当然记得！"我说。翻身坐起，穿衣下床，忙着洗漱。吃过早饭，随吴一起走过山脊，往落阳旮去。

天气格外晴好，阳光如一波波清澜，遍地涌动，又带着一缕缕似有若无的淡烟，到处横流。

老王家早已挤满了人，热闹非凡；一头已经宰杀的肥猪被摊在屋檐下，一个不免油腻的杀猪匠正忙着分割。老王见我和吴走来，立即迎上前，掏出一包烟，给老吴和我一人递来一支。

老吴笑说："这位没见过吃庖汤，想来感受感受。"

老王豪爽地说："这是我的客，也是落下闳的客！"

老王随手拿过一条板凳，搭在那块古旧的石板铺成的坝子里。我也不客气，与吴一起坐下。不断有人过来跟吴招呼。

听说我要写一部有关落下闳的书，乡亲们的热情立即高涨起来，都过来围住我和吴，七嘴八舌地说起了落下闳，都是些传说，有的甚至有些灵异。比如，说起那座已经荡然无存的圣人墓，一个满头白发的老人声称，虽然墓不在了，碑也不在了，你只要去拜，就会显灵。接着，老人信誓旦旦地说，自己从不吃药，只要有病，就去那里烧三炷香，磕三个头，保证会好。

那个我曾在墓地前见过的老太婆说，每到雨夜，墓地里总会亮起一盏灯，风吹不熄，雨打不灭。

诸如此类，越说越玄。太阳正从朱阳山斜照过来，人人一身透清红，处处流丹溢彩。我忽然觉得，这自然该是个生长传说的地方；或者，这里的每一个人都是传说，他们身上都闪耀着传说的光芒；他们有权去塑造属于他们的传说，也有义务让所有的传说成为永恒。

谈笑间，宴席已开，我和吴竟然被推上首席。吴用胳膊轻轻碰了碰我说："我这是沾你的光呢！"

席上除了常见的蒸肉、炒肉、炖肉等，还有一钵猪血汤和一钵杂碎汤，颇有仪式感地放在正中。吴先给我舀了半碗猪血汤，没等我喝完，又舀了一勺杂碎汤倒进碗里。我似有所悟，所谓庖汤，一定与这两钵汤有关。正要问吴，吴端上酒杯站起，看了看四周说："我说两句。"

喧嚷声立即停止。吴指着我说："这位是成都来的作家，要写一部关于落下闳的书。我今天把他请来，就是想叫他看看，落阳旮出了个圣人，这里的年，才是天下最地道的年！让我们敬他一杯好不好？"

众人一齐响应。我岂能拒绝，赶紧站起，高举酒杯，干下这杯酒。吴立即给我满上，又站起来说："我还有一句话，想请这位作家，把我们落阳旮的年俗写进书里。落阳旮偏僻，要是世人都知道落阳旮的年最为地道，说不定就有许多人来这里过年，这里就会成为一个极有特色的旅游目的地！大家说好不好？"

众人一齐叫好。我忽然明白，也许这才是吴叫我来这里的真实目的，不由感叹吴的心机和狡黠。但我深知，一部书多么微不足道！我很想说，一部书改变命运的时代早已过去；今天的书已经形同敝履，很少有人问津。但面对这么多热切的目光和近乎童真的指望，我知道什么都不能说，所有的真话都可能成为令人绝望的伤害。我只好近乎撒谎地答应下来。

接下来，乡亲们轮番过来敬酒。酒很烈，一如他们的热情。我勉强招架一阵，极称不胜酒力，再也不敢喝；吴却来者不拒，醉得几乎不能站立。

这顿庖汤从正午一直吃到夜晚，人们才兴尽而去。我和吴向老王道过谢，踩着一路缤纷的月华，高一脚低一脚往回走。吴停在一条土坎上，面前是一道深谷，背后是一块麦地。吴掏出家伙，朝深谷里小便。我担心他栽下去，想扶住他。吴挥了挥手，将我挡开，呲着牙说："至少落阳旮的人都是你的读者，我在帮你卖书呢！"

我终于忍不住说："今天，已经很少有人读书了。"

吴啐了一口痰，忽然暴了句粗口："锤子！"

我惊讶不已，有些怪异地看着他。吴将那东西装回裤裆里，哑声哑气地说："一切都是暂时的，格老子，不读书，那还叫人？"

吴一转身，忽然脚下一虚，一头栽进麦地里。我赶紧伸手去拉他，他仍将我挡开，翻身仰卧，哈哈大笑道："安逸，不如睡他娘一觉，等酒醒了再回去！"

我正手足无措，吴又说："你听好，我给你来段山歌，保证带荤不带素！"

吴就对着天上的圆月，扯开一副破嗓子唱起来：

    天上的月儿嘛像把刀
    地上的妹儿嘛像嫩草
      ……

吴忽又停住，侧头看着我说："这是巴蛮子的歌。"

"巴蛮子？"我不禁惊问。吴又笑了一阵，笑过了又说："巴蛮子就是巴人。巴蛮子嘛，敢扇皇帝的耳光，敢睡皇帝的婆娘，怎么样？"

吴一反常态，显得异常粗鲁。我忽然陷入迷茫，不知那个执拗而风雅的吴，与这个满嘴粗话的吴，到底哪个更真实。

吴已经翻起来，把手伸给我，我赶紧将他拽起。吴拍了拍手说："我还告诉你，落下闳差点睡了皇帝的婆娘！"

我惊得目瞪口呆，正要问，吴已经踉踉跄跄走了，头也不回地说："回去，听我慢慢给你说！"

我跟上去，踩着吴的影子。吴又唱：

    我一把嘛搂住妹儿腰
    妹儿嘛捂住身上的草
      ……

吴放声大笑，几乎站不稳。

18

落下闳一入长安，即遭重创，被关入天牢。谯隆焦急不已，每每求见武帝，请恕落下闳无罪。武帝不听，称落下闳以浑天之说而辱圣贤，此大罪也，岂能饶恕。

十数日间，谯隆屡屡求见武帝，请宽恕落下闳。武帝渐生怜悯，遂下旨，命释落下闳，逐还阆中。谯隆再求见武帝，奏道："落下闳自知有负天子厚望，愿为陛下酿清酒，以赎其罪。臣知落下闳极善酿造，其酒独步天下。臣愿以身家性命为其担保，请陛下准落下闳留长安，专司酿酒。"

武帝问谯隆道："不知落下氏所酿，与卿相比如何？"

谯隆叩头道："臣所酿如清水，落下氏所酿如琼浆，实有云泥之别。"

武帝闻此，准谯隆所请。谯隆大喜，拜辞出宫，即还府第，说落下闳道："陛下已准奏，卿可留居长安。"

落下闳亦喜，说谯隆道："卿勿忧，我当百般忍耐，以待洗尽前耻。"

谯隆道："我知卿乃古今奇才，于是力荐入朝，改制汉历；卿何故以邪说而辱圣贤？"

落下闳笑道："何为邪说，何为圣贤？"

谯隆深知落下闳固执，不愿多说，又道："此天子禁地，非草泽山野，不可任性。既已有所知，望能以此为戒。"

落下闳然之。于是谯隆领其入酒坊，与同僚相见。落下闳四处察看，渐而眉头紧锁，忧虑不堪。谯隆不解，待回府第，问落下闳道："卿何故不乐？"

落下闳叹息道："纵使我极尽酿造之能，亦恐不能足天子之望！"

谯隆道："天子一言，重于山岳，卿有何虑？况落下氏清酒，卓绝超凡，我辈虽穷尽所能，不能比肩。卿若酿造，必能使天子开颜，何有此说？"

落下闳道："实不相瞒，落下氏清酒所以妙绝，其因有三，每逢蜡梅盛开方始酿造，邀梅香入酒，其味香而不腻，此其一也；去尽糟粕，再捣鹿脯为肉泥，焯水去腥，以帛裹之，入酒瓮，吸走沉淀，而鹿脯鲜美，其味互借，沉而不浮，此其二也；烧果木为炭，洗去灰烬，再入酒瓮，酒已清芬馥郁而不张扬，且杂质已尽，凛冽如冰，此其三也。三者缺一不可，否则，岂能有成？"

谯隆叹息道："世人俱知落下氏清酒妙绝天下，岂知竟如此曲折！"

落下闳道："宫中酒坊，虽竹树环绕，然无蜡梅，岂能复为！我若于此酿造，其酒必流于寻常，恐再招欺君之罪。既与卿性命攸关，不如拒之，以我之头，换卿平安！"

谯隆思索片刻，又道："此有何难，鹿脯、果木，寻常之物，取之不尽，用之不竭；至于蜡梅，亦可移栽，何不能为？"

落下闳道："非也，若移栽，必伤根须，一时恐难开花。而天子之命如神谕，岂容延宕？"

谯隆一时无语，沉吟良久，忽忆及乐府外有老梅百株，每到隆冬，应季而开，琼枝玉蕊，香彻内外。于是请落下闳勿虑，即求见少府监秦宓，告之原委，请移酒坊近乐府。

秦宓道："宫中乃天子私地，若无天子旨意，岂能擅改格局？"

谯隆请求再三。秦宓道："卿颇受天子宠信，若欲为此，可面奏天子，恕我不敢贸然。"

谯隆无奈，再次求见武帝，叩头道："落下闳极愿为陛下酿造，以谢不杀之恩；然落下氏清酒，须引梅香入用，而酒坊无梅，不能为之。臣知乐府外有老梅百树，已近花期，酿造之时迫在眼前，请陛下准移酒坊近乐府。"

武帝准奏，即召秦宓，命移酒坊。事已至此，落下闳不敢怠慢，凡洗涤酒器，选用酒米等，无不亲力亲为。

原酒坊有一井，井水清澈而甘美，谯隆每以此水用于酿酒。落下闳取井水尝之，以为此水过寒，若用，其酒烈而不柔，饮之，必醉而难醒。于是取尽宫中井水，一一试之，以为均不能用，虽各有出处，然同出一源，水质无异。

正为此惆怅，忽听梅苑内有水声，隐约可闻。落下闳指梅苑问谯隆道："此间有流水？"

谯隆道："正是，此为御沟，引灞水而来，用于浇灌花木。"

落下闳道："此水幽柔而不激越，或可用之。"

二人即入梅苑，见御沟自乐府墙内出，满渠清流，如诉如歌。谯隆道："先帝以为水声近乎天籁，或可诱发制曲者之思，故而使此水流经乐府。"

落下闳取水一尝，笑道："此水甘而不腻，柔而不软，冷而不寒，清而不薄，最宜酿酒。卿为侍中，主酿造已十余载，竟不识此水！"

谯隆笑道："我不过凡夫俗子，岂能与卿比？我能侍于陛下一侧，皆因巴郡清酒也；卿所酿一出，我必失宠，恐再无立足之地。"

落下闳道："卿勿虑，我宁作乞儿，不为此道。"

几日寒风之后，老梅一夜竟放，落下闳汲御沟水洗米浸泡，以家传秘法酿酒。谯隆恐僚属不肯奉落下闳之命，每日不离酒坊。落下闳等夜以继日，蒸米五百石，洗净黏液，拌足酒母、曲米，装入瓦瓮，以待酒熟。谯隆依例供奉酒神，每日焚香祷祝。

落下闳不禁笑道："大凡酿造，全赖人工，不在神灵，何必如此？"

谯隆道："卿有所不知，所谓君意如天，喜怒实难料也。若酒美，神灵之功，若不美，神灵之过。我等不图有功，唯愿无罪。"

落下闳道："曾闻伴君如伴虎，今闻此言，方知不虚。我若不死，必辞归，绝不淹留此间。"

某日，风轻日美，格外晴和，梅香四起，令人心旷神怡。落下闳邀谯隆于梅苑闲坐，正说话间，忽见一紫衣女子经苑外而过，正往乐府。落下闳望见，不由大惊，此女容貌形态，竟酷似秀姑！不禁指之问谯隆道："此女何人？"

谯隆道："此乐府令李延年胞妹李秋娘，李氏为制曲世家；此女极善歌吟，声色俱美，颇受陛下宠爱。"

落下闳爱慕之心油然而生，又忆及秀姑出嫁之日种种情形，仍觉秋雨如晦，落叶漫飞，不禁扬声唱道：

悠悠巴山雨

蒙蒙千万里

既为他人妇

莫恋旧时衣

悠悠巴山月

> 落地如霜雪
> 他年若相逢
> 可堪对落叶
> ……

其声凄怆婉转，动人心弦。谯隆颇为讶然，问落下闳道："此莫非巴山竹枝词？"

落下闳道："诚然。卿离家日久，未必已忘尽乡音？"

谯隆道："非不识乡音，实因此声高而带怨，柔而有刚，闻之，使人撕心裂肺。"

落下闳不言，再看李秋娘，已无踪影，然劲草佳木间，仍余韵不绝。

片刻，李延年忽来，问二人道："适才歌者谁人？"

谯隆道："巴郡阆中落下闳也，卿以为如何？"

李延年朝落下闳拱手道："卿之词浑朴自然，了无雕琢，言情之深，令人动容；卿之曲破云毁日，催山崩崖，又回环委婉，令人泣下。实不相瞒，我近日曾作十曲，命李秋娘为陛下歌之；陛下不喜，以为寻常。请卿赐我此曲，我欲使李秋娘歌之，以悦天子之心。"

落下闳不能辞，又歌之。

19

自此，落下闳愁绪如水，不可消解，李秋娘身影总在眼前，飘飘忽忽，挥之不去。乐府内，李秋娘习唱巴山竹枝词，其声逸出墙外，犹如清风盈耳。落下闳为之心驰神荡，不能自禁。

谯隆见落下闳神思恍惚，心事绵绵，遂问之。落下闳称，不过偶感风寒，无碍。

不觉酒已熟，芳香四溢。落下闳以秘法取酒，所得数百瓮，甘美不已。谯隆大喜，即携酒入后宫，献与武帝。武帝尝之，赞不绝口，命召落下闳，欲以金钱、蜀帛赏赐。

落下闳称病辞谢，托谯隆转奏武帝，称为陛下酿酒，臣之荣幸，不敢受赏。

武帝深知落下闳非俗子，也不勉强。

李秋娘习唱巴山竹枝词已一月，尽得其中况味。李延年以为此曲若天风海雨，漫卷无边，遂携李秋娘等求见武帝。武帝闻知有新曲，大喜，召入后宫，命歌之。

一时丝竹齐奏，李秋娘依律而唱，高亢处，如秋风穿林，掠人面目；低婉处，如夜雨催春，沁人肺腑。

歌毕，武帝击节赞叹道："此曲高妙绝伦，朕闻所未闻，不知采自何处？"

李延年跪奏称："此巴山竹枝词也，臣近日偶获，以为有深林幽泉之幽美，又有冰峰玉谷之况味，虽阳春白雪不能比。故而习之，唯愿使陛下一笑。"

武帝意犹未尽，命再歌之。于是李秋娘反复吟唱，日暮方止。武帝欣喜无比，分赐李延年、李秋娘钱二万，帛十匹；司乐者亦各有赏。

李延年欲使落下闳专司此道，于是拜见秦宓，请迁落下闳入乐府。秦宓不能决，召谯隆问之。谯隆道："落下氏清酒获陛下盛赞，谁敢夺天子之爱？"

秦宓岂敢强求，遂拒李延年之请。李延年深恐不能再使武帝开颜，忧惧不已。

李秋娘凡歌此曲，每觉柔肠百转，幽情大生，以为制此歌者，当为世上第一深情男子，对落下闳亦生思慕，见李延年辗转不安，遂说李延年道："既不能使之入乐府，何不延入私第，请其填词度曲？"

李延年以为可，于是命置酒，即拜见谯隆、落下闳，表明来意。谯隆欲辞谢，落下闳竟一口应诺。于是二人随李延年而来，据席对饮。酒过数巡，李延年朝落下闳一揖道："巴山竹枝词清绝人世，我辈不能复为，望卿再为之，以娱天子之心。"

落下闳索笔墨，即席又书数阕。李延年大喜，命女仆送与李秋娘，请试唱。片刻，李秋娘着一袭白衣，携琵琶，隔帘而坐，举止间，芳华袭人。落下闳望之，见帘内佳人美若天仙，眉目间暗含清愁，愈觉心猿意马，几乎失态。

俄而，琵琶声起，李秋娘唱道：

悠悠巴山云

缕缕如幽情

今生难相见

唯有泪沾巾

悠悠巴山风

吹尽枝上红

落花飞不绝

此心与君同

……

李秋娘一曲未尽，不禁吞声，顾自起座而去。落下闳仍隔帘相望，双目带泪。谯隆已知彼此心意，忙说道："此曲太过伤情，恐陛下不乐，岂能为之。"

李延年不以为然，笑道："所谓人非草木，孰能无情，陛下虽为天子，亦不免柔情似水。凡歌曲，唯触动心神，方能令人爱之。巴山竹枝词，言情至深至切，陛下百听不厌，卿何有此说？"

谯隆不再饮，暗示落下闳告辞。落下闳虽不忍离去，亦知不能久留，告退。

二人回府，谯隆责落下闳道："后宫女子，无论歌舞乐伎，尽皆天子私有，卿岂能有非分之想？"

落下闳亦不隐瞒，答道："我初见此女，以为与秀姑不期而遇；闻其歌声，顿觉心驰神荡，不觉已尽忘秀姑。所谓情，无不发乎心，而心如流水，绵绵不绝，岂能止之！"

谯隆大惧，顿足道："我力荐卿入京，实望以卿之才，改制汉历，以绝祸乱，卿竟不顾礼法，每生事端；既自愿留京酿酒，以待时机，当更知轻重。况前日之言，余音在耳，何故恣意胡为，竟妄生私情！"

落下闳冷笑道："我虽留此，然每每思之，犹恐自此沦为酿造之徒，难有出头之日！我不过方士，司马迁等俱斥我以异端邪说而辱圣贤。今邓平、唐都等正奉旨改历，而我已陷身酒坊，充为杂役！与其受尽冷落，不如寄情女子！"

谯隆沉吟道："天生之材必有用，所谓好事多磨，卿何必急躁？卿曾言唐都、邓平等,必俱入歧途,一筹莫展,何不静待时机,以图重用!"

落下闳不再言,仍心系李秋娘,不能自禁。

此时,梅花未谢,香馥如旧,谯隆命落下闳等再酿清酒。落下闳等忙碌近半月,万事已备,唯待酒熟。

是日,微风不绝,梅苑内落花如雨。落下闳怅惘不已,独自入梅苑,虽与李秋娘仅一墙之隔,犹如万里之遥,恐再难一见。正此时,忽听有人呼道:"观落梅者,是否落下郎?"

落下闳大惊,忙应道:"正是。"抬眼四顾,不见有人,正疑惑不已,又听有人道:"妾乃李秋娘,君可近御沟,听妾数言。"

落下闳喜不自禁,忙趋近御沟,侧耳谛听。李秋娘道:"妾与君隔帘相见,思慕不已,此后茶饭不思,犹如百病缠身。妾每日来此瞻望,唯愿再睹君之风采,虽万死而无憾也……"

言未必,饮泣之声已起。落下闳心如刀割,忙道:"我亦愁思茫茫,不能自禁;自忖若不能再见,当死于旦夕!"

泣声愈急,令人肝肠寸断。良久,忽听李秋娘道:"既两情相悦,不如拚死一会。城内有西苑,夜无人至;君若有意,今夜三更可至西苑,西苑有山坞,妾当于此候君。"

落下闳毫不犹豫,答道:"若能一会,何惧粉身碎骨!"

是夜,落下闳坐卧不安,神思恍惚。谯隆大疑,每问之,落下闳均不以实相告。谯隆愈疑,暗中窥探。

时至三更,落下闳悄起,欲往西苑。谯隆忽出,捉其衣袖问:"卿欲何往?"

落下闳不善谎言,只好以实相告。谯隆将之拽回,痛斥道:"长安乃天子禁地,卿竟敢夜会宫伎,此罪之大,虽夷九族不能尽偿!"

落下闳不听,说谯隆道:"我与李秋娘有约,岂能使之怅恨!"

谯隆呼家仆,命执落下闳,锁于屋内。落下闳大急,疾呼不绝。谯隆出府第,径往西苑。西苑虽非皇家园林,然景色绝美,多奇花异树,假山层叠,最为幽静。其间有石屋,宽若厅堂,一泉绕石屋而过,铮铮然犹如琴瑟。

李秋娘已在石屋,望苑中小径,心如流泉。忽见有人走来,身形高大,姿态风流,以为必是落下闳,遂出,轻呼道:"落下郎!"

谯隆不答，快步近前，朝李秋娘一揖道："侍中谯隆，知秋娘在此，特来一见。"

李秋娘大惊，忙问："落下郎何在？"

谯隆答道："实不相瞒，落下闳已为我强锁屋内，不能来此。"

李秋娘顿生愤恨，责谯隆道："所谓强弓不射比翼鸟，恶手不摧并蒂花，谯侍中安能如此！"

谯隆道："切勿愤恨，请听我言。我与落下闳为同乡，深知其身怀不世之才，故而举荐入京，望其以所学改制汉历，分天子之忧，解生民之苦。今太史令司马迁、治历吏邓平等，俱入歧途，虽殚精竭虑难有所获；想不出月余，落下闳必获起用。当此之际，岂能因儿女私情贻误天人之计！况秋娘乃宫中名伶，落下闳乃天子内臣，若事发，纵使不惜一死，试问天子颜面何存？君王如天，若天颜一怒，或殃及无辜，宁不慎之！"

李秋娘不能言，低头轻泣。谯隆又道："世上最无奈者，儿女私情也。既身不由己，何不止步悬崖！我素知秋娘深明大义，必知轻重，何需多言？就此告辞，望好自为之。"

谯隆言毕，一揖告退。李秋娘呼谯隆道："谯侍中且慢！"

谯隆遂止，问李秋娘道："若有言寄落下闳，请吩咐，我必一一转告。"

李秋娘强忍悲伤，自怀中出一绣帕，递与谯隆道："妾深爱巴山竹枝词，故而绣于帕上，望谯侍中转交落下郎。"

谯隆接过欲走，李秋娘又呼道："望转告落下郎，虽今生无缘，妾当终身不嫁，以待来世……"

言毕，大哭而去。谯隆大为不忍，伫立良久，方回府。落下闳呼喊不绝，几乎声嘶力竭。谯隆以绣帕付落下闳，极力劝解。

自此，落下闳一蹶不振，每每独坐梅苑，眼望乐府；或自闭屋内，手捧绣帕，暗自垂泪。

20

说到此处,又是三日后。之间,我与吴已将半瓮清酒饮尽。

此时,吴靠在椅子上,望着我问:"怎么样?"

我忽不知吴所问何事,反问道:"你是说落下闳?"

吴猛然坐直,几乎有些愤然:"当然!"

我想了想说:"说实话,此前,在我心里,落下闳几乎不食人间烟火,没想到也有儿女私情,而且如此深沉。"

吴笑了笑,掏出烟,扔给我一支。吴猛吸一口说:"我历来认为,才华越高的人越是深情,落下闳当然不例外。"

我点点头说:"所谓才情,无情岂能有才?"

吴把一口烟雾吐向我,让自己朦胧起来。吴总是这样,大约是他的习惯,我以为必须忍受这一习惯,不能表示抗议。

吴隔着缕缕烟雾说:"落下闳与李秋娘的私情并未就此了结,还将上演,落下闳差点为此丢命。"

我一直为姜氏与玉清子的谣言忧心忡忡,于是打断吴说:"能不能先说落下闳在落亭,落亭已经谣言四起,落下闳独自去了阆中,不知结果如何?"

吴将烟头扔进火炉里,一股焦糊味猝然而起。吴随即站起说:"都快腊月二十了,眼看要挂檐灯。今天桥楼正好当场,我们去买几盏灯笼回来,顺便买点儿年货。"

于是吴背上一个背篓,我与他一起朝街上去。将近街头时,我忍不住问吴:"我两个在乡下过年,未必你就不跟家人团聚?"

吴停在一个卖竹器的地摊前,看了看我说:"儿子在南方安家,又刚得了孩子,不会回来过年。这些天,老婆在城里守铺子,等腊月三十,我再去接她回乡下来。"

竹器摊子后面坐着个六七十岁的老人,与吴彼此认识。吴花了二十块钱,买了个筲箕。

我们继续往街上去。街上到处是人，拥挤不堪，各种叫卖声此起彼伏。吴不断跟人招呼，有时甚至停下来，跟人说一阵话。我暗自惊讶，吴仍然跟这地方保持如此紧密的联系；吴生在这个偏僻的地方，是怎样与书画联系在一起的？

我们挤到街中央，买了几盏红灯笼。吴又买了两只土鸡，一块鲜肉，一斤木耳和一团细如膏脂的年糕等。吴说："我们不把这东西叫年糕，叫糍粑。"

最后，我们又在一家小铺子里买了几张红纸，一盘直径约两尺的鞭炮，以及香蜡钱纸等。吴将我带到一家烟火色极其隆重的面店里，店里有几张桌子，已经坐满。店主是个年约四十的女人，颇有几分姿色，一边忙碌，一边招呼吴："哟，吴老师，好久没看到你了，回来过年？"

吴说："就是就是，来两碗酸菜肥肠面，要红味！"

女人看我一眼说："稍候，马上就来。"又朝里屋高喊，"两碗酸菜肥肠面，加辣子！"

吴将背篓搁在大门一侧。我给吴递去一支烟，一边点火一边问他："你当过老师？"

吴轻轻一笑说："镇上的老师，教美术。"

原来如此。女人提了两个绿色塑料凳子出来，往阶沿上一搭说："不好意思，将就坐一下。"

我和吴坐下来。吴说："这家面店已经开了几十年，这是第二代了，味道极好。"

片刻，女人将两碗面端出来，我赶紧去接，女人却把我打算接过的那碗递给了吴。这使我意识到，吴与女人的关系有些暧昧。

"怎么样？"吴吃进一口面，不无含混地问。

"嗯，不错。"我有些含混地答。

我故意装糊涂，暗中留意他们的一举一动。我注意到，吴递给女人的那张票子里夹着一张纸条！

吃完面，吴说："再去买二十斤酒米，还需酿一回酒，否则，过年就没酒喝了。"

我便随他挤入人群。吴有些紧张，似乎在等待什么。刚买完米，吴的手机响起来，他赶紧将背篓放下，示意我等一等，去一边接电话，将背对着我。我猜，一定是那个女人。继而又想起，吴的老家没有手机信号，已经好些天没跟老婆联系过了。

吴打完电话过来，显然变了个人，我立即想起两句成语——精神抖擞，容光焕发。

吴将背篓一把提起，轻轻一颠已经到了背上。我也掏出手机打开，竟有几十条短信和微信，当然，仅各有一条是老婆发的，短信问我为啥关机；微信几乎破口大骂，问我到底死到哪里去了，还去不去三亚过年，如果还有一口气，就回个电话！

我心里那点微弱的小火苗几乎瞬间熄灭。我想了想，拨打老婆的手机，不通。我也回了条微信，说我年前回不了成都，更去不了三亚。本想说这里没有信号，又怕越描越黑，干脆不多说。

其余都是李发的，当然很私密，不可分享，又怕离开乡场后再也不能回复，只好不顾嫌疑地回了几条，几乎本能地给手机消毒。

吴将背篓歇在场头一道石坎上，一边跟人招呼，一边看着我。我几步过来，有些抱歉地说："不好意思。"

吴话里有话地说："理解理解，完全理解。"

一路上，吴哼着小曲儿，欢快无比。到了山脊，吴歇在长公殿前，将背篓里的鲜肉取出，又取出三炷香和一对蜡烛："正好给落下闷上个香。"于是我随吴进入殿里，我注意到，祭台上已经有好些上过香的痕迹。吴将鲜肉聊作祭品，摆在祭台上，随即点燃香蜡。我与吴一起朝塑像作揖磕头，稍事停留，然后离开。

回到家里，火炉几乎熄灭。吴忙着添了几块炭，往炉子上架起一个铁皮卷成的圆筒。很快，炉火复旺。吴取下铁皮筒，我们坐在炉边。吴毫不隐瞒地告诉我，说自己今天终于走出了那一步。

原来，那个女人名叫王翠翠，那张纸条本该在三十多年前递给她，但那时吴毫无自信，一耽误就是三十多年。还好，王翠翠给吴打了电话，同意晚上去学校门口见面。

我有些惊讶地问："王翠翠是你同学？"

吴笑得十分得意："看不出来吧？她跟我同岁，已经快五十了！"

我极尽赞美之能，狠狠夸了王翠翠一番。吴笑得近乎灿烂。一个即将赶赴一场迟到三十多年的约会的男人，合该喜不自禁。

整整一个下午，吴的话题全部集中到王翠翠身上。我不好打断，只好随他去说。

天已黑尽，吴去院子里打开车的后备箱，换了身衣服，将脏衣服仍然放在车里，扭头看着我说："巴蛮子嘛，个个都是情种；落下闳如此，我也如此。"

吴钻进驾驶室，将车发动，把头伸出窗外说："等我回来，我们接着讲。"

吴走了，将我一人扔在这座空房子里。

吴回来时，已过了夜里十点。

21

很快，谣言迅速传开，姜氏虽有耳闻，并不在意，以为清者自清，浊者自浊。忽一夜，姜氏族人骤然登门，对其大加指斥与羞辱，责令从此不准认祖，不准姓姜，并逐玉清子出门，令其自去。

玉清子眼力衰弱，不辨路途，跌于坎下，挣扎不起。

姜氏亦为旺族，以耕读传家而为乡人敬慕。族人风闻姜氏与玉清子有染，愤慨不已，以为有辱清誉，于是邀约纠集，登门问罪。姜氏力辩，族人不听，斥责愈急。

姜氏哭诉道："妾不惜一死，以证清白！"

族人竟大加鼓励，俱称，家族声誉重于性命，若能如此，传言将立绝。

待族人告辞，姜氏知玉清子双目已坏，恐难行走，出门呼之，不应。于是沿途寻找，见其跌于坎下不能起，欲将之扶还。玉清子不肯，说姜氏道："我无故使无辜者名节受污，自愧不已，岂能复回。可惜落下闳学而未成，否则，我必以头触石自死，还汝清白！"

姜氏道："先生寄厚望于孽子，妾为之感恩戴德。既孽子尚未学成，先生何忍离去？请随妾回，妾必能堵尽悠悠之口！"

姜氏扶玉清子回屋，待其安歇，遂取笔墨，于灯下书遗嘱予落下闳——

古人常叹，谣言无形，颇能伤人。妾为证清白，不惜区区性命。今虽万念俱灰，仍忧卿不能自守初衷。玉清子所望者，以卿之才，明天地之数，救济苍生也。此为大义，若能有成，妾当含笑九泉。既奉玉清子为师，卿当视若生父，休戚与共，誓死不弃。妾之死，与玉清子无涉，望能明辨是非，厘清恩怨，勿伤悲，勿生恨。幸卿已成人，能自立，妾虽有虑而无忧矣，当追卿父兄于冥府，与之团聚。既如此，卿当为之喜也。

书毕，夜已深，姜氏着素服，来至路口。天上一轮皓月，幽光千里；路口老梅一株，枝叶繁茂。姜氏止于树下，咬破手指，书两行字于白绫之上：

或清或浊，苍天必知；
可污我名，勿伤我子。

书毕，姜氏以白绫自缢于老梅上。

落下闳于盘龙山测天地之数，昼夜不停，不觉离落亭已一月。某日午后，落下闳入城买帛布记数，方近城门，忽听有官差喝道："立即让开。"顷刻，一辆牛车自城门内驶出，颠荡而去。

落下闳见车轮互转，可急可缓，忽然大悟，几欲欢呼，竟忘其所以来，遂回盘龙山，坐地暗思，既地若蛋黄而浊，天如蛋白而清，足见状若球形，天在外，地在其间。若能制天球，依天象方位，布二十八宿于其上，画日月行星于其间，各置一轴，每能转动，依当时星辰，各归其位，岂不俱能测之！

想及此，落下闳欣喜若狂，以为千古之惑将解。恰此时，王子建狂奔而来，疾呼落下闳道："汝母已逝，请速回！"

落下闳不信，追问王子建。王子建不答，拉落下闳离此，径还落亭。二人一路疾走，至落亭已近半夜。姜氏停尸堂前，白绫高悬其上，两行血字历历可睹；乡人俱在此，内外白花累累，一片哀愁。落下闳扑倒灵前，呼天抢地。

玉清子、王子建等将落下闳扶走，又以姜氏遗书付落下闳。落下闳阅毕，惨呼道："我母子素来视乡邻如亲族，乡邻何故如此刻毒！"

言毕，哭倒在地。王子建跪于落下闳前，泣道："实不相瞒，谣言出自我家，因恨卿有负秀姑，故而以言相污。"

落下闳战栗而起，踉踉跄跄转入屋内，闭门不出。玉清子、王子建等守于屋外，苦苦相劝。

三日后，落下闳始出，已形销骨立。于是为姜氏举哀，卜藏父兄墓侧。落下闳悲伤成疾，大病不起。王子建深怀愧疚，每日侍于左右。玉清子也不离前后，每每苦劝。

不觉，已至寒秋，落下闳哀伤稍解，反劝玉清子、王子建道："人已死，不可复生；既遗嘱殷切，何忍使慈母泉下不安；况谣言已破，我母已自证清白，何必耿耿于怀。我已知人当无恨，怀怨无益。"

言毕，跪于玉清子前，涕泣道："弟子已丧尽亲人，唯愿与恩师相依为命。望恩师念我孤苦，永不相弃。"

玉清子大为感慨，与之抱头痛哭。落下闳又说王子建道："卿且回，既恩怨已解，请释怀，勿自责。"

王子建朝落下闳一揖，挥泪而去。是夜，玉清子、落下闳仍同榻而眠。玉清子道："今岁时之差已毕现，天人不符，五谷歉收；卿观天察地已十余载，想必已有所获。"

落下闳道："弟子愚钝，有负恩师厚望。所幸前日见车轮互转，忽有所悟，若制天球，布日月星辰于其上，使二十八宿各居其位，使日月行星各能转动。如此，则无论远近、缓急，皆可于球上同时复现，取数不难矣。"

玉清子沉思良久，忽然坐起，赞道："此法妙绝古今，不但取数精于以往，亦将快捷百倍！如此，一年胜于前人一生，虽天星疾如奔流，追之不难矣！"

二人兴奋不已，几乎一夜无眠。

落下闳欲买铜筹球，可惜家无余财，焦虑不已。玉清子道："卿勿忧，请随我去落亭卖卜，料不出十日，必能足用。"

落下闳遂与玉清子上落亭，于街头设摊卖卜。乡人得知，问卜求卦者不绝，或询生死，或问祸福。玉清子一一测之，颇为玄妙。不十日，已获钱数千。落下闳以为足以买铜，请玉清子回。玉清子不肯，说落下闳道："我等虽不图财，然俱为饮食男女,不能食霞饮露;今寒冬已来,梅花将开,正当酿酒,落下氏清酒既能为生,何不再卜十日,以所得买米酿造?"

落下闳以为可,仍随玉清子卖卜。

某日,有阆中市井无赖,一行三人来落亭玩秋兴赌博。秋兴为雅称,即斗蟋蟀。为首者年约三十,身形彪悍,面相凶恶;另一人极瘦小,年不足二十。三人近玉清子、落下闳设摊,高声吆喝,竟无人应斗,亦不围观,多集于卦摊前,看玉清子说吉凶。

三人怨恨,欲生事。落下闳早有觉察,忙说玉清子道:"赌徒久无所获,必迁怒,应避之。"

玉清子亦有所觉,欲走。三人忽来,阻于前,为首者推瘦小者上前,问玉清子道:"请卜此人生死如何?"

落下闳见为首者袖内藏有短剑,暗抵此人腰间,寒气凛凛,顿知其意,悄说玉清子道:"背后有剑,若言生,必刺之;若言死,必收之,奈何?"

玉清子惶惑不堪,不敢妄断。为首者大笑道:"何故不言?"

玉清子沉吟道:"生死在卿,不在我,恕不敢言。"

围观者纷纷走散。为首者大骂玉清子道:"狗贼,既不敢言,何故妄断生死吉凶,骗人钱财?"

骂毕,命同行者执玉清子,称将押送官府,为民除害。落下闳大急,上前阻之。三人大打出手,落下闳不敌,受伤倒地。

三人押玉清子离落亭,欲带入阆中,令其卖卜,从中获利。

落下闳深知三人用心,不顾伤痛,求助王子建等,欲救玉清子还落亭。王子建等纷纷响应,凡十余人,各执棍棒,飞赴阆中。

22

翌日午后,落下闳、王子建等来至阆中,见玉清子受无赖所迫,于东门设摊卖卜,围观者甚众。落下闳等举棍齐出,欲围攻。无赖不敢逞强,鼠蹿而去。落下闳等亦不追赶,欲扶玉清子还落亭。有街人暗嘱落下闳道:"此人姓唐,为城中一霸,人称唐太岁,虽县令长亦惧之。"

于是,告之始末。原来,唐太岁父母早亡,自幼沿街乞讨,渐而以偷盗为生。阆中张氏为丝织巨贾,唐太岁觊觎已久,每欲行窃。某夜,唐太岁酒醉,满街游荡,渐至张氏户外,欲入内偷盗,见大门紧闭,院墙高厚,以为难以得手,正欲离去,忽见有人自一侧走来,忙隐于暗处。片刻,一醉汉踉跄而至,竟是张家少爷张子扬。张子扬方娶王子建胞妹秀姑,本当新婚燕尔,秀姑却意属落下闳,每每拒绝。张子扬大失所望,日夜混迹风月场,不醉不归。

张子扬伏于门上,呼之。门自内而开,张子扬竟扑倒门内,看门老仆忙将之扶起。唐太岁趁机蹿入,隐于后院花木间,伺机作案。

时已五更,月华正好,张府火烛尽灭,寂静无声。唐太岁潜出,四处乱走,不知从何下手,忽见后堂供有神像,高约二尺,通体金光四射,以为价值不菲,遂取下,欲逃走,孰知大门竟自内上锁,不能出。又潜回后院,欲另寻出路。后院门亦上锁,仍不能脱身。正此时,忽听有人开门,忙退回,仍藏身花木内,举眼望之,见一老翁手持长剑自房内出,认得为张子扬之父。张父来至庭前,咳嗽几声,对月舞剑,剑光四射,令人胆寒。片刻,仆人渐起,灯火复明。唐太岁大急,恐为人觉察,遂将神像藏于树下,趁张父转身之际忽出,闪入寝室内,藏于榻下,欲待时机。

不觉,天已大亮,府上人来人往,唐太岁不敢妄动。

仆人忽见神像失踪,大惧,遍寻不获,于是报与张父;张父正欲出看,又有仆人来报,称灌园老翁已于花园内得之。张父疑惑不已,命召老翁问之,恰此时,忽听室内有鼾声,大惊,四处察看,不见有人。细听,知在榻下,俯身一看,见有大汉仰卧地上,已熟睡。张父执利剑,命仆人以棍乱戳。唐太岁醒来,见张父等虎视眈眈,忙道:"不过借此小睡,何必如此?"

言毕,爬出,毫无惧色。张父见是唐太岁,顿知原委,不容分说,命仆人执送县衙。唐太岁笑问张父:"无缘无故,何苦与我结仇?"

张父斥道:"翻墙入室,非奸即盗,岂能饶恕!"

唐太岁道:"所谓捉贼捉赃,捉奸捉双,请问赃物何在?"

张父亦知不能定罪,但不愿轻饶,欲使之畏惧,不敢再来滋扰,冷笑道:"至于赃物,需逐一清点……"

言未毕，唐太岁道："何需清点？一见便知！"

于是当众脱尽衣物，赤身裸体，斥张父道："赃物何在？汝竟凭空污我清白！我不过一时酒醉，误入府第，汝何故陷害！"

张父不愿与之纠缠，欲自寻台阶，于是问唐太岁道："若果然清白，试问以何自证？"

唐太岁见一侧有熏笼，笼内炽炭生焰，竟伸手拈出一团，捧于手中，顿时青烟乱起。唐太岁面不改色，大笑道："我若欲偷窃，必为此火所焚；若非贼，虽烧尽皮肉不觉痛！"

张父大骇，顿时无语。唐太岁又道："汝若言之有理，当不惧此火！"

言毕，忽将炽炭掷入张父怀中。张父惊起，衣襟已着火。唐太岁仍从容如常，问张父道："如何？"

张父忙道："汝且去，从此无涉！"

此事传开，唐太岁名声大起，城中泼皮纷纷与之结交。唐太岁已不屑偷盗，或敲诈商贾，或斗鸡走狗，设局赌博，渐渐成为一霸。

落下闳闻此，即说王子建等人道："所谓除恶务尽，否则，必反受其害。既唐太岁横行城里，官民俱恨，不如捉之，当众痛打，使之颜面扫地，或再不敢张狂！"

王子建等以为有理，于是询问唐太岁居处；街人无不畏惧，不敢告之。正此时，唐太岁率城中无赖二十余人，各执凶器，叫嚣而来。王子建等以为寡不敌众，欲走。落下闳厉声道："所谓一人忘死，十人不敌！若走，必大受其辱；若拼死一搏，或能灭其气焰，使之反生畏怯！"

瞬间，唐太岁等蜂拥而至，大打出手。落下闳等背靠城墙，奋起还击。唐太岁一击不能得手，退出十步外，彼此僵持不下。落下闳暗嘱王子建道："唐太岁之流，不过外强中干，余者不过乌合之众；卿若与我骤举，击败唐太岁，余者必自散。"

王子建以为然。二人举棒忽起，不顾他人，直取唐太岁。唐太岁措手不及，欲避之；落下闳一棒扫中小腿，唐太岁大叫一声，扑地而倒。落亭子弟振奋不已，猛击唐太岁随从。随从见唐太岁受伤不起，气焰顿消，一哄而散。

落下闳夺唐太岁剑，将之五花大绑，押入城门，欲走遍街巷，挫其威风。

唐太岁不肯示弱，大骂不止。街人恐其日后报复，竟不敢围观。唐太岁愈为狂傲，骂落下闳道："孙子，如有胆，请取爷爷头颅；若不敢，他日爷爷必往落亭，取汝狗命！"

王子建以为骑虎难下，不如弃而走之。落下闳切齿道："既狗贼猖獗，不如杀之！"

于是强令唐太岁当街跪下。唐太岁昂首挺胸，誓死不跪。落下闳怒不可遏，剑指唐太岁道："三剑之内，必取汝性命！"

言未毕，一剑划开唐太岁小腿，顿时裂口如嘴，腿骨毕现。落下闳道："待汝气绝，必取汝腿骨，当众敲碎，使地痞无赖以汝为戒，不敢横行！"

唐太岁竟大笑道："痛快，爷爷傲骨如铁，不惧！"

玉清子恐落下闳惹出人命，忙劝道："君子不与小人斗，何必如此！"

落下闳不听，又一剑割去唐太岁头发，骂道："先割汝发，再割汝头！"

唐太岁又呼道："从此再无是非根，爷爷当横行无碍！"

恰此时，县尉奉县令长之命，率衙役赶来；衙役欲上前，县尉止道："勿慌，可借其手除害，再执之问罪，一箭双雕！"

落下闳剑抵唐太岁咽喉，冷笑道："能为城中根除祸害，不惜为狗贼偿命！"

呵斥间，剑已破开皮肉，压紧咽喉。唐太岁见落下闳毫不手软，顿生恐惧，忽双膝跪地，告饶不止。落下闳道："若欲苟活，须游走街巷，使众人俱知！"

唐太岁傲气尽失，身如烂泥，任人摆布。街人见此，纷纷而出，或以破鞋投之，或以污水浇之。落下闳命其向街人叩头谢罪，唐太岁不敢违，叩头不止。街人奔走相告，围观者愈众，所到处几乎填街塞巷。

日暮，落下闳等弃唐太岁，扶玉清子还落亭。王子建问落下闳道："若唐太岁不肯屈服，卿果欲杀之？"

落下闳笑道："我非歹徒，不愿杀人；唯知蝼蚁尚且惧死，何况人，泼皮无赖，所以横行，不过欺软怕硬。唐太岁等一倍于我，一击不胜，竟退缩，我已知不过虚张声势。若使唐太岁信其必死，自当原形毕露。"

唐太岁自知威风扫地，无脸见人，竟远走他乡，一生不回阆中。

此时已过冬至，蜡梅俱放，幽香不已。落下闳买酒米十担，依祖传秘法酿造，获清酒数瓮。远近商贩闻知，纷纷来此，俱愿以高价收购。落下闳择其善者，仍以原价出售，获钱近万，以为一年用度有余。于是再买黄铜一百斤，携至高阳山顶，烧炉锻炼，试制浑仪。

如此反反复复，铸成又毁，毁之又铸，历时近一载，浑仪制成，试用之，其精准迅速，胜以往何止百倍。

落下闳凭浑仪测天象，日夜不辍，不觉又数年；忽一日，宫吏持诏书来此，命落下闳入长安，参与制历。

23

讲到此处，已过腊月二十，吴说："照阆中人的话说，已经年下无期，都喊得答应了。"

我大惑不解地问："你的意思是说，要喊年？"

吴先是一愣，继而大笑道："有意思有意思，不愧是作家，真有意思！"

"你不是说，都喊得答应了么？"

吴好不容易止住笑说："那只是个比喻，比喻年快到了。如果真有这么个年俗，那不得了，绝对独一无二，世界遗产！"

吴一边说一边站起，走出门去。我也随后出来，跟吴一起去茅厕。这是一幢已经废弃的猪舍，用碗口粗的圆木围成两间，每间各有一具麻石凿成的食槽，已经积满半槽尘垢；木板铺成的圈底，已经干裂甚而腐朽。木板下是个粪池，余有半池粪，面上结了厚厚一层壳。

吴龇牙咧嘴，掏出家伙，刚开始尿又忽然止住，拉了拉我，指着粪池悄声说："你看！"

我微微一惊，随所指望去，那层壳上竟然蹲着一只硕大的老鼠，两眼一片幽光，正有些诧异地望着我和吴。

我释然一笑说："一只老鼠而已。"

吴又拉我一把说："不止一个！"

我细细一看，天哪，至少十只，密密麻麻挤在一个角落里！顿时觉得恶心，再也没有尿意。

吴转向一边，对着一片枯草，也尿不出来，只好放弃，尴尬一笑说："你肯定不知道，老鼠才是人类最忠实的伙伴。人搬走了，老鼠也会走；人一旦回来，老鼠马上就回来。"

正此时，忽听吴的手机响起，吴一惊，掏出手机说："噫，未必茅厕这边有信号？"

吴一看手机，朝我一挤眼说："是王翠翠。"吴竟然按下免提键。王翠翠的声音立即响起："呸，姓吴的，说的比唱的好听，一到手就不理不问了，老是打不通电话！"

吴有些得意地瞟我一眼说："我这里没得信号。"

王翠翠哼一声说："没得信号，那现在咋又通了？"

吴忙说："偶然偶然，纯属偶然！哪知茅厕边上有信号，我正上茅厕，恰巧你就打来了。"

王翠翠说："你就编瞎话嘛，我还告诉你，我姓王的就是巴骨癞，你自己主动沾惹，休想始乱终弃！"

吴觍着脸说："那正好，我还怕你后悔呢！这样，我保证每天来茅厕边给你打十次电话，少一次任罚！"

我自然能够听出，吴已经得手，没想到进展如此迅速。我不愿再听下去，也掏出手机打开，果然有信号。很快，铃声一片乱响，竟有上百条微信，多是李发来的。我想了想，不好逐一回复，干脆拨通李的电话。李几乎哭起来，问我还好不，冷不冷，乡下条件如何，睡得怎样，吃得惯不，等等，一片稀里哗啦的关爱，简直令我感动不已。

吴已经打完电话，一拍我的肩说："我去趟桥楼，很快就回来。"

我胡乱点点头，继续与李说话。

这个电话一直打到手机发烫，李仍不肯挂掉，生怕一断，彼此将杳无音信。李最后说，要是方便，她想到这里来看我，跟我一起过年。

我当然说不方便，安慰她几句，终于挂断。再看老婆的微信，竟不见回复。我犹豫片刻，拨通老婆的电话，响了许久，终于接了，一个既熟悉又陌生的声音响起："你还记得打电话？"

我不由望了望粪池，那只硕鼠仍盯着我看！

"你莫误会,这里没得信号,我现在粪池边,只有这里才有信号,一只老鼠正盯着我看。"

老婆冷冷一笑说:"是只母老鼠吧!"

说完这话,竟把电话挂了。我不由一惊,李正好属鼠!凡与我撒娇,总是自称母老鼠!

我想把这事告诉李,想了想,还是算了。

吴直到天黑都没回来,我等不住,煮了碗面,草草吃了,颇觉寂寥,于是打开电脑,试着写作。

直到半夜,吴才提着一包香喷喷的肥肠,唱着小曲回来,连声对我说抱歉,一定要跟我喝几杯。我不好推辞,坐到火炉边,与吴对饮。吴自然要说起王翠翠,说王翠翠的女儿刚放寒假,老公去成都接她了,于是打电话给吴,吴就去王翠翠家里幽会。

说完自己,吴要我也老实交代,不准隐瞒。我也添油加醋地说起我与李,说得自己都有些羡慕或者脸红。吴似乎有些妒忌,饮下一杯酒说:"这天底下的男人哪,都他妈不是东西!个个吃着碗里望着锅里,老子要是女人,哼!"

吴竟然离座而去,径直进了寝室,将门"砰"地摔上。我愣了许久,勉强收起杯盘,洗了洗,也上床躺下。

正要睡去,忽听隔墙有吴的声音传来——

"还想我?"

"我?我在茅厕边上呢,专门给你打电话。"

"不不不,你不能来这里,我这里有人,不方便。"

"啥,他明天就要回来?你不是说要上峨眉山,来去三天么?"

"哦,女儿不想去,那没办法。"

"啥,长公殿?不行不行,绝对不行!"

"为啥不行?这还用说,你也是这里长大的,你难道不懂?"

"好了好了,不说了,反正长公殿绝对不行!"

我这才明白,茅厕与这间房仅一墙之隔;吴的这些话,竟让我对他肃然起敬,在吴眼里,落下闳重于一切,高于一切,绝对不可玷污。

我掏出手机,打开,没有信号,要打电话只能去茅厕边,这使我觉得有些不堪，甚至有些肮脏。

此后，吴果然时不时去茅厕边打电话，这影响到我们的进程，我对王翠翠几乎有些厌恶。我也每天给李打几个电话，话里似乎自带几分浊气。于是我与吴再不同去茅厕，彼此心照不宣，几乎成为某种约定。

腊月二十三到了，吴早早起来，将里外打扫一番，又热了一锅水，将灶台上的油腻擦洗得干干净净，然后点上两支白烛，燃上三炷香，又放上一块白生生的豆腐，再一脸肃穆去到灶前，恭恭敬敬做了几个揖，口里念念有词。

我知道这是送灶神，每到这天，灶神将回归天界，将这家人的所作所为禀报上天。但我知道，别处都是放一碗浓稠的糖汁，欲封住灶神爷的嘴，免得说坏话；而吴却放上一块豆腐，不知有何讲究。

仪式完毕，吴又忙着熬粥，准备早餐。早餐后，我与吴坐到火炉前，正要问他为何用豆腐祭灶神，他却说起落下闳离开落亭到长安后的种种情形。

我注意到，吴不再去茅厕边给王翠翠打电话，忍不住问他："咋不给王翠翠打电话了，不是说好每天十次么？"

吴一脸正色地说："打啥电话，灶神爷正在天上汇报，岂能顶风作案！从今天起，直到三十夜发天祝，两口子都不能亲热，何况情人！"

我不禁肃然，也关上手机，再次处于失联状态。吴停了停问我："说到哪里了？"

我忙说："落下闳已经进京，寄住谯隆府上。"

24

落下闳来长安，已当清秋，即拜会谯隆。谯隆设酒宴，为其接风洗尘。酒过数巡，谯隆道："高祖兴汉，沿用秦制，亦用颛顼历，近岁以来差谬日显，官民为之恐惶。夫子忧心忡忡，命改新历。我知卿乃旷古之才，随玉清子习天文已十余载，想必大有所成，于是极力举荐。望卿以所学，解君国之忧，救苍生之难。"

落下闳道："卿勿虑，十数年来，我与恩师日观夜测，已勉知天人之数，当不负厚望。"

谯隆大喜,又道:"我与卿为同窗,情深义重,又曾出生入死;若不嫌敝舍清寒,可屈居于此。"

落下闳道:"我身无余财,不能买房赁屋;卿解我燃眉之急,令我感激不尽!"

客气一番,谯隆道:"今当清秋,长安景色殊美,与巴蜀大异,不如趁闲暇,携手一游!"

于是二人起座,步出庭院,过深巷,渐至市井。街上树木簪红,秋意如水;远近楼宇嵯峨,商铺林立,一片嘈杂,各色人等往来不绝。落下闳目不暇接,心驰神荡,叹息道:"素闻长安繁荣,乃天下第一都会,未想盛况如此,若非身临其境,不敢轻信!"

谯隆笑道:"诚然,天子居此,宁不极尽奢华!卿以为相比阆中如何?"

落下闳道:"阆中虽小,山水如画,幽婉宜人;长安虽大,红尘滚滚,喧嚷盈耳。以我拙见,宁穷居阆中一生,不富在长安一日。"

谯隆大笑道:"卿今日之说,亦我当日之感。然画栋雕栏必乱其意,锦衣玉食必动其心,仅需数月,卿必忘尽家山,乐此不疲。"

落下闳不再言此,问谯隆道:"不知此间风情,与阆中相比如何?"

谯隆正欲回答,见不远处有酒肆,酒旗临风,翻卷不息,遂说落下闳道:"不如去此间,把酒漫谈。"

落下闳辞道:"方离宴席,正酒酣耳热,不可再饮。"

谯隆道:"卿有所不知,长安实为醉生梦死之地,凡友人相会,非大醉不可。"

于是拉落下闳入酒肆,临窗对坐,买酒一壶,炙肉两斤。

落下闳道:"我虽孤陋寡闻,亦知礼乐之道,所谓天子享太牢,诸侯食羊,上卿大夫食猪肉,士子食鱼炙,百姓仅能食菜蔬;卿买炙肉,岂不违制?"

谯隆笑道:"卿有所不知,此制为高祖所立,景帝嫌其严苛,唯禁家宴,而不限酒肆客舍;除太牢外,猪、牛、羊、鱼,均可于此分享。"

落下闳不再问,割肉饮食。谯隆道:"卿问我长安风俗,不妨以饮食为例。巴人食肉,或炙烤,或煮烂为糜,或以盐渍之,佐以蜀姜、蜀椒,去尽膻腥,再焙之煮之；巴人食鱼，抑或炙烤，抑或清炖，抑或为鱼鲙。其手法之繁多，不可胜数。而此间食肉或鱼，非炙即糜，别无他法。"

落下闳笑道："难怪好盐美酒俱出于巴，而非长安，原来长安人不知滋味！"

谯隆又道："阆中人物诡奇，性情勇壮而不失蕴藉；长安人物质朴，敦厚笃实而不失狡黠。至于冠戴君子，公门役吏，又与市井乡里不同，每能藏奸猾淫邪于腹内，而不露声色；或伤人于无形，夺人性命于不觉，所谓笑里藏刀，口蜜腹剑；席间可以言笑，暗中可以放箭。无论朝野，横遭中伤者何止千万！"

落下闳闻此，沉默不语。谯隆道："我所说，绝非危言耸听，亦无须恐惧，若谨言慎行，品格端良，虽恶鬼不能伤侵，何惧宵小之徒！"

落下闳唏嘘道："恩师称，长安乃虎狼之地，果然！"

饮过数盏，落下闳又问："此地一马平川，广袤宽阔，不知可于何处观星？"

谯隆道："太史令门下设有治历吏，而城中有观星楼，高入云端，几可察天观地。"

落下闳道："此间车马喧嚣，人声鼎沸，又尘土飞扬，纷纷扰扰，岂能观星？不知终南山距此几何？"

谯隆道："东出长安二十里有骊山，为秦岭支脉，与终南山相邻，高峻深幽，罕有人迹，或可观星。"

落下闳道："不如即往骊山，踏勘地形，以备他日之用。"

谯隆笑道："何必如此急切，且饮酒，明日再去不迟。"

落下闳虽心驰神往，但不好再请，顿觉酒肉无味。二人饮至日暮，方回府第。

翌日，落下闳早起，稍事洗漱，即邀谯隆同往骊山。谯隆劝其稍候，称需入宫应事，若无要务，方敢出行。落下闳无奈，于府中静候。将近正午，谯隆方回，说落下闳道："夏阳唐都、长乐司马可、酒泉侯宜君等，凡二十余人，已相继入京，天子命各于京都待诏。"

落下闳道："既如此，正可往骊山一游，若迟，恐再无闲暇。"

谯隆以为然，命家仆备牛车，携饮食而往。

牛车东出长安，行至灞上。落下闳见灞水东流，秋风中落叶飘飞，霜色满目，问谯隆道："此莫非高祖当年还军处？"

谯隆命家仆停车，与落下闳驻足道旁，指灞上景物道："诚如卿所说。想当年，高祖与项籍于义帝前立约，先入咸阳者可王关中。项籍为章邯所阻，而高祖攻破咸阳，欲为关中王。张良以为不可，劝高祖尽封府库，退还灞上，否则，项籍必攻破关塞，直取咸阳。而高祖弱，项籍强，不可为敌。高祖纳张良之策，以咸阳拱手相让，自请为汉中王，以退为进。尔后，又凭汉中、巴蜀之富，回夺关中，追击项籍，终成霸业。"

二人感叹一番，乘车又走。不觉已至灞陵，见山峰兀起，二水环流，颇为幽静。牛车已止，谯隆与落下闳下车。谯隆道："此即骊山，因文帝葬于此间，故名灞陵。"

落下闳心情急迫，即欲登山。谯隆道："此山险峻，道路崎岖，若不足饮食，恐未至半山力已怯。"

于是携酒肉，坐于树下，与落下闳对饮。落下闳急不可耐，大嚼狂饮。谯隆不禁笑道："人在山下，举足可登，何必如此急切？"

落下闳道："此山高约千仞，若延宕，恐日暮不能还。"

饮食毕，谯隆命家仆候于此，与落下闳沿小径而上。小径荒渺，又陡险，荆棘丛生，行进艰难。谯隆道："怪我疏忽，当命家仆执利刃行于前，披荆斩棘。"

言毕，欲呼家仆。落下闳讥笑道："何需如此？卿为长安新贵，未必再无当年风烈？"

言笑间，已热汗淋漓。谯隆喘息不定，止于山泉边稍息。

两人走走停停，至绝顶时，已日将西下，夕照满目。落下闳举目一望，见长安隐隐然横在数十里外，城郭依稀，烟雾缭绕；再往西，落霞弥空，犹如大火烧天；近处，霜林如染，遍地苍凉，归鸟与昏鸦混飞，令人愁思茫茫。

落下闳似有所感，久久无言。谯隆道："此处可否观星？"

落下闳道："此处远离尘嚣，当无纷扰，聊可一试。"

谯隆又问："相比阆中如何？"

落下闳道："阆中地如球圆，水似缠带，又峰峦环绕，层层叠叠，恰如群星在天。况乎气象清明，一望千里，实乃天下第一观星处，岂能与之相比！"

谯隆不多言，请落下闳下山。二人原路返回，未至停车处，天已黑定。家仆恐二人不辨路途，系牛车于道旁，举灯笼迎于半山。

至山下登车，已过二更。仆人举鞭催牛，驾车疾行。将近灞上，忽有数骑飞奔而来，有人喝道："边关急报，塞道者斩！"

谯隆急令家仆让道。片刻，数骑掠牛车而过，快如疾风。牛受惊，扬蹄乱走。家仆数举不能禁，请谯隆、落下闳跳车。二人未举，忽觉身体悬空，牛车已斜出官道，跌入灞水。

25

灞水虽深，所幸并不湍急。落下闳挣扎而出，游向岸边。岸上多苇草，正芦花似雪。落下闳坐于苇草间，正喘息，忽听家仆呼道："谯侍中危急，请施救！"

落下闳一看，见二人扭成一团，家仆正奋力击水；忽知谯隆久在仕途，已非当年，复跃入水，与家仆合力，终将谯隆举上水岸。谯隆已气绝，不见动弹。家仆大哭不止；落下闳斥道："哭有何益！速助我救人，稍迟则晚矣！"

于是与家仆各执谯隆一足，奋力举起，使其头朝下。忽听哗然一声，水自谯隆嘴中喷出，如涌泉。待水尽，落下闳命将其置于苇草上，以掌猛击其胸。

家仆不解，斥落下闳道："或已命归黄泉，何忍掌击！"

落下闳回斥道："汝何知，勿胡言！"

连击数十掌方止，以手探谯隆鼻端，气息已出，其心始安，顿觉寒气逼人，说家仆道："谯侍中已醒，勿慌。"

家仆不信，亦以手试鼻息。谯隆双目忽睁，视家仆道："未必我尚在人世？"

落下闳笑道："我等尘缘如水，可惜不能骤断。"

牛与车俱不知所在，家仆请先回长安，另备牛车。谯隆然其说，命速去速来。落下闳愈觉不胜风寒，请谯隆且行且待家仆。于是二人站起，欲上官道。落下闳方举步，顿觉左腿剧痛，几乎不敢着地，遂瘸一足，由谯隆搀扶而行。

家仆恐谯隆责之，竟趁机逃走，再不复还。落下闳、谯隆走走停停，回至府第，天已将明。谯隆疑落下闳骨折，不敢耽误，即命仆从延医，为其调治。

经诊视，不过足腕脱臼。于是复其位，敷以草药，嘱其将养勿出。

落下闳不敢大意，足不出户。方数日，太史令司马迁遣僚属来谯隆府第，命落下闳即往太史院，应试受选。落下闳不能辞，瘸足而往。

唐都、司马可、侯宜君等二十余人已尽集于此。御史大夫兒宽、太中大夫公孙卿、中大夫壶遂及司马迁等高居其上，治历吏邓平侍于一侧。司马迁见落下闳迟来，又瘸一足，不喜，讥笑道："阆中距此千里之遥，又关山重重，道路险恶；汝瘸一足，非经岁不能到，莫非圣旨未下，谯侍中已有所召？"

落下闳似觉司马迁与谯隆不睦，忙道："非也，圣旨达时，正值初秋，我即取道长安，越尽关山，仅半月即到。因制历心切，请谯侍中领我登骊山，寻观星之地，不料牛车惊奔，跌入灞水，左足脱臼，不日将愈。"

司马迁斥道："长安又不乏崇台，高绝入云；而汝尚未应试，不知虚实，未领职任，何故擅自为之？"

兒宽见落下闳虽瘸，然身形凛凛，面目清癯，以为不凡，遂说司马迁道："此不过小节，何必在意？请试其才华。"

司马迁沉吟道："司马可、侯宜君等二十余人已毕试，俱熟知天文历法，皆可用。而阳夏唐都，德高望重，尽知天地之数，实为个中翘楚，可代我等试之。"

唐都竟不辞谢，问落下闳道："何为天？"

落下闳以为所问浅陋，本不欲答，见其须发已白，满面沧桑，不忍拒之，于是答道："天者，至高无上也；风霜雨雪，炎凉寒暑，荣枯之数，兴衰之变，无不在于天。顺天道而万物兴，逆天道则人物绝。故而上至天子，下至庶民，无不礼而敬之。"

唐都又问："何为地？"

落下闳道："地者，万类之母也，人畜鸟兽，草木虫鱼，无不赖其德而生。天为乾，地为坤，天地和美，则万事大吉；人处其间，若不知天地之序，则居无所处，食无所获。"

唐都再问："何为星？"

落下闳道："耀于天宇者，星也；星者，或远或近，或大或小，如长河之沙，散漫于空，虽神鬼不能查其多寡。然目所能及者，或静或动，其数可取，其形藏亦可知。"

唐都以为落下闳见识超绝,竟不敢再问,说司马迁等人道:"此子亦可用。"兒宽、公孙卿、壶遂、邓平等,以为落下闳所答精妙,当在众人之上。

司马迁命僚属设酒宴,款待众人。兒宽、公孙卿、壶遂等俱称有事,不能奉陪,相继告辞。司马迁仍不喜落下闳,命其居末席。席间,司马迁每每盛赞唐都,称改创汉历,全赖唐都之学;命落下闳、侯宜君、司马可等称唐都为师。

司马可等欣然奉命,纷纷起座,执弟子礼,向唐都敬酒。唯落下闳、侯宜君不屑,虽亦敬酒,然拒执弟子礼。司马迁见此,更不喜。

侯宜君与落下闳近席,落下闳不解司马迁何以如此,遂问之。侯宜君道:"唐都曾入酒泉观天,与我结识,故此知其与司马迁为同乡。司马迁之父司马谈,任太史令前,曾拜唐都为师,习天文历法;司马迁亦师从唐都,故而恩遇如此。"

二人正悄声交谈,司马迁又请唐都等各言制历之道,独不许落下闳发论。待众人论毕,司马迁离席而起,举盏道:"天子有德,所以群贤毕至;卿等大才,何惧岁时之差。试已毕,在座诸君俱已留用,望各尽其能,不负天子隆恩!"

言毕,请众人同饮。随后,邓平受司马迁之嘱,宣布各自职任——邓平、唐都为主,分率落下闳、司马可、侯宜君等,或分定天部,或起历运算。

落下闳、侯宜君俱在唐都麾下,将随其观日月星辰之数。酒宴将毕,司马迁道:"因天人不符,天下灾荒四起,废旧立新,时不我待。自明日始,卿等须各尽职任,不得懈怠。"

众人应诺,一一告辞。落下闳大失所望,以为已知天地之数,或可大展雄才,孰料竟屈从于人,与杂役无异!

既回府,欲与谯隆对饮,以解愁闷,不想谯隆已率僚属入东南山,伐木烧炭,以备冬日酿酒。

是夜,落下闳辗转榻上,几乎未眠。

翌日,唐都等相约来至观星楼,欲测日影,不见落下闳来此,命侯宜君入谯隆府第,问以何故。落下闳称腿疾未愈,不能登楼。侯宜君告辞,回禀唐都。唐都以为其情可谅,不再追问。

落下闳本欲不辞而别，取道回乡，无奈腿伤未愈，淤积未散，只好淹留谯隆府第，每觉度日如年。

谯隆有数子，长子谯玄已近弱冠，极聪慧，见落下闳坐卧不宁，问道："前辈何故不安？"

落下闳不肯言及，唯称腿伤不愈，故而烦躁。谯玄遂命置酒厅堂，请落下闳饮酒消遣。

席间，谯玄道："每听家父言及前辈，称前辈非但熟知天地之数，亦乃博学之士，望能赐教。"

于是问以治世之学，凡孔氏之说，老庄之道，以及诸子百家，无所不涉。落下闳一一对答，几无保留。

不觉又十余日，落下闳腿伤几愈，勉能行走，于是说谯玄道："自来长安，已一月有余，多有叨扰，不胜惶恐。卿父荐我来此，欲以我所学，改创新历，以绝祸患。然太史令司马迁偏重唐都，以我等为杂役；所谓道不同不相为谋，我欲就此归去，寄情故里山水，永不再出。望转告卿父，不辞而别，有失礼仪，然恩师年迈，不忍耽溺！"

言毕，一揖告辞。谯玄极力挽留，落下闳不听，又道："我已身无分文，难以成行；你若念我与乃父为同窗，望赐我盘费。"

谯玄道："非不愿馈赠，实望前辈能暂忍委屈，以待家父。"

落下闳不再言，转身欲走；谯玄知不能止，恐其受流落之苦，忙以一千钱赠之。落下闳仅取五百钱，拜谢而去。

谯玄恐谯隆责备，即乘快马，离长安，取道终南山，欲告知谯隆。谯隆率僚属来此已半月，雇用樵夫，伐薪烧炭，终日不歇。忽见谯玄只身而来，大惊。谯玄尚未近前，疾呼道："落下前辈耻为他人之下，已出长安，取道阆中！"

谯隆大怒，责谯玄道："汝何不止之？"

谯玄忙道："我已尽力，奈何落下前辈去意决绝，不能阻之！"

谯隆不多言，以事务分嘱僚属，即与谯玄下山，命其步行回长安，以谯玄所骑，绝尘而去，欲追落下闳。

26

落下闳并未痊愈,虽能行走,然不能急,其速缓慢。行不足半日,腿痛复生,淤肿又起,于是折木为杖,倚杖而走。

不觉已日暮,料出长安不过数十里,而前途漫渺,关山在望,不知何日才能回乡。嗟叹之际,见道旁有客舍,正炊烟漫起,遂斜出官道,于此投宿。

店主颇为殷勤,见落下闳左腿有伤,忙烧水一盆,使其热敷。落下闳连连称谢。店主问落下闳姓氏,落下闳恐谯隆追来,遂称姓陈,并嘱咐店主,若有姓谯者来此打问,请勿告知行迹。店主应诺,又问饮食。落下闳仅有五百钱,又行走缓慢,恐不能足用,本不欲买酒肉,又恐店主不悦,于是仅买浊酒半壶,炙肉半斤。

店主嫌其悭吝,笑问:"卿徒步一日,已饥色浮面,半壶浊酒岂能解乏,半斤炙肉岂能果腹?"

落下闳道:"实不相瞒,我身有疾病,不堪饮食,足矣。"

店主无奈,依其所说,上浊酒、炙肉。落下闳饮食毕,即入客房歇息。

谯隆催马疾行,出长安数十里,不见落下闳身影。时已二更,人在荒野,不见客栈村舍,颇疑,遂止。忽忆及傍晚曾过一客舍,距长安三十里许,以为落下闳腿伤并未康复,或投宿于此。于是转道而回,近其前,已过三更,舍内灯火已灭,唯冷月照地,树影寂然。谯隆下马,近门而呼。

片刻,烛火复明,门开,店主倚门而问:"卿欲投宿?"

谯隆不答,反问店主:"可有落下氏者投宿于此?"

店主道:"并无此人。"

谯隆又道:"左足有伤,当倚杖来此。"

店主已知来者姓谯,所询亦必自称姓陈者;又见谯隆衣官服,举止轩昂,以为有利可图,于是笑道:"来者皆是客,恕不奉告。"

谯隆忽执店主,推入门内,斥道:"此人乃朝廷要犯,带伤逃走;汝若隐瞒,必与之同罪!"

店主大惧，忙指楼上一客房道："人在此间，可捉拿！"

谯隆不言，举步登楼。

落下闳行走半日，又受伤腿所累，不堪困乏，早已酣睡；梦中已近落亭，玉清子已白发如雪，仍在老梅之下，举目遥望。

正此时，巨响忽起，谯隆已破门而入。落下闳倏然醒转，幽梦立碎。谯隆一步跨近榻前，指落下闳冷笑道："竖子，我寄汝厚望，极力举荐，汝竟不辞而别！"

落下闳坐起，辩称："唐都不仅与司马迁有同乡之谊，亦有师生之恩，非但厚此薄彼，又极尽讥讽嘲笑之能。现已分定职任，以唐都、邓平为主，以我为杂役，或竖漏刻而不能取数，或立土圭而不能分长短。此等小事，匹夫可以胜任，何用我辈！既如此，何必耽溺长安？所以不辞而别，并非其他，实因恩师孤苦年迈，不忍久别。"

谯隆其恨愈甚，痛斥道："汝唯知恩师安危，不顾我举家生死！汝为我所荐，又寄宿我家，若就此而去，我必大受牵连！"

落下闳不以为然，分辩道："若有罪，俱在我一人之身，与卿何干？"

谯隆跌足道："汝虽为我举荐，然无天子之诏，岂能入京！汝欲离去，若不奏准天子，岂能自走！长安乃天子之都，岂容汝任意来去！"

落下闳已有所悔，不再言。谯隆又道："幸他人不知，又与汝会于此。若随我回，应无碍，否则，我与汝罪不可赦！"

落下闳已彻悟，即称愿回。谯隆转怒为喜，携落下闳下楼，呼店主温酒炙肉，欲与落下闳畅饮欢谈。店主知谯隆非等闲之辈，温好酒一壶，炙鹿肉两斤，极尽殷勤。

二人对坐席上，谯隆道："卿可知唐都等学识如何？"

落下闳道："司马迁命各抒己见，故能知众人才识。唐都虽知古历之谬，然并无卓见；虽能察天宇之机，然不知地动之数。至于邓平、司马可、侯宜君之流，亦以为天似穹庐，地如四方，不足为论。若以其说制历，当与颛顼历无异，唯能纠一时之误，不能绝来日之患。"

谯隆问落下闳道："不知卿与唐都等相比如何？"

落下闳笑道："恕我直言，唐都等犹如家雀，虽能翻飞啼鸣，只在囚笼之间；而我如黄鹤，可直上九霄，振翅万里，虽碧海青天，任我往来。此等鼠辈，岂能与我比！"

谯隆击掌道："既如此，改制新历、扭转乾坤舍卿其谁！"

落下闳道："非也，今猛虎听命于犬马，苍鹰受制于孺子，不能吟啸，不能腾飞，岂有所为！"

谯隆沉吟道："卿勿忧，待还长安，我即求见陛下，奏明原委，必使卿大展雄才。"

落下闳道："若能如此，当不负长安一行。"

二人饮过数盏，谯隆又道："想当年，萧何知韩信雄才大略，于是荐与高祖。韩信以为不能为高祖所重，竟不辞而别，乘夜而走。萧何得知，快马疾追，终将韩信追回。今日之事，与当年何异！"

落下闳道："所谓成也萧何，败也萧何，但愿今日非昔日，韩信之祸不复重演！"

谯隆道："韩信功高盖主，麾下雄兵数十万，又轩昂自大，不知自谦，高祖疑而杀之，在所不免；而卿所能有者，天地之数也，并无一兵一卒，何需疑之？"

谈话间，酒已将尽，谯隆意兴正炽，又呼店主温酒，店主不应。谯隆微怒，欲离座询之，忽觉头晕目眩，四肢乏力，竟不能起。落下闳亦觉口舌麻木，手脚沉重，如巨石缚身。

恰此时，有人破门而入，手执长剑，身形魁伟，面目狰狞。落下闳、谯隆大惊，张口欲问，已不能言。

店主亦出，指谯隆说来者道："此人自称朝廷命官，来此缉拿逃犯。我见其衣冠楚楚，行止轩昂，以为所言不虚，故而告知大王。"

大王指落下闳问："此人为逃犯？"

店主道："此人瘸一足，当为逃犯。"

大王冷笑道："命官与逃犯共饮，闻所未闻！"

于是搜身，二人囊中俱不足五百钱。大王颇疑，问店主道："囊中如此羞涩，岂有命官气派！汝是否私藏财物？"

店主忙道："大王来此，二人尚对酒言笑，纵有其心，岂能得手？"

大王颇为失望，欲杀之。店主劝道："不如缚之，藏于地窖，待其醒来，命书家信，索赎金百万钱，必能得手。"

大王以为然，遂缚落下闳、谯隆，塞其嘴，藏入地窖。

翌日晨，落下闳、谯隆相继醒来，见四周漆黑，不知身在何处，又不能言，惶急不已。正此时，头顶忽开，有人举灯察看，乃店主。店主见二人已醒，遂呼大王。片刻，大王亦来，跃入地窖，去二人塞嘴物。落下闳骂道："蟊贼，此乃侍中谯隆，汝竟敢劫持！"

大王忽抽剑，怒道："此处非长安，何来侍中！"

谯隆忙道："勿怒，大王欲何为，请言之。"

大王道："既为天子近臣，必多不义之财，若惜命，可书家信，携百万钱来此赎之，否则，我必碎尸万段，使汝等魂飞郊野！"

谯隆忙道："我愿奉大王之命，然我为官清正，并无余财；若十万钱，或能足数；若作价百万，恐不能如大王所愿。"

大王大怒，剑抵谯隆咽喉，骂道："狗官，竟不知死活！命在旦夕，竟巧言令色！天下官吏，谁不贪婪！民脂民膏，无不尽入贪官之手！若差一分一毫，我必立斩狗头！"

谯隆又道："大王勿怒，虽倾家荡产，不能足此之巨。若二十万钱，我当命家人求借，或能有所获！"

大王怒不可遏，又欲斩谯隆。落下闳忙道："既非宿敌，只为钱财，何必夺命？既百万无望，何不弃多就少？二十万钱，已能足一生之用，大王何不取之？"

大王似觉有理，收剑，仍与谯隆讨价还价，终以五十万成交。谯隆即书信与长子谯玄，命尽其所有，再寻少府监秦宓、乐府令李延年等同僚筹借，并嘱其勿泄露原委。

大王仍塞二人之嘴，关于地窖，以谯隆家书付店主，命其扮为行商，潜入长安，持送谯玄。

店主装扮既毕，即告辞大王，飞马直入长安。

27

店主入长安,几经打听,已知谯隆府第,遂寄马客栈,徒步而来,求见谯玄。谯玄见谯隆去而不还,颇为焦虑,正欲出长安,沿途访问,家仆忽报,称有人求见。谯玄顿觉不妙,命将其延入。

片刻,家仆回报,称来者已去,唯以书信转递。谯玄忙启信阅之,顿时惊恐万状,即召家人,商议对策。家人俱以为宜报官,捉拿匪徒。谯夫人闻此,即召谯玄,命依谯隆所嘱,筹足五十万钱,前往救赎。

谯玄不敢延误,拜会秦宓、李延年等。秦宓、李延年问之,谯玄不肯言,唯称故里阆中忽遭剧变,需钱五十万。秦宓等亦不多问,无不倾其所有。

不半日,谯玄已筹足五十万,欲只身救父。思之,以为谯隆、落下闳陷身处应在长安境内,遂书密信,付于家仆,命其求见长安令徐赞,请其率衙役,改衣民服,沿官道搜罗,擒拿匪徒。

徐赞与谯隆交谊颇深,谯隆为上林令时,徐赞曾为僚属。谯隆迁为侍中,力荐徐赞继任上林令,任满,又转任长安令。

谯玄赁车马,携钱出长安赴约。将近日暮,见不远处有小溪,溪上有野桥,知已至所约处,于是停车,四处顾盼,不见有人,正欲呼之,忽有人自彼岸榛莽间出,手提长剑,已知必勒索者。

此人即大王,见谯玄来此,止于溪岸,呼道:"莫非谯侍中之子?"

谯玄道:"正是,请问家父何在?"

大王不答,过桥,来至车前,命谯玄以钱示之。谯玄指车内木箱,称五十万钱俱在此;然需见谯隆、落下闳安然如旧,方能给予。

大王见谯玄年幼,料其不敢有诈,遂说谯玄道:"汝父毫发无损,请前行数里,与之一见。"

谯玄暗喜,欲驾车。大王忽执谯玄道:"世道凶险,人心诡诈,休怪无礼。"

于是缚谯玄,遮其目,塞其耳,置于车内。大王自驾车,驶往客栈。疾行数里,停车,大王开箱验之,果然不差。命店主押落下闳、谯隆出,亦缚手足,遮目塞耳，掷于车内。

大王嘱店主道："可驾车至野桥边，弃于道。我于此待汝回，平分不义之财。"

店主不敢违，驾车疾走。时天已黑，不见野桥，又疑大王裹钱而去，止于一里之外，弃马车，急回。

落下闳、谯隆、谯玄挣扎而起，反手去各自口中物，再互解绳索。谯隆忙问谯玄："果以五十万钱赎身？"

谯玄道："幸不食言，否则，恐再难相见！"

于是告知二人，已书信与长安令徐赞，请其沿途搜罗，或能追回赎金。恰此时，徐赞率皂隶数十人来此。谯隆大喜，携落下闳、谯玄，引徐赞等复回客栈，四面围困。谯隆喝道："官府来此缉盗，汝等已在重围之中！若自降，或性命可保；若顽抗，必殒命于此！"

三呼，不见回应；再呼，仍无回应。落下闳大疑，推门而入。谯隆等亦纷纷入内，四处搜查，人与钱俱无踪迹。

谯隆以为必在近侧，命人人举火，大肆搜索，虽察尽远近，仍无所获。见天将明，徐赞劝谯隆回长安。谯隆跌足叹息道："五十万钱，虽数年官俸、赏赐不能及此！既债台高筑，恐今生当受穷困！"

落下闳大为自愧，不敢出声。谯隆恐他人知落下闳自走，或招祸患，嘱徐赞切勿声张。徐赞又嘱衙役，谎称谯侍中已有擒贼之计，若走漏风声，不能捕获，必治死罪。衙役并不知其中原委，唯唯诺诺。

落下闳随谯隆父子登车，辞别徐赞，驰还长安。谯隆欲往终南山督办木炭，无奈忧郁成疾，不能行，遂书信与僚属，嘱以未尽事宜，遣谯玄送入终南山。

落下闳愈觉羞愧，不顾腿伤，每日往观星楼与唐都、侯宜君等相会，甘为杂役，再无怨言。

十余日后，谯隆忧虑稍解，命家仆设宴，酬谢秦宓、李延年等解囊相助，请落下闳作陪。是夜，秦宓、李延年等纷纷应邀而来。宴席既开，谯隆让落下闳与秦宓等相识，既毕，谯隆执酒，即席致谢。

谯隆道："因家族子弟误伤人命，事主索赔甚巨，无处筹措，于是倍道兼程，来长安借钱。我虽为官近二十载，然集钱微薄，不得已，命犬子谯玄向卿等告借。卿等古道热肠，令我感激不已，谨以薄酒为谢！"

言毕，分朝秦宓、李延年等一揖。秦宓等无不回礼谦让，俱称既为同僚，理当互助，不足挂齿。

谯隆又道："请卿等限我十载，十载之内，必尽数偿还。"

秦宓等又纷纷安慰，俱称钱乃身外之物，即使不还，亦不伤同僚之谊。谯隆亦不多言，与秦宓、李延年等痛饮。

饮至半夜，秦宓等纷纷告辞。落下闳欲就寝，谯隆止之，请复座，邀其再饮。又数盏，谯隆说落下闳道："因卿不辞而别，我已欠债如山。若卿能以所学，改创新历，我虽平生穷困，亦无悔也；若卿不能如我所望，虽魂归黄泉，我亦将追之索之！"

落下闳大为惭愧，朝谯隆一揖道："卿勿忧，自今日始，虽戈矛逼之，我亦再不言去！若能以所学，改创历法，我当弃封赏，唯请天子赐钱五十万，以偿此债！"

谯隆大喜道："若能如此，区区五十万钱何足道哉！"

于是举酒，邀落下闳再饮。又过数巡，谯隆道："我知卿性情耿介，为人爽直，眼中不容纤尘，腹内不藏沟壑。然此间人物荟萃，善恶混杂，或勾心斗角，笑里藏奸，实非故乡可比。所谓忍一时之怒，图来日方长，凡事不可操之过急，须藏锋掞甲，以待时机。古人云，好事多磨，雄才多难，卿须谨记。既司马迁、唐都等持论迂腐，并无卓见，岂能改创新历？卿何不忍一时之屈，以待大用？"

落下闳泣道："卿良言苦口，我已尽知。望勿虑，我当不负殷切之望！"

谯隆又笑道："君子一言，驷马难追，我当望卿改制汉历，获天子厚赏，还清巨债！"

二人大醉方止，各自就寝。翌日，谯隆入宫，求见武帝，欲请其召见落下闳等，亲试其才，择优而用。

武帝正于宣室召见大司马卫青、护军将军韩安国等，议军国大事；侍从来报，称侍中谯隆求见。武帝不准，命拒之。

谯隆不敢再请，告退，又恐耽误制历，于是书奏表称：

臣知颛顼历行至今日，已谬误百出，四海之内，饥荒大起，饿殍遍野，流民载途。陛下为之忧心，士庶为之恐惶，于是召落下闳、唐都等入京，改创汉历。

此事之大，关乎存亡，臣请陛下召落下闳等，亲试其才，择优选用，勿使羸牛负千钧之车而走远道，使神骏困农夫之手而驮糠秕。

臣此心切切，望陛下准奏。

书毕，又入宫，请侍从转呈武帝。

28

十数日前，武帝获边将急报，称匈奴、羌胡等结盟叛汉，合二十万众，攻破酒泉，又挥师东进，欲据潼关，势压长安。

武帝即遣将军郭昌等率精甲十万，屯于武都，与边塞诸将迎击。郭昌等不敌，几欲败北，遣部属驰还长安求援。

武帝为此大急，即召丞相石庆、大司马卫青、护军将军韩安国等，议御敌之策。武帝欲遣精骑数万，驰援武都。

石庆以为不可，奏道："臣以为武都距此千里之遥，恐援军尚在途中，郭昌等已败。群贼欲夺潼关而据之，遮断东南，使长安孤立州郡之外，其用心之险恶，可想而知。既如此，不如屯重兵于潼关，据险固守，再召州郡起兵，邀而击之，群贼必败。"

韩安国斥道："岂能如此！潼关距长安不足三百里，若战而不胜，长安必成危卵！况用兵于京都一侧，士民必疑之，别有用心者或趁机作乱，若内忧外患俱起，岂不置天子于险境！臣请陛下勿疑，即刻驰援武都，拒敌千里之外！"

石庆不敢复言。武帝问诸将道："若赴救武都，需昼夜不停，若三日不能达，恐郭昌等已作降虏；既万分火急，不知卿等谁能一往？"

卫青道："臣已年迈，老病缠身，不复当年之勇，愧对厚禄！"

韩安国叩头道："臣不惜老残之躯，亦不惧万死，愿赴敌！"

武帝大喜，即授韩安国兵符，命其率精骑三万，赴救武都。

恰此时，侍从以谯隆奏表呈送武帝。武帝置于一旁，无心启阅，自此昼夜不宁，以待韩安国等奏报。

韩安国等不敢延误，大出长安，昼夜疾驰，倍道兼程，赶赴武都。仅三日，已至武都城外，见匈奴、羌胡正围攻城池，已然险象环生。韩安国令诸将暂不结营，先近敌阵，以强弓硬弩急射，不余一箭。

一时万马齐出，飞矢如雨，将士奋勇，气势如虹。群贼忽遇猛击，猝不及防，顷刻间已死伤无数，溃乱不堪。

郭昌等见此，士气复振，即命诸将开城齐出，与韩安国等大肆夹击。群贼大败，四散乱走。韩安国等与守军汇合，乘胜追击，直入酒泉，收尽失地，斩首级十万。

匈奴、羌胡远遁，数年不能复振。韩安国即遣快马回长安，飞报武帝。武帝获此捷报，忧患立解，忽忆及谯隆曾有奏表，阅之，颇疑，于是召谯隆，问其何有此言。

谯隆奏道："创制新历，乃国之大事，需旷古之才方能胜任。太史令司马迁任人任事俱有亲疏之嫌，虽英才毕集，未必尽其用。臣恐有误大事，故而斗胆上言，请陛下亲召唐都、落下闳等，明贤愚，知优劣，以优者为首，次者为副，各就其位，各司其职，必能事半功倍。"

武帝沉吟道："莫非卿所荐未受重用？"

谯隆道："臣毫无私心，唯愿新历早出，祸患立绝。至于臣所荐者，用或不用，应以是否胜任为准，不应以亲疏而待之。"

武帝道："朕日理万机，已忘卿所荐何人，请告知。"

谯隆道："臣所荐者，巴郡阆中落下闳也。"

武帝道："此人如何？"

谯隆道："臣与落下闳曾为同窗，知其敏慧绝伦，实乃旷古奇才，习天文历法已十数年，俱知古历之非，察尽天地之数，又智虑精深，能辨渊底藏鱼；思谋迅捷，能追云外飞鸿。若非不世之才，臣不敢荐之。"

武帝忽有所悟，又问谯隆道："此人莫非当年为父兄申冤，不惜舍命与州郡相抗者？"

谯隆道："正是。当年，阆中令李济成与公车司马王旭沆瀣一气，玷辱陛下察举盛德，弃优择劣；而落下闳之兄落下闻才识超迈，品行高洁，竟不获举荐。其父落下南义愤不平，当街责问。李济成罗织罪名，囚落下南、落下闻父子。其时，落下闳未及弱冠，为救父兄只身奔走。巴郡太守应季先不察案由，草菅人命，使落下南父子被斩。此案曾惊动陛下，终使奇冤昭雪，然元凶李济成至今在逃，尚未归案。"

武帝不由赞道："落下闳孝义之士也，凡有此德者，当非俗类，朕岂能使之屈才！卿且去，朕必依卿之请，召而试之。"

谯隆大喜，谢恩告退。武帝即召兒宽、公孙卿、壶遂等。武帝道："为创制汉历，根绝大患，朕依卿等所请，召唐都、落下闳等入京，又命卿等与司马迁试其才华，择优而用。不知当时情形，究竟如何？"

兒宽等不敢隐瞒，一一告之。武帝不解，问兒宽等人道："朕素知司马迁耿壮无私，颇有识人之明；既落下闳之才高于众人，何不委以重任？"

公孙卿道："落下闳瘸一足，又迟来，司马迁或嫌其散漫，故而不喜。"

武帝又道："朕知唐都与司马迁父子俱有师生之谊，不知唐都才识如何？"

公孙卿道："唐都自幼修习此道，学识卓绝，俱知古今历数，实堪重用。"

壶遂道："臣以为不然，当时所问，无非天地日月之类，诸子所说，并无高下之分；落下闳所言，虽堪称精妙，然亦未触及要害，不能知其深浅。改制历法，千年大计也，若所托非人，岂不有负陛下厚望。臣请陛下亲召唐都、落下闳等，当众议论，各陈其法，必能明辨是非，尽知高下，然后择其优而重用。"

武帝准其说，于柏梁台大会群臣，命邓平、唐都、落下闳、司马可、侯宜君等二十余人，各抒己见。

一时群贤俱至，济济一堂。武帝说唐都道："卿年长于他人，修为最久，见识广博，请首言。"

唐都叩头道："自古制历者，必先取日月星辰之数，再以所处方位为准，或以黄钟起历，或以大吕起历，分一日而为母数，再依此运算得数。此古圣之法，不可违之。臣以为，所应明者，唯取黄钟、大吕顺位而已，其余无须多议。"

落下闳不以为然，欲斥其非，谯隆忙道："此朝堂，非山野，无圣旨岂能争而言之！"

落下闳遂不言，冷笑不已。武帝又问邓平道："卿专司历法，必有所知，试问颛顼历依何起历，何故差误毕现？"

邓平道："颛顼历以大吕起历，而大吕居阴六律第四，故而以四为分母求得数。既有误，臣以为当以黄钟起历。"

落下闳仍以为非，又欲言；谯隆再止之。武帝问司马可道："卿以为当如何？"

司马可道："臣以为应取黄钟之数，以免重蹈颛顼历覆辙。"

武帝又问侯宜君，侯宜君奏道："十二律者，祭祀天地之乐也。黄钟为阳律之首，其声清越，直上云霄，直达天庭；大吕为阴律之首，其声浑浊，直透地厚，直彻地府。所谓制历，乃应天宇之数也，臣以为自当以黄钟起律。"

武帝问遍二十余人，方说落下闳道："卿为侍中谯隆所举，谯隆每言卿善思善察，身怀不世之才，亦请言之。"

落下闳迫不及待，起座，叩拜毕，侃侃言道："臣以为唐都等所言俱非，若依其说，或能纠一时之偏，不能绝来日之患。"

司马迁、儿宽、公孙卿等闻此大惊，俱欲驳斥；武帝抬手示意，令其勿言。

落下闳旁若无人，慷慨道："诚然，古历之误，与母数攸关。母数者，求近似数之分母也，母数愈小，则得数愈粗；母数愈大，则得数愈精，然亦非要害。古人制历，无不以盖天之说为准，以为天似穹庐，地如四方，俱不动也；所动者，日月五星也。故而仅取地之方位，而不察地亦如行星，动而不止也。"

此言一出，一片哗然。司马迁说武帝道："臣有数言问落下闳，请陛下准之。"武帝笑道："既各有所见，可畅所欲言，辩明是非，勿拘礼节。"

于是司马迁斥落下闳道："盖天之说，先圣之言也，汝岂能疑之？"

落下闳道："古人言，天有白云，亦有苍狗，俱可遮蔽日月。白云弥空，雨雪霏霏，于是万物得以滋养。然以苍狗吞吐，言日月之蚀，亦乃先圣之说，至今日，虽孺子亦知其非。自古制历者，无不能度日月之蚀，若不疑苍狗之说，岂能如此！"

司马迁等恼怒不已，群起而攻之，纷纷扰扰，嘈杂不堪。

丞相石庆以为一时纷纭，难辨是非，请武帝命唐都、落下闳等暂退，各以所说俱成条状，择日再论，以免杂乱无章。

武帝准之。

29

司马迁恨落下闳不尊先圣之说，欲大加痛斥，以免扰乱视听，有碍制历，于是召邓平、唐都、司马可、侯宜君等商议对策。二十余人大集府内，司马迁命各尽所学，逐一书写辩词，欲使落下闳进退无路。

落下闳颇觉痛快，以为稳操胜券，若再辩，必能使司马迁等体无完肤。

谯隆见落下闳喜形于色，恐有所失，于是命家仆置酒，邀其当窗对饮。谯隆道："若不出所料，此时此刻，邓平、唐都等必大集司马迁府第，商议辩词。卿亦应有所备，以免届时疏忽，或说理失据，贻误大事。"

落下闳不屑，笑道："卿勿忧，五十万钱指日可待也！"

谯隆劝道："司马迁乃饱学之士，又家学深厚，悉知今古，熟读典籍，实非庸碌之辈；邓平、唐都等，无不精于此道，俱非俗类。卿匹马单枪，而司马迁等挽袖联臂，所谓众人之口可以铄金，卿岂能大意！"

落下闳道："不然，所谓理直而气壮，何惧人多！实不相瞒，我已尽知古人之非，必能言之凿凿，无可辩驳。至于改创新历，若不弃前人谬论，另辟蹊径，岂能绝千古之患！卿勿虑，料不出三年，汉历当成，我将不负承诺，求五十万钱之赏，使卿还尽巨债。"

谯隆见落下闳如此自信，亦不多言。

三日后，武帝又于柏梁台会群臣，召唐都、落下闳等再辩是非。武帝道："今日秋高气爽，残菊犹香，大吉之兆也。既前日议论未明，故而再召卿等于此，请各抒其见，不留纤毫之疑。"

于是司马迁问落下闳道："汝以为盖天之说不足取，试问依据何在？"

落下闳道："盖天之说，以为天不动，地亦不动；天圆而地方，方圆之间，各成永恒。而我观天测地十数年，每见二十八宿斗杓移换，故疑之。既二十八宿为恒星，恒者，定而不动也，然何故斗杓变化，周而复始？此岂非地动所致！尔后，又闻浑天之说，以为地如蛋黄，天如蛋清，天地之间，清气充盈。气，无形无味，可呼可吸，而不可获之；地浮于清气之上，而气环流不息，飞扬漫卷，地虽广大，岂能静止……"

落下闳言未毕，司马迁厉声斥道："浑天之说，大逆不道也，汝竟携此说入朝堂！"

言毕，转奏武帝称："浑天之论，早已为有识之士所不耻，落下闳竟以此说辱没先圣，是可忍孰不可忍！臣请陛下逐落下闳出长安，以绝妖言！"

武帝道："今日所论非他，不过欲吹尽迷雾，使真相毕现。卿等当无所禁忌，知无不言。"

于是落下闳又道："古六历，皆以盖天之说为据，取数运算，排定岁时，若无误，何至有差！浑天之说，以为地若鸡子，与天互为应对，既日月星辰动之不息，而地与之同悬天宇之内，岂能例外！若不取地动之数，虽起历运算皆有别于古人，岂能根绝差谬！"

邓平驳落下闳道："天地之说，古人早有定论，何须疑之；而浑天之论，前贤俱已知其非，岂能取用。圣人曾言，共工触倒不周山，天欲坠，于是天神降，以其再竖南天之下，赖以为天柱。此不但世人共知，亦书之典籍，汝何故不知？"

落下闳道："此不过传言，何足为道！试问诸君，谁见南天之柱存于何处？若曾见，我愿随其一往，若果如其说，我当自此隐退，永不涉足此道！"

邓平顿时无言。司马迁道："若地不方，亦非永恒不动，试问我等俱居地上，何故不能见其动？"

落下闳道："地何其大，而人何其小；地虽动如狂流，而人岂能知之！"

唐都道："庄周曾言，无极之外复无极，卿以为此说如何？"

落下闳道："所谓无极，意指天宇之无穷尽也。此说虽奇妙绝伦，然仍不能与浑天之论比。庄周虽能察天宇浩渺，而未知地之有限，其说空旷虚无，不能为治历者所用。"

司马可道："无极之说，与无稽之谈何异？汝竟然之！今陛下以儒学治世，繁荣昌盛，旷古绝今；而庄周之论，源出黄老之说，无论妇孺，俱知其谬，何独汝不知？"

谯隆闻此，不禁暗惊，已知司马迁等用心险恶，正逼落下闳入绝境，而落下闳浑然不觉！

落下闳答司马可道："非也，陛下虽用儒家之说，仍表彰六经，不废黄老，足见胸怀之广；况我等奉召入京，不为治世，只为制历，何必拘于言出何人？"

　　至此，司马迁等以退为进，欲诱落下闳步入陷阱。于是司马迁问落下闳道："若依浑天之说，当何以言天？"

　　落下闳不知其用心，随即答道："天者，空也，空即无，浩渺无垠，无边无际耳。"

　　司马迁立即追问："陛下乃上天之子，若天宇空虚，敢问天子出于何处？"

　　落下闳仍不知其用意，侃侃言道："所谓天子，亦乃血肉之躯，食五谷，知痛痒；唯因禀赋卓出，度越天下，故能凌驾臣民之上。"

　　谯隆惊恐不已，见武帝颜色已改，怒容满面，正欲替落下闳分说，忽听司马迁斥落下闳道："竖子，出言不逊，胆大妄为，竟敢称陛下非上天之子！"

　　言毕，跪奏道："臣以为落下闳目无君主，其说荒诞不经，屡犯天威，若不斥而逐之，恐不能慰天子之怀，平臣等之愤！"

　　谯隆忙跪奏道："臣知落下闳因事而论，并无中伤之意；况其久在草野，不知礼节，望陛下恕其无罪！"

　　武帝霍然而起，斥谯隆道："汝非奉旨改历者，请勿多言！"

　　谯隆大惧，仍恐落下闳不能免祸，斗胆再奏道："陛下命落下闳等畅所欲言，无须拘束；落下闳奉旨言事，并无过错。而司马迁等用心不良，设局算计，步步引诱，再以此弹劾，欲置落下闳于死地！幸群臣俱在，众目睽睽，是非曲直，自有公论！因落下闳非司马迁亲故，司马迁每欲逐之，于是冷嘲热讽，大肆排挤！陛下圣明如天，必有所察；臣请陛下责司马迁，勿使落下闳受屈！"

　　武帝大怒，命侍从执谯隆，逐其出宫，无诏不得擅入；又命缚落下闳，送廷尉府，关入天牢，严究其罪。

　　一时群臣肃然，不敢擅言。谯隆知落下闳被囚，大急，竟不顾禁令，裸身自缚，跪于宫门外，疾呼不止，称落下闳为己所举，愿替其受罪，虽万死不辞。

　　武帝又命侍从执谯隆，押回府第，不准出入。

　　是夜，司马可、侯宜君相约拜会司马迁，司马迁设酒款待。席间，侯宜君道："陛下一时震怒，虽命廷尉执落下闳入狱，未必治其罪；而谯隆颇受恩宠，必设法解救。不如再上奏表，详陈落下闳大罪，请陛下斩之！"

司马迁颇为不屑，斥侯宜君道："落下闳与卿等俱为方士，竟不惺惺相惜！虽言之有失，然并无恶意！我虽恨其猖獗无状，亦不愿赶尽杀绝！"

司马可道："平心而论，落下闳思虑深切，敏慧绝伦，我辈远不能及；若其不死，它日必尽占制历之功，望能深思！"

司马迁大怒，摔盏而起，斥司马可、侯宜君道："我非小人，不行诡计；若落下闳当死，我必迎头痛斥，再请陛下问罪！我素来磊落光明，堂而皇之，而不耻此道！"

司马可、侯宜君大惧，再不敢言。司马迁再无酒兴，说二人道："今日之事，到此即可，请回，改日再聚。"

二人不能再留，告辞。司马迁亦恐落下闳遭遇不测之祸，悔其逼之太急，辗转反侧，夜不能寐。

30

翌日，司马迁求见武帝，请恕落下闳之过。武帝闻之，召其入宣室。司马迁奏道："落下闳不过方士，未历仕宦，不知礼仪，出言不逊，在所不免；而巴郡偏远，民风蛮悍，尚待开化，仍需怀柔。臣请陛下恕落下闳无罪，逐还阆中，勿杀之。"

武帝其怒未解，不听。司马迁不敢多言，告退，分别拜见兒宽、公孙卿、壶遂等，请其替落下闳说情。

兒宽斥司马迁道："既如此，何必设局陷害？落下闳若获死罪，岂不正中下怀？"

司马迁大为羞惭，辩道："我等所以如此，不过欲绝其妄说，以免蛊惑圣听，勿使制历之道误入歧途而已。"

于是兒宽、公孙卿、壶遂等纷纷上书，请恕落下闳之罪。武帝恨意稍解，即召廷尉，命囚落下闳而不杀。

落下闳被囚天牢，以为必死无疑，每每仰天自叹，我死不足惜，唯虑恩师年迈，无人奉养；而谯侍中因我身负巨债，恐不能偿还！

谯隆恐落下闳受狱吏欺凌，命谯玄每日入狱送饭，欲使狱吏知落下闳与己颇有交谊，免受刁难；仍不顾武帝禁令，每每入宫，欲替落下闳求情。武帝知其所欲，拒而不见。

狱吏知谯玄为谯隆之子，以为必有厚谢，对落下闳颇有照顾；然十日之后，唯见谯玄每日来此送饭，并无贿赂，于是暗示谯玄。谯玄尽知其意，即禀告谯隆。谯隆叹息道："五十万钱赎金，已使我家徒四壁耳！"

谯隆无奈，只好向僚属告借。僚属俱称俸给微薄，并无余财，极尽拼凑，仅获一千钱。谯隆命谯玄携入狱中，交与狱吏。狱吏嫌少，不受，斥谯玄道："我等虽为狱吏，低贱卑微，然亦知恪守本分。所谓君子爱财，取之有道，请勿以此等勾当，辱我节操！"

谯玄极尽美言，狱吏声色愈厉。谯玄无奈，回告谯隆。谯隆沉吟良久，嘱谯玄道："汝每日仍入狱送饭，若狱吏阻汝与落下闳面晤，切勿与之争，即刻告我。"

谯玄然之，翌日，仍按时送饭，狱吏果然阻之，命其止于外，称自当转递人犯。

谯玄已知落下闳必受欺凌，即回，告知谯隆。谯隆随即拜会廷尉，请随往狱中探视落下闳，免受狱吏刁难。

狱吏命狱卒押落下闳入刑房，欲泄愤。狱卒执落下闳而来。狱吏满面带笑，问落下闳道："汝入狱已十数日，我等待汝如何？"

落下闳道："承蒙优待，感激不已。"

狱吏道："我等俱知汝与谯侍中为至交，故不为难；不料谯侍中拒不领情，嫌我等欲借汝攀附权贵，奈何？"

落下闳不知其中过节，答道："卿等厚恩，我当终身不忘；若能幸免，来日必将厚报。"

狱吏笑道："所谓人生无常，今日不知明日如何；既有心回报，何需来日？"

落下闳若有所悟，不敢对答。狱吏道："我有痔，十数年未愈，苦不堪言；曾闻，若有感恩戴德者愿舐之，必能康复如初。汝若不辞，能去我疾患，我必待汝愈厚。"

落下闳顿知用心，忙道："我虽卑微，然非舐痔之徒；既好意在先，望勿辱我。"

狱吏大笑道："莫非汝不知身在何处？此天牢也，凡陷身囹圄，虽旷古英雄无不胆裂！汝是何人，何言辱与不辱？羊在虎口，鱼在釜中，由我不由汝！"

于是令狱卒强捺落下闳，命其舐痔。落下闳大急，疾呼道："若如此，我必咬而食之，使汝痛不欲生！"

狱吏大惊，命狱卒止，问落下闳道："果欲如此？"

落下闳道："必如此！"

狱吏又问："汝莫非不惧酷刑？"

落下闳道："愿受酷刑，不受辱！"

狱吏沉吟片刻，再问道："汝非血肉之躯？"

落下闳道："人皆父母所生，有血有肉；然我乃巴人，骨气凛冽，志节如山，愿去项上之头，不失一发！"

狱吏冷笑道："壮哉巴人！我本欲全汝体肤，汝自称骨气不可犯，不如剥汝之皮，试看巴人骨骼如何！"

于是命置落下闳于刑案，令狱卒以利刃剥皮。狱卒去尽落下闳衣衫，缚于案上，使脊背外露。

狱吏仍欲迫落下闳舐痔受辱，于是又问："若愿舐痔，尚有时机；若迟疑，顷刻之间将皮肉分离！"

落下闳大骂道："狗贼，我不惧，汝何惧！"

狱吏大怒，命狱卒下刀。正此时，忽报谯隆、廷尉及狱令俱已来此，请狱吏奉迎。狱吏大惧，命仍押落下闳入牢房。

狱吏即出刑房，往值守室拜见谯隆等。狱令责问是否索贿，狱吏矢口否认。谯隆忙道："犬子年幼，其言不可取信；落下闳不过所见与他人不同，并无罪过，他日必获释，望卿等善待。"

言毕，朝狱吏一揖。廷尉责狱吏道："汝等心迹，我岂不知！谯侍中贵为近臣，我辈尚不敢怠慢，何况汝等！"

狱令又道："此乃官狱，所囚者，天子钦犯也，不可妄用私刑，否则，必严究其罪！"

狱吏不敢辩解，唯唯诺诺。于是廷尉请谯隆面见落下闳，谯隆恐落下闳已受刑,或使狱吏尴尬,恐其愈恨,遂辞之。

谯隆邀廷尉、狱令入酒肆,欲酬谢。二人辞而不往,俱称区区小事,不足言谢。临别时,廷尉嘱谯隆道:"自古狱吏皆奸顽凶残之徒,若无贿赂,必大生是非,用尽手段,使之生不如死。落下闳虽免于一时,不能绝来日之患。既无罪,卿当求见陛下,请释之,勿使久陷污吏之手。"

谯隆以为然,于是又书奏表,请释落下闳。武帝阅之,即召廷尉,叹息道:"以言治罪,天子之耻也,朕岂能如此!"

遂命释落下闳,逐还阆中;三日内离京,不得逾期。

谯隆闻之大喜,即往狱中,迎落下闳暂还府第,命置酒款待。落下闳致谢道:"因我出言不逊,触怒天威,陷身囹圄,有赖卿四处奔走,倾力相救,此恩此德,我当末世不忘!"

谯隆道:"卿能获释,非我之所能,全赖天子恩德,望卿谨记。"

言毕,谯隆以前日僚属所筹一千钱赠落下闳,称因受匪徒勒索,几乎一贫如洗,聊以此为盘缠,勿嫌微薄。

落下闳不受,说谯隆道:"卿为我一时之过,蚀尽家财,又为此举债;我虽不谙世故,岂能一走了之?"

谯隆忙道:"切勿以此为虑,钱乃身外之物,何足为道!我虽举债四十余万,然仍有年俸二千担,若节省用度,数年之内即可偿还。"

落下闳道:"此债因我而举,当由我偿还,否则,虽归还故里,亦将昼夜不安。我知邓平、唐都等将依古人之法制历,必入歧途,难有所成;请卿转奏天子,称我愿为之酿酒,若能借此暂居长安,以待时机,虽不取俸钱,亦当无悔!"

谯隆大喜过望,说落下闳道:"卿能如此,天子之幸,苍生之福也!我当求见天子,不惜以身家性命为卿担保!"

于是频邀落下闳畅饮,大醉方止。

31

翌日，谯隆再入宫，求见武帝，奏称落下闳愿以祖传秘法为天子酿造，以赎前罪。武帝知落下氏清酒独步天下，准奏。

时当隆冬，蜡梅盛开，落下闳大兴酿造，其酒果然甘美，无与伦比。谯隆正为之欣喜，不料落下闳又与李秋娘暗生私情，竟欲与之私会。谯隆力阻，使之未能得逞。然落下闳就此不能自拔，思慕日深，不绝如缕。

谯隆恐为人察知，于是拜会李延年，请其劝说李秋娘，勿与落下闳往来，免招大祸。李延年亦知李秋娘属意落下闳，不敢大意，严命李秋娘安守本分。

落下闳为情所困，几乎无所顾忌，每日仍往乐府外，隔墙唱巴山竹枝词，其声凄切，令人闻之动容。

李秋娘不忍使落下闳因此获罪，强忍心痛，再不回应。落下闳仍不死心，每每独坐梅苑，手捧绣帕，不忍离去。

某日，少府监秦宓欲往乐府，过梅苑，见落下闳坐于梅下，神情痴迷，愁思外露，颇疑，近前偷觑，见其手持绣帕，上绣巴山竹枝词两阙，已知个中情由，于是拜见谯隆，告知所见。

谯隆大惧，即入梅苑，强拽落下闳回府，大骂道："竖子，贼胆包天，竟不死妄想之心！怪我有眼无珠，错认雏狗为良骏！"

落下闳两眼蓄泪，不言。谯隆又斥道："我当求见陛下，容汝回阆中，免使我因汝受累！"

言毕，起座欲去。落下闳忙捉其衣袖，辩称："人非草木，孰能无情；情发自肺腑，如碧血蕴于骨肉，岂能自禁！"

谯隆跌足道："汝竟痴愚至此！古人云，大丈夫何患无妻；天下之大，女子何其多矣，汝何故独恋李秋娘！李秋娘为宫中歌女，虽美若天仙，岂能妄想！此与虎口求牙何异？汝竟不知！"

谯玄闻之，亦来此，说落下闳道："前辈尽知天地之数，何不知人生在世，万事皆不由己？此理我亦能知，前辈何故执迷不悟？"

落下闳颇为羞惭，又不言。谯隆道："谯玄未及弱冠，汝已年近四旬，未必不如孺子？我为汝身负巨债，若汝不听劝阻，一意孤行，我必追讨，虽天涯海角，绝不放弃！"

言毕，忽伸手，自落下闳怀中夺走绣帕，递与谯玄道："立焚之，断其妄想！"

落下闳大急，奋起夺回，说谯隆道："我已知过，当与李秋娘绝，唯愿留此物以慰心怀！"

谯隆忽生怜悯，不忍再逼，嘱落下闳道："既如此，请深藏，不可使他人察知，否则，必有骤然之变！"

落下闳满口应诺，自此，虽情丝未断，却能隐而不露。

司马迁召邓平、唐都、司马可、侯宜君等议改历之法。司马迁道："自古制历者，无不以黄钟、大吕起历，或取其长，或取其方位。今岁时之差已大显，朔望之期不明，盈亏之数俱非，此患之大，无异群魔乱走。卿等久习此道，俱知日月星辰之数，无须再察。既此时天象与夏历同，可否复夏历，依其法取数运算？"

邓平道："我以为不可。夏历至今已近两千年，时过境迁，天象之变，何止千百回，岂能复用！"

唐都道："自古制历，取数之法大同小异。若母数愈大，则运算愈难，然其得数精密，误差亦小；若母数愈小，则运算愈易，然其得数粗疏，误差亦大。颛顼历所用，尚不足二百年，所以差误如此之大，乃因取大吕方位为母数也；大吕居阴律第四，以四为母数，故曰四分历。我等应议者，唯在黄钟、大吕之间取舍，并非其他。若仍取大吕方位之数，则可依颛顼历之法，以今世天象之数为子数，起历运算，虽不能绝来日之患，亦可正一时之偏，仅需一年，新历可成；黄钟长九寸，若以此为母数，则运算之难，非三年不能有成。"

邓平道："天子之意，不在绝一时之患，而在一劳永逸，故而黄钟之长，大吕之位均不可取，否则，新历虽成，不出数十年谬误将现，岂不有负天子之望？制历需追天星于瞬息，察日月于须臾，而黄钟清越，上应天宇，宜取黄钟之数。黄钟长九寸，围九分，两数相加，得十八，以一日为十八分，其得数之精准，远超古人之上，何不用之！"

侯宜君道："若以此为母数，其运算之难，数倍于前人；而天子之心殷切不已，恐不容我等蹉跎岁月。既时不我待，当以大吕方位为母数，虽不能根除遗患，然能尽纠今日之差。至于数十年后，自有人再正谬误，何必为此纠结？"

司马可等或以为当取黄钟之长，或以为应取大吕之位，其说纷纭，莫衷一是。

司马迁道："陛下既欲除今日之祸，亦欲绝来日之患，于是召卿等入京，寄予厚望。而卿等其说纷纭，各执一词，与其议而不决，不如各自为政，各显其能。愿以大吕之位取数者，可纠今日之偏；愿以黄钟之长取数者，能为百年之计。"

于是命邓平、唐都等各取其数，起历运算；令僚属一一记录在案，以备来日论功过是非。

邓平取十八为母数；唐都、司马可、侯宜君取黄钟之长；余者皆取大吕之位。司马迁亦取黄钟之长。

其法既定，邓平、唐都、司马可、侯宜君等自此足不出户，起历运算，俱欲以所成，邀功获赏。

司马迁求见武帝，奏报详情。武帝不知可否，召兒宽、公孙卿、壶遂等议之。

公孙卿以为司马迁之说甚为有理，奏道："此法既立足今世，又着眼来日，优劣互补，长短兼用，臣以为可行。"

壶遂亦以为近乎完美，司马迁等当不负使命。武帝见兒宽不言，遂问兒宽道："卿博学善思，又精于天文历数，请言之。"

兒宽道："恕臣直言，落下闳所言虽离经叛道，或有所长，既已奉诏入京，何不令其亦制一历？"

司马迁斥兒宽道："兒大夫博学之士，儒家门生，竟有此言！落下闳执异端邪说，岂能用之！所谓其说谬误，其行必荒诞，若准其制历，试问将置前贤往圣于何地？"

兒宽欲辩解，武帝止道："落下闳出自巴郡板楯蛮，言论恣肆，行为古怪，实非正道君子。所幸颇善酿造，尽得巴郡清酒妙法。朕令其留居长安，酿制清酒，亦算人尽其才。若新历制成，朕当令其煮酒，以为庆贺。"

兒宽不敢再言，告退。

32

说到这里，已是腊月二十五夜，照吴的说法，年不仅喊得答应，而且几乎已经迫近眉睫了。

吴有些疲倦，连着打了几个呵欠。我递去一支烟，吴不接，抽了抽鼻子说："快半夜了，该睡了，明天还有许多事。"

我几乎有些无赖地说："还早，再坐一会儿吧。"

我再次把烟递过去，吴有些勉强地接了，点上，眼睛有些灰暗。

"我没想到，落下闳竟然因浑天说身陷囹圄，还差点丢了性命！"我望着吴说。

吴的眼睛立即亮起来，如两粒烟头。吴深吸一口烟，话也随烟雾徐徐而出："不奇怪，当时，盖天说占绝对统治地位。落下闳首次将浑天说带入朝堂，他挑战的不仅是某种学说，甚至涉及皇权，遭受打击在所难免。伽利略为了坚持真理，还遭到宗教法庭的审判。其实，这样的悲剧，在人类历史上曾经多次上演过。"

我想了想说："以今天的眼光来看，浑天说还不是真理，只能算是进步。"

吴显然有些不屑，弹了弹烟灰说："不不不，话不能这么说。在两千多年前，浑天说肯定是真理。落下闳凭借浑天说制出了太初历，你能说不是真理？所谓真理，只能是某个时代的产物，或者只能适应于某个时代。即使今天，有关宇宙的学说都不是永恒的真理，真理是对真相的发现和阐释；而人如此渺小，宇宙如此旷阔，人永远也无法发现宇宙的真相。这是人无法破解的奥秘。"

吴显得格外深邃，接上一支烟，又说："任何一个新的学说，都会遭遇怀疑甚至打击。落下闳用浑天说制出了太初历，但浑天说并未因此被人接受。即使几十年后，才识超绝的扬雄还坚信盖天说，若非桓谭与之激辩，扬雄就不可能从盖天说的泥淖里挣扎出来，更不可能著《太玄》，《太玄》的理论基础就是浑天说。如果没有落下闳对浑天说的运用，或者运用不成功，就没有开玄学之先的扬雄,也不会有将天文学发展到另一个高度的张衡。张衡自称,他制作的浑天仪,是受扬雄《太玄》的启发。但浑天仪其实是浑仪的加强版,没有浑仪就没有浑天仪。可以这么说,落下闳是第一个实践浑天说并取得成功的人。"

吴一如既往地振振有词,无可辩驳,这使我觉得,他与两千多年前的落下闳,一定有着某种宿命般的联系。

早晨,我醒来时,听见屋外响动不绝,知吴正在忙碌。我有些愧疚,赶紧起床。吴已将桌椅板凳搬到院子里,烧了半锅热水,忙着擦洗。

我赶紧过去帮忙,却不知从何处下手。吴看我一眼说:"要是闲不住,就帮我把祭灶的豆腐换了,点三炷香,再把灶台洗一遍。"

我正要离开,吴又说:"算了,你来洗桌椅板凳,我去。"

我接过吴手中的抹布,开始擦洗。片刻,吴收拾完毕,将换下的豆腐端出来,抹上点盐,晾在风里。

我心里再次生出疑问,于是问吴:"我们老家也祭灶神,都要放一碗糖汁,以图封住灶神爷的嘴;有了这碗糖,灶神爷到了天上只说甜言蜜语,不说半句坏话。你咋放一块豆腐,这是啥讲究?"

吴笑道:"呵呵,那是你们老做坏事,心虚;阆中人自信,虽然一样追名逐利,但不屑歪门邪道。豆腐嘛,清清白白,这是自信。身正不怕影子斜,阆中人从来不刻意讨好灶神,也不得罪灶神。"

我也忍不住为故乡辩护,我说:"我认为放一碗糖汁,并非为了堵住灶神爷的嘴。灶神爷是神,岂会在乎一碗糖汁!这是对美好生活的向往和祈盼……"

吴不无蛮横地打断我说:"不不不,关于放糖汁或放豆腐,我做过认真考证,也问过许多老人,我肯定比你有发言权。放糖汁就是心虚,放豆腐肯定自信!"

吴总是如此霸道,我几乎再也不能忍受,将抹布扔到桌面上,以示抗议。吴毫不以此为意,拿起抹布,往那盆热水里涮了几涮,见水已污,于是倒掉,再打一盆出来,一边抹桌面一边说:"阆中人最大的特点就是善良,好人总是绝大多数。不知你注意没有,古城至今仍然保留一种老风俗,很多人家门口,都摆着椅子、凳子或者沙发,你知道这是为啥?"

我轻轻一笑,不答。吴将抹布扔到盆子里说:"那是为了让赶街的人坐。当然，在传统中国，这不稀奇，但在今天，恐怕少之又少了。"

吴弯下腰，将抹布涮洗几下，拧干，看我一眼问："知道阆中的阆是什么意思么？"

我随口答道："《说文解字》里说：'阆，门高也。'"

吴大笑道："呵呵，呵呵呵呵，《说文解字》！别的不论，单就这个阆字，我第一个反对许慎的解读！门高也，这是典型的胡诌，门在外，良在内，哼哼，门高于良，简直妄断字义！"

吴停了停，将抹布放到桌上，往一条湿漉漉的板凳上坐下，看样子要好好跟我论一论这个"阆"字。

吴说："这个'阆'字，自古只有两个地方可用，一是昆仑绝顶，西王母的阆苑；二是阆中。阆苑是仙境，住在那里的不是仙子就是仙女，个个美貌绝伦。所以'阆'字门里那个良，是指人，绝不是门！"

我立即问吴："你的意思是说，阆中多美人，所以才与西王母的阆苑共用了这个字？"

吴将手一挥说："不不不，良与好同义。阆中民风古朴，少鸡鸣狗盗之徒，从来好人居多。所以这个阆字，是指阆中人好，与门一毛钱的关系都没有！"

我忽想起腊月十五夜，那些沿每一条路点燃的蜡烛，顿觉与月光互映的何止烛火，分明是每一颗美好而纯净的人心！看来，吴对"阆"字的解读也许真有道理。

我不再与吴争执，拿过那条抹布，开始擦桌面。吴也不与我争，又去拿来一块抹布，汲水，拧干，擦洗桌椅板凳的每一条腿，显得一丝不苟。

这之间，吴先后换了好几盆水，反复擦洗，将所有的积垢清洗得半点不留。最后，吴将桌椅板凳整整齐齐摆在院子正中，让太阳来晒，阳光在每条木纹里流走，如一缕缕弯曲的微笑。

吴擦着手说："不能把任何脏污带到新年里去，这也是阆中的年俗。人也一样，每到年关，都会停下来，好好想一想，这一年里做过哪些不该做的事，对不起哪些人，等等，都要自我检讨一番。如果对某人有愧疚，就会登门拜年；如果隔得远，就会打个电话，一笑泯恩仇嘛。年，对于所有人都是个自我救赎的机会。所以无论人还是物，都会在年关前经受一次洗礼；过完年，再轻轻松松做人做事。对于阆中人来说,年不仅仅只是个节日。"

我不禁对阆中的年有了些期待。在这里过年,也许真有些特别。

做完这一切已近正午,吴开始忙午饭。吃过午饭,吴又忙着酿酒,酒米已经泡过一夜,吃足了水分。吴将酒米蒸熟,淘尽黏液,拌上酒母和曲米,拍进那只木桶,置于锅中,再往灶里的余火上添了些谷糠,借此加温。

谷糠是吴托王翠翠于街上某米面作坊专门收来的,装在一条麻袋里。吴拍着手说:"温度也十分重要,过低,酒不会熟;过高,就会泛酸。"

吴又将前日买回的香烛、钱纸及那团巨大的鞭炮放到灶台上,说要烘干,不能回潮。

火炉已灭,我与吴将火炉弄到院子里,点上木柴,加上木炭。吴仍将那个铁皮圆筒罩在火炉上,一片哗哗的响声,随一团团青烟流水般从圆筒里涌出,格外欢畅。

晾在院子里的桌椅板凳已经干透,我与吴将它们收进屋去。忽觉蜡梅的气息已经疏淡,似有若无,于是我趁火炉未旺,转来屋后。原来,花期将尽,蜡梅正悄然谢落,香气虽在,已不复浓郁。我似乎有些惘然若失,伫立梅下,久不忍去。

俄而,忽想起数日不曾与李联系过,想必悬望不已,于是掏出手机打开,来到厕所旁。忽又迟疑起来,吴说过灶神爷正在天上汇报,不能顶风作案。转念一想,这是吴家的灶神,应该与我无涉。

一片微信铃声响起,凌乱不绝,当然是李发来的,竟多达两百余条!可以看出,李对我也有了疑惑,问我到底在哪里。我心慌不已,正要回复,忽见吴从一侧过来,边走边解裤带。我微微一惊,赶紧笑说,没打电话,只是看看微信。

吴一脸怒气,往粪池里吐了口唾沫说:"赶紧关掉,开什么玩笑!"

我惘然不已,将手机关上。吴把脸扭向一边,往粪池里撒尿,不再理我。我十分尴尬,随吴回到院子里。铁皮圆筒里已不见烟雾,一粒粒火星喷射而出。吴取下圆筒,我赶紧去提火炉。吴竟将我一把推开,提上火炉去了屋内,把我一人晾在院子里。

我呆了许久,几乎不知进退。转念一想,吴虽然有些过分,但人家有言在先,是我不尊重人家的习俗。

我决定给吴道歉,不能僵持下去。于是我满脸带笑走进屋里,尚未开口,吴指着另一张木椅说:"来来来,坐下,我们继续说落下闳。"

吴的变化几乎令我手足无措,我一边落座一边说:"是我不好,你不要生气……"

吴一抬手将我打断,呵呵一笑说:"我就这么个德行,你不要在意。巴蛮子嘛,都是些性情中人!"

吴递给我一支烟,并为我点燃,笑着问我:"昨晚说到哪里了?"

我也笑着回答:"说到司马迁、邓平、唐都等,各自取数制历。不知结果如何?或者落下闳这时的情况怎样?他与李秋娘那段情又如何?"

吴又一如既往地朝我吐来一口烟,笑道:"那我们就按下司马迁等人不说,先说落下闳。"

33

落下闳虽答应谯隆,不再往梅苑,然愈见萎靡,不能自振,犹如病在膏肓,几乎形销骨立。

正当阳春,气象温和,不能酿酒;落下闳难耐清闲,每每倦卧榻上不起。窗外有古柳数株,正飞絮如雨,又有喜鹊筑巢枝上,来去不绝,啼叫不已。落下闳不忍闻睹,关窗闭户,整日不出。

谯隆为此忧虑不堪,遂煮酒备菜,请落下闳饮宴消遣。谯隆隔门呼之,落下闳不应;再呼,落下闳答道:"恕我身心懒怠,不能陪饮。"

谯隆微怒,斥落下闳道:"身为壮夫,岂能做小儿女之态!"

落下闳又不应。谯隆愈怒,命仆人破门。仆人不敢违,力踹。片刻,门开,谯隆疾步而入,强拽落下闳起,骂道:"竖子,我已言至义尽,汝竟无动于衷!玉清子无眼,何以授汝平生之学!"

于是将落下闳拽至席前,捺其入座。谯隆斟酒两盏,说落下闳道:"汝与李秋娘俱如囚徒,身不由己,何必自寻烦恼?既不惜为酿造之徒,以待时机,若如此委顿，必惹疾患，恐天子召用，汝已力不从心！"

落下闳叹息道："我欲忘尽李秋娘，奈何如影随形，挥之不去！"

谯隆沉吟道："君子不为情所伤，若心如铁石，虽李秋娘如鬼魅，能奈其何！"

落下闳不言，一饮而尽。谯隆又道："自古英雄，无不能忍他人所不能，儿女私情，何足道哉！我寄汝厚望，虽债台高筑而无悔；汝若一蹶不振，岂不有负拳拳之心？"

落下闳颇为羞愧，沉吟道："卿之美意，我岂不知。且容我时日，必能自振。"

谯隆闻此，不好再说。自此，谯隆每日请落下闳饮酒，极力宽解。落下闳虽强作欢笑，眉目间仍带几分清愁。

谯玄见此，说谯隆道："城内有阳春楼，有绝色歌女，王孙公子呼为三娘，其风流情态，当不输李秋娘。何不引其往之，或能移情别恋。"

谯隆大惊，问谯玄道："汝何知之，莫非曾混迹此间？"

谯玄忙道："非也，不过风闻；家父训诫，不敢忘于顷刻！"

谯隆亦不多问，命谯玄请落下闳出。片刻，落下闳随谯玄至客堂。谯隆道："今当暮春，风日晴好，想城外已柳明草暗；我欲携卿郊游，如何？"

落下闳不忍辞，当即应诺。二人徒步出府，渐至街衢，见花木璀璨，芬芳四溢，一派欣荣气象，与去年秋日大不相同。

两人并肩而行，穿街过巷，不觉已至幽深处，楼台差参，管弦不绝，往来其间者，多为冠带君子。谯隆见果有阳春楼，雕檐画栋，朱漆泛彩，气象贯绝他处。于是止步，指阳春楼说落下闳道："曾闻长安春色，尽在此间，何需往城郊踏青，不如登楼，或不负此行！"

落下闳不知就里，欣然应之。二人举步入内，早有侍者迎上前来，问心属何人。谯隆道："不知三娘何在？"

侍者忙道："若欲听三娘歌，请酬钱二百；若欲陪饮，须酬钱五百。"

谯隆道，听歌足矣。于是予二百钱，随其后，上楼，再转过回廊，见有一阁，分外宽敞，四面湘帘低卷，春风盈室，帷幕轻动。侍者引谯玄、落下闳入内，请其入席而坐；又呼道："有客来此听三娘歌！"

呼毕，躬身而退。俄而，有女仆携杯盏自纱帘中出，布于二人几上，斟清茶两盏，告退，仍入纱帘。

谯隆、落下闳举目望之，见纱帘内有几案，壁间悬有琵琶笙箫，缕缕暗香自帘底逸出，清幽婉约，销人魂魄，折人筋骨。正讶异不已，见一碧衣女子款款而现，长裙曳地，如绿云舒卷，想必即三娘。

落下闳大疑，此情此景，与当日见李秋娘何其相似！

三娘取壁上琵琶，缓缓落座，顾盼之间，已自情意绵延，令人忘尽是非。三娘淡淡一笑，曲声已起，点点滴滴，如夜雨敲窗。

谯隆偷觑落下闳，见其直视帘内，目不转睛，暗喜。片刻，女仆又出，执壶斟茶。谯隆嘱女仆道："隔帘春色，与水中观月何异！能否卷帘？"

女仆答道："若需卷帘，请另付五十钱。"

谯隆倾其所有，不足五十钱，只好作罢。此时，三娘引颈唱道：

> 春色透长安
> 遥看山外山
> 不知人何在
> 相思一年年
>
> 昨夜春雨声
> 悠悠到三更
> 天明推窗望
> 落花满空庭
> ……

其声低柔婉转，如幽泉夜流。谯隆再看落下闳，见其一动不动，旁若无人，愈喜。

不觉，数曲已尽，三娘起座，秋波流转，不即去，似有依恋；落下闳满目怅然，亦似不舍。

女仆又出，说二人道："此妓家勾当，若欲再听，请赐钱。"

谯隆拉落下闳起,叹息而去。二人复入街衢,盲目乱走。落下闳始终不言,若有所失。

翌日绝早,谯隆即呼落下闳起,欲再往阳春楼会三娘。落下闳辞道:"卿为我身负巨债,难以偿还;而妓家取费昂贵,实不敢再往。"

谯隆笑道:"无妨,陛下喜卿所酿清酒,赐我蜀布一百匹,钱二万;区区数百钱,何足道哉!"

于是二人复来,止于楼外,谯隆道:"不如以巴山竹枝词付三娘,请其歌之,且看与李秋娘相比如何。"

落下闳道:"巴山竹枝词,高亢处如绝顶崩石,低婉处如谷底虫吟,非习之数月,岂能吟唱!"

谯隆道:"不然,我以为三娘之色,不输李秋娘分毫;而三娘之声,宽细有致,高低自如,犹恐李秋娘不能及。"

说话间已入厅堂,仍有侍者迎候,问所需。谯隆道:"若请三娘歌之,再陪饮,需付钱几何?"

侍者答道:"付六百钱即可。"谯隆付足六百钱,携落下闳登楼,仍如昨日,据席而坐。

三娘着粉衣一袭,隔帘歌之;落下闳竟不再顾盼,垂首危坐。歌毕,三娘请二人入内饮酒,于是分定座席。落下闳当窗而坐,仍不抬眼,任三娘殷勤相劝,亦不肯畅饮。

谯隆暗嘱三娘道:"此君颇喜白衣女子,能否易服?"

三娘嫣然一笑,起座入内,片刻,着一袭白衣复出。谯隆击掌道:"难怪秦人每言,女若俏,一身孝;男若俏,一身皂!今见三娘如此,始信耳!"

落下闳抬头一看,恍若李秋娘坐于咫尺间,颇为惊讶。三娘又邀落下闳饮酒,落下闳不再辞,一饮而尽。

谯隆欲使二人互通款曲,起座,谎称需如厕,退去屋外,见女仆候于此,遂说女仆道:"此人贵不可言,虽王公不能比;请告知三娘,若能使之动心,当终身有托,不再流落风尘。"

女仆以为然,掀帘而入,附三娘耳,告知谯隆所说。谯隆隐于室外,偷觑二人情形。

三娘果然殷勤备至，频频邀饮。酒过数巡，三娘问落下闳道："君能歌否？"

　　落下闳道："恕不能。"

　　三娘又道："如愿歌，妾当以箫和之。"

　　落下闳道："我声如鬼哭，若歌之，恐虎狼闻之丧胆。"

　　恰此时，谯隆掀帘而入，笑道："三娘勿听，此人声如天籁，可穿云裂石，摧叶飞花，秋雁闻之不飞，怨妇闻之不哭，又极擅巴山竹枝词；若不歌之，罚酒五十盏！"

　　于是三娘请之愈切。落下闳坚辞不过，即席歌之，犹如寒风冷雨，满目萧然。歌毕，坐上一片默然。良久，三娘赞道："君之声，宽厚而苍凉，妾闻所未闻；巴山竹枝词，坚柔并济，使人肠欲断而牵牵连连。此曲此声，堪称绝唱，几乎使妾不敢复为声色之道。"

　　谈话间，酒肴将尽，女仆来此催促，称时辰已到，若需延之，当再付五百钱。

　　谯隆遂起，告辞。

34

　　越日，谯隆再请落下闳去阳春楼，落下闳坚辞不往。谯楼无奈，命置酒花下，邀落下闳于庭院内对饮。院中海棠已残，桃李正好，一片虫吟鸟鸣。

　　谯隆举酒道："与卿饮酒花下，亦不失风流雅致，望能尽兴。"

　　于是各饮一盏。谯隆见落下闳忧愁仍在，又道："对阳春美景，虽浊酒一壶，不输琼浆玉液；即使乡思袅袅，亦可付之一醉，卿何故不乐？"

　　落下闳道："非不愿乐，实无心看花，亦无心饮酒。况春风虽暖，而寒意犹在；春酒虽美，最能伤人。"

　　谯隆不知以何劝解，一时相对无语。一壶酒未尽，落下闳起坐告辞道："恕我身心俱疲，不能久陪。"

　　言毕，转入屋内，闭门而卧。

　　谯隆独坐良久，遂呼谯玄。谯玄落座，问谯隆道："不知其与三娘如何？"

谯隆叹息道:"此人确为千古第一情种,恐霹雳雷霆不能移之。"

谯玄道:"既如此,奈何?"

谯隆道:"幸我颇知其人脾性,或能触及痛痒。现有一事相嘱,汝可依我所言为之,必能使之再入阳春楼,虽利刃相逼,不肯离此!"

言毕,告知所欲。谯玄欣然奉命,一揖告退。

翌日,谯隆又邀落下闳往阳春楼;落下闳又辞之。谯隆道:"卿心系李秋娘,念念不忘,每每令我动容。卿与之相隔咫尺,如在万里,思慕之苦,绵绵不尽,使我于此不忍,于是托李延年转告李秋娘,请其于今日亦往阳春楼,与卿一见,以慰相思。"

落下闳喜不自禁,即朝谯隆一揖道:"此恩此德,不知以何相报!"

谯隆携落下闳手,步出府第,径往阳春楼。既入,仍上阁楼,坐听三娘唱曲。落下闳左顾右盼,不见李秋娘,颇疑,问谯隆道:"李秋娘何在?"

谯隆道:"勿急,想必已在途中。"

落下闳以为然,耐心等候。不觉,数曲已终,仍不见李秋娘来此,落下闳又问谯隆:"何故仍不见来?"

谯隆笑道:"不如加五百钱,入帘中与三娘饮酒以待之,以免心急。"

于是呼女仆,予钱五百,命其备酒。女仆方去,忽闻有人上楼,谯隆笑道:"来矣!"

落下闳心如奔鹿,狂跳不止,抬眼望之。片刻,有人推门而入,前为侍者,随后有二人,一人衣锦绣,举止轩昂;另一人着缁衣,腰悬长剑,应为奴仆。

侍者说谯隆道:"此为石丞相姻亲,姓杨名谦,以二千钱求三娘陪饮。请暂离此,隔日再来。"

谯隆道:"我已付五百钱求与三娘同饮,岂能让与他人!"

杨谦冷笑道:"汝不识我?"

谯隆道:"恕我眼拙,不识尊面。"

仆人斥谯隆道:"我主贵为石丞相姻亲,长安城内,谁人不知!"

落下闳恨其张狂,忽起,指杨谦道:"切勿猖獗,此谯侍中也!"

杨谦大为不屑,斥道:"侍中何许人也? 若退走,自此两相无涉,否则,必一剑削断狗足!"

谯隆忙拽落下闳道："且去，勿与人强争！"

落下闳岂肯罢休，大骂杨谦道："狗贼，光天化日，岂容汝逞强！所谓后来者当让先，汝何不知！"

杨谦遂拔仆人腰中剑，指落下闳道："再敢胡言，一剑刺死！"

落下闳大怒，挺身上前，斥杨谦道："竖子，若有男儿肝胆，且刺之！若不敢，且退之！"

杨谦不敢举，顿不知进退。落下闳欲夺剑，大笑道："汝不敢我敢！"

杨谦大惧，遂走；仆人随之仓皇而去。谯隆忙说落下闳道："此人必邀众而来，大加报复，当避之！"

落下闳慨然道："卿若惧，可先走；我虽孤身一人，不惧强贼！"

谯隆亦道："既同来，当共进退，我亦不去！"

于是呼女仆，仍命备酒，从容入内，与三娘对饮。落下闳一改往常，谈笑自若。三娘不由赞落下闳道："利剑当胸，气色不改，真壮夫也！"

落下闳笑道："实不相瞒，我等俱为巴人，虽猛虎豺狼敢徒手相搏，何惧无赖！"

饮至日暮，不见杨谦复来，谯隆、落下闳遂告辞。回至府第，谯隆问落下闳道："明日还去否？"

落下闳道："既有杨谦相争，去！"

是夜，谯玄问谯隆道："如何？"

谯隆笑道："愈挫愈勇，落下闳之秉性也；自今日后，虽鬼神当道，不能阻之！"

谯玄叹息道："落下闳有家父为知音，三生之幸也！"

言毕，欲去，谯隆止之，问谯玄道："谦果为石丞相姻亲？"

谯玄道："非也，此人不过东城破落子弟，好击剑，受我所嘱而已。"

谯隆道："此事当秘，勿使他人知之。"

谯玄应诺而去。于是，谯隆、落下闳每日皆往阳春楼听曲饮酒。谯隆见落下闳与三娘逐日融洽，颇为亲昵，以为彼此意有所属，于是劝落下闳道："三娘声色绝美，丝毫不输李秋娘。卿若有心纳娶，我当不惜万金，为其赎身，促成百年之好。"

落下闳颇知谯隆之意，谢道："卿用心良苦，我已深知。三娘虽好，然我心系李秋娘，不能忘怀。既留居长安，我应强忍，若上天赐我时机，待新历制成，我当辞封拒官，唯请天子赐我李秋娘及五十万钱，以遂此心。"

谯隆沉吟道："若能如此，我有何虑！"

谯隆、落下闳再不去阳春楼，三娘大为惆怅，凡有客来，无论听曲陪饮，一律称病拒之。

鸨子颇疑，召三娘女仆，问道："三娘何故拒客？"

女仆不敢隐瞒，回道："三娘爱落下闳风采卓绝，思慕不已；自十日前别后，落下闳再不来此，故而怅然若失。"

鸨子骂道："此间勾当，岂能当真！"

于是入阁楼，见三娘卧榻不起，不施粉黛，满面憔悴，劝道："汝自小入青楼，已十余年，岂不知个中况味？凡来此者，不过图一时欢笑，逢场作戏，以钱买乐，何来真情？"

三娘不言，泪流不止。鸨子又道："俗言，妓家无情乃巾帼，男子无情是英雄。汝久在此道，识尽须眉，何不知此理？"

规劝近半日，三娘始终不语。鸨子无奈，嘱女仆小心侍候。三娘思慕愈切，渐而饮食不下，于是说女仆道："如不与落下闳相见，此命休矣！妾知其寄宿谯侍中府第，汝可一往，请其来此一晤。"

女仆怜其为情所困，称为三娘买药，出阳春楼，四处探问，来至谯府，求见落下闳。家仆问清来历，告知谯隆。谯隆大惊，即出，问女仆道："何以来此？"

女仆泣道："三娘意属落下闳，思念成疾，命妾请其一往，以慰心怀。"

谯隆沉吟道："汝且回，我当随后一往。"

女仆告退。谯隆入内，召落下闳、谯玄道："天子有旨，命我入宫议事。卿等可饮酒，以待我回。"

谯玄遂命家仆煮浊酒一壶，邀落下闳当窗对饮。

35

谯隆只身来阳春楼,请见三娘。侍者拒之,称三娘有病,已十数日不见客。谯隆不愿多言,欲登楼。侍者忙呼同类,欲力阻。谯隆喝道:"我乃天子近臣,虽丞相、三公犹敬我七分,汝等岂敢阻我!"

鸨子闻知,即出,说谯隆道:"此为青楼,虽天子亦需付钱,何况侍中?"

谯隆执鸨子手,拉入屏风后,问道:"三娘如何?"

鸨子叹息道:"妾生情意,已病不能起,恐凶多吉少。"

谯隆道:"我能以数言,绝其妄想,如何?"

鸨子大喜,请谯隆登楼。谯隆入阁楼,见室中冷寂,帷幕尽垂,全不似当日情景,不禁大为感慨。女仆知有人来,忙出迎。

谯隆随其入内,见三娘仰卧榻上,面色晦暗,两唇焦枯,犹如花落泥沼。谯隆正欲言,忽听三娘问道:"落下闳何故不来?"

谯隆强忍心痛,说三娘道:"实不相瞒,落下闳乃不世之才,奉旨来京,改创汉历,因言高于世而获罪,故而屈身少府,为天子酿酒;又与乐府歌女李秋娘一见生情,身陷险境。我每每规劝,然其情丝不断,于是引来此间,欲使其移情三娘。谁知落下闳深情不改,称若治历有功,当请天子赐李秋娘为眷属。我知其矢志不移,遂不再来,以免使三娘受害。既流水无情,三娘当自重,何必枉作落花?"

三娘闻此,泪如雨下。谯隆不忍目睹,一揖告辞。

三娘并未死心,想及落下闳一举一止,仍觉风华盈室,笑语在耳,病愈深沉,不可救治。

又十日,鸨子见三娘形若枯藤,气息奄奄,知痊愈无望,竟逐之。女仆求告不能,遂扶三娘出阳春楼,又依三娘之意,于谯隆府第一侧赁屋暂居。所幸三娘尚有积蓄,用度无忧。女仆每欲延医求治,三娘不准,称此病在心不在身,无药可治。

某夜,三娘呼女仆道:"妾将休矣,别无所愿,唯望能与落下郎一晤,虽死无憾！"

女仆大哭，即往谯隆府第，隔门疾呼落下闳。落下闳正欲就寝，闻之大惊，即出。谯隆知为三娘女仆，亦出。女仆拉落下闳衣袖道："三娘命在旦夕，唯愿能与卿一见！"

落下闳不知就里，惊愕不已，问之；女仆不答，拽之即走。谯隆愧疚不堪，亦随往。片刻，已至三娘榻前。三娘见落下闳果来，喜出望外，病容立改，犹如枯花复媚，遂请谯隆及女仆暂避。

落下闳心如刀割，说三娘道："青楼不过卖笑买欢之地，何必付之真情；我非君子，不过苟且之徒，何必许以芳心？"

三娘笑道："君风姿殊美，壮烈无惧，实为英雄。妾为君生情，虽不能侍于左右，亦无憾恨。"

落下闳心怀大恸，再说三娘道："我已心属他人，听曲饮酒，不过消遣，何必以假为真？"

三娘道："且勿论真假，于妾而言，真亦为君，假亦为君。君能来此一晤，妾心意已足，夫复何求！"

落下闳再不能忍，泣下如雨。三娘执落下闳手道："前日闻谯侍中言，知卿才华盖世，奉命入京改历，妾为之暗喜，以为能识英才，不负爱慕之心。又知君意属李秋娘，虽天荒地老，其情不移，妾愈为之喜，以为铁骨柔肠，英雄豪杰之本性也。"

落下闳已觉万箭穿心，再不能言。三娘声色愈柔，如暖风吹雨，又道："妾父母早亡，为人卖入青楼，随鸨子习乐舞，虽阅尽长安人物，无一可与君比。虽身在污淖，其心堪比良玉，至今仍为处女，所待者，如君之类也。"

稍停，三娘再说落下闳道："永别之际，妾有一问，望君如实相告。"

落下闳强止哭泣，请三娘言之。三娘问道："若无李秋娘，君是否不负妾心？"

落下闳大哭道："若如此，今生非三娘不娶！"

言毕，拥三娘入怀，不忍释手。三娘颇觉欣慰，又说落下闳道："既彼此有意，妾欲与君相约来生，君愿否？"

落下闳道："若不能相守来生，我当永不涉足人世！"

三娘不再言，与落下闳紧紧相依。良久，不见三娘出声，落下闳顿觉疑惑，呼之不应，再呼，见其双目已闭，笑容犹在，知已气绝，不禁号啕。

　　谯隆、女仆闻之，复入，竭尽全力，不能使二人分开。

　　谯隆愧疚愈盛，几乎倾其所有，为三娘买衣衾棺椁，欲厚葬。落下闳强忍哀痛，欲只身出城，为三娘卜吉穴，使来生能与之相会。

　　谯隆知落下闳悲伤欲绝，恐有意外，命谯玄随往。

　　落下闳、谯玄走遍城外，见东郊灞水右岸有高丘，以为可曲通阆中，于是登山南望，虽日色浩然，烟云邈远，仍觉家山历历，如在眼前，遂指群山以外道："此处虽与阆中远隔千里，然山水相连，若即若离；若葬三娘于此，我虽归还故里，死魂亦可度越关山，与之云梦相会，更不负来生之约。"

　　谯玄大惊，忙说落下闳道："此处近灞陵，又高绝，若葬于此，岂不有欺先帝之魂？"

　　落下闳冷笑道："此处距灞陵十里之遥，互不相扰，卿何有此说！"

　　谯玄知其固执，不再言。是夜，谯玄告知谯隆，谯隆亦惊，忙命家仆备酒，请落下闳饮宴。席间，谯隆问落下闳道："卿欲葬三娘于东山？"

　　落下闳道："正是。"

　　谯隆忙道："东山乃皇家陵园，历来为禁地，岂能为之？"

　　落下闳道："彼处距皇陵远隔十里，不在禁地之内；况彼山高绝，来无脉，去无络，于王气无妨，有何不可！"

　　谯隆沉吟道："虽如此，亦不可；常言东山葬父，西山葬母，既非考妣焉能如此！"

　　落下闳道："此陋俗而已，何足为道；况三娘予我深情，我无以能报，与丧考妣何异！我心意已决，请卿勿复言。"

　　谯隆知不可劝，又道："卿执意如此，我亦不多言；请持三娘丧夜葬东山，不立坟丘，不砌墓台，免招非议。"

　　落下闳道："人死归葬，天经地义，何必如盗贼！"

　　翌日，落下闳雇数十人，大吹大擂，举丧出城，上东山绝顶，为三娘下葬。又称当守墓百日，期不满，不回长安。

　　谯隆苦劝无果，命谯玄于此陪伴，叹息而还；又命仆人为其送饮食。

李秋娘闻知，大为感慨，叹息道："落下郎，堪称古今第一义士！"

不觉，已苦夏过尽，天气转凉。谯玄知百日已满，请落下闳还长安。落下闳再祭三娘，哭拜而去。

36

司马迁知落下闳持葬歌伎三娘于皇陵一侧，义愤不已，即求见武帝，请执落下闳问大逆之罪。

武帝正于甘泉宫赏乐舞，忽有侍从来报，称太史令司马迁有要事奏报。武帝以为司马迁等奉旨改历已近一年，或有所成，大喜，遂往宣室，召司马迁觐见。

片刻，侍从领司马迁入内，跪拜既毕，武帝道："是否新历已成？"

司马迁奏道："臣等殚精竭虑，夜以继日，今岁之内必成。"

武帝又问："既不为改历，何事？"

司马迁道："臣闻少府酒吏落下闳，不务正业，混迹妓馆，与歌女三娘私通；三娘病故，落下闳竟持其棺椁，葬于东山之巅！东山乃皇陵禁地，岂容玷污！落下闳如此，置天子恩威于何地！臣义愤不已，请陛下执落下闳，问大逆不道之罪！"

武帝大怒，即召廷尉，命捕落下闳入狱，待认罪，斩首弃市。廷尉即率衙役，直奔谯隆府第。

正当清秋，桂魄初生，天气新凉，落下闳守墓方回，谯隆请入后院，坐于茅亭内饮酒闲话。忽见谯玄飞步而来，呼道："不妙，廷尉率僚属求见！"

谯隆大惊，忙问："廷尉来此何事？"

谯玄道："奉命捕落下前辈，想必因葬三娘东山之事！"

谯隆大骇，跌足道："汝不听奉告，执意而为！想已触犯天威，汝命休矣！"

落下闳笑道："卿勿忧，我既敢如此，必有退路，料不出三日，我当全身而回，卿且煮酒待我。"

于是随谯玄出，将至厅堂，又说谯玄道："虽如此，犹恐天子之意深不可测，若不能免祸，请告知卿父，望念同窗之情，使我与三娘同穴；无须棺椁，但焚尸，骨灰一握即可。"

谯玄道："恐三娘之墓不可保！"

落下闳道："无妨，若毁坟掘墓，可以其骨与我混烧。"

转眼已至厅堂，廷尉喝道："狗贼，不知轻重，任所欲为，竟敢私葬歌伎于帝陵之侧！汝万死不足惜，犹恐祸及谯侍中；谯侍中待汝若手足，汝何忍使之受累！"

落下闳道："卿勿怒，所以葬三娘于东山绝顶，实欲断东南草寇之气，以免祸及社稷；此乃有功，并无罪！"

廷尉岂能听信，命缚落下闳，押入天牢。谯隆忙出，说廷尉道："落下闳所言属实，我任其所为而不阻之，亦因此也！"

廷尉道："此乃天子钦命，恕不敢违；若果如其言，必能自证。"

谯隆又道："落下闳与狱吏已有过节，若羁押原处，必受尽折磨；可否寄押诏狱，以免受苦？"

廷尉叹道："卿真乃高义之士，落下闳屡生是非，卿每每为之涉险，今仍忧其安危。然诏狱乃天子自掌，非尚书九卿、州牧太守不能拘此，恕难奉命。"

谯隆忙道："若不另拘，落下闳虽不死，亦将沦为废人！既乃天子之命，当为钦犯，何疑？"

廷尉略作迟疑，答谯隆道："卿所言有理，不妨押入诏狱。"

是夜，武帝遣侍从召廷尉，问案情。廷尉奏道："落下闳辩称，所以持葬三娘于东山，实因东南草寇之气如炽，侵凌长安，或危及天子社稷；以女尸卜葬，当断其气焰，有功无罪。"

武帝冷笑道："无稽之谈，岂能取信！卿当严加审问，使之认罪伏法！"

廷尉不敢再言，告退，即命衙役执落下闳入刑房，欲连夜拷问。不一时，衙役押落下闳而来。廷尉冷笑道："汝之所言，我已转奏天子，天子甚怒，不听妄说，命我严加究问。我与谯侍中素有交谊，不愿施以酷刑；汝若尚知人情，望勿使我为难，且详言用心，虽罪大恶极，我仍看谯侍中之面，令汝速死。"

落下闳道："我既非老朽，亦非妇孺，宁不知皇陵之重，不可侵犯？若非绝寇盗之气，岂敢如此！既事关天子，请容我与天子直面，必能厘清是非！"

廷尉暗思，若落下闳之罪坐实，必祸及谯隆，于是不再问，命押落下闳回狱，即拜见谯隆，告知详情。

谯隆沉吟良久，说廷尉道："事已至此，我当拜见天子，请陛下亲问落下闳。"

廷尉道："如此甚好，若落下闳无罪，卿之过亦当自免。"

言毕，告辞。谯隆不敢延误，即入宫，求见武帝。武帝知其为落下闳而来，拒之不见。谯隆三请，武帝仍拒之。谯隆无奈，退出宫门，猛击路鼓，鼓声大作，响彻内外。

路鼓兴于西周，凡皇宫、官衙之外，无不悬之；秦汉以来，仍沿用旧例。若有人击此鼓，虽天子亦须即刻临朝，召问缘由。

武帝闻路鼓声不绝，大惊，即振衣冠，登未央宫，令侍从带击鼓者入见。片刻，侍从执谯隆而入。武帝顿知用意，大怒，斥谯隆道："汝久为官宦，竟不知礼法！凡击宫外路鼓，或因巨寇围城，或因太子忽薨，试问汝有何事？"

谯隆泣道："臣所以如此，实因万不得已；所谓人命如天，万事之大，无过于此。望陛下容臣奏明事由，虽千刀万剐，臣无悔矣。"

武帝怒气稍解，问谯隆道："落下闳究竟何许人，汝竟每每为其奔走？"

谯隆道："落下闳实乃千古不遇之才，若非如此，臣不敢举荐。因受司马迁等人排挤，不能参与制历，落下闳大为失望，每欲还乡。臣劝其暂留长安，为陛下酿酒，以待召用。落下闳极善观天望气，每言东南寇盗气焰熏天，欲为陛下除此巨患。恰值阳春楼歌女因情病死，落下闳以为若葬之东山绝顶，必能以怨气遮断盗寇之气，于是出钱买棺椁，雇人葬之。"

武帝略作沉吟，又问："既用心良苦，何不表而奏之？"

谯隆道："此事当密，不可泄，若泄，或别有用心者往而毁之，则劳而无功矣。"

武帝仍疑，斥谯隆道："东山乃先帝陵园，神鬼不可擅入，汝等岂不知？"

谯隆道："三娘之墓，距皇陵远在十里之外，不在禁地之内。陛下可命人踏勘，一见而知；亦可令善望气者，如公孙卿、儿宽等，登山望之，落下闳用心如何，不难知也。"

武帝道："纵如卿所说，擅击路鼓，亦当重罚。依祖训，当刑杖一百，缚于宫门外示众，以戒群臣！"

谯隆叩头道："若能明辨是非，臣愿领罚！"

武帝命侍从执谯隆，缚于未央宫外；翌日，又令群臣入宫，当众用刑。刑毕，谯隆已遍体鳞伤，仍缚于宫门外示众。

武帝依谯隆所请，命公孙卿、儿宽、壶遂等登东山，望东南，以证落下闳所说。

公孙卿、儿宽、壶遂等俱与谯隆友善，亦惜落下闳之才，有心救之。数人出长安，登山望之。公孙卿道："此处怨气冲天，横亘千里，草寇之气尽被隔断，犹如残灯遇狂风。足见落下闳用心良苦，此社稷之幸也！"

儿宽、壶遂等俱然其说，于是回奏武帝称："落下闳察凶兆于未然，又独运匠心，以怨妇葬东山之巅，使寇盗之气受阻，不能作乱，此大功也；又此山远离皇陵，不犯王气，毫无所碍也。"

武帝怨恨顿解，即命释落下闳、谯隆，分赐帛十匹，钱一万。

落下闳出狱，果然不出三日。谯隆道："卿虽能自解，然长安非比阆中，望谨言慎行，再勿肆意妄为。"

落下闳知谯隆受重刑，伤痕累累，深为愧疚，朝谯隆一揖道："我已知长安居之不易；卿勿忧，从此当自律，不招是非。"

谯隆又道："天子赐我与卿钱帛，我已命家仆以帛换钱，合三万有余，卿囊中再不羞涩，应请我饮酒。"

落下闳忙道："不可，我使卿身负巨债，请以此偿付李延年等；余者仍请宽限，必不失言。"

谯隆亦不勉强，命谯玄以此偿债。

37

司马迁、唐都、司马可、侯宜君等夜以继日赶制新历，已近一载；除邓平以十八为母数，运算艰难，尚未制成，其余已相继完毕。

司马迁召邓平，问何时能成。邓平道："我欲为百年之计，故以黄钟之长与其围相加，其母数之大空前绝后，运算之难过于唐都等数十倍，若无三年五载，恐不能有成。"

司马迁沉吟道："因岁时之差，天下凋敝，民不聊生，天子忧心如焚，士民惶惶不安。既我等所制可解燃眉之急，当奏请天子试用之；卿仍需夙兴夜寐，宵衣旰食，以解来日之忧。"

邓平告退，仍足不出户，苦心运算。司马迁又召唐都、司马可、侯宜君等。司马迁道："卿等所制历法已相继告成，而邓平意在未来，以十八为母数，其运算之难可想而知，非三年五载不能成就。我等所制，凡十六种，或各有优劣，不敢自决；我欲呈送天子，请甄别选用，以绝今日之祸，卿等以为如何？"

唐都道："我等所制，俱遵先圣法度，上应天道，下合人世，何需疑惑？况日月星辰，无不有须臾之变，虽竭尽所能，亦不免瞬息之失。岁时之谬，实乃天人之差，虽先圣再世，不可避免；制历改历，不过后人纠前人之偏，岂能一劳永逸？"

司马可、侯宜君等俱然其说。司马迁亦以为然，于是求见武帝，以十六种历法奏报。武帝不知取舍，问司马迁道："如此之多，不知优劣如何？"

司马迁道："唐都等涉足此道数十年，各居乡里，地位不同，取数有差，虽俱遵古圣法度，然得数不一，其历亦有差别。臣不敢妄决，请陛下择优选用。"

武帝道："长安乃天子都会，何不以此地为准，取数运算？"

司马迁道："长安之数，俱由治历吏邓平用于运算；邓平欲图百年之计，故以十八为母数，其难度数倍于我等，非三年五载不能有成。臣知陛下忧虑重重，不敢延宕，故而以我等所制呈送陛下选用，以为权宜之计。若邓平所制精于众人，再令天下用之，则缓急有度，既能除今日之祸，亦能绝来日之患。"

武帝无奈，召公孙卿、兒宽、壶遂等，命择其优暂用，以待邓平之历。公孙卿、兒宽、壶遂等日夜审阅，深觉司马迁、唐都等所制历法如出一辙，实难甄别，于是求见武帝。

公孙卿奏道："臣等极尽所能，昼夜审读，颇觉众人所制，虽有十数种之多，然其法雷同，与颛顼历并无差别，故而不知取舍，不敢擅决。请陛下召会群臣，各抒其见，以免有误。"

武帝遂令公孙卿、兒宽、壶遂等率僚属大肆誊抄，分付群臣，十日后详议。

谯隆亦受命参与议论，于是以十六历付落下闳，请察其优劣。落下闳一一审看，仅半日，已尽知十六历之弊，笑说谯隆道："司马迁、唐都等俱为俗子，天子所托非人也！"

谯隆问落下闳道："卿何有此说？"

落下闳道："所谓十六历，皆以《周髀》为据，迂腐陈旧，何足为道。且古六历亦遵《周髀》之法，其谬误已尽显于后世；司马迁等竟不知前车已覆，后车当鉴，实在可笑！"

谯隆道："既如此，卿出头之日屈指可待也！"

十日后，武帝大会群臣于柏梁台，议十六历之优劣，命落下闳侍酒。

柏梁台建于元鼎三年冬。元狩五年春，武帝率群臣巡游东南，命丞相李蔡助太子监国。李蔡劝太子甄别天下士民，将奸猾之徒迁徙边境充军，以免作乱。太子不敢擅为，遣太子少傅庄青翟往东南拜见武帝，奏报丞相李蔡之策。武帝问庄青翟是否可行，庄青翟对称："此祸国之说也，若如此，必使士民人人自危，岂能用之！"

武帝以为然，下旨严责李蔡，又命庄青翟暗察李蔡言行。李蔡大惧，悬梁自杀。御史大夫张汤每有取代之心，闻之暗喜，以为丞相之职非己莫属。

武帝欲绕道中山国，与中山王刘胜相会。张汤与刘胜交谊甚厚，即书信与刘胜，遣心腹先往中山，大肆贿赂。刘胜颇知张汤之意，待武帝驾临，即率家人僚属，迎于五十里外。武帝大喜，命刘胜同乘辇车，与之言笑。

武帝感慨道："诸王远在外藩，逍遥自在；朕独居禁中，万事缠身，难得偷闲如卿一日耳！"

刘胜道："臣每恨不能为陛下分忧，此心耿耿，天日可鉴。丞相居群臣之首，犹如臂膀，若贤，可使天子无虑；若不贤，必使天子多忧。李蔡既死，陛下当以之为戒，择德高望重者居之。"

武帝大疑，问刘胜道："以卿所见，何人可为丞相？"

刘胜道："御史大夫张汤廉洁清正，资望卓著，实非他人可比。"

武帝冷笑道："莫非张汤心腹先于朕来此？"

刘胜大骇，再不敢言。

是年初夏，武帝回长安，拜太子少傅庄青翟为丞相。张汤大失所望，每与庄青翟彼此构陷，互为攻讦，俱欲置对手于死地。庄青翟得知张汤曾重贿刘胜，以图丞相之位，于是暗结朋党，大肆弹劾张汤。张汤曾为廷尉，执法严苛，冷酷无情，群臣颇为忌恨，纷纷依附庄青翟。张汤以为必死，亦自杀。

武帝恨庄青翟狡诈凶险，每每呼朋引类，左右是非，遂夺其丞相之职，命拘捕入狱。庄青翟不胜惊恐，死于诏狱。

武帝以为万事不顺，遂改年号，又命于长安城北筑台，采香柏为梁，故称柏梁台。柏梁台成于元鼎三年冬，武帝大会群臣于台上，命鼓乐侍于侧。时大雪，鼓声铿锵不绝，武帝豪情大生，命群臣赋诗，凡能七言者可居上坐，与天子联句。诗成，后世尊为柏梁体。

武帝再会群臣于此，不由感慨万端，于是说群臣道："十年以前，因宵小弄权，人心惶惶，上下不宁，朕不惜以割发断臂之志尽除之。于是命采香柏，筑高台，寓意群臣如栋梁，须挺直傲岸，清芳四溢，使人人近而悦之。所幸卿等俱知我意，每能择其善而固执，又不伤同僚之谊；或能知过即改，从善如流。今虽物是人非，然朕矢志不改，图治之心愈切。太史令司马迁等致力改历，废寝忘食，今已有成，凡十六种。卿等必知优劣，望各抒所见，以明是非。"

群臣一片默然，无人对答；武帝命丞相石庆首议十六历得失。石庆道："十六历各有长短，实难取舍。臣知治历吏邓平以十八为母数，起历运算，当精于十六历，应待之，勿擅用。改历功在千秋，非权宜之计，当慎之又慎，不可图一时之安，妄行妄废。若取其一法，必驰送天下，行而用之；而地域之广，传达不易，故不可朝立夕除。否则，士民以为天子无信，必生疑，此大不利也。"

公孙卿、儿宽、壶遂等以为石庆之说有理，俱请武帝弃之，以待邓平。武帝不能决，命召邓平，问所制历法何日能成。

邓平奏道："古人历法所以谬误，皆因母数过小，小则得数不精，求取之数亦疏，用之必差。臣以黄钟之长九寸，加其围九分，得数为十八；以十八为分母，求近似数，合而成历，必能绝百年之患。然母数之大，旷古绝今，若无三年五载，不能有成。若陛下宽限时日，臣必能算尽天机，制成新历。"

武帝沉吟道："若以唐都、司马可、侯宜君等助之，能否于一年之内制成？"

邓平道："纵如此，亦需三年。"

落下闳奉命为百官侍酒，闻至此，忍无可忍，忽摔勺而起，斥邓平道："以十八为母数，又不取地动之数，何需三年，三日足矣！"

群臣大为不屑，无不侧目而视。司马迁忙奏道："臣等奉命议论新历，此国之大事，岂容区区酒吏胡言！臣请逐此狂妄之徒，以净耳目，以正风气！"

武帝亦恨落下闳不请自言，即命侍从逐落下闳出柏梁台。落下闳不惧，疾呼道："邓平、唐都等俱为俗子，岂能委以重任！"

谯隆正欲替落下闳辩解，武帝目视谯隆道："敢为狂徒进言者，亦逐之！"

谯隆遂不敢言。是日，群臣久议无果，武帝命退去，择日再议。

38

谯隆请落下闳夜宴，命谯玄陪酒。谯隆道："今日柏梁台大会，司马迁等短处毕现；卿若不贸然而举，必能获天子起用。"

落下闳苦笑道："司马迁等所言俱非，令我忍无可忍，故而摔勺而起。事已如此，奈何？"

谯隆沉吟道："我欲再书奏表，力荐之；若天子准奏，卿须知缓急，明进退，再勿意气用事。"

谯玄道："我以为不必，既天子逐之而不罪之，或另有用意；可静待，或有诏书命前辈入宫，起而用之。所谓上意如天，难以揣度，若上表，天子或嫌多事，恐适得其反。"

谯隆恍然若悟，击掌道："此言有理，可静候佳音！"

于是，落下闳仍与僚属于酒坊酿造。

数日后，果有侍从来谯隆府第，命落下闳明日入宫面圣。谯隆大喜，即召落下闳，嘱道："卿虽数次面圣，然至今未入宫门；宫中乃禁地，举手投足需合礼法，稍有差池，即是大祸。"

落下闳道："卿勿忧，我当拒而不往。"

谯隆大惊，责落下闳道："卿委曲求全，所待者今日也。既有诏令，当欣然而往，何故拒之？况君命如天，岂能不遵！"

落下闳道："非也，天子虽雄才大略，然不知制历之道；我虽尽其所学，恐不能使其明是非，往之何益？"

谯隆道："纵如此，亦不可抗旨，抗旨乃不赦之罪，卿竟不知！"

落下闳道："我欲书奏表，请陛下召颇知天文历数者与我同往，甄别是非，否则，仍将一无所获。"

谯隆苦劝，落下闳不听，即书奏表，言明缘由，请谯隆转呈武帝。谯隆恐武帝疑惑，不敢面呈，又转托少府监秦宓。秦宓不好推脱，即入宫，以奏表呈送武帝。

武帝阅之，不言，命召谯隆。谯隆大惧，以为落下闳又触怒天威，惶惶入宫，拜见武帝。武帝满面肃然，似有恨意。谯隆叩拜道："微臣谯隆，拜见陛下！"

武帝冷笑道："落下闳疑朕不知天文，竟欲抗旨！"

谯隆顿时冷汗淋漓，忙道："落下闳性情偏执，行为孤傲；然其才高今古，实堪大用。落下闳所虑者，无人识其才干也，故有不情之请。况其为人率真，心怀坦荡，虽行为怪诞，不同寻常，然忠正诚挚，心无藏掖。望陛下念其出身草野，疏于礼法，恕其无罪！"

武帝道："公孙卿、壶遂、兒宽等俱知天文历数，何言无人识其才干？"

谯隆道："公孙卿等俱执盖天之说，恐难明落下闳所言。"

武帝道："既如此，卿可往终南山，请南山野老入宫，以证落下闳所说。"

谯隆道："臣知南山野老虽为高士，然并未涉足天文历数，恐难当此重任。"

武帝道："卿有所不知，当年，南山野老来宫中，亦曾言及浑天之说，朕以为荒诞不经，未曾留意。既彼此所见略同，必能明辨是非。"

谯隆遂领旨，拜谢而去。翌日绝早，即命家仆备牛车，出长安，取道终南山。奔波半日，已至山下，谯隆命止于此，令家仆等候，只身而往。

此时，正当隆冬，山上积雪盈尺，滴水成冰，放眼处，草木封冻，如浇蜡铸银。谯隆攀缘而上，将至绝顶时已近日暮，见一溪横于前，溪水激荡，轰然如雷，幸有独木为桥，聊堪渡越。

谯隆过独木桥，再行，又见断崖之下有草舍数栋，茅檐相接，栅栏相通，顶上堆雪如盖，知为南山野老隐居处，于是近前呼之。片刻，有童子迎出。谯隆表明来意，童子引入草堂，请暂坐。

谯隆环顾左右，见一侧有巨室，数十人席地而坐，双足盘于膝上，无不气定神闲；南山野老高居众人之上，亦席地而坐，两目微闭，须发飘动，犹如风中云烟；左侧为首者，面目沉静，似曾相识。谯隆颇疑，起座，欲近前察之。

童子忙止道："不可，仙师正率弟子习吐纳，望勿搅扰！"

谯隆道："不妨，且容我视之。"

于是趋近门前，目视此人，不觉大惊，竟是阆中县令长李济成！虽时隔二十余载，彼此俱非昔日面目，仍能一见而识！

谯隆虽心潮狂起，不敢表露，退回座席，若无其事。

二十年前，李济成被拘押成都，自知不能免死，遂买通狱吏，侥幸逃走；又知朝廷下令通缉，无处可去，遁入巴山深处，苟且偷生。虽在深山，仍有猎人出入，自知习俗口音与巴人迥异，恐形迹败露，又辗转入秦岭。得知南山野老隐于终南山绝顶，修长生不老之法，且弟子众多，于是改姓换名，前往拜谒。南山野老不知李济成来历，见其精明外露，又颇有学识，引为弟子。自此，李济成随南山野老左右，习炼丹及吐纳之术，又习击剑、射术，颇有精进，深得南山野老赏识，擢为首座。

谯隆静待良久，南山野老方出。谯隆恐李济成察知，即言明来意，称天子之望切切不已，请其连夜下山。南山野老称天已黑，不便下山，需待天明。谯隆不敢固请，称竟日奔走，疲困不堪，欲早睡。南山野老命童子引谯隆入客房，再送野果数枚，聊以充饥。

谯隆几乎一夜未眠，拂晓即起，请南山野老登程。南山野老召李济成，嘱以山中事务。谯隆不愿与李济成谋面，避之。李济成望谯隆背影，似觉熟识，颇疑，问南山野老道："此是何人？"

南山野老道："此天子近臣，来此邀我入宫。"

李济成亦不多问，即率众弟子习剑。南山野老随谯隆下山，与仆人会于官道。谯隆请南山野老登车，驰往长安。车行数十里，已远离终南山。谯隆犹豫再三，问南山野老道："未知仙师所嘱何人？"

南山野老道："乃我座下弟子弄月人也。"

谯隆道："好个弄月人！"

南山野老抚须笑道："此子来时，正皓月满山，故而以此为名。"

谯隆道："实不相瞒，此乃我故人，俗姓李，名济成，曾为阆中令长，因徇私枉法，草菅人命而下狱；又因知其必死，贿赂狱吏，脱狱逃走。朝廷遂发海捕文书大索之，然不知所踪。谯料竟寄身仙师座下，二十年不露行藏！"

南山野老大惊，默然良久，说谯隆道："天下相似者多矣，未必无误。"

谯隆冷笑道："我与此人不共戴天，虽获其枯骨亦能识之！"

南山野老愈惊，又问："不知卿欲何为？"

谯隆忽觉悲恨填胸，往事历历，奔来眼底，如风云狂卷，不可自禁，于是泣道："恶贼李济成，杀我恩师，戮我同窗，又欲置我于死地！此仇此恨，犹如江河，绵绵数十年不能绝断！"

南山野老欲劝解，又觉无话可说。正此时，车已渐止，谯隆以为已入长安，遂拭泪，欲请南山野老下车。忽听家仆道："已过正午，此处有客舍，当饮食。"

谯隆然其说，携南山野老下车，步入客舍。店主见二人举止不俗，颇为殷勤。谯隆买炙肉三斤、酒一壶，陪南山野老对饮。酒过数巡，南山野老劝谯隆道："实不相瞒，我亦负罪之人。八十年前，我方弱冠，家父与邻里争陌上老桑，邻里呼同族围殴。家父不敌，遍体受伤，于是诉诸县衙。邻里贿赂令长，令长判家父无理，需赔钱五千，并将老桑断与邻里。家父不服，亦行贿令长，令长改判邻里败诉；邻里又行贿，令长又改判。如此反复，竟达十余回！我义愤不已，夜往县衙，以火焚之，县令长死于大火。我畏罪潜逃，辗转他乡十数年，后与先师偶遇，随其人终南山，潜心修习，自觉已洗清前罪。所谓苦海无边，回头是岸，李济成虽十恶不赦，然二十年来，隐身方外，已与世人绝；况深山清苦，或餐风饮露，或以野菜野果充饥，早已灭尽歹念。既如此，卿何必耿耿于怀？"

谯隆弃盏不饮，愤然道："善恶之报，天经地义也，仙师何有此说！"

南山野老不好再劝。饭毕，二人登车，几乎不再言谈。车至长安已将日暮，谯隆请南山野老入宫，请宫中侍从引见武帝，告辞而去。

是夜，谯隆召谯玄，告知所见种种情形，欲携落下闳乘夜而往，擒李济成杀之，以雪大恨。

谯玄劝道："既南山野老已入宫，落下前辈必获召用；若知仇敌所在，必将心神大乱，岂不有碍大事？"

谯隆沉吟道："此言有理，汝且随我一往，执杀李济成！"

谯玄道："李济成为钦犯，不如禀报天子，依律严惩。"

谯隆道："不可，李济成为南山野老首徒，天子视南山野老为神人，或不肯问罪。况时过二十余年，天子之怒已解，恐难如所愿！"

谯玄又劝道："李济成颇知剑术，且党羽众多，恐寡不敌众，反受所害。东城破落子弟杨谦，颇好交游，友朋众多，俱习剑术射技，何不雇其一往？"

谯隆大喜，命谯玄携钱五千，拜会杨谦。杨谦见有厚谢，一口应诺，即召子弟，随谯隆父子连夜疾行，直扑终南山。

39

谯隆赁马车十辆，携谯玄、杨谦等数十人，各执利刃，带强弓，飞赴终南山；攀上绝顶时，已近翌日正午。谯隆命谯玄、杨谦等张弓搭箭，围李济成于草庐中。

众弟子见此，大为惊恐，各执利刃、弓箭欲抵抗。谯隆呼道："卿等勿慌，请弄月人出见！"

片刻，童子从容而来，朝谯隆一揖道："卿方离此山，何故复回，请问仙师何在？"

谯隆还礼道："仙师已入宫，天子待若上宾，勿忧；我等来此，唯愿与弄月人一晤，若肯出，当引众而退。"

童子道："卿来迟矣，弄月人已离山而去，不知何往。"

谯隆大惊，剑逼童子，喝问不绝。童子无奈，请谯隆入内搜寻。谯隆恐有诈，命谯玄、杨谦举火以逼之，若有变，可纵火；仅率数人随童子入内，四处搜看，不见李济成。

李济成亦疑谯隆，问南山野老无果，待二人离山，又问童子。童子告知，来者乃天子近臣，唯知姓谯。

李济成大悟，以为必是谯隆，既避之不见，想已识破行迹，于是说童子道："我虽久在山中，然至今凡思未已，欲还故里，祭扫祖墓，数日即还。"

童子大疑，忙道："仙师以山中诸事托付，岂能离去？若欲还乡，应待仙师回山。"

李济成不听，将事务转托他人，悬长剑，负强弓而去。

谯隆知李济成警觉而走，大失所望，叹息而还。

武帝知南山野老应召而来，大喜，与之会于宣室，又召公孙卿、兒宽、壶遂、司马迁、邓平、唐都、司马可、侯宜君等俱来此，同证落下闳所说。

落下闳获召，知南山野老已来，不敢延误，即随侍从入宫。方入掖门，忽见有壮士二人，身着甲胄，手执长鞭，怒目而视。落下闳以为不妙，望而却步。忽听壮士喝道："何故裹足不前！"

落下闳不知用意，愈不敢行。侍从忽悟，笑道："此开道力士，勿惧。"

言毕，催落下闳前行。方数步，壮士抖开长鞭，猛击落下闳前，落地有声，鞭头于眼前飞卷，令人胆寒。

落下闳忽想及谯隆所说，已知乃宫中礼仪，不过欲摧人心胆，去狂傲之气。不觉已另入一门，见有壮士二十人，分列甬道两侧，各执铁杵，长约八尺，其威风过于执鞭者。见侍从引落下闳而入，众壮士忽以铁杵触地，齐声呐喊，势如龙吟虎啸。落下闳顿觉股颤，不敢抬头。侍从笑道："此喝道者，无妨。"

喝道声方歇，已再入一门，有金甲卫士二人，持戟忽出，其高壮威猛，又远过喝道者。落下闳尚不知所以，二人忽举戟，分叉落下闳颈项，如枷锁，拖拽而走。落下闳已觉魂飞魄散，几乎失禁。

片刻，二人已拖落下闳来宣室外，冷声道："且于此候旨！"

言毕，已去项上之戟。落下闳浑身战栗，举目一看，有侍从候于外，形容亦颇威严。侍从命落下闳暂止，呼道："落下闳奉旨入宫，求见陛下！"

有人于内接呼，层层传递，其声渐远渐小。落下闳大为惊愕，虽知皇宫幽深，威势逼人，未想竟如此！

正此时，忽有人将其拽入一室，命脱尽衣裳搜身。有卫士执戟环立，如临大敌。落下闳早已冷汗淋漓，自觉如同行尸走肉，任人摆布。

搜身毕，有侍从于门外呼道："陛下有旨，命落下闳入宣室觐见！"

落下闳已呆若木鸡，不能动弹，被人推出室外。早有侍从候于甬道，引落下闳入内。落下闳如在迷雾，恍惚间已到宣室，唯觉魂飞魄散，仅剩皮囊，不敢抬头。

一番叩拜后,武帝赐落下闳座。落下闳稍有缓解,暗自感慨,即使旷古英雄,仅需入宫一次,亦将失尽气概,难怪谯隆再无昔日性情!

至此,方敢顾盼,见武帝高坐丹墀之上,面色威严,令人望之胆寒;南山野老、公孙卿、壶遂、儿宽、司马迁、邓平等于一侧正襟危坐,目不旁视;唐都、司马可、侯宜君等二十余人与己居另一侧,人人形若石雕,面带惊恐,已知其际遇与己无异。

此时,武帝说众人道:"重定岁时,改创新历,安定人心,杜绝遗患,乃国之大事,与重开纪元无异。卿等历时经年,夜以继日,虽有所成,然不能一劳永逸。朕虽不谙此道,亦知历数之差,或在所用之说,或在起历运算之别。巴郡阆中落下闳执浑天之说,与古圣之言迥异,一时非议大起;朕纳众卿之谏,命其入少府酿酒,拒不用之。朕近日渐有所悟,若盖天之说果为至理,何故依此制历而谬误毕现?"

言至此,武帝环视众人;公孙卿、壶遂、司马迁、儿宽等颇为尴尬,俯首不动。武帝淡淡一笑,又道:"所谓看尽世事,历经沧桑,当知今是夕非。制历改历,需识尽天人之机,方能为之。而天宇浩渺,杳无涯际,非旷古之才,岂能知之!若拘于古人之论,不敢另辟蹊径,或将重蹈覆辙。于是朕召落下闳入宫议之,落下闳疑朝中无知音,不能证其说。朕颇知其意,遂请南山野老入宫,又命公孙卿、儿宽、壶遂等博学之士与之。既群贤毕至,卿可畅所欲言。"

一时鸦雀无声,众人皆注目落下闳。落下闳顿觉茫然无措,竟不能言。良久,武帝催促道:"卿何不言?"

落下闳忙起座,叩拜道:"臣久在山野,愚黯无知,又未经世面,更不知宫中礼节,方入宫时,深为天子威仪所折,现心神大乱,恍惚不安,请陛下恕臣不能言事!"

武帝大惑,问落下闳道:"朕每闻卿无拘无束,任意恣肆;而宫中礼仪,自古有之,何以至此?"

落下闳再叩首道:"臣今日已知沧海之深、青天之高;此时仍觉如坠汪洋,思绪纷乱,人如飘絮,望陛下恕罪!"

司马迁等不禁暗自嘲笑。武帝沉吟片刻,问道:"不知卿何时可言?"

落下闳道："若入宫言此，虽改日，臣仍恐不胜天威，难以尽臣所学；若于别处言之，臣当不负陛下所望！"

兒宽、壶遂、司马迁等颇知落下闳心境，俱请择日另议。公孙卿奏道："腊日将近，州牧、太守已在途中，俱将赴会。臣请陛下于柏梁台大会群臣时，再议之。"

武帝准奏，命众人退去。

落下闳回谯隆府第，谯隆、谯玄已自终南山还。落下闳竟不与谯隆相见，顾自入内，闭门不出。

谯隆知落下闳已应诏入宫，欲知如何，遂命谯玄请其饮酒。谯玄欲去，谯隆又止之，嘱咐道："李济成之事，不可与之言，以免扰其心思。"

谯玄领命而去，来落下闳门前呼之。落下闳以头昏乏力辞谢。谯玄不好固请，回禀谯隆。谯隆颇疑，亲来门外，呼之再三。落下闳坚辞无果，方出。

谯隆携其入花厅，命家仆置酒。花厅在后院，小而精巧，其时积雪未消，残梅余香，颇为雅致。谯隆见落下闳满面惶然，以为又遭挫折，问道："今日议论如何？"

落下闳："并未议论。"

谯隆愈疑，又问："既奉诏而往，何故不议？"

落下闳叹息道："方入掖门，忽遇长鞭击之，寒风拂面，摧心裂肝；又入，武士以铁杵击地，呼声犹如虎啸，令人股战；再入，壮士以两戟叉颈，拖拽而入，足不能着地，魂不能附体，如坠地狱。至此，已似行尸走肉，焉能言事！"

谯隆不禁大笑道："善哉，善哉，卿自此当知轻重高低矣！"

落下闳道："纵使天威凛然，不可冒犯，何需如此！"

谯隆道："卿有所不知，天子掌握乾坤，理当唯我独尊；而人多有傲骨，或轩昂自大，或巍然不屈。类若卿者，放浪不羁，固执任性，若不摧其心志，折其锐气，岂能俯首帖耳？"

落下闳沉吟道："我今日方知，卿何以与往昔大异。长安之内，天子之侧，雀鸟不敢飞，虎狼不敢过！待新历制成，为卿偿尽巨债，我即还乡，不愿留此片刻！"

此时，酒肴已备，二人举盏对饮。谯隆知择日将于柏梁台再议，嘱落下闳无须惶惧，应极尽所能，需使司马迁等宾服，方能不失时机。

40

连续讲了几天，吴已有些疲乏，只好暂停。天已黑定，吴站起，伸了个懒腰，抽了抽鼻子说："酒还没熟，都三天了！"

吴便朝灶房走去，我随后跟进来。吴去到灶前，将头伸向灶孔看了看，立即抱怨道："光顾得说话，忘了看火，火早灭了！"

于是拿上火钳，往炉子里夹了一块燃得正好的炭，塞入灶孔，又从麻袋里撮了些谷糠捂上去。很快，缕缕青烟自灶里升起，轻轻弥漫。

吴又点燃两支蜡烛、三炷香，插上灶台，拍了拍手说："早点睡，明天该写春联和袱子了。"

我们回到堂屋里。吴往炉子里加满了炭，用一个盖子将炉口封住，又把火门关上。正要过去闩门，门忽被人"咣当"一声推开。我与吴一愣，一齐望向门口；门口站着个中年女人，满脸红润，浮着一层微汗，显然走了很远的路。

"你咋来了？"吴十分惊讶地问。

女人一脸肃然，抬脚走进门来，看了看我，又转向吴，冷冷一笑说："咋的，心虚？"

吴搓着手说："我心虚啥，有事？"

女人往炉边坐下，吐了口唾沫说："未必没事就来不得？"

吴笑得格外复杂，这才为我做了介绍。原来这是吴的老婆，姓唐，从阆中城里步行赶来，走了大半天，还没吃晚饭。我赶紧叫唐嫂，生怕惹她嫌恶。

吴要我早些去睡，顾自把炉子捅开，又忙着为老婆煎蛋煮面条。我看出两口子有话要说，于是给唐嫂道过晚安，即去房里躺下。

唐嫂身形高大，略胖，有几分男人气概，与王翠翠相比，少了几许柔弱和艳丽。

片刻，听见唐嫂开始吃面条，吃得噗噗有声，自带几分奔放，这与她的身量极其吻合。我暗自一笑，没想到吴的老婆这么高大，至少比吴高出一截，两人待在一起，根本不像夫妻。

忽听唐嫂说："来，把这蛋吃了。"

吴忙说："我们刚吃了夜饭，你吃。"

唐嫂说："叫你吃你就吃，哪儿来那么多空话！"

吴说："我哪里吃得下嘛。"

唐嫂说："你看你，脸上都露青筋了，眼睛都窝下去了！人家不心痛，我心痛！"

我顿觉惶然，以为唐嫂嘴里那个"人家"是我！

吴有些委屈地说："又来了又来了，我两个天天待在屋里，哪里都没去，不信你问他！"

我忽然明白，吴说的这个他才是我，不由松过那口气来。

唐嫂冷笑道："哼，你把老娘当傻子了？阆中那么大，就找不到个说话的地方？偏要跑到这里来，未必那妖精的裤腰带缠住你颈项了？"

"哎呀，你小声点嘛，屋里有人呢！"

"怕啥，你做得我说不得？"

"我做啥了嘛！"

"你做啥了，哼，你那点儿花花肠子，你当我看不出来？"

"随便你咋想，反正我问心无愧！"

"不用洗碗，先放那里。我问你，跟妖精见过几回了？"

"哎呀，一回都没见！"

"没见？哼，哼哼，那我问你，是哪个去吃的肥肠面？未必不是你，是你的影子？"

"我我我，哎呀，跟你说不清！那个酸菜肥肠面是桥楼的特色，人家也听说了，你说说，我好意思不带人家去尝尝？"

竟又扯到我头上了！我不禁有些愧疚，似乎成了吴的帮凶或者累赘，再不好意思听下去，赶紧扯起被子，将头紧紧捂住。

忍了一阵，又止不住好奇，仍将头伸出来，竟再无声息；抬头往门口一看，门缝里已不见光亮，似乎那场争吵既是某种前奏也是尾声。

未必两口子已经上床了？

我不禁有些无耻地暗暗揣度吴和唐嫂于床上的情形，那种相违已久的冲动也随之泛起，令人不可遏制。我赶紧翻起，靠上床头，摸出一支烟点上。刚吸了一口，忽听那种有节奏的响声隐约传来。我顿时呆若木鸡，似觉整个世界都随这节奏晃荡起来。

第二天醒来，唐嫂已经离去，把吴的小车也开走了。吴已将桌子弄到院子里，正忙着裁红纸，头也不抬地说："早饭温在锅里的。"

我便往灶房去，揭开锅盖，里面是一碗粥和一个煎蛋。吃过早饭，我出来帮忙，吴说："你是作家，拟几副春联吧。"

我也不推辞，想了想说："有了，陌上老树飞春雨，笔底新词泛烟光。"

吴点了点头说："嗯，不错。"于是将纸铺开，提笔欲写。我赶紧将纸牵住。没想到吴颇善书法，写得龙飞凤舞，大有米元章的意思。我不由赞道："好字!"

吴一脸得意，写完这一联，用笔点着春联问我："看得出来历不?"

我故作糊涂地说："像雨像雾又像风。"

吴脸色一变，看着我问："啥意思?"

我指着春联说："这字来历复杂，既有二王的影子，又有颜柳苏黄的意思，还有点米元章的味道，细看又不是，应该姓吴。"

吴又笑起来，且更为得意，摇头晃脑地说："就说对了一个人，米元章！实不相瞒，我习米元章已快四十年，你能看出点儿影子，说明我没白费功夫。"

我又着实赞美了一番，吴催我拟另一联；我说第一联还缺横批。吴一挥手说："不用不用，阆中的春联从来不写横批。"

我大为困惑，问吴何故不写横批。吴说："在阆中人看来，横批在上，代表天，只有圣人才有资格写横批；在阆中人眼里，古往今来只有一个圣人，那就是落下闳。落下闳是春圣，每到正月初一，春圣将挨家挨户赐福，同时把横批送来。"

这话使我与吴争论不休。我说："别的我不敢说，唯独春联和横批这事，我比你有发言权。"

吴大为不屑，硬要与我理论理论。于是我们停下来，坐在院子里。吴显得比以往任何时候都冲动，冷笑着说："阆中有几句俗话，不到北京不晓得官小，不到阆中不晓得文化少；你到底是来求教的，还是来找茬的?"

我给了吴一支烟说："先莫激动，听我给你讲段旧事。"

吴有些不耐烦地一挥手说："好好好，你说你说！"

于是我不紧不慢地讲起一段有关家族的陈年往事。

41

公元964年春节，后蜀皇帝孟昶命大臣题桃符。桃符原本无字，钉于门户左右，以驱邪气。世人以为妖魔鬼怪怕桃木，于是伐桃树，削为木片，贴于门侧。

孟昶嫌桃符难看，命学士辛寅逊、诸司使王昭远等书联语于其上。王昭远极善文辞，又好空谈，自比前蜀韦庄。王昭远、辛寅逊等各书一联呈送孟昶。孟昶嫌文辞不工，立意庸俗，俱不采用，于是自书一联——新年纳余庆，嘉节号长春。这是史上第一副春联。

吴立即打断我说："你这是春联的出处，与我说的无关。"

我笑着说："你莫打岔，听我把话说完。"

吴把脸转向一边说："好好好，你继续说。"

我点燃一支烟说："第二年，北宋皇帝赵匡胤派大将王全斌讨伐后蜀。孟昶命太子孟玄喆率十万大军屯剑门关，阻击王全斌。王全斌兵分数路，夜袭孟玄喆，后蜀军大败。孟元喆以为成都必破，竟遣散将士，逃往通州，也就是今天的达州。王全斌大举疾进，直指成都，四面合围。孟昶自知不敌，率众投降。"

吴又打断我说："哎呀，这都是史书上有的，不稀奇，何况与春联和横批无关！"

我淡淡一笑说："你不要性急，我马上给你讲史书上没有的。"

吴一下站起，挥了挥手说："不说了不说了，孟昶嘛，有名的软蛋，不战而降，简直有辱祖宗！他婆娘花蕊夫人还为此写了一首诗——君王城上竖降旗，妾在深宫那得知。十四万人齐解甲，更无一个是男儿。幸好他不是巴人，不然，我都为他害臊！"

我只好抛出杀手锏说："实不相瞒，我就是孟昶的后裔。"

吴顿时愣住，看了我好一阵才问："你是孟昶的后裔？"

我点了点说:"是。"

吴仍目不转睛地看着我问:"那你咋姓刘不姓孟?"

我反问吴:"你相信家谱吗?"

吴想了想说:"家谱嘛,还算靠谱。照这么说来,你本姓孟?"

我摇摇头说:"不,我本姓首。"

吴眨眨眼问:"姓首?没听说过有这姓,就算有,那也跟孟昶和春联沾不上边嘛!"

我说:"有关,肯定有关。"我请吴坐下,要把来龙去脉告诉他。

"王全斌奉命押送孟昶及朝臣、宫人数万往开封,经岷江入长江,欲转道运河。船到洞庭时,孟昶担心遭遇灭门,让随行的三个儿子寻机逃走,去通州找太子孟玄喆。是夜,三个儿子跳入湖中,游上湖岸,不料与宋军猝然相遇。宋军喝问姓名,三人高举双手,不敢说姓孟,情急中说姓手。手与首同音,首与孟字形近似,于是改姓首。

"宋军放过了三人,三人欲辗转往通州,不想其中一人害了病,不能走,于是留在湖南。今天,湖南仍有首姓。其余二人来到通州,找到孟玄喆,孟玄喆也改姓首,因担心三人同居一处目标太大,请二人离开通州另寻归宿。二人无奈,又辗转去了陕西汉中,于此安家落户。从此世上便有了首姓,分布在湖南浏阳、陕西汉中、四川达州三地。我老家就在汉中,后因家族剧变,我父亲才过继给刘家。"

吴灭去烟头说:"即使如此,也与春联和横批无关嘛!"

我说:"当然有关,首家写春联从来不写横批……"

吴再次站起,几乎有些恼怒地说:"纯属胡扯,你拿出证据来我看看?"

我连忙赔笑说:"不急不急,听我把话说完。"

我说尽好话,吴总算再次坐下来。我接着说:"因为孟昶写的春联没有横批,所以首家人从来不写横批,一是为了纪念,二是不忘根本。"

吴摊开两手说:"这根本不是一回事嘛,你不写横批,是因为根本就没有横批;而阆中的横批是留给落下闳来写,两回事嘛,互不沾边嘛!"

我深知吴固执,不愿继续争论,只好闭口不言。吴也不多说,继续写春联,也不再让我拟。

写完春联，吴又拿出几大叠钱纸，裁成一本书大小，码在一起，足有三两尺高。尔后，吴拿出个木槌和錾子，取下一叠，摊在板凳上，将錾子对上钱纸，抡起木槌打下去。随着木槌起落，钱纸上呈现一枚枚铜钱状的印迹，犹如一双双永不闭合的眼睛。

等所有的钱纸都布满铜钱了，吴又开始做封皮，一共封了几十封。

这之间，吴几乎一言不发。我耐不住，搜肠刮肚找话说，吴最多鼻子里"嗯"一声，算作回应。吴往封皮上写字，我凑上前去观看。

吴端端正正写下几行小楷，诸如某某老大人一位受用，今当新春之期，虔具冥财三封奉上；又于左下侧写一行更小的字——神前化纳。

我忍不住笑道："原来袱子就是汇款单！"

吴忽将笔一搁，一脸严肃地斥责我："能不能把嘴闭上？"

我大为尴尬，勉强坐了一阵，转身去了灶房，开始做午饭。饭将熟，忽听吴喊道："来来来，帮忙搭把手！"

我赶紧出来，袱子已全部写好，横竖交错，摞成一堆。吴已将笔墨洗净，脸色也由阴转晴。

"帮我把袱子弄到灶台上去烘干，不然烧不了。"吴说，甩着两条胳膊，同时扭动脖子，似乎有些累。我忽然明白，吴是以这种方式与我和解。我伸手正要将几十封袱子抱走，吴忙制止说："不能弄混了，要分清人头。"

我小心翼翼将袱子抱入灶房，灶台上已经堆满鞭炮和祭品之类，几乎不留余地。我想了想，正要问吴往哪里放，吴已跟进来，手里提着条板凳，搁到温酒的那孔灶前说："放这里。"

我将袱子放到板凳上，按横竖分开，摊成几堆。吴揭开锅盖看了看，笑着说："咋的，打算吃素？"

我正要回答，吴咧嘴一笑说："你我都不是吃素的。"

这就是吴的性格，即使以某种方式和好，也必须带点软刺。

吴挽起袖子说："把另一口锅烧起，我来煮肉。"

我赶紧将另一孔灶点燃。灶房有三孔土灶，一孔正焐着酒，最小那孔用来煮饭，剩下一孔用来炒菜。吴将鼻子凑近那口焐酒的锅，嗅了嗅说："嗯，快了！"

我也嗅到了一丝儿略带黏稠的微甜，软软的，仿佛一缕佳人的鼻息缠绕于枕边。吴煮了两块肉,将一块切成薄片,炒了一碟回锅肉;另一块俗称刀头,要留作家祭用。

吴一边吃饭一边感慨:"现在的人哪,越来越不像样子了,比如家祭,以往那是极正经的事,至少要献上一个猪头。到了今天,哼哼,一切都不过是敷衍,不要说猪头,就连一块刀头肉恐怕都要省了!"

我不以为然地说:"这很正常,今天是物质社会,你总不能要求事事复古。"

吴有些义愤,"砰"的搁下筷子,两眼有些发红地盯着我说:"亏你还是个文人!西方比我们更物质吧,唵?人家还一手抓钱,一手捧着《圣经》不放!我们倒好,把祖宗都忘了,这算啥,唵?"

我已经害怕争执,赶紧改口说:"你说得对,祖宗嘛,当然该顶敬。"

吴仍然盯着我,不肯放过我这缺少诚意的退却,把两手抄在胸前说:"啥叫祖宗?祖宗就是你的来历!好比流水一样,要是没有祖宗,你就是无源之水,你能往哪里流,唵?一个人要是连祖宗都敢忘记,你还能指望啥,你指望他记住人的好?做梦去吧!所谓孝义,孝就包括对祖宗的虔敬,有孝才有义。一个人的品性如何,只需看他是否孝义。"

我必须承认,吴虽然总是这么过激,但他说的又总是在理。吴继续说:"今天的人这么空虚,其实原因很简单,那就是既丢了传统,又没能建立起新的价值观来取代传统。你说说,传统文化是几千年来世世代代积累起来的,你凭啥敢丢得一干二净,唵?你这胆气到底从哪里来,唵?"

吴停了停又说:"这些年来,总是有人问我,为何对一个两千多年前的人那么感兴趣?我总是对他们说,对前贤往圣保持一点儿敬意,是后人的本分。道理很简单,一个地方,要是没有历史,或者没有历史人物可供凭吊,你会真正爱这个地方吗?你会为这个地方感到自豪吗?"

吴点上一支烟,将烟雾吐向我。

"记得在一次研讨会上,有个当官的还问我,落下闳的现实意义在哪里?我真想一口啐到他脸上去!我想说,所有的历史曾经都是现实,或者所有的现实都将成为历史。所谓俯仰之间,已为陈迹。而现实只有一瞬,历史却千年万载,绵绵不绝。但我不愿跟这种人多说,我唯一能做的就是拂袖而去,让他丢了面子后能够学会思考。啥叫腐败?纵容庸官俗吏才是最大的腐败!

"现实是历史的延续,历史是现实的根基,一旦割裂历史,人就会变得虚无。今天的种种怪象,就是割断历史的恶果。这难道不是现实意义,用得着多说?我之所以丢下一切,陪你到这里讲落下闳,就是想把已经断裂的历史缝上。当然,也许在现实的洪流面前,你我根本无可奈何,但我绝不后悔。"

此时,吴几乎有些壮烈。我也深受感染,不禁霍然而起,背诵起苏东坡的《潮州韩文公庙碑》:

> 匹夫而为百世师,一言而为天下法……独韩文公起布衣,谈笑而麾之,天下靡然从公,复归于正,盖三百年于此矣。文起八代之衰,而道济天下之溺……

诵至此,吴拍案而起,慨然道:"壮哉,此文!"

是夜,我们就着一炉火,继续讲述落下闳。

42

腊日已近,各州郡刺史、太守纷纷取道长安,以期腊会。武帝下旨,命群臣届时俱往南郊,祭祀八神。

所谓腊日,当始于三代,夏称为清祀,商称为嘉平,周称为蜡。蜡者猎也,此时,田鼠、昆虫俱已藏伏,不能奔走,正可猎之,使其不能危害稼穑。于是农人追踪寻迹,破其巢穴,一一毙之。渐而成俗,又变为祭祀八神。八神者,先啬、司啬、邮表畷之类也。

武帝率群臣于南郊大祭八神,命落下闳、唐都、司马可、侯宜君及南山野老等候于柏梁台。郊祭毕,又转入社稷,祭祀先皇列宗。方入社稷,武帝忽命侍从执益州刺史王羽,欲以其头献祭。

元封三年,武帝设九州刺史部,改梁州为益州,以王羽为刺史。王羽世居越巂,出身旺族,颇有声名。越巂诸夷杂处,风俗剽悍。历来太守,均以宽赋养民求平安。王羽自恃威望卓著,命越巂官吏再三加税;又命大征口赋,起征年龄自两岁始，延至十八岁止。

口赋为天子私税，始于秦，多用于宫中。武帝曾命张骞凿通西域十三国，用口赋买汗血宝马，以利征伐匈奴。

越巂太守以为不可，上书王羽，请收回陈命，复此前税制，以免逼反诸夷。王羽不听，回信斥太守称："我世居越巂，岂不知诸夷风俗？想当年，司马相如为中郎将，主开夷道，曾于越巂大兴税赋，广征壮丁，诸夷无不应命。足见夷人唯惧威权，不知仁爱。"

王羽命益州都督率精甲三千，入驻越巂，强征税赋。诸夷震怒，揭竿而起，杀都督及太守，据越巂，又夺朱提，威逼江州，势压犍为，一时烽烟四起。

王羽大惧，遣人飞赴长安，上奏武帝，请派兵征剿。武帝命将军郭昌、中郎将卫广率精甲讨伐。卫广征巴郡板楯蛮为前锋，出江州，过鱼复，以为奇兵。郭昌率益州兵三万，与诸夷战于越巂。正相持不下，卫广等另道而来，诸夷不敌，遂降。

郭昌、卫广上书武帝，称王羽不仁，苛严寡恩，又私增税赋，逼反诸夷，应严加治罪。

武帝欲纳郭昌、卫广之说，命廷尉入成都，收王羽入诏狱。韩安国、石庆等纷纷上书，俱称王羽为越巂世家，子弟党羽甚众，根基深厚，若廷尉往成都，或将其逼反，据西蜀而自立。而西蜀遥远，路途险峻，既有雄关可据，又有刁民可依。不如暂忍，待腊会之期，执而杀之，方无遗患。

武帝以为可，下旨嘉奖有功者。赐郭昌、卫广、王羽等钱各二十万，帛二百匹；封郭昌、卫广为关内侯；王羽为通侯，爵位高于郭昌、卫广。

郭昌、卫广不服，又不敢声张，致信大司马卫青，称王羽逼反诸夷，何故不罪而赏。卫青已垂暮之年，不敢妄为，入宫求见武帝，以二人书信呈献。武帝深恐王羽由此生疑，于是下旨，斥郭昌、卫广称："益州刺史王羽，为朕扩征口赋，虽有失，而忠心耿耿，朕何忍罪之？"

郭昌、卫广大惧，不敢再言，并上书请罪。王羽竟不疑，恰值腊会将至，十月即离成都，取道长安。

侍从奉命执王羽，群臣无不肃然。王羽疾呼道："臣有何罪，陛下何故如此？"

武帝冷笑道："朕推崇儒学，大行仁政，欲使天下士民俱知恩德；汝竟背道而驰，寡仁少义，勒索威逼，使诸夷走投无路，合该万死！"

王羽又呼道："臣欲为陛下添用度，故而放宽口赋；若有罪，陛下何故下旨嘉勉？"

武帝再斥王羽道："汝之野心，妇孺皆知；朕若彼时问罪，汝必凭西蜀之险，大竖反旗，故而忍耐，以待今日！"

王羽自知不免，竟破口大骂道："出尔反尔，与庶民小人何异？岂是天子作为！"

武帝怒不可遏，令架鼎镬于社稷外，欲活烹王羽。石庆、韩安国等纷纷劝阻。武帝不听，指王羽喝道："此等狂傲之徒，若不食肉寝皮，难解其恨！"

于是侍从执王羽，欲抛入沸水。群臣大为悚惧，纷纷跪地求告。武帝其恨稍解，命斩王羽，以其头祭列祖列宗，再驰送成都、越巂等地，安抚诸夷。又命郭昌、卫广执王羽家小，俱斩之，以绝后患。

祭毕，武帝又命石庆、韩安国等，遍论刺史、太守功过，或问罪，或行赏。又训示群臣称："所谓率土之滨，莫非王臣，四海之内，莫非王土。天下百族，俱为人民，岂有亲疏之分；无论夷夏，皆我手足，焉能厚此薄彼？卿等当以王羽之辈为戒，爱民勤政，存怜恤，去骄奢，轻税薄赋，宽养士庶，使耕者有其食，织者有其衣。凡横征暴敛，薄德寡恩者，朕必斩其首，夷其族！"

训示毕，已过正午，武帝方率群臣往柏梁台，听落下闳言浑天之说及治历之法。

落下闳不知社稷情形，竟从容如旧，朝武帝一揖道："容臣首言盖天之说要义。古人以为天圆而如张盖，地方而如棋局；天壤相接，而为八方，每方皆有巨柱，顶天立地，而使天不至倾倒；天地最远处，相距八万里，俱中高外低，北极之下为天地之中，其地最高；日月星辰隐现有度，而分昼夜；或曰天不足西北，地不满西南；日月五星俱附于天幕，而天幕如转盘，旋回不息；日月五星虽行于天幕，而其速缓慢，故东升西落，循环往复，永远绝期。如此等等，不一而足。"

说到此处，落下闳稍停，周遭一片寂静，仿佛了无一人。

片刻，落下闳又道："古人以土圭测日影，而知冬至、夏至及南北回归；又分测昼夜长短，而知春分、秋分；再制七衡六间图，而知节令。尔后，治历者以日月星辰图画为表，称为《周髀》，使行星与二十八宿互为照应，于是图之象之，测之量之，再取数运算，以所得论周年、明四季、定朔旺、分昼夜，或测日月之食，度回归之期。所谓古六历，莫不如此。因取数不足，故而有失偏颇，又因以黄钟之长，或大吕之位为母数，得数粗疏，用之则仅需数年，其差谬毕现。既源出有误，岂能得之精微！"

此时，南山野老说落下闳道："卿既尽知盖天之说，想必亦知浑天精义，愿闻其详。"

落下闳道："我随恩师玉清子久观天象，知二十八宿恒定不动，而日月五星动而不定。于是暗思，既地与日月五星同在天下，何独地方而不动？又见北斗虽稳如永恒，然斗柄暗换，往复不息，遂疑地亦如日月五星，运动不止也。尔后，恩师授我《甘石心经》，阅之，觉茅塞顿开，恍然大悟。《甘石心经》曰：'浑天如鸡子，天圆如弹丸，地如蛋黄，悬于天内，天大而地小。天地各乘气而立，又因气而动。周天三百六十五度又四分之一，从中分之，则一半为一百八十二度八分之五，另一半则环绕其下，故二十八宿半隐半显。地之两极，谓之南北，北极乃天之中也，出地上三十六度，故北斗七星常见不隐。而南极乃天地之中，入地三十六度，故南斗六星常隐不显，若有若无。两极相去一百八十二度有余。'《甘石心经》以为，地与日月五星俱如车轮，周旋不息；其形浑然，故称浑天。"

群臣仍不言，犹如泥塑。南山野老沉吟片刻，又道："老朽亦曾阅《周髀》，读《甘石心经》，然不知彼此高下，望能言之。"

落下闳道："《周髀》如贩夫相牛，仅望其皮毛，或知其骨骼；而《甘石心经》如庖丁解牛，不但皮毛、骨肉俱知，更知其脏腑之详，虽筋脉纵横，亦能毕现于刀刃之下。二者相比，高下立判，何须多言！"

此时，司马迁、邓平、唐都等无不如开云见日，大有所悟；公孙卿、壶遂、兒宽等亦如狂沙吹尽，真金毕现，俱以为落下闳所说可用。

武帝见群臣默然不语，于是问道："今群贤毕至，落下闳所言又翔实精致，不知卿等以为可行否？"

南山野老道："此子之说言简意赅，盖天、浑天优劣已分，望陛下用之不疑。"

公孙卿道："实不相瞒，臣近日亦曾读《甘石心经》，虽不如落下闳精深，亦勉知要义，望陛下纳其说。"

武帝大喜，见日色将暮，令落下闳明日再言治历之法。

43

是夜，谯隆设宴，款待落下闳。席间，谯隆欣然道："今日柏梁台之会，卿言辞如珠，风采照人，虽日月为之无光，芳菲为之失色，司马迁等必为之倾倒。陛下必以卿独当此任，五十万钱有望矣！"

落下闳道："不然，制历犹如沙洲取金，沙之多不知其数，而金唯一粒而已，若无人佐助，难有所获。我所虑者，唐都等羞于技不如人，忌恨请退。如此，我将沦为孤寡，岂能为之！"

谯隆道："既如此，可奏请陛下，命唐都等留长安为辅佐，虽请不容去。"

落下闳道："若不同心同德，留此何益！"

谯隆以为然，顿生忧虑，问落下闳道："既如此，奈何？"

落下闳沉吟道："朝中知天文律历者众多，诸如公孙卿、壶遂、兒宽、司马迁等。卿为天子近臣，颇受恩宠，若唐都等执意离长安，或不愿为我所用，望卿能奏请天子，令公孙卿等为助手，当无忧矣！"

谯隆顿时惊起，斥落下闳道："汝竟有此想！公孙卿、壶遂、兒宽等俱为国之佳士，天子待之若手足，群臣望之如神明，岂能屈为助手！"

落下闳亦起，反斥谯隆道："既如此，恐巨债难偿矣！非我不守诺言，实因卿不肯尽力，请勿怪我失信！"

落下闳言毕，离席欲去。谯隆忙拽其衣袖，强拉入席。沉吟良久，谯隆叹息道："既与卿恩怨纠结，难以分割，我即入宫求见天子，且为卿一请。"

于是谯隆命谯玄陪落下闳饮酒，自出府第，入未央宫，求见武帝。武帝正携嫔妃听李秋娘唱曲，忽有侍从来报，称侍中谯隆求见。武帝知其为落下闳而来，于是令李秋娘等退走，转入宣室，命谯隆入见。

谯隆入宣室，叩拜道："臣与落下闳夜谈，见其忧心忡忡，于是问之。落下闳称，虽制历之法，俱在胸中，然恐孤身一人，不获辅助，仍难有所成。"

武帝颇惊，问谯隆道："唐都、司马可、侯宜君等二十余人，加之制历吏邓平及等，俱为此中高手，何言不获辅助？"

谯隆道："落下闳曾与唐都等大起争执，彼此已生忌恨，故而疑唐都等其怨未消，不肯屈居其下，难以为其驱使，恐横生是非，反而不利。"

武帝冷笑道："落下闳尚未言及制历之法，不知其说是否可行，何故未开道，先行车马？"

谯隆道："落下闳借居敝舍，臣与之朝夕相处，颇知其造诣之深，虽古往今来，无人能与之匹敌。落下闳自称，制历犹如取一粒金于沙洲，实非一人之力可以为之。于是请臣转奏陛下，若唐都等不肯辅助，可以公孙卿、壶遂、兒宽、司马迁等为臂膀。"

武帝颇怒，责谯隆道："公孙卿、兒宽等俱为国之栋梁，朕敬之爱之犹恐不及，岂能屈尊！"

谯隆不敢多言，告退。

落下闳仍与谯玄饮酒，以待谯隆回府。正焦虑不安，忽见谯隆已入厅堂，忙起座，问谯隆道："如何？"

谯隆不答，复入席，自饮数盏，方道："卿勿忧，陛下称，四海英才毕集长安，何虑无人。"

落下闳颇疑，再三追回。谯隆不肯告知详情，嘱其无须多虑，届时必有人可用。

武帝仍在宣室，思之，渐觉谯隆言之有理，于是命侍从召公孙卿、壶遂、兒宽等入宣室。公孙卿等不敢延迟，相继而来。

武帝道："柏梁台之会，落下闳所言如何？"

公孙卿道："堪称拨云见日，震古烁今耳！"

兒宽道："何止如此，臣闻其说，方知毕生所学俱非，而古人之谬，在所难免也。旷古之才诞于今世，陛下盛德也；既改历有望，祸乱将绝，可喜可贺也！"

武帝大喜，命各赐清酒一爵。公孙卿等以为恩宠过于往日，俱叩头谢恩。

待其饮毕，武帝道："实不相瞒，侍中谯隆夜来宣室，代落下闳求助手。因疑唐都、司马可、侯宜君等心怀忌恨，不肯屈居于下；而制历改历，犹如取金于沙洲，料非一人可为。落下闳知卿等颇善此道，欲以卿等为辅助。而卿等俱为显贵，朕虽视若上宾，犹恐有所怠慢，故不敢妄决，遂召而问之，不知卿等以为可否？"

公孙卿等忙跪地叩拜，俱愿奉命。壶遂道："臣等之贵，天子之恩也；为国分忧，为天子解难，臣等本分也，虽赴汤蹈火在所不辞，何惧为落下闳之下！"

正此时，侍从报称，太史令司马迁求见。武帝即命引司马迁入内。司马迁叩拜毕，正欲言，武帝笑问司马迁道："卿深夜入宫，何事？"

司马迁道："臣因落下闳纠正前人之非，又尽知古历之谬，改制汉历有望，喜不自禁，夜不能眠，故斗胆入宫，以表庆贺！"

武帝道："诚如卿所言。然落下闳曾与唐都等争执结怨，恐唐都等不甘为辅，故而托谯隆入宫，请以公孙卿等为助手。不知卿以为可否？"

司马迁忙道："陛下勿忧，何用如此？"

于是将情形一一禀报。

邓平、唐都、司马可、侯宜君等待柏梁之会毕，纷纷拜会司马迁。司马迁颇知众人来意，置酒款待。唐都道："今日听落下闳之言，犹如惊雷震耳，芒刺锥心，令人汗颜，又心神震动，久不自安。此子之才，远在我辈之上，胸中所学，又胜我等百倍。我等当告退，且让此子独步当世。"

侯宜君道："诚如前辈所言，我等以为各怀绝学，各有心得，可为天子所用，立千秋之功，扬万世之名。孰料落下闳独出我等之上，其说湛湛，如皓月泻地，令人不见边际；其学荡荡，如云龙在天，几乎不见首尾。既与之相形见绌，不如各归乡里，以免他人讥笑。"

司马迁微笑不语，只举酒自饮。邓平问司马迁道："众人无心留此，俱有归意，必有负天子之望，卿何故不言？"

司马迁反问邓平道："卿以为我当如何？"

邓平道："落下闳见识卓绝，尽知盖天、浑天精义，又能融会贯通，堪称古今第一奇才。改制汉历者，必此子无疑。然观天测地，取数运算，其浩繁广博，我辈俱知，实非一人能为之。请留唐都等于长安，各为臂膀，倾力相助。此绝世之功也，岂能辞之！"

司马迁慨然道："善哉此言！"

于是司马迁说众人道："我辈俱为有识之士，解天子之难，济生民之苦，我等之责也。既学不如人，何妨追随左右；况时不我待，更应摈弃前嫌。制历改历，所涉之广，犹如掬尽大海之水，而分鱼龙，岂是一人之力可以为之！我虽贵为太史令，亦愿居落下闳之下，任其差遣，绝无怨言，卿等何辞！"

唐都、司马可、侯宜君等闻此，顿觉惭愧，再不言去。

武帝闻奏大喜，说司马迁等人道："同舟共济，人之美德也；齐心协力，成事之要也。既唐都等不计前嫌，不论贵贱，何惧邪魔不除，新历不成！待祸乱戡定，天人归位，朕必厚赏有功者；凡与落下闳共事此道，无论轻重繁简，俱各有份，绝不厚此薄彼！"

司马迁等再次叩拜，称颂天恩。武帝兴致勃勃，命赐酒宴，与公孙卿、兒宽、司马迁等同饮。

一时樽飞爵举，君臣互贺，欢饮达旦。

44

翌日，群臣及落下闳等奉命再入柏梁台。武帝早命侍从先至，大设宴席，排定座序。群臣各依尊卑入席；落下闳、唐都等无须分座次，可随意。司马可、侯宜君等深知司马迁敬重唐都，俱推唐都入首席。唐都知南山野老颇受武帝宠信，力辞，执意推南山野老居首。落下闳淡淡一笑，自入末席就座。

谯隆见此，以为落下闳能知谦逊，颇为欣喜。

酒过数巡，武帝道："昨日，落下闳已尽言盖天、浑天之优劣，条分缕析，其说凿凿。然制历改历，需其言可用，其术可行，与将兵赴敌无异；用之无误，行之有效，方能免于空谈。昔日，赵括纸上谈兵，以致有长平之祸，既有前车之鉴，宁不引以为戒。今日，朕再会群臣及唐都等，欲闻制历之法，请落下闳俱言之，若可行，朕必以之为主，改创新历。"

落下闳起座，向武帝叩拜毕，侃侃言道："古人制历，皆依盖天之说，既用之数年或十数年，差谬即显，足见其说之非。前人以土圭测日影，而得两分两至；制七衡六间图，以明节气；画天象之表如《周髀》者，以测星辰距度并运算，观漏刻沉浮，以察时辰之变。如此等等，是非混淆，既可取，又不可取。"

闻至此，公孙卿、壶遂、兒宽、司马迁等不禁面面相觑；唐都、司马可、侯宜君等亦惊讶满面。

落下闳道："浑天之说以为天宇如球，并非《周髀》所言悬如平幕；日月星辰俱如小球，高低有别，巨细不等，或静或动，或疾或徐，或隐或显。地之状，犹如群星也，俱在浩浩清气之间，旋回不定，转动不息，循环往复，永无绝期。若欲改制新历，当首制浑象，再制浑仪。"

邓平问落下闳道："既二十八宿与日月五行俱在天球下，何故二十八宿不动？"

落下闳道："非不动，唯因旷邈遥远，过于日月五行何止千万倍，故不能见也。"

一时鸦雀无声。良久，司马迁问落下闳道："何为浑象？何为浑仪？"

落下闳道："所谓浑象，即以浑天之说重图星象，以别于《周髀》；所谓浑仪，即以浑象之图造天球，布二十八宿方位，再使日月五星各能转动，复当时天象于仪上，则日月五星之变可度也。如此，则四季可分，寒暑可定，亦可测之无误也。"

司马迁沉思片刻，又问："此不过一家之说，孰是孰非，岂能明之？"

南山野老道："老夫不才，亦曾阅《甘石心经》，勉知其意，愿证其是非。"

公孙卿亦道："臣虽愚鲁，近日亦曾涉及浑天之说，又勉知匠作，愿助落下闳造浑仪。"

武帝喜道："既有卿等相助，何愁新历不成！"

转而又说落下闳道："然卿所说，不过用器，尚非制历之道，请详言其术。"

落下闳道："臣以为，制历之要首在取数，既地与日月五星皆非静止，其运行之变俱应取之，缺其一则不能全，不全则必然有误。"

邓平问落下闳道："以浑仪度日月星辰，或可行；然我等俱在地上，类如虫蚁，岂能察地之变化？"

落下闳道："昨日，我曾言北斗、南斗，其柄常换，此即地动之数也，何故不能察?"

司马迁以为然,请落下闳再言以何计算。落下闳道:"计算当在取数完备之后,水到渠成而已。我以为,其次在于立主干,分枝、节,定花叶。何为主干?年也岁也;何为枝?四季也;何为节?日也;何为叶?时也。"

唐都道:"古人已明年度四季,何用再分?"

落下闳道:"古人以八卦分二十八宿,又对应天干、地支,而定十二月;再以两分两至,而明四季;或以月亏月盈、日出日落而定月日;或以日影、漏刻而分时辰。两分两至、亏盈出没,俱为天象,当无疑也,无须多议。至于漏刻,或以沙泻之,以水滴之,岂不因水之深浅、沙之多少而其速不一乎?以此取时,岂不有误!"

唐都等思之,顿觉惶然。司马迁又问落下闳:"既如此,当以何取时?"

落下闳道:"请勿虑,我已颇有心得。概而言之,古人制历,其误有四,执盖天之说,以为地方而不动,此其一也;以《周髀》测日月星辰之数,而不能追其变化,此其二也;以黄钟之长或大吕之位为母数,起历运算,得数不免粗放,此其三也;以沙漏、水漏取时辰之数,而不知多少、深浅之变,此其四也。"

邓平道:"不知卿以为当如何起历?"

落下闳道:"既历者源于律,而黄钟清越,上应天宇,当以黄钟起历。其法有二,以黄钟之长,乘以围,得九九八十一分,可以八十一为母数,此为一;黄钟容一龠,一龠共一千二百粟,以一千二百为母数,此为二。"

司马迁、邓平、唐都、司马可、侯宜君等大惊失色,几乎霍然而起。

邓平问落下闳道:"我等俱知,母数愈大,得数愈精,然其运算量亦随之大增。我曾以黄钟之长加其围,以十八为分母,起历运算,虽昼夜不息,至今尚未过半。况卿取数之多,又大过于我,若以八十一为分母,料非数十年不能有成!"

武帝闻此,不禁大失所望,起座言道:"今岁时之差已尽显,天下凋敝,四海荒凉,岂容迟缓!"

落下闳叩拜道:"陛下勿忧,容臣详言。臣知历法之差,概与母数有关;颛顼历取四为母数,用之四年,则谬误已始。若以八十一为分母,则误差始于八十一年,八百年后方差一日;若以一千二百为分母,则误差始于一千二百年,一万二千年后方有一日之差。臣又知邓平、唐都等俱用珠算,虽母数仅个位,亦需一年半载;若使臣为之,仅数日即可!"

司马迁、邓平、唐都等又为之大惊。忽听南山野老笑道:"天子在此,岂能戏言!老朽素知,天下算法虽各有千秋,然以珠算最速。不知卿有何神鬼之法,能快过珠算?"

落下闳道:"前辈可知巴郡心算?"

南山野老顿时为之瞠目,良久方道:"恕老朽孤陋寡闻,不知世间有此法,请言之。"

落下闳道:"所谓心算,无论繁简,更无论加减乘除,俱不托以外物,唯用心思之。巴人善猎,每与族人为伍;既有所获,必以其劳或人口多寡予以分割,需算之;而山野之间,唯能用心默之度之。久而成术,唯需一人报数,算者应声之间,得数已出,了无差错。臣不才,亦曾随家父习此术,又曾大加磨炼,不仅疾如流星,远胜珠算百倍,其精确亦不输他法。"

司马迁以为其说荒谬,斥落下闳道:"此与妖言何异,臣请陛下逐此狂徒!"

谯隆忽起,朝武帝叩头道:"臣亦为巴人,深知落下闳所说不谬。既不能辨是非,不如一试!"

公孙卿亦起,奏道:"谯侍中所言有理。臣颇能珠算,未举时,乡人呼为铁算子,愿以珠算与之一较,其说是否当立判!"

壶遂、兒宽等亦愿以珠算验落下闳所说。

武帝以为可,遂命侍从取算器,令公孙卿、兒宽、壶遂等与落下闳比疾缓;又命司马迁报数。

司马迁所报之数俱在万千之上,无论加减乘除,落下闳俱能应声答出得数,等候良久,公孙卿等珠算方毕,竟丝毫不差。虽反复试之,莫不如此。

群臣无不惊骇,以为神鬼不能如此。南山野老叹息道:"此子非凡,堪称旷古不遇!陛下得此奇才,社稷之幸也!"

群臣纷纷跪地,无不称贺。武帝笑逐颜开,问落下闳道:"若以一千二百为分母,不知何时可算尽得数?"

落下闳道:"以臣度之,当需十年。"

武帝沉吟道："十年太久，恐天下士庶已俱成枯骨，虽能永绝遗患，然不可取；若以八十一为分母，不知耗时几何？"

落下闳道："如此，则三月足矣！"

武帝大喜道："既八百年后方差一日，朕有何虑！"

于是令以落下闳为主，以唐都、司马可、侯宜君等为辅，造八十一分历。

45

越日晨，武帝又命宫吏来谯隆府第，召落下闳往宣室。落下闳惧宫中威仪，竟不欲往。谯隆斥道："天子之召岂能辞！"

宫吏笑道："勿惧，陛下有旨，特许卿自北阙司马门入宫，免受武士恫吓。"

落下闳大喜，告辞谯隆，随宫吏前往。

北阙与闹市近，多用于三公六卿入宫奏事，仅设侍卫，而礼仪最简，更无武士扬威。宫吏说落下闳道："卿受此殊遇，可谓数十年来第一人，望不负陛下恩宠。"

不觉已至宣室，司马迁已在此。落下闳叩拜毕，武帝即赐坐，说落下闳道："朕虑唐都等或不能奉命于卿，特召太史令司马迁嘱之。自今日始，凡制历诸事，卿可与司马迁议之，若受阻碍，或事不能行，亦可由北阙入宫面奏。至于分工协作等，俱由卿提议，由司马迁指令唐都等。望竭尽所能，不负朕拳拳之心。"

落下闳大为感激，叩头谢恩。

武帝令二人退去。司马迁引落下闳入太史院，详议制历，以明前后事项。

落下闳道："首需绘浑象，定天部。唐都久涉此道，尽知天星显隐，可以其为主。浑象成，则应赶制浑仪，而公孙大夫既知冶炼，又善匠作，可为之。待浑仪成，可命司马可等往秭陵，以测南斗移换，何者，因长安在西北，可望北斗而不便见南斗；命唐都等登长安崇台，以察北斗杓柄；我当与侯宜君等上骊山，测今日星象而回追冬至。卿可令侯宜君先登骊山，督造观星台，以备来日之用。若三面齐举，料不出半载，即可尽取此时天象；不出一年，新历可成矣。"

司马迁道："余者皆可行，唯南斗六星不可察，此天机所在也。南斗六星，分主国祚之数、天子之气，素为事历数者忌之，岂能妄察！"

落下闳道："若不察之，不能知天地之数，岂能改创新历。况国祚正旺，虽有灾荒，而不妨运数；天子雄壮，虽有小恙，而不碍长生，何必忌讳？"

司马迁不敢妄决，请落下闳暂退，即入宫，拜见武帝。司马迁道："落下闳等，欲察南斗六星，以明天地之数。臣不敢擅作主张，特奏报陛下，望陛下决之。"

武帝笑道："自高祖创业以来，尊天法地，敬神悯人，绝暴戾，施仁政，恩泽四海，远近咸知；朕上承天意，下得民心，凛然之气，浩荡不息，恶魔不敢犯，妖邪不敢近，何惧察知天机！"

司马迁大喜，叩拜告退。于是又召落下闳来太史院，司马迁道："天子自信国祚长久，神鬼莫犯，已准其所请。"

落下闳道："既如此，请命唐都、司马可等各司其职。"

司马迁又道："既浑天之说出于卿，何不亲制浑象？"

落下闳道："我需趁此时再思浑仪，以图示公孙大夫，方能制造。而盖天、浑天虽其义不同，然差之不远，以唐都毕生造诣，想必已尽知个中异同，为之不难。实不相瞒，我曾于故里造浑仪，然颇粗疏，尚需改进。至于漏刻，我与恩师玉清子几经改造，已臻完美，仅需复制。此外，古人制历，俱以伏羲八卦分星宿，故以冬月为子月，以冬至日为基准。然时过境迁，物换星移，以我所察，今冬至之日，日在危星之末、牛星之初。此制历之要也，若有偏差，则谬之千里。"

司马迁沉吟道："今冬至已过，岁在腊月，何以追之？"

落下闳道："不难，以今日星宿之位回推，即可知也。"

司马迁然其说，即召唐都、司马可、侯宜君等，一一嘱之。

落下闳仍回谯隆府第，闭门不出，大思浑仪。

谯隆不知就里，见落下闳不出，颇疑，叩门问道："卿奉天子之命改制新历，何故独处室内而不为之？"

落下闳道："非不为之，因需改进浑仪，故而于此思之。"

谯隆道："是否已有所悟？"

落下闳道："尚需时日，请勿扰之。"

谯隆退回厅堂，召谯玄等，令勿喧哗；又嘱谯玄按时送酒饭与落下闳。

不觉已数日，落下闳仍足不出户。谯隆不禁问谯玄："不知落下闳情形如何？"

谯玄道："进食不及往日三成，已鬓发泛霜，面黄肌瘦，忧若病夫。"

谯隆大为不安，步于厅下，叹息道："若落下闳因此卧病，岂不有负天子厚望！"

谯玄欲言，忽听落下闳喝道："谯侍中何故聒噪，扰我心神？"

谯隆不敢再言，仍忧心忡忡。谯玄遂命家仆烹茶，并备茶点、干果，欲请谯隆饮茶消忧。谯隆无奈，勉强落座。正欲饮，见落下闳忽至座前，问谯隆、谯玄道："不知世上有何术，能使物自动？"

谯隆见落下闳瘦如枯骨，与往日大异，不禁惊起，衣袖带翻茶盏及果碟，茶水于几上泛流，带数粒干果坠地。谯隆正欲言，落下闳忽大笑，指地上干果道："此天意耳，我知之也！"

言未毕，已跳跃而去，几近疯癫。谯隆目瞪口呆，问谯玄道："莫非此人已成疯子？"

谯玄道："非也，既问世上何法能使物自动，恰遇茶水倾覆，使干果流泻入地，或茅塞顿开矣。"

谯玄道："若果如其言，真天意也！"

落下闳既已顿悟，欲拜会唐都，助其绘浑象；唐都忽自来，称浑象已成，请落下闳验之。落下闳逐一详审，以为无误，于是据此绘浑仪图。

又数日，落下闳复来厅前，呼谯隆道："谯侍中何在？"

谯隆闻之，即出，见落下闳喜色满面，问道："莫非已成？"

落下闳道："请卿备酒，陪我一醉！"

谯隆即命家仆设酒宴，与落下闳当窗对饮。落下闳举盏道："若非卿带翻茶水，使干果流走，虽殚精竭虑，恐至今尚未开悟。"

二人饮下一盏，谯隆道："到底如何，请告之！"

落下闳出浑仪构图，指说谯隆道："此图分绘南北两极，设黄道、赤道，相交于春分、秋分，列二十四节气，布二十八星宿，再以远近大小，为日月五行各设运行之轨；以每日为一度，亦布于黄赤道上，共三百六十五度，每回归为一年。若按图营造，分别以水激之，则日月五行当自转，必能对应天象。"

谯隆思之良久，问落下闳道："我虽不知天文，然亦知日月五行转速不同，或疾或缓，虽以水激之，岂能分快慢，复天象之真而无误？"

落下闳道："若依天象之真，或增之减之，或节制水量，使流泻有差，假以时日，加以磨砺，必能使天象浑然一体！"

谯隆以为或有理，说落下闳道："既需磨砺，又需增减，足见尚需许多时日，何不使公孙卿速为之？"

落下闳然其说，拜见司马迁。司马迁即持图拜会公孙卿，请其依图营造。落下闳再绘漏刻图，请司马迁命唐都等亦按图改进。

此时，邓平求见司马迁，请与落下闳各造八十一分历，以互证疏密。司马迁以为可，即转奏武帝。武帝亦许之，命邓平率宫中制历者照落下闳之法取数运算。

邓平又访落下闳，请授以心算之法。落下闳正与公孙卿忙于营造浑仪，欲拒之。公孙卿劝道："卿何不知邓平用心良苦？若无佐证，谁知卿所制可用？"

落下闳大悟，即授邓平算术。邓平天资过人，习之，日有精进。

落下闳、公孙卿夜以继日，冶黄铜，造浑仪，反复改造，增减磨砺，凡千百回。经数月，浑仪已成，于是告知司马迁。司马迁大喜，立即入宫，奏报武帝。武帝即召兒宽、壶遂等，令验之。

司马迁尽召落下闳等，命转浑仪，验其与天象之变是否相符。落下闳请于崇台造密室，开天窗，置浑仪于室内，各引水激日月五行之环；否则，不能验之。

司马迁依其说，命造密室。仅十数日，密室成，落下闳等送浑仪入室内，置于天窗下，引水激之，其七环俱动，缓急有度，恰如日月五行运行于天。兒宽、壶遂等昼夜察看，见与天象无异，以为神器。

于是依此为准，再制数具，使唐都、司马可等俱能用之。

浑仪制成，司马迁依落下闳所说，命唐都等登长安崇台，取北斗七星与日月五行之数；命司马可等南下秭陵，察南斗六星之变。落下闳、侯宜君等则登骊山，测此时天象，回追冬至日。

46

邓平亦请公孙卿造浑仪，由僚属携往数地，测量取数。邓平则闭门谢客，大习心算之术，以备制历之用。

武帝知落下闳、邓平等正忙于取数，无须一年，新历可成，顿觉忧虑尽释，于是命宫吏入乐府，令李延年率歌舞伎往御苑侍宴。李延年不敢怠慢，即命李秋娘等施粉黛，染唇画眉。待诸伎妆成，即奉命来御苑。

时当暮春，御苑春气萦回，芳华灼灼，又风轻日暖，游丝满目，格外宜人。武帝率嫔妃坐饮花下，见李延年、李秋娘等已奉命来此，颇喜，笑道："朕因天下苍生苦于岁时之差，忧心如焚，昼夜不安，虽未绝宴乐，然目睹之不为所悦，耳闻之不为所喜。今落下闳等造就浑仪，以此取数，当事半功倍；既新历指日可待，忧患将解，祸乱将绝，又值百花竞发，风日和美，望能以歌舞慰朕心怀。若能使朕一笑，必有厚赏！"

李延年命李秋娘歌巴山竹枝词。顷刻，丝竹俱起，李秋娘唱道：

悠悠巴山雨

蒙蒙千万里

既为他人妇

莫恋旧时衣

悠悠巴山月

落地如霜雪

他年若相逢

可堪对落叶

歌毕，武帝似觉满院春色翻为秋意，虽冷风四起，落叶乱飞，然了无炎凉，又有一缕深情蕴于声色之间,不禁心神暗动,于是说李秋娘道:"朕曾数闻此曲,知为巴山竹枝词,与乐府曲词相比,虽俱言儿女之情,然此曲之高妙,恐《佳人曲》尚不能及。若未尽,请再歌之。"

李秋娘施礼毕,又唱道:

悠悠巴山云

缕缕如幽情

今生难相见

唯有泪沾巾

悠悠巴山风

吹尽枝上红

落花飞不绝

此心与君同

歌毕,武帝直视李秋娘,几乎目不转睛,不由叹道:"此女长于乐府,每于咫尺间为朕歌之,朕竟不识此女颜色,足见心境不同,人亦不同!"

言毕大笑。李秋娘闻此,不敢抬头。武帝命李延年近前,附其耳道:"令妹姿色艳丽,形态风流,宫中粉黛无不黯然失色。朕心神已动,不能自禁,可令其夜来宣室,朕当燃烛以待。"

李延年大喜过望,叩谢不已。

是夜,李延年命李秋娘沐浴熏香,往宣室侍奉武帝。李秋娘心系落下闳,欲以死相抗。李延年大惧,斥李秋娘道:"贱妇,此天子隆恩,李氏门庭之幸也,他人求之而不得,岂能拒之!"

李秋娘泣道:"妾已许身落下闳,非其不嫁;虽身在囚笼,不能伴于左右,然来生可期,姻缘可续,望勿强逼!"

李延年强忍恼怒,劝李秋娘道:"我本戴罪之身,因擅音律,天子怜之,唯加我腐刑,容我苟延残喘。虽如此,仍恐不能保全家族。今天子爱汝颜色,此万幸也。若往,当若枯木逢春;若不往,必如疾风吹烛!"

李氏世代为倡优，最知音律，文帝召李延年先祖入乐府，采制词曲。李延年生长乐府，耳濡目染，其技高于祖、父何止十倍。然久与歌舞伎杂处，受女色所诱，不能自禁，遂与舞伎吴四娘暗通。不料早为宫人觉察，暗中尾随，正欢娱忘形，宫人俱出，执之。武帝大怒，令斩吴四娘及李延年。

平阳公主素知李延年极善歌舞，即求见武帝，请免其死罪。武帝尤宠平阳公主，纳其说，令施以腐刑，除籍乐府，饲宫中猎犬。李延年不忘吴四娘，每于无人处歌《佳人曲》：

> 北方有佳人
> 绝世而独立
> 一顾倾人城
> 再顾倾人国

武帝偶闻之，以为此曲曼妙，犹如天籁，又动人心弦，知为李延年所唱，遂令其复入乐府，擢为协律都尉，数年后升为乐府令。

李秋娘不堪逼迫，又恐家族罹难，称愿往。恰此时，宫吏来催，称天子静候多时，请李秋娘即去。李秋娘揩尽泪痕，沐浴熏香，重施粉黛，随宫吏而去。

宣室内外红烛高照，帘幕低垂，武帝立于榻侧，见李秋娘止于数十步外，面带忧惧，不敢抬头，于是笑道："如此良夜，佳人何故不乐？"

李秋娘不答，似有怨恨。武帝上前，执其手道："连年以来，朕忧国忧民，卧不能眠，食不甘味，虽有佳人近在咫尺，犹如不识；所幸落下闳等颇知天人之数，能为朕解积年之忧。既祸患将除，新历可期，朕喜不自禁。今日，佳人一曲巴山竹枝词，使朕柔肠暗转，心驰神荡，几乎不可已矣。佳人一枝独秀，使宫中粉黛俱无颜色，岂不令人思慕！故召佳人来宣室，欲共百年之好。此心耿耿，犹如天日，佳人何疑？"

李秋娘仍不言，唯觉身心如冰，难以自持。武帝颇疑，问李秋娘道："佳人是否心有他属？若有，请言之，朕不夺人之爱！"

李秋娘岂敢言之！忙道："妾虽愚昧，亦知陛下之尊；而妾不过倡优，贱如猪狗，岂敢奢求天恩。此时此刻，妾冷汗淋漓，惊惶万状，唯望陛下怜妾柔弱，容妾告退。"

武帝大笑道:"佳人何有此言?所谓英雄不问出处,何况女子!韩信曾为乞儿,萧何曾为皂隶,因为高祖知遇,俱能拜将封侯。由此可见,若为天子所喜,虽鸡犬何妨升天!"

李秋娘深知不能免,虽肝肠寸断不敢表露,于是强作欢颜,委曲逢迎。武帝见李秋娘笑颜已开,大喜,呼宫女,命设酒宴于殿外,欲与李秋娘对月畅饮。

片刻,酒肴俱备,武帝携秋娘出宣室,对坐月下。四周宫殿林立,犹如群山耸峙;其间花木摇曳,恰似幽魂夜走。武帝目视李秋娘,见月华映照之下,其风采愈佳,不禁笑道:"昔日襄王思慕神女,每欲期会,而襄王有意,神女无心;今朕与佳人会于月下,隔座而饮,咫尺相对,佳人何忍使朕作襄王第二?"

李秋娘几欲对答,不知从何说起,仍不语。良久,武帝又道:"若有新曲,愿闻之。"

李秋娘不敢辞,沉吟道:"近日习得长安歌谣数阙,若陛下不嫌粗俗,愿歌之。"于是唱道:

> 春色透长安
> 遥看山外山
> 不知人何在
> 相思一年年

> 昨夜春雨声
> 悠悠到三更
> 天明推窗望
> 落花满空庭

唱毕,武帝击掌道:"妙哉此曲,其言情之深切,几乎不输巴山竹枝词!"

李秋娘欲言,武帝忽问道:"不知巴山竹枝词出自何人?"

李秋娘不敢隐瞒,答道:"妾兄曾闻巴郡落下闳于酒坊外歌此,以为风格大异,遂采之,令妾习唱。"

武帝再不言，似有所疑。李秋娘大为懊悔，深恐因此连累落下闳，忙邀武帝饮酒。武帝笑道："朕唯知落下闳颇能观天测地，不知其亦擅此道！"

于是举酒，与李秋娘对饮。

自此，武帝留李秋娘于宫中，不再为歌女。

47

一月来，武帝与李秋娘日夜缠绵，深觉畅美，于是宠爱不已，敕封李秋娘为夫人。其时，后宫分八品，诸如皇后、夫人、美人、良人等；夫人位在美人之上，仅次于皇后。

然李秋娘仍眉目含愁，不肯言笑。武帝疑其心系他人，遂问李秋娘道："夫人之贵已非昔日可比，何故不喜？"

李秋娘道："非不喜，实因生性如此，望陛下勿怪。"

武帝笑道："周幽王为博佳人一笑，不惜烽火戏诸侯；朕亦欲使佳人一笑，然时过境迁，已无烽火台，朕当何为？"

李秋娘大惧，忙道："陛下非幽王，妾亦非褒姒，何有此言？妾无以使陛下欢心，大罪也；若陛下不弃，愿唱巴山竹枝词，聊使陛下一笑。"

于是清唱数阕。武帝愈觉李秋娘楚楚动人，其迷人之处，或恰在若愁若怨之间，遂执其手道："朕已知之，无愁无怨不夫人也！"

片刻，又问李秋娘道："既贵为夫人，当荫及家族；李延年已为乐府令，不知同胞之间，何人未受恩泽？"

李秋娘道："妾家虽为乐府倡优，然长兄李广利不涉此道，自幼尚武，又习兵法，每称愿赴敌立功，振兴门庭。若陛下不嫌卑微，望能用之。"

武帝赞道："壮哉此子，朕必用之！"

于是令宫吏召李广利。李广利虽年近四十，然一事无成，每于市井间与长安子弟厮混，或设局赌博，或教人习武，以此获利养家。因自幼习武，颇能骑射，又爱读兵书，以为尽知诸侯之战，每称他日若得志，必拜将封侯，当与萧何、曹参比肩。

此日，李广利欲与子弟去城外赏春，有宫吏忽来，称天子召其入宫。李广利大喜过望，既知李秋娘已敕封夫人，必获征用，于是欣然而往。

武帝知李广利应召而来，即登未央殿，命其入内觐见。李广利朝拜毕，立于丹墀之下。武帝见其身姿雄伟，隐隐有壮士之风，颇喜，问道："朕闻卿好兵法，善骑射，是否如此？"

李广利答道："草民虽出身倡门，然其志雄烈，其怀壮阔，不愿为竖子，唯愿为虎将，领兵赴敌，舍生忘死；故不习乐舞，而习武艺，读兵书，以为勇不输项籍，智不输白起，唯待时机也！"

武帝大喜，赞道："卿壮心内蕴，雄风外溢，真虎将也，宁不用之！"

于是下旨，拜李广利为新丰都尉。在职数年，大获恩宠，迁奉车都尉。后因随军击匈奴有功，拜贰师将军。

落下闳知李秋娘已为夫人，大失所望，又知此事不由己，不敢妄言，每取李秋娘所赠绣帕，睹物思人，不能自禁。侯宜君颇疑，问落下闳此物何来，落下闳不答，藏入怀中。

侯宜君曾风闻落下闳属意李秋娘，以为此物或与李夫人有关，遂入乡肆，沽浊酒一壶，买熟鹅一只，请落下闳夜饮。落下闳正愁肠百结，欣然应之。

侯宜君殷勤相劝，待其饮至大醉，问道："卿愁眉不展，叹息不已，不知何事？"

落下闳泣道："断肠之人，不堪此问！"

侯宜君已知所疑无误，又问："曾闻卿属意李秋娘，果有此说？"

落下闳泣下如雨，再出绣帕，说侯宜君道："实不相瞒，此物即李氏所赠。我所以委曲求全，羁留不去，不过欲为天子治汉历，若成，当弃封赏，唯请赐李氏，携归巴郡阆中。孰料已为天子夫人，奈何？"

侯宜君暗喜，仍假意相劝。饮毕，侯宜君伺落下闳已睡，独坐观星台上，暗思，若落下闳因此获罪，治历之功当不由我独占？我与其朝夕相处，已尽知其法，唯心算之术未知其详而已。不如曲意逢迎，窃其算术，而后书密奏，请灞陵令侯玉昆转呈天子，落下闳必获死罪，而千秋之功舍我其谁！

于是自翌日始，侯宜君奉落下闳如恩师，求教心算之术。落下闳不知用意，一一授之。侯宜君日夜苦习，以为大有所成，于是暗书奏表，称落下闳曾暗通李夫人，怀藏绣帕，每每出之，念念不忘。此有辱天子颜面，不臣之罪也。

书毕，借故下山，入灞陵县城，求见侯玉昆。侯玉昆与侯宜君为族人，亦居酒泉。酒泉汉、夷杂处，有羌、月氏、乌孙诸族部落。恰值匈奴与部落结盟，攻占酒泉，欲转攻武都。侯玉昆知将军郭昌屯兵武都，遂夜离酒泉，往武都求见，称愿为内应，助其收复失地。

后，韩安国、郭昌等大败匈奴，匈奴退还酒泉，欲固守。侯玉昆率族人夜开城门，放汉军入内。匈奴猝不及防，大败。郭昌上奏武帝，为侯玉昆请功。武帝即召侯玉昆入长安，拜为新丰县尉，次年，迁为灞陵令。

侯玉昆知侯宜君来意，慨然道："我与卿为族亲，自当助卿建功立业！"

于是命置酒，欲款待。侯宜君辞道："无须如此，所谓事成于密，请容我速还，以免落下闳疑之，或横生变故。"

翌日，侯玉昆即入长安，求见武帝。武帝以为有关先皇陵墓，不敢怠慢，命其入见。

侯玉昆叩拜毕，以侯宜君奏表呈送武帝，并大肆渲染。武帝大怒，命侯玉昆退下，即往后宫，召李秋娘。

李秋娘正当窗抚琴，闻召即来，见武帝怒形于色，忙施礼道："陛下何故不喜？"

武帝强忍愤怒，以侯宜君奏表掷向李秋娘，斥道："且阅之，如不实，可自辩！"

李秋娘拾奏表阅之，竟面不改色。武帝道："若为谗言，朕必执侯玉昆、侯宜君俱杀之！"

李秋娘道："并非谗言，绣帕确为妾所赠。"

武帝大惊，瞠目良久，方说李秋娘道："无论是否，朕唯听夫人一言，夫人何不借水行舟？"

李秋娘道："天子问之，妾不敢欺！"

武帝怒不可遏，再斥李秋娘道："朕曾问汝是否心有所属，汝何不言之？"

李秋娘泣道："妾所虑者，落下闳也，故不敢言。妾与落下闳虽互为思慕，然并无肌肤之亲；若陛下不能释怀，妾愿以死谢罪，唯请陛下恕落下闳，虽挫骨扬灰，妾无怨矣！"

武帝见李秋娘泪飞如雨，犹似落花坠地，顿觉怜惜不已，遂将之扶起，叹息道："夫人胸襟坦荡，虽须眉男子不如，朕何忍问罪？"

于是大加安抚，严令左右勿言此事。连日，武帝独居宣室，反复思量，欲问罪落下闳，又投鼠忌器，恐有碍治历；欲置之不问，又恐落下闳其心不死，其情不绝，有辱声威。

既不能决，遂召谯隆，问道："朕有一事，左右为难，不能自决，于是召卿，望能代朕决之。"

遂将此事始末告知谯隆。谯隆大惧，忙道："落下闳不过村夫，不知礼仪，望陛下恕其无罪！"

武帝冷笑道："朕若欲问罪，当命侍卫执而杀之，何必多此一举！然落下闳仍私藏绣帕，若不罪之，朕颜面何存！"

谯隆顿知武帝用意，忙叩首道："陛下勿虑，臣必使落下闳知天恩浩荡，使世间再无此物！"

待谯隆告退，武帝又命宫吏入灞陵，召侯玉昆。侯玉昆以为武帝必治落下闳之罪，大喜，欣然而来。

武帝声色俱厉，严斥侯玉昆道："儿女私情，世间常事也！况彼时落下闳未娶，李秋娘未嫁，见而生情，理所当然也！汝为天子之臣，竟不知人情世故，捕风捉影，危言耸听，该当何罪！"

侯玉昆恐惧不已，不敢自辩。武帝令其自省，不再言此。侯玉昆叩头谢恩，告退。

谯隆赴骊山，拽落下闳至无人处，斥道："汝大祸临头，竟浑然不觉！"

落下闳不解，问谯隆道："卿此言何意？"

谯隆遂将种种情形告知落下闳。落下闳不以为然，冷笑道："我与李秋娘相许在先，天子宠幸李秋娘在后；而我为断肠人，天子为得意郎，我不怨之，天子岂能恨之？如此心胸，何足为天下之主！"

谯隆跌足骂道："竖子，竟如此痴愚！天子饶汝不死，不过欲借汝之能，改创新历；否则，汝已沦为新鬼矣！"

落下闳惊愕无比，良久，又问谯隆道："既不问罪，卿何必来此？"

谯隆指落下闳胸襟道："天子知汝私藏绣帕，示我命汝毁之，非如此，不能绝来日之祸!"

落下闳反斥谯隆道:"天子得李秋娘之身,我得李秋娘之物,两不相涉,岂能逼我太甚!"

谯隆大怒,忽执落下闳,欲强夺。落下闳奋力挣扎,指眼前悬崖道:"我誓与此物共存亡,此物在,我在;此物亡,我亡!"

谯隆深知落下闳倔强,无可奈何,住手,转说落下闳道:"我当回奏天子,称世间已无此物;汝既舍命相护,切勿出示,否则,我必与汝命丧此物!汝因未了之情,而我无辜,汝何忍!"

落下闳泣道:"卿待我仁至义尽,此恩此德,没世不忘。卿勿虑,我必谨遵卿命,今生再不以此物示人!"

48

时近半夜,吴伸了个长长的懒腰,看了看表说:"睡了睡了,反正年前也说不完!"

吴拿起火钳准备封上炉子。我忙说:"你先睡吧,我热盆水洗洗头。"

吴稍稍一愣,一拍脑门说:"你看你看,只顾得讲落下闳,这么久都没洗过澡了,真是难为你这城里人了!"

吴家如许多传统农家一样,没有浴室,也许偶尔洗回澡,想必也洗得相当苟且。

我有些略带讥刺地说:"入乡随俗嘛,洗个头就是了。"

吴看了看我的头发,冷冷一笑问:"你啥意思,唵?未必你以为乡下人不洗澡?"

我怕吴跟我较真,忙说:"哪里哪里,我根本没这意思!"

吴一把拉起我走出门来,径直来到猪圈边,伸手往一面墙上"砰"的拉开拉线开关,一盏吊在猪圈里的白炽灯顿时亮起,灯泡上蒙着厚厚一层灰,灯光昏暗而虚淡。我有些惊讶,来猪圈许多回了,竟没注意有电灯。

"你等着。"吴说,手脚并用,爬到猪圈上去。原来,猪圈顶上有一层由碗口粗的木棍铺成的楼,朝下一面悬着密密麻麻的蜘蛛网,又沾满尘埃,丝丝缕缕,如倒悬的茅草。

吴双手抓住楼沿,一用力,翻上楼去,顿时尘土飞扬,筛糠一般,纷纷而下,如一场猝来的雪。

"小心点!"吴的声音从一派雪似的灰里溢出。

我不知话中含意,赶紧往一边退开,退到阶沿上。楼上吱吱嘎嘎一片乱响,似乎要塌下来。我正要提醒吴,忽听吴吼道:"走开点!"

我有些惶然,又往后退了几步。忽觉眼前一晃,一样物件从楼上掉下来,掉到猪圈与住房之间的过道里,"哐啷"一声响,一蓬烟尘随即腾起,愤然四散!

我几乎目瞪口呆,以为出了意外。烟尘已塞满过道,翻卷着朝我涌来,世界一片混沌。正此时,忽听那混沌里传来吴的咳嗽,仿佛绝望中的一声声哀叹。

我松过气来,下意识地掩住口鼻。烟尘缓缓下落,如某种结局。吴的脚正从楼上伸出,试探着踩上猪圈隔板,很快便出现在结局里。

我这才看清,过道里躺着一段比碗口还粗的木料。吴拍了拍手说:"来,搭把手。"

我赶紧上去,照吴的吩咐,将这段木料抬到伙房里。吴这才告诉我:"这是父亲生前攒的柴,都码在猪圈楼上,还有好几十根;这就让你见识见识,乡下人是如何洗澡的。"

吴拿出一把已经生锈的斧子,试了试锋刃,开始劈柴。吴挥动斧子的形态近乎愤怒或者豪迈,而他劈碎的似乎不是木料,或者不只是这段木料;此刻,他用这把斧子还原了自己,还原了那些已经逝去的日日夜夜。准确地说,此时的吴绝不是一个单纯而独立的现代人,而是一个成分复杂的巴蛮子。

巴蛮子是吴的来历、吴的影子,或者吴的另一面。而我更喜爱这个别有意味又带着些古朴的吴。

很快,吴已将木料劈成碎块,堆在一边。他停下来,看了看手里的斧子说:"我们这里不把这东西叫斧子,叫毛铁。"

毛铁,多么痛快而蛮横的名字!

"我们也不叫洗澡,叫搓圿圿。"

"搓圬坏？是否与铠甲有关？"

我不由联想起板楯蛮的历史，似乎他们一直身着铠甲，在烽烟岁月里出没、沉浮、穿行。

吴有些诡谲地一笑，将毛铁扔到柴堆边，走到墙角。那里堆着几只空背篓，都紧紧挤在一起，反扣在地上。吴将那些背篓挪开，仍使口子朝下，叠在一起，一口火塘露出来。

接下来，吴叫上我去挑水。屋外一派漆黑，看不清路。我将手机打开，聊以照明。这是一条小溪，从高阳山流下来，溪边有一树蜡梅，长在吴家汲水处，难免有些孤傲。此时，梅花已将谢尽，尚余些残香，在夜气里低回，似乎不甘落寞。

吴汲满两桶水，挑回伙房，倒入锅里，叫我烧火热水。吴则不知从哪里掀出一只足有三尺高的扁桶，立在火塘边，舀出半盆水，将扁桶洗过几遍；又在火塘里烧出一塘火。

我自然明白过来，吴是要我就着一塘火，在扁桶里搓圬坏。我几乎有些愧疚地说："这么费事，不搓圬坏也罢了。"

吴笑着说："不不不，一定要搓，不然你以为乡里人不洗澡。"

水早已大热，吴将水舀进盆子里，再倒入扁桶。屋里热气弥漫，格外温和，几乎有些诱人。我忙说："你去睡吧，麻烦你了。"

吴几把将袖子挽起来说："莫客气，我帮你搓。"

我大为窘迫，赶紧推辞："不行不行，这多尴尬！"

吴坦然一笑说："尴尬个锤子，又不是婆娘！"

"不不不，我自己洗就是了！"

"快点，再扭扭捏捏，水就凉了！"

吴张开两手等在扁桶边，缕缕水气于桶里上扬，轻轻缭绕，显得有些温煦。我坚决不干，仍站在原地。吴忽然不耐烦，一挥手说："哎呀，算了算了，真是麻烦，你不搓老子搓，你帮忙！"

吴在我的惊愕里，几下将自己脱光，一撅屁股翻进扁桶里。

我愣了片刻，吴让我往火塘里添柴，于是我迟迟疑疑来到火塘边，拿起一块柴架上去。吴靠在扁桶帮子上，龇牙咧嘴地说："哎哟，安逸，安逸惨了！"

我往扁桶里瞟了一眼，吴被水和热气笼罩，仿佛人在云水之间。

"来，帮我搓圪圪！"

吴的声音从水汽里穿出，似乎格外遥远。

我有些惊惶，不动。

"怕个锤子，都是大男人！"

声音忽然近了，简直不容拒绝。吴又笑起来："来嘛，明晚我给你搓。"

我犹豫片刻，挪近扁桶。吴将背转过来说："搓，使劲搓！"

我将手贴上吴的后背，充满犹疑地搓起来。渐渐，吴头上开始冒汗，两手往桶帮上一撑，半个身子露出来，扭过头来说："怎么样？"

我不知以何作答。吴也不再问，又说："乡里人就这么洗澡，不比城里洗桑拿差吧？"

我撇了撇嘴说："城里的桑拿是女人给男人洗，这里的桑拿是男人给男人洗，当然不一样。"

吴呵呵大笑说："你格老子，原来是欠这一口！我还给你说，这里的桑拿也是女人给男人洗，小时候是娘，成人后是婆娘。当然，不是人家的婆娘，是自己的婆娘。"

我不禁笑问："那王翠翠给你洗过没有？"

吴忽然哑了，似乎被我戳到了痛处。我顿觉有些过分，想找些旁的话说，吴咳嗽一声，把一口痰包在嘴里说："王翠翠到底是人家的婆娘，今生是指望不上了。"

我还是把话题引开，问吴："这么说来，冬天乡里人都在火塘边洗澡？"

吴将那泡痰吐向火塘里，咂着嘴说："何止在火边洗澡，整整一个冬天，差不多就在火塘边度过。实话给你说，我就生在火塘边，当时，我娘正蹲在火塘边煮饭，忽然就发作了，来不及往床上去。当然不只是我，这山里，许多人都在火塘边降生，火是我们的宿命和性格。山里人把所有的闲暇都交给这塘火，任何事都到火塘边说，火光照在人身上，那么明了，人人都看得见影子，你敢说半句假话么？"

我不禁往一侧望去，我和吴的影子都映在墙上，明明白白，似都一丝不挂，犹如赤子。

49

凌晨,我依旧被一片缭乱的鸟语惊醒,起床一看,吴已将那些春联贴在每道门上,内外便有些喜气,似乎年已经到了屋里。

我逐一看过一遍,有些疑惑地问吴:"春神落下闳真会赐横匾?"

吴正要进屋,听见我的话就停在阶沿上,扭头看着我说:"这当然是个仪式,更准确地说是个年俗。无论城乡,都有人在正月初一那天扮成春圣,将提前写好的横匾和福字带上,挨家挨户去送。"

吴一边说一边回过头去,抬脚跨进门里。我也随后跟进来。

"一切都是为了纪念。"吴补上一句,往火炉前坐下。我也坐到火炉边。吴正要将炉子捅开,忽又将火钳扔掉:"算了,干脆去火塘边!"

到了火塘边,吴又问我:"吃早饭不?"

我拍了拍肚子说:"不饿呢,中午再吃吧。"

昨晚搓完圪圠,吴就吵着说肚子空了,坚持煮了两碗煎蛋面。照吴的话说,我们一阵稀里哗啦,吃了个呼儿嗨哟,打着嗝上床睡觉。

吴正要往火塘里烧火,忽又站起,一拍脑门说:"差点忘了件大事,都腊月二十九了!"

吴立即去灶门口,将那些袱子一一搂入怀里,叫我把刀头肉端到堂屋去。我们一前一后来到堂屋。吴将袱子搁在那张八仙桌上,叫我搭把手,将八仙桌挪近神龛。神龛不过一面墙,既无神像,也无天地君亲师之类牌位,但墙面上的烟火色格外浓重,证明曾经的信奉与虔诚。

吴将那些袱子分成若干堆,将封面竖直朝外,再将一碗刀头肉搁上桌沿,又燃起三炷香,插入被称作神龛的一道墙缝里,恭恭敬敬地叩拜一番。

末了,吴退到门口,望着一缕缕缓缓升起的青烟说:"唉,一切都草率了,只好将就了。"

我见吴一脸肃穆,不敢乱说。静立片刻,吴指了指猪圈那边说:"走吧,干脆多劈点儿柴,晚上你好搓圪圠!"

来到猪圈边，吴立即翻上楼去，一气掀了好几根木料下来，砸得满眼是灰。待吴回到地上，我有些疑惑地问："未必这里可以随便砍树？"

吴轻轻一笑说："哪里，肯定不行。你不晓得，我爹是个闲不住的人，年龄大了，种不了庄稼了，就四处捡柴，几年下来，这楼上都堆满了。"

停了停，吴指着几根木料说："前些年，从市里来了个嘴上无毛的干部，都说很有背景，到山里来镀金，一眼就看出了一条致富路，说要大力发展木耳。好家伙，就把四面山上的硬杂木差不多都砍了，种植木耳。木耳倒产了不少，就是不好卖，害得家家户户都存了上百斤木耳，咋办，自己吃，上顿下顿都是木耳。据说，有个孕妇恰该临盆，结果生的不是儿也不是女，生的是木耳！"

说到这里，吴哈哈大笑，捧起一根木料往院子里去。我也捧上一根随后过来。吴将木料扔到地上，又说："虽然如此，那家伙却沾了木耳的光，不到半年就调到市上去了，如今都当局长了，都叫他木耳局长！当然，受益者不止他一人，还有我爹。木耳局长一走，再也没人种木耳了，我爹就把那些被遗弃的杂木料弄回来当柴烧，能弄的都弄回来了。"

吴指了指房子四周说："鼎盛时期，四面都是木料，密密麻麻一片，里三层外三层。腊月间我回来过年，老远一看，吓我一大跳，以为老爷子想自焚，在烈火中求永生呢！"

在说笑中，吴将几根木料一一劈碎，全部抱进伙房，码在火塘边。吴烧起一塘火说，所谓三十夜的火，十五夜的灯。乡下过年都要守岁，当然离不开一塘好火！

吴一拍我的肩头说："赶紧指望吧，一个乡下的大年三十夜马上就到了！"

我的心思仍在落下闳与春联横批上，于是问吴："既要送横批又要送福字，那要用多少红纸，这不都是钱么，那个扮成落下闳的人岂不亏大了？"

吴看着我的眼神忽然有了鄙夷，不无嘲讽地说："文化人呢，作家呢，咋满口都是钱？"

我笑着分辩说："你莫误解，毕竟是物质社会，任何事情都离不开钱。"

吴几乎有些愤怒，两眼犀利地盯着我问："那我给你讲落下闳，前后一二十天，你是不是要给我付钱？"

我大为窘迫，顿时无话可说。吴一定觉得自己有些过分，口气缓和下来：

"世上的人不能都为了利，许多事都不带丝毫利益。比如春圣赐福，就与利益无关，过去是由乡绅们牵头，现在是政府，一切都由乡绅或者政府承办，你哪会贴钱？"

我点点头说："原来如此。那我想知道，到底什么人才有资格扮演春圣？"

"当然要德高望重！此外还要年长，一般要满花甲，还需有文化，缺一不可。"

吴说得一本正经。我扔给吴一支烟说："再过十来年，你一定有资格扮演春圣。"

吴却并不高兴，甚至有些惶然。我忽然明白，我的话或许让他想起了王翠翠！一个曾经与人私通的男人，大约没有资格。

彼此间顿时沉默。我吐出一口烟说："不扯远了，继续说落下闰与太初历吧。"

吴将烟头往火塘边一杵，扔进火塘里说："要不这样，你先搓坸坸，搓完了再接着往下讲。"

我几乎跳起来："不行不行，大白天呢！"

吴近乎诡异地一笑说："怕个锤子，鬼都没得一个！"

吴不容分说，热好半桶水，几乎强行将我扒光，按进扁桶里。我近乎哀求地说："把门关好。"

吴说："放心，风都吹不进来！"

我又说："我自己搓吧，我生来怕痒，就不劳烦你了。"

吴一手把住我的肩，另一只手已经在我背上："一个大男人，哪来这么婆婆妈妈！"

我不禁颤抖起来，两手紧紧把住桶沿，桶也随我紧张不已，一下下砸在地面上，砰砰作响。吴稍停，问我："冷？"

"不不不，不冷，热！"

"那你抖个锤子！"

我忽然松弛下来，轻轻闭上眼睛。我明白，我与吴的关系，将从此时起产生质的变化。两个曾赤裸相对的男人，没有任何理由不成为生死之交。我极愿把这当成吴的良苦用心。

吴的手不轻不重，恰到好处，这使我由此获得更多的自信与更多的放松。我竟觉得，这是我平生第一次真正的沐浴，或者是一次洗礼。半桶热水，一塘旺火，某种不曾经历的温暖一层层展开，将我四面护住。这温暖足以使人融化，使人撤去所有的防范和拒绝。

我竟然睡过去了，还做了个梦，梦见三年后，我正在成都街上漫无目的地闲逛，忽然手机响起，我赶紧接听，竟是王翠翠！王翠翠哭着说："吴要死了，咽不下最后那口气，说要等你来！"

我顿觉五雷轰顶，大叫吴的名字，同时幡然醒转。吴一脸不解，盯着我问："咋的？"

我张了张嘴说："没、没咋的，差点睡过去了。"

吴一撇嘴说："还差点，都打呼噜了！怎么样，舒服吧？"

吴一拍我的背，顺手将一条毛巾扔给我。我再无丝毫窘迫，当着吴的面从水里爬出来，把身子擦干，穿好衣服。这期间，吴已将洗澡水弄去屋外，倒了。

50

武帝并未问罪落下闳，侯宜君大失所望，再往灞陵，夜会侯玉昆。侯玉昆颇知来意，即说侯宜君道："请到此为止，勿再生妄念。若非天子有德，恐我等已身首异处！"

侯宜君道："卿何有此言？所谓有志者，事竟成。天子所以忍此奇耻大辱，因疑无人可替落下闳改制汉历也。而我已尽知落下闳之术，不仅能取而代之，还能为天子雪耻，此为臣之道也，卿何疑？"

侯玉昆沉吟道："卿果能取代？"

侯宜君道："若不能，岂敢为之？"

侯玉昆沉默良久，再说侯宜君道："兹事之大，关乎社稷存亡，若卿不能改创新历，天子必严究，我等必遭灭族之祸；若卿果能取代，虽事泄，天子或将视而不见。成则生，不成则死，当慎之又慎，不可妄举。"

侯宜君慨然道："我所以如此，并非贪功，唯愿为天子雪耻也！而我观天察地数十年，天人之数了如指掌，与落下闳相异者，唯盖天、浑天之说也。既已明其精义，知其要领，犹如瓮中捉鳖耳，有何难哉！"

侯玉昆见此，不再疑，与之饮酒谋划，欲另施巧计，置落下闳于死地。

侯玉昆家贫，每赖侯宜君之父接济。某日，匈奴大举入酒泉，虏牛羊，俘男女。侯玉昆父母兄长无一幸免，俱被掳走，自此杳无音信。侯玉昆方十岁，孤苦无依，自愿入侯宜君家为奴。侯父爱其聪敏，视若己出，施舍愈多，又送其入私学，与侯宜君一起就读。

侯宜君曾与酒泉方士王方遇于街衢，见其举止飘然，不同凡俗，又素闻其大名，仰慕不已，遂拜于门下，随王方习天文历数，不免学业荒疏，不如侯玉昆。

某日，侯父训斥侯宜君道："侯氏以商贾发家，然虽富不贵；实望汝精修儒学，能获察举，以光耀门庭。汝竟弃正道，而入旁门！"

侯宜君辩称："世间之学，并无优劣，所谓殊途同归。天文历数，旷古之学也，若有成，亦能光宗耀祖。"

侯父诫之不成，大失所望，以为竖子不可教，愈重侯玉昆。尔后，侯宜君为天子所召，入长安改历，遂于侯父前指天为誓："此去长安，必建不世之功，否则，当誓死不还酒泉！"

其取代落下闳之心，无不因此誓。

侯玉昆感念侯父之恩，立誓报答，虽知侯宜君之请或将罹祸，亦不能辞。

计议已定，侯宜君仍回骊山，助落下闳观天取数。

落下闳欲测此时天象，回追冬至日日行之位。历数十昼夜，又经精算，已有所得，于是召侯宜君议之。落下闳道："我等日观夜察，已知此时天象，日在斗星之中。以此回推，今岁冬至，日之方位应在牛星一度五分，卿以为如何？"

侯宜君赞道："卿之术，前无古人，后无来者，真乃绝世之才也！"

落下闳道："今唐都等在长安，取北斗之数；司马可等往秭陵，察南斗之位。若无半载，恐俱不能成。既如此，我等何不依此之法，追二十四节气于未来，以备制历之用？"

侯宜君知落下闳已算定冬至日之位，恐其离此回长安，其计将不能行，正忧虑不已，忽闻此言，大为欣喜，忙道："如此甚好，我等当竭尽全力，助卿勘定节气之数！"

于是，落下闳等仍在骊山，欲以所取之数，顺推节气。

此处位在骊山绝顶，望之四周，无不空旷辽远，又天地明澈，了无声息，颇宜观星。此前，侯宜君等奉命来此造台筑屋，遂于悬崖之上筑台三层，通高十丈，又于一侧造小屋数间，以供饮食栖居。落下闳喜清静，又欲以所取之数及时运算，于是独居一室，鲜与他人往来。

今夜，落下闳取数完毕，欲据此运算，顺推立春日日之方位。正此时，忽有数人破门而入，俱戴面罩，执利刃。落下闳猝不及防，欲呼侯宜君等；来者骤然而举，塞其嘴，缚其手足，如捉小鸡，负于肩上疾走。

落下闳大急，奋力挣扎，不得脱；忽有人猛击后脑，顿时昏厥，不能动弹。待其醒来，见一片昏黑，唯一缕星光自隙中透入，遂知人在幽洞之中。欲呼，有物塞口；欲动，手足俱缚，不能举。忽听有人冷笑道："此处幽寂，料无人察之，可燃烛，以便割其头！"

落下闳惶恐不已，自知性命不保，暗自悲叹不已。有人取火燃烛，插于岩壁，洞中顿时亮开。落下闳望之，见来者共三人，一人颀长，一人矮壮，为首者极敏捷，仍各戴面罩。为首者道："可去嘴中物，询之，以免误杀。"

矮壮者即近前，取口中物。落下闳忙道："我与卿等素昧平生，何故如此？"

三人不答，为首者反问落下闳道："汝是何人？"

落下闳道："我乃巴郡落下闳，奉诏入京，改制汉历，与卿等无怨无仇，又清贫如洗，想必认错人矣！"

为首者大笑道："果然无误，汝不枉死耳！"

于是说矮壮者道："割其头，速走！"

落下闳不甘就戮，疾呼道："我不惧死，唯望告知原委；否则，我当化为厉鬼，上天入地，寻汝等索命！"

为首者道："虽冤有头，债有主，然雇主欲使汝死不知其因，奈何？"

言毕，又命矮壮者行凶。落下闳再呼道："我死不足惜，唯恨新历未成，祸乱未绝，天下黎民难出苦海矣！"

为首者命再止，问落下闳道："此说何意？"

落下闳道："今岁时差谬，天人不符，四海之内，颗粒无收，朝野上下，人心惶惶。汝等若杀我，将无人能制新历，非但天下士庶求生无路，亦必祸及汝等。此理昭然，岂能不知？"

为首者冷笑道："实不相瞒，我等俱为山匪，不耕不织，不牧不养，或劫掠财物，或杀人领赏；所谓岁时之差，与我等何干！"

落下闳道："虽为山匪，亦必世人富足，方有可取；若天下凋敝，人人自危，试问劫谁掠谁？"

为首者讥笑道："与盗寇论理，岂非痴人说梦！我等生死，殊难料也，所谓偷一日之生，尽一日之乐，何论来日！况若取汝性命，可得十万巨资，能足平生之用，岂不为之！"

于是再命矮壮者杀落下闳。落下闳顿时绝望，圆睁双眼，直视矮壮者。矮壮者举利刃，猛刺落下闳前胸。恰此时，忽听弓弦骤响，一箭带动阴风，自洞口飞入，射穿矮壮者后背，顿时仰面而倒！为首者大惊失色，喝道："何人大胆？"

喊声未落，又两箭齐入，分中二匪咽喉。二人亦倒，顷刻毙命。落下闳亦惊，呼道："来者何人？请现身，容我谢救命之恩！"

不见有人入洞，亦不见回应。落下闳又呼道："我虽获救，然手足被缚，不能离此；所谓救人到底，望能解我手足！"

良久，一人缓缓而入，手持长剑，臂挽强弓，着青衫，须发如雪。落下闳似觉面熟，于是问道："卿是何人，是否故旧？"

来人不言，近其前，割断绳索，转身欲去。落下闳愈疑，忙执其衣袖，又道："此恩如天，请告知姓名！"

来人犹疑片刻，忽以长剑付落下闳，垂首道："实不相瞒，我乃昔日阆中令李济成，曾与谯隆猝然遇于终南山，因虑其复仇，遂走，辗转来此，孰料又与卿不期而遇！所谓冤家路窄，既血仇如海，卿可立斩我头，以泄积恨！"

落下闳五内如焚，瞋目呼道："父兄之仇，宁不偿还？"

于是接剑，直逼李济成咽喉。李济成从容不迫，仰头叹道："此头坠地，再不欠人，无论魂归何处，当安息矣！"

落下闳忽犹豫不决，跌足道："既为宿敌，何故救我？"

李济成笑道："天子之托，生民之望，俱在卿一人之身，宁不救之？"

落下闳不忍下手，掷剑于地，叹息道："苍天何故如此弄人，既有深仇大恨，何必再受其恩！"

李济成拾剑，再付落下闳，引颈道："我已非比昔日，虽不受荣辱所累，不为生死所忧，不涉人世，不问是非，逍遥化外，隐迹山水，然旧债未了，终难得自在。今日与卿相遇，天意耳，请戮我头，以慰在天之灵！"

落下闳又取剑在手，直指李济成颈项，几欲戮之，又不决。良久，再掷剑于地，沉吟道："我与汝恩怨已了，汝且去，自此再勿相见！"

李济成拾起长剑，拜谢而退。

51

李济成离终南山，自知家人俱未免祸，无处存身，于是辗转来骊山，见此地高远，林泉幽深，了无人迹，于是藏匿洞穴，修南山野老所授之术，或击剑，习射技，聊以自娱。因疑谯隆追踪，不敢出山，每猎狐兔飞鸟，或采野菜山果以足其食。

某日，见有人于绝顶筑台造屋，大疑，于是昼伏夜出，以察其情。继而，又见落下闳等登台观天，经月不去，愈疑，以为此处不可再留，遂夜走，欲另寻安身之处。

正行于林间，忽见三人执利刃登山，形迹可疑，于是暗中尾随。至小屋前，见其破门而入，仅片刻，又缚一人出，仓皇而去。李济成知为歹徒，再尾随，渐至洞口，竟为己藏身处！

歹徒隐入洞内，李济成止于外，侧耳偷听，已知被缚者乃落下闳，惊愕不已。继而，知其欲杀之，李济成不忍坐视，取强弓，连发数箭，射杀三人，本欲遁去，忽听落下闳称手足被缚，不能行走，犹豫再三，遂入。

李济成深知不能留此，亦不愿与落下闳再见，于是连夜离山，曾闻近年以来，武帝每令迁徙内民入朔方郡，使夷汉混居，龙蛇杂处。李济成思之，以为此外偏远，聊可存身，遂绕道北走，欲遁入朔方，了此残生。

落下闳仍在洞中，苦苦思之，以为长安内外，除谯隆父子，并无与之相识者，更无仇敌；唯武帝恨我曾与李秋娘有私情。于是大悟，以为买凶杀人者，武帝也！

　　想及此，不禁大失所望，遂不回观星台，独自下山，欲取道巴郡，还阆中。行至灞水，忽念及曾使谯隆身负巨债，若不辞而别，谯隆当疑我无信义。于是径入长安，欲告知原委，再走不迟。

　　其时，天已明，落下闳来至府第外，叩门呼之。家仆忙开门，延入府内。落下闳说家仆道："请谯侍中来厅堂，我有话说。"

　　家仆不知缘由，忙报与谯隆。谯隆大惊，即起，振衣出见。谯隆问落下闳道："卿何故绝早而还，莫非取数已毕？"

　　落下闳道："非也，昨夜忽有歹徒潜上骊山，破门而入，塞我嘴，缚我手足，带入幽洞之内，欲取我性命！幸亏李济成射杀三人，否则，我已身在地狱耳！"

　　谯隆惊愕万分，久不能言。落下闳又道："我初来长安，深居简出，既与他人无恩，亦与他人无仇；唯天子恨我与李氏暗通款曲，欲取我性命者，非他人，必天子也！"

　　谯隆忙道："卿何有此言？若天子怀恨，可执而杀之，何必费此周折？况天子之望，在卿一人，孰轻孰重，我等俱知，天子岂能不知？"

　　落下闳冷笑道："天子若治我以罪，必使唐都、司马可等寒心，故而买凶杀我；所谓上意如天，尽在其中也！况我已言尽浑天之说、治历之法，虽无我，邓平、唐都等亦能为之，杀之何妨！"

　　谯隆苦劝，落下闳不听，再说谯隆道："我虽不惧死，然恩师仍在故里，孤苦无依，唯愿还阆中，与之相依为命。事已至此，我去之无憾，唯恨尚未偿清巨债；请卿寄望于来生，我不惜为犬马以报之！"

　　言毕，一揖告退。谯隆大急，执其衣袖，大骂道："竖子，竟如此草率！天子凌驾众生之上，无论贵贱，更无论远近，若欲泄愤杀人，何用如此！所谓欲加其罪，何患无辞；欲夺其命，何虑无刃！"

　　落下闳道："我去意已决，请勿多言！"

　　谯隆颇知落下闳固执，于是拉其入座，温颜道："若天子欲杀卿，虽远在天涯，仍可索之；虽还阆中，岂能幸免！卿且留此，容我入宫拜见天子，以察其意,若果有杀卿之心,我当即还以告之,卿再走不迟,如何?"

落下闳以为可,遂请谯隆入宫。谯隆恐落下闳自走,分嘱谯玄及家仆,令其尽锁门户。

谯隆即入宫,求见武帝。武帝知大司马卫青病重,命在旦夕,欲亲入府第,予以安慰,正欲行,忽有侍从来报,称谯隆求见。

武帝遂止,命谯隆入宣室觐见。谯隆匆匆而入,叩拜毕,正欲奏报,武帝道:"大司马卫青功勋卓著,实乃国之栋梁,今已病入膏肓,命在旦夕,朕欲行赏赐,以慰其心。卿可备清酒十盅,随朕一往。"

谯隆忙道:"陛下之恩,犹如江海,大司马必深知。臣入宫觐见,非为此也,唯因昨夜落下闳于骊山遇袭,险送性命,今晨惶惶而还,心如惊鸟,意若脱兔。臣知治历之事,重若岱岳,深恐再有差池,不敢隐瞒,于是入宫奏报。"

武帝大惊,怒道:"何方蟊贼,竟如此猖獗?"

谯隆叩首道:"恕臣直言,落下闳不惧蟊贼,唯恐言行无状,不获陛下宽宥!"

武帝顿知谯隆之意,沉吟良久道:"既落下闳惊恐未解,朕当亲临府第,予以宽慰。"

谯隆大喜过望,叩谢而退;武帝即命侍从弃车驾,乘步辇,出宫门,往谯隆府第。

谯隆疾步如飞,方入宅内,即呼道:"天子御驾将临,家仆且隐于后院,无令不可出入;其余无论老小,须出外跪迎!"

于是上下一片忙乱。片刻后,谯隆携家人及落下闳等跪于大门外,以候武帝驾临。

时近正午,武帝方携随从而来。谯隆、落下闳、谯玄等依礼叩拜,不敢仰视。武帝令步辇止于门外,笑道:"卿等请起,随朕入内。"

谯隆、落下闳等俱起,随步辇入院内。武帝下辇,举目四望,又笑道:"此院幽美,虽花木不繁,然疏淡清雅,足见谯侍中亦非俗类!"

谯隆慌忙叩谢,请武帝入厅堂。武帝止于厅下,又赞道:"此屋虽非豪宅,然雅致可爱;有居如此,亦不枉为人一世!"

谯隆又叩谢,请武帝落座。武帝居于首席,转向谯玄道:"此子风采照人,想必不输乃父。"

谯玄忙叩头称谢。落下闳立于一侧，每欲言，然武帝竟不视之，以为仍因李氏怀恨，顿觉芒刺在背，不能自安。武帝问遍谯隆家人，方说落下闳道："朕闻谯侍中言，昨夜曾有歹徒入骊山，执卿欲杀之，愿告知详情。朕必缉拿凶犯，为卿除此大患！"

落下闳不敢隐瞒，将昨夜情形一一禀报。武帝沉吟道："既歹徒已死，想必祸患已绝，卿有何虑？"

落下闳道："臣不虑他人，唯虑陛下嫌臣粗鲁，不知礼仪，恐有负陛下之望！"

武帝大笑道："卿所虑者，朕何不知！"

言毕，令落下闳近前，附其耳道："朕与李夫人如胶似漆，情若鱼水；李夫人昼夜欢畅，乐不可支，足见传言不实，卿何虑？"

落下闳惶恐不已，顿时冷汗淋漓。武帝肃然道："卿等俱在此，朕指天立誓，若落下闳制历有功，虽有弥天大罪，朕必恕之！"

谯隆忙拉落下闳跪地，叩头谢恩。

52

是夜，侯宜君暗中窥视，知落下闳已被劫持，料想性命不保，大喜。翌日晨，侯宜君早起，若无其事，呼同行杜云峰等登观星台以察日行。

杜云峰乃汉中方士，亦知天文历法，曾游学长安，与公孙卿相识。武帝下旨召民间治历者，公孙卿遂举杜云峰。杜云峰不善言语，性情蕴藉，司马迁以为非良才，不愿委以重任。

杜云峰不见落下闳登台，颇疑，遂近门呼之，不见回应，愈疑。伸手推门，一触即开，室内颇凌乱，不见落下闳，于是告知侯宜君。

侯宜君令杜云峰等四处寻呼，无果，众人大为慌乱。侯宜君道："此事蹊跷，卿等可观测如常，我即下山，报与官府。"

杜云峰等复登观星台，仍测日行。侯宜君离骊山，径入灞陵城，拜会侯玉昆。

侯玉昆素闻华山有匪,藏匿其间,遇登山者,伺其寡,忽出,劫尽财物。侯玉昆以为可用,遂着民服,离灞陵,只身登山。行至险绝处,忽有人喝道:"来者何人?若惧死,可弃财物,沿路退还,勿回顾!"

侯玉昆尽出随身钱财,掷于路旁石上,却不去。又有人呼道:"何故不去?"

侯玉昆道:"此区区一千钱而已,未必不嫌少?"

山匪大疑,又问:"既知少,何不多携?"

侯玉昆道:"实不相瞒,我来此,并非游玩,实因有巨财奉送,若敢取,请出见!"

匪首恐为诱饵,不敢出,命随从前后察之。片刻,随从复回,称上下皆无人,无须惧之。

山匪遂出,剑逼侯玉昆道:"若有谎言,当无葬身之地!"

侯玉昆又出一千钱,仍掷于石上,笑道:"我乃巴郡阆中人,世为商贾,曾因贸易之争与同邑落下闳结仇。落下闳雇杀手,深夜潜入,杀我父兄,戮我妻子!我誓报此仇,于是诉诸官府。官府受落下闳贿赂,称查无实据,竟不了了之!此间,落下闳因知天文历数,奉诏入长安,登骊山,观天测地。我亦以商贸为由,卜居灞陵,每欲杀之,然自知势单力薄,难以得逞。后闻华山有英雄,于是只身来此,欲请卿等替我戮此贼之头,不惜以十万钱重谢!"

山匪闻此,大为动心,然犹豫不决。侯玉昆指石上钱道:"此为定钱,若愿为之,可执其头来灞陵与我相见,必如数奉上。"

匪首以为可,说随从道:"杀人越货,我等本分也;既有重谢,何不为之!"

于是与侯玉昆谋,约定日期及会面之处。计议已定,匪首携随从二人,怀利刃,随侯玉昆昼夜急行,来至灞陵。侯玉昆请三人入城中酒肆,嘱以情形,称若得手,可于明日携其头来此,领取酬钱。

于是三人夜登骊山,依侯玉昆所嘱,寻至落下闳居室,破门而入,恐为他人觉察,执之疾走,知一侧有洞穴,遂入,欲杀之,取其头,当无痕迹。

翌日,侯玉昆命衙役暗伏酒肆四周,欲待其来,执而杀之以灭口。侯玉昆独坐酒肆,沽酒而饮,候至日暮,仍不见山匪踪影,大疑,恐横生枝节,遂还。

侯玉昆思之,愈觉怪异,以为落下闳寡不敌众,不应失手,何故不见山匪来酒肆领酬钱？

正此时，侯宜君欣然而来，称落下闳杳无踪迹，想必已死。侯玉昆更不解，说侯宜君道："既得手，何不来此领赏？"

侯宜君沉吟道："莫非山匪已知卿为灞陵令，不敢见？"

侯玉昆沉思道："灞陵至华山二百余里，而山匪伏于深险处，并不下山劫掠，与我素未谋面，应不知我为谁。"

侯宜君道："事已至此，何必多疑？既落下闳已失踪，当报与天子，大事可期矣！"

侯玉昆道："既生死未明，不可草率。"

言至此，侯玉昆忽有所悟，讶然道："若山匪执落下闳予以勒索，奈何？"

侯宜君亦惊，沉吟道："若如此，可率部属讨灭之，何惧？"

侯玉昆道："越境讨贼，大忌也；况华山陡峻深险，而山匪久匿于此，岂能讨之！"

二人疑惧不已。侯玉昆嘱侯宜君道："卿且还骊山，勿使人有所警觉；若山匪果欲勒索，必来灞陵寻我，我当虚以应诺，再图之。"

侯宜君告辞，仍回骊山。

杜云峰以为此事可疑，遍问随从，是否曾见异常。有人与侯宜君同居一室，称侯宜君昨夜曾数次出门，天未明又起，似不寻常。

杜云峰略有所疑，知侯宜君已还，于是登门询之，欲察其用心。侯宜君泣道："落下闳乃旷古之才，我辈望尘莫及，制历改历，非其人谁能为之！若有意外，社稷苍生之祸耳！所谓天妒英才，足见此言不虚！"

杜云峰见此，以为其情切切，不可妄猜，告退。

翌日晨，侯宜君召杜云峰等，议观测诸事。侯宜君道："改创新历，天子之托，四海之望也。落下闳不知所踪，生死不明，我等岂能坐以待之。此事我已禀报灞陵令，想必已奏报天子。所谓蛇无头不能行，鸟无翅不能飞，我虽不才，愿替落下闳为主，测天观地，顺推节气。兹事之大，关乎天下安危，岂能因一人生死而误之！请卿等各司其职，以候圣旨！"

于是杜云峰等俱登台，仍忙于观测。不觉已至正午，忽见落下闳从容而来。侯宜君大惊失色，几乎不知所以。杜云峰等喜出望外，纷纷上前，询问缘由。

侯宜君恐众人疑之，亦问道："卿何故不辞而别？"

落下闳道："前夜有歹人潜入室中，执我入洞穴，杀之不得，幸甚幸甚！"

杜云峰等一片愕然，又问落下闳何以脱身。落下闳笑道："有赖神灵护佑，故而无碍。"

众人再问歹徒何在，落下闳道："歹徒俱死，横尸洞中。"

众人不信，落下闳又道："可往穴中一看，虚实自明。"

侯宜君、杜云峰等俱往之，见果有尸首，骇然无比。侯宜君不知此事何以如此，终日不安，深恐落下闳自山匪口中获知内情，于是暗自留意，却见落下闳神情如常，愈疑之；欲报与侯玉昆，遂称病，需下山求医。

侯宜君再入灞陵城，求见侯玉昆。侯玉昆曾遣心腹密访此事，已知落下闳生还，而山匪不知所踪，深觉不解。正此时，侯宜君来访，于是延入内室。

侯玉昆道："此事之奇，超乎寻常，以山匪之凶悍，何故杀人不成反丧命？"

侯宜君道："每闻巴人勇壮，能擒虎豹，猎熊罴，莫非山匪不敌，为落下闳所杀？"

侯玉昆道："不然，山匪乘夜而往，忽然而举，虽项籍再世不能敌之，何况落下闳！莫非有人暗中助之？"

侯宜君大惧，以为若如此，或其谋已泄，欲逃走避之。侯玉昆不以为然，称若败露，落下闳必不能忍，定将奏报天子，请问罪。既未如此，想必山匪并未吐露。既已灭口，当无忧患，劝侯宜君仍回骊山。

侯宜君以为此说有理，遂还，见落下闳毫无异常，又闭口不谈，其心渐安。

53

谯隆恐落下闳再遭暗害，忧虑不已，于是又求见武帝，请派兵上骊山，予以护卫。武帝以为然，想及新丰都尉李广利极勇壮，足堪此任，于是召其入宫。

李广利以为李夫人极受宠爱，必获升迁，大喜，驰还长安，入宫应召。武帝说李广利道："阆中方士落下闳等，奉命于骊山绝顶观测天象，不知何方歹人，竟夜深潜入，执落下闳欲杀之，幸为他人所救。朕知骊山孤绝，林深路幽，易于匪盗藏匿，或一举不成，再图之。新丰与骊山近，而卿勇绝过人，朕欲命卿率皂隶为护卫，以防不测，如何？"

李广利忙道："陛下之命，臣岂能辞！臣必遴选壮夫，不日即登山，必使匪盗忌惮，不敢妄举！"

武帝道："兹事体大，刻不容缓，卿当速还，今日即登山。"

李广利不敢怠慢，拜辞而还，即召衙役，选身强力壮者十人，佩利剑，带强弓，执戈矛，招摇上山。

落下闳知李广利受武帝之命，来此护卫，甚觉欣慰。侯宜君以为不可再图，大失所望，然不敢流露，凡事俱听命于落下闳，极尽殷勤。杜云峰冷眼旁观，以为侯宜君前倨后恭，有失常态；忆及随从之言，又疑之，于是夜访落下闳，欲告知。

杜云峰道："曾闻与侯宜君同居者言，事发当夜，侯宜君数次出入，又绝早而起，心神不安，似有期许。若其有取代之意，宁不铤而走险？"

落下闳责杜云峰道："卿素不与人闲话，一出口竟为逸言！"

杜云峰大惭，欲告退。落下闳止杜云峰道："虚言妄说，请再勿言及；我与卿等志同道合，岂能猜忌！"

杜云峰唯唯诺诺，一揖告退，再不言此。

李广利嫌小屋人多拥挤，遂命皂隶伐木营造，于相邻处搭木屋数间，以供居住；又恐皂隶疏忽，有所失，命昼夜轮换，不离落下闳等左右。十日后，不见异常，渐有松懈。

李广利久为市井之徒，好嬉戏，尤好射猎，见山间野兽出没，不禁技痒，于是唯命当值者在此护卫，率其余入林间狩猎，竟每有所获，烹之，亦请落下闳等同食。

侯宜君道："有佳肴而无美酒，岂不遗憾！"

皂隶无不以为然，吵嚷不息，俱称自来此间，已绝酒十余日，深觉无味。李广利更好饮，闻此说，顿觉脏腑俱动，不能忍，遂命皂隶下山买酒。

侯宜君止道："卿等奉命守卫，岂能擅离；我愿代卿等沽酒，以图一醉！"

李广利等大喜，纷纷称谢。侯宜君遂离骊山，再入灞陵，与侯玉昆相会。

侯宜君道："天子命新丰都尉李广利率衙役上山护卫，我以为再不可图；孰料李广利喜狩猎，又好酒，日渐松懈，几乎形同虚设。"

侯玉昆顿知其意，问侯宜君道："卿莫非欲再图？"

侯宜君道："箭已着弦，岂能不发；舟已入水，岂能不行？荣辱生死，在此一举，虽粉身碎骨，在所不惜！"

侯玉昆道："我自幼孤苦，卿父待我如己出，足我衣食，供我就学，此恩如山，岂能不报。然我曾闻新丰都尉李广利勇猛绝伦，极善骑射，既为护卫，虽有松懈，岂能图之？"

侯宜君道："李广利虽有匹夫之勇，然所部仅十人，且为乌合之众，何惧！我曾与乌孙王子沙佗利为生死之交，其人武艺卓绝，又爱养死士，门客众多，其中有安昌恒者，堪称万人敌。若能召而用之，又有我为内应，必能使李广利等手足无措，何愁事不能成！然我一人来此，又不便脱身，欲请卿遣心腹，持我书信往酒泉，何愁不能图之！"

侯玉昆沉吟良久，叹息道："所谓滴水之恩，亦当涌泉相报；卿执意如此，我若拒之，实为不义！"

于是侯宜君即书密信，付与侯玉昆，又往市井，买酒数十斤，仍回骊山。侯玉昆即召心腹，除盘缠外，再以五千钱酬谢，嘱咐道："我父母早丧，每赖乌孙王子沙佗利施舍，方有今日。念及昔日恩情，每欲报之而不能，遂书信一封，聊以致意，请卿持送故里，望不负我。"

心腹姓庄名有成，本为灞陵城中无赖。某日，灞陵都尉请侯玉昆于酒肆饮宴，庄有成忽来，称店主曾借钱一千，已逾期，命偿还。店主不从，据理力辩，反称庄有成敲诈勒索。

侯玉昆命都尉执庄有成，都尉不听，说侯玉昆道："此人姓庄，乃城中无赖，无论官府士民，无不惧之，唯恐避之不及。"侯玉昆大怒，夺都尉佩剑，喝骂而出。都尉不敢怠慢，亦出。二人擒庄有成，拖入县衙。侯玉昆命衙役以刑杖痛击，衙役虚以应付，击之甚轻。侯玉昆夺刑杖，亲击之。庄有成不惧，大笑不止。

事后，侯玉昆以为庄有成虽顽劣，然性情强硬，或可用，于是转而与之结交，又召为衙役，渐渐引为心腹。

侯玉昆为庄有成买好马一匹，设宴为其饯行。饮毕，庄有成告辞，打马出灞陵，径往酒泉。

　　长安至酒泉，约三千里，极其遥远。庄有成不敢懈怠，晓行夜住，日行四百余里，经武都、永寿、平凉、固原、张掖等地，不十日，已至酒泉，遂依信函所示，一路探问，渐至沙佗利门外，见门庭甚伟，于是下马，近前呼之。

　　沙佗利知有人持书信自长安来，以为非他人，必侯宜君所遣，命迎庄有成入内。

　　沙佗利本为乌孙国王族，因欲篡乌孙王位，未举而事泄，遂弃家人，转走酒泉，与侯宜君遇于途。侯宜君见沙佗利虽穷途末路，然姿态伟岸，以为不俗；沙佗利知侯宜君颇善天文历数，以为异人。彼此各生仰慕，交往频繁。沙佗利初来酒泉，举目无亲，每赖侯宜君周济，遂与之歃血为盟，结为生死之交；又随侯宜君登堂入室，拜见侯父。恰值武帝遣张骞凿通西域，汉地丝绸源源不断输入各国。沙佗利以为可图巨利，于是寻侯父借钱为本，大肆贩卖，不数年，已大富，遂召门客，养死士，欲待时机，重返乌孙，再图王位。

　　匈奴左贤王知沙佗利素怀壮志，暗中与之往来，欲借其纠合酒泉胡人，策应叛汉，若事成，当助其为乌孙王。沙佗利大喜过望，欣然应诺。

　　庄有成以书信呈沙佗利，沙佗利命家仆置酒宴，予以款待；自入内室，启信阅之，知落下闳精于天象，又独步今古，以为可用其望南斗六星，察汉室气数，以利攻伐，遂书密函，遣心腹往龙城，并侯宜君书信呈左贤王。

　　翌日，沙佗利以五千钱赠庄有成，庄有成大喜，拜辞而去。

54

　　左贤王阅信，大为惊喜，即回书，称沙佗利若欲有所举，当遣匈奴猛士以助之。沙佗利自恃门下死士勇壮，若令其潜入，足以劫走落下闳；然恐其一旦暴露行迹，必惊动汉家天子，或遣精甲追击。于是再书一信与左贤王，请派精兵候于途中，以便接应。

　　左贤王以为然，遣左蠡王伊稚斜率精甲一千，扮为商队，出龙城，经酒泉，过张掖，沿途贩卖，伺其动静，相机而举。

沙佗利欲召死士安昌恒，令其潜往骊山，劫持落下闳。

安昌恒本西域安息国人，精于击剑骑射，力大无穷。安息王与大月氏结盟，欲共拒匈奴，于是大肆征兵，令十八岁以上男丁务必从军。安昌恒因祖母为匈奴人，拒不应征，与招募者争执，怒而杀之。余者见其勇不可当，四散而走。

此事举国震动，效仿安昌恒者众多，招募四处受阻。安息王大怒，誓杀安昌恒以儆他人，欲遣侍卫围杀之。安昌恒恐寡不敌众，逃走，四处流落。安息王不肯罢手，大肆追索，又知会邻国，悬赏捉拿。安昌恒无处立足，辗转来酒泉，自忖除一身武力，别无所长，于是当街卖武，勉强为生。

某日，沙佗利贩丝绸还酒泉，见围观者甚众，惊呼不绝，颇为讶异；引颈望之，见有壮汉分持二男子腰带，轻轻一举，已过头顶。沙佗利失声惊呼："真壮士也！"

沙佗利亦善武，自知远不如此人，顿时为之倾倒，于是赠安昌恒一万钱。安昌恒见沙佗利魁伟洒脱，出手阔绰，以为可投靠，辞而不受，唯称愿追随左右。沙佗利大喜过望，当即引入府第。

一月后，沙佗利欲贩丝绸往月氏，请安昌恒同去。往月氏需经安息，安昌恒不敢，辞之。沙佗利见其仓皇，以为必有隐情，问安昌恒道："壮士手可撼山，足可追云，何惧远行？"

安昌恒沉吟道："实不相瞒，我乃安息国人，因拒不从军，怒杀招募者，国王恨之，欲杀我以戒国人。我自知不敌，逃离故土，四处流落。然国王不解其恨，大肆追索；又不惜贿赂邻国，誓置我于死地。我知无处藏身，于是来酒泉。今若随行，必入罗网，请恕我不敢。"

沙佗利所以收留安昌恒，待若上宾，不过欲用其勇猛，或护商队，或还乌孙以图王位；今闻此言，大失所望，顿时不悦。

安昌恒深知，若使沙佗利失望，当无存身之处，于是又道："人生在世，终将一死；既恩公待我如手足，我何惜区区性命，愿随行！"

沙佗利大喜，自忖若欲使安昌恒死心塌地，当使其知我壮心，明我志向，遂说安昌恒道："实不相瞒，我乃乌孙国王族，因恨国王软弱，欲取而代之，未料事泄，不得已转走他乡。幸与酒泉方士侯宜君相遇，受其恩惠，方有立足之地。今虽为贩夫，然壮心未死，志气愈烈，每欲还乌孙，夺王位，振兴邦国。"

安昌恒不以为然，笑道："恩公势单力薄，何以成此等大事？"

沙佗利道："不然，我曾押丝绸数往龙城，与匈奴左贤王结交。左贤王知我非庸俗之徒，愿助之。不出数年，我将以所积巨财招募精兵，还攻乌孙，左贤王将出兵助之，何愁大事不成！"

安昌恒闻此，以为沙佗利堪称明主，再无二心，于是随沙佗利押丝织五十车往月氏。

行数月，已至安息境内，恰遇安息兵设关卡于途，凡往来商旅，皆需验明身份。安昌恒恐败露，藏匿车内。不料其身形硕大，终被识破，为安息兵所执。有人识得安昌恒为要犯，喜出望外，欲杀之，以获重赏。沙佗利极力与安息兵斡旋，誓救安昌恒。安息兵见五十车俱为丝织，大肆勒索，以图巨利。几经讨价还价，沙佗利竟以五十车丝织付安息兵，换安昌恒一命。

安昌恒感激涕零，立誓愿为死党，以报厚恩。

今日，沙佗利设酒宴，召安昌恒等会饮。沙佗利道："我为贩夫已近十载，积财如山，当有所举也。匈奴左贤王曾与我谋，请我纠合酒泉胡人，助其攻汉，若事成，当助我还乌孙故国为王。日前，曾接酒泉侯宜君书信，称巴郡阆中方士落下闳极善天文，其学识才华独步古今。此时，落下闳正与侯宜君等于骊山观天察地，欲为汉家天子改创新历。侯宜君欲取而代之，请我遣壮士劫杀落下闳。我欲劫落下闳来酒泉，察汉室气数，以利攻汉，遂告知左贤王。左贤王亦以为可，已遣左蠡王伊稚斜率精兵一千，扮为商贾，沿途贩卖，以便接应。我欲请安昌恒潜入骊山，劫走落下闳，不知卿意下如何？"

安昌恒朝沙佗利拱手道："所谓养兵千日，用兵一时，恩公待我如手足，虽赴汤蹈火，粉身碎骨，在所不辞！"

于是沙佗利遣心腹，快马先行，告知侯玉昆情形；又请安昌恒选死士十人，出酒泉，晓住夜行，驰往骊山。

李广利护卫落下闳等已一月，不见异常，愈为松懈，每日留二卒值守，其余皆入山林射猎。

连日天气晴好，积雪尽消，李广利以为最宜狩猎，然不屑捕狐猎兔，欲搏杀巨兽，以尽豪兴，于是绝早而出，持长矛，带强弓，遣鹰犬，入深林，寻猛兽踪迹。虽半日，仅获野兔、雉鸡各数，未遇巨兽。

李广利不免失望，叹道："人言虎豹豺狼，俱在深山，此处之深，几乎不在人境，何故不见？"

有衙役极善狩猎，说李广利道："今已立春，此山之阳暖，而山之阴仍冷；兽与人同，喜温不喜寒，不如往东山一试。"

李广利以为然，遂转入东山。时当正午，林间日影缤纷，雾气蒸腾，果然温煦。时遇群雉惊飞，兔狐奔走，虽近在左右，李广利皆不射之。正行间，忽见二鹿迎面而来，其状惊惶。李广利大喜，欲引弓而射。衙役忙道："二鹿惊奔，其后必有猛兽，可待之！"

李广利然其说，令随从散开，张弓以待。顷刻，有山猪十数头，咆哮而来，紧追二鹿身后。众衙役惊惧不已，不敢射。

山猪喜结群，又极凶残，狩猎者无不避之，于是有俗语，一猪，二熊，三老虎。熊、虎虽猛，往往形单影只，可围猎；凡山猪出入，少侧三五，多则数十，若伤其一，余者必蜂拥而上。

李广利见衙役不举，喝道："猛兽已来，何故不射？"

衙役忙劝道："群猪猛过虎，请勿伤之！"

李广利大怒，见群猪将去，即弃弓箭，持长矛，挺身而出，阻于前。群猪顿止，俱望李广利，喘气如牛。众衙役惊恐万状，瞠目结舌。李广利大吼一声，举矛猛刺头猪，正中猪眼。头猪号声如雷，猛扑而来。群猪如梦初醒，蜂拥而上。李广利丝毫不惧，力战群猪，顿时乱作一团。

众衙役唯恐惹火烧身，一齐退走，藏匿山石之下，不敢露头，但听群猪怒号，山谷震动，俱以为李广利必死。良久，号声渐止，林间渐归平静。众人不敢出，深恐群猪未去。忽听李广利呼道："鼠辈，还不现身！"

众人面面相觑，仍不敢出。又听李广利呼道："群猪皆死，汝等何惧！"

众人方出，视之，见李广利浑身血迹，手持长矛立于十数丈外；群猪倒毙，四周一片血肉。

众人纷纷跪地，激赞李广利神武。

55

　　李广利命衙役抬群猪回观星台，往返数次，方尽其数。落下闳等无不骇然，俱赞李广利乃神人。

　　李广利扬扬得意，命衙役去尽皮毛，开膛破肚，以为炙肉；又说众人道："山猪十数头，可足一月口食，应沽好酒十担，不知何人愿解囊？"

　　众人俱不愿付酒钱，竟无响应。李广利道："既如此，每人一百钱如何？"

　　侯宜君自忖沙佗利或有回复，正好趁机下山，于是笑道："区区酒钱，何需如此；我即下山，沽酒十担，必使卿等醉生梦死！"

　　李广利指侯宜君赞道："若论仗义疏财，此间当以卿为第一！"

　　侯宜君素知落下闳悭吝，又恐其有疑，行前说落下闳道："卿年俸八百石，多我一倍，若不惜付酒钱，我愿代卿于此观测。"

　　落下闳忙道："卿自愿往之，岂能食言；我虽有薄俸，然尚欠巨债，恕不敢挥霍。卿且往，勿以此间事为虑。"

　　侯宜君暗喜，即下山，入灞陵城，拜会侯玉昆。侯玉昆斥退左右，说侯宜君道："沙佗利已有回音，死士安昌恒等已在途中，数日即到。卿可画落下闳像，示其居所，以免有误。"

　　侯宜君大喜，即索笔墨，画落下闳肖像于帛上，写居处于一侧。画毕，说侯玉昆道："此天意耳，李广利猎山猪十余头，嘱我买酒欲痛饮。我当殷勤相劝，使其大醉不能起，杀落下闳易如反掌耳！"

　　侯玉昆冷笑道："此事已不由人，实不相瞒，沙佗利欲虏落下闳往酒泉，不知何意。"

　　侯宜君大疑，讶然道："此处往酒泉，将近三千里，何苦如此？"

　　侯玉昆道："我亦不解，然事已至此，不得不举。卿需留心李广利等，不可有失！"

　　侯宜君道："勿虑，李广利竖子而已，不足为道。"

　　于是告辞，买酒十担，雇人挑上山顶。李广利见之，酒兴大起，命衙役炙肉温酒,呼落下闳、侯宜君、杜云峰等对月同饮。

饮至半酣,侯宜君说落下闳道:"卿极善酿造,不知此酒与巴郡清酒相比如何?"

落下闳笑道:"巴郡清酒如玉露,芳香四溢;此酒犹如洗米汤,浑浊无味,岂能相比!"

李广利已醉,闻此言,拽落下闳衣袖道:"素闻胞弟李延年称,卿颇善酿造,曾为少府酒吏。既身怀绝技,何不为之,使我辈亦能一尝人间至味?"

落下闳不喜李广利放荡,碍于李秋娘情面,不好流露;今见其言语无状,再不能忍,斥道:"我虽卑微,岂能为竖子驱使!"

李广利大窘,瞠目结舌。落下闳即起,拂袖而去。众人亦觉无趣,不欢而散。是夜,落下闳召侯宜君、杜云峰等,训诫道:"我等受天子之托,来此观天测地,岂能耽于酒肉!李广利市井之徒耳,不堪与之为伍!自明日始,卿等应杜绝邀约,不与之饮!"

侯宜君等不敢多言,唯唯诺诺。翌日傍晚,李广利等又大备酒肉,邀落下闳、侯宜君等同饮。落下闳不应,置若罔闻。侯宜君、杜云峰等虽馋涎欲滴,亦不敢应邀。

又数日,侯宜君暗度安昌恒行程,以为今夜或到骊山,欲使众人俱醉,以便得手;见李广利等正聚饮,落下闳则独居室内,忙于推算,于是推落下闳门,称有事相告。

落下闳不好拒之,延入室内。侯宜君道:"恕我妄言,所谓爱屋及乌,卿于李秋娘一往情深,虽彼已为夫人,卿仍魂牵梦萦,不能忘怀。而李广利为李秋娘胞兄,卿何故与之疏远?岂不闻执乃兄之手,知乃妹之香?"

落下闳亦有所悔,然不愿他人知其心事,冷笑道:"我与李秋娘早已情断义绝,况其已贵为夫人,岂能不忘诸脑后!"

侯宜君笑道:"卿之心迹,我岂不知!"

落下闳颇为慌乱,不言。侯宜君指其前胸道:"李秋娘仍在胸怀之中,余香外溢,不绝如缕,不可掩饰!"

落下闳大惊失色,以为侯宜君指怀中绣帕,愈不敢言。

侯宜君告退,转说李广利道:"落下闳性情耿介,胸无藏掖;前夜之事,已有悔意。所谓冤家宜解不宜结，卿若邀饮，落下闳必应。"

李广利嗤之以鼻，冷笑道："落下闳冷言相讥，不屑与我为伍，何必自讨无趣！"

侯宜君又劝道："改制汉历，功在千秋，重于开疆拓土；落下闳深受天子器重，以为非此人莫能为之。卿奉命来此护卫，天子必问功过于落下闳；若与之结怨，岂不虑落下闳大进谗言？"

李广利大悟，亲往门前，请落下闳同饮。落下闳不好拒之，请杜云峰等亦来。彼此相见一笑，分外欢洽。侯宜君欲使众人皆醉，举酒道："既前嫌尽释，何当痛饮，我虽不胜酒力，不惜陪卿等一醉！"

众人酒兴大起，无不开怀剧饮。李广利好酒而无量，稍饮即醉，此时已两眼蒙眬，笑指落下闳道："汝与李秋娘有私情，我亦知之，若非天子横刀夺爱，汝当呼我为妻舅！"

落下闳大窘，不敢应对。衙役见李广利失态，忙扶其还木屋。李广利回顾落下闳，笑骂道："竖子，秋娘为天子夫人，我为国舅，不惧汝进谗言！"

侯宜君恐李广利泄其说，忙起，推李广利来门口，斥道："如此轻佻，岂是有为之人！"

李广利笑道："堂堂男子，何必忧谗畏讥？"

侯宜君与衙役急推李广利入内，捺于榻上。李广利不再呼喊，倒头即睡，仅片刻，已鼾声如雷。

侯宜君退出，复坐落下闳一侧，笑道："酒后之言，无须计较。"

落下闳虽不言，已然旧情复炽，大为惆怅，频频自饮，亦大醉。

时已夜半，落下闳独卧榻上，虽李秋娘如花开左右，馨香缭绕，芳气袭人，然不胜酒力，顷刻已沉沉入睡。

侯宜君知众人醉卧不醒，时机正好，又恐安昌恒等不来，颇为不安，出门望之，见满山月色，微风乱走，林木摇动，恍若鬼魅，不见人影；又恐为人所察，仍回室内，卧于榻上，辗转反侧，不能成眠。

正惶惶不已，忽闻宿鸟惊起，翅羽掠空，划破静夜，犹如小舟疾走。侯宜君心神顿紧，以为安昌恒等将至，举头一望，隐约见同室者正酣睡，形同死人，又起，轻足缓步，开门而出，视之，见数人已在小屋外，利刃带月，寒光四溅，然颇彳亍。正欲呼之，忽听有人悄声道："虽按图索骥，岂知落下闳所居！"

侯宜君已知果为安昌恒一行，轻呼道："来者莫非安壮士？"

来人大惊，利刃齐举，俱向侯宜君。侯宜君忙道："我乃酒泉侯宜君！"

安昌恒等始安，侯宜君近前，指一侧小屋道："落下闳独居此室，李广利等大醉不起，正可为之！"

安昌恒趋近门前，以短剑插入门内，拨去门闩，悄然而入。侯宜君知大事已成，急回，仍卧榻上。

安昌恒等窜入落下闳居所，见酒气盈室，落下闳酣睡不醒，大喜，于是先塞其嘴，再缚手足，装入袋内，欲遁走。随从说安昌恒道："不如尽杀李广利等，以免追索！"

安昌恒斥道："既已得手，何必多事！"

于是命随从负落下闳，悄然退走。

56

侯宜君彻夜未眠，虽知落下闳已为安昌恒劫走，独占制历之功有望，然思之，以为与之无怨无仇，稍有悔意。

不觉，天已黎明，山林俱醒，百鸟啁啾，李广利、杜云峰等相继而起。侯宜君深恐行为异常，令人觉察，亦起。杂役已备好晨炊，众人稍事梳洗，即用早餐。

餐毕，仍不见落下闳出屋，杜云峰欲呼之，侯宜君止道："落下闳饮酒过量，何必惊扰；测日取数，我等俱能为之，无须使其亲临。"

杜云峰以为然，随侯宜君登观星台，立土圭测日影。李广利见天气晴好，颇宜射猎，仍留二人于此值守，率余者往东山，寻猛兽之迹。

日近半午，仍不见落下闳起，杜云峰渐生疑惑，令随从视之。片刻，随从惊呼道："室内空不见人，落下闳不知所踪！"

众人大惊失色，茫然无措。杜云峰顿足道："莫非又有歹人？"

侯宜君道："李广利威势夺人，谁敢来此！"

留此值守者大惧，即往东山呼李广利。侯宜君见众人呆若木鸡，遂道："与其困惑于此，不如四处索之，或能有所获！"

于是，侯宜君率先入山林，杜云峰等紧随其后，呼之唤之，了无回应。正午，李广利等匆匆而还，亦率衙役四处寻觅，查遍山前山后，杳无踪迹。傍晚，众人相继还山顶，颓然坐地，俱不语。

良久，李广利跌足叹道："陛下命我等来此护卫，我等耽于狩猎，竟至如此！此不赦之罪也，我命休矣！"

杜云峰道："事已至此，叹息何益，当立还长安，禀告天子！"

李广利以为然，欲去。侯宜君道："此事甚奇，落下闳并未与人结怨，何故屡遭毒手？"

众人不得其解，俱不言。杜云峰道："若遇害，当留痕迹；何至生不见人，死不见尸！"

李广利不敢延误，欲下山还长安，忽听侯宜君道："我已知其然，必无误耳！"

李广利颇惊，忙止，说侯宜君道："此说何意，请言之！"

侯宜君道："昨夜饮酒，曾言及落下闳与李夫人旧情，落下闳或疑天子怀恨，故此趁夜逃走，以避他日问罪！"

李广利深以为然，切齿道："竖子，他日若相见，我必斩汝狗头，以解我恨！"

言毕，朝侯宜君一揖道："卿一言惊醒梦中人，我即还长安，禀明陛下，勿使卿等受累！"

于是李广利下山，飞驰长安，求见武帝。武帝闻李广利入宫觐见，疑虑顿起，即命入宣室。

李广利惶惶而入，叩拜毕，奏道："落下闳忽然失踪，不知去向。臣有负陛下重托，愿领罪！"

武帝大惊，拍案而起，怒斥李广利道："朕命汝等昼夜守护，不离左右，何以至此？"

李广利道："臣等俱知落下闳深受陛下器重，岂敢怠慢；然落下闳素不遵为臣之道，每每出言不逊。臣以为落下闳失踪，乃趁机自走，与他人无涉！"

武帝不听李广利辩解，即命侍从执送廷尉府，欲治失职之罪。

李夫人知李广利下狱，大急，径入宣室，欲为李广利求情。武帝深知其意，说李夫人道："此朝堂之事，望夫人勿妄言。文皇帝鉴于吕后事，力诫后宫不得干政，自此为金科玉律，请夫人自重。"

李夫人不敢言，哭泣而退。武帝不忍，来李夫人宫中，欲安抚。李夫人泪流满面，楚楚可怜。武帝说李夫人道："朕知李广利勇壮，每欲大用，然其资历尚浅，未经磨砺。落下闳曾于骊山历险，朕恐其再有失，特命李广利护卫，若保其无恙，朕当起而用之。孰料落下闳已不知所踪，生死不明。朕若不依律治罪，岂能使群臣宾服？"

李夫人知落下闳失踪，立觉心如刀割，于李广利顿生怨恨，又不敢流露，于是强忍心痛，奏道："妾不过女流，唯知同胞之情，不知轻重，望陛下治罪。"

武帝见此，颇觉欣慰，扶李夫人起，温颜道："夫人如此深明大义，朕欣慰不已。朕亦知同胞之情，手足之亲，朕当亲问此案，绝不使李广利含冤。"

李夫人不好多言，唯施礼称谢。于是武帝命押李广利来宣室，再问缘由。李广利跪奏道："罪臣不敢隐瞒，前日夜，罪臣曾与落下闳、侯宜君等聚饮。此间，侯宜君言及落下闳与秋娘旧事，落下闳惶遽不安，翌日晨即失踪。"

武帝冷笑道："秋娘已贵为夫人，岂容汝等言之！"

李广利忙道："罪臣该死！然事出有因，罪臣不得不言。侯宜君等俱以为落下闳因疑陛下问罪，不能自安，故此逃走，并非为人所害。罪臣能防者，歹徒也，不能防落下闳自走。罪臣所言，侯宜君等俱可佐证，望陛下明察！"

武帝然其说，沉吟良久，叹道："朕以赤诚之心待落下闳，落下闳以不臣之心待朕，殊可恨也！然斯人已去，何人助朕救苍生于水火！"

于是斥退李广利，仍押入狱中，以待决处。武帝深感兹事之大，翌日晨，即命备车驾，欲亲登骊山，以查情形，命丞相石庆、御史大夫兒宽等随行。

早有宫吏报与侯宜君等，侯宜君大惊，即率杜云峰等远出十里外，迎候御驾。灞陵令侯玉昆及新丰令等闻此，亦出城，迎于官道一侧。武帝于车辇内望见，命丞相石庆上前，令侯玉昆等俱退。侯玉昆等远望车辇朝拜，惶惶退走。

至山下，武帝换步辇，逶迤上行。侍从着甲胄，执戈矛于前开路，见侯宜君等跪伏路旁，大疑，喝道："何人在此，还不退避！"

侯宜君忙道："我等俱为制历者，于此恭迎圣驾。"

侍从斥道："速还山顶，避入无人处，无召不得出！"

侯宜君等恐惧不已，沿路疾还，躲入室内，不敢出入。时过正午，步辇已至绝顶，止于观星台下。武帝下辇，命侯宜君出见。侯宜君闻召，仓皇而来，跪于十步外，不敢仰视。武帝道："落下闳何故失踪？"

侯宜君遂将其说委婉奏报。武帝命其退下，又召杜云峰。杜云峰虽有疑，然不愿横生是非，亦以侯宜君之说奏之。

武帝又召数人问之，其说与侯宜君等并无出入，遂不再问，欲亲往山野察之；石庆、儿宽等力劝，称林深路幽，榛莽丛生，不可涉险。武帝遂止，命侯宜君、杜云峰等俱出，问道："既落下闳不知所踪，卿等谁能替之？"

杜云峰等自忖才弱，远不如落下闳，不敢回应。侯宜君道："臣不才，已尽知落下闳之法，又曾随其习巴人算术，无论取数运算，臣自信不输他人。若陛下不嫌臣愚鲁，愿替之！"

武帝又喜又疑，问侯宜君道："卿可能替之？"

侯宜君道："制历改历，成败在于其说与其术，其说已定，其术已明，臣勉能为之。"

武帝顿觉忧虑尽释，于是还长安，即下旨，命以侯宜君替落下闳为主，邓平、唐都、司马可等为辅。

儿宽深知落下闳无可替代，侯宜君未必能担此重任，于是求见武帝。武帝召其入宣室，说儿宽道："卿有何事，请言之。"

儿宽奏道："臣以为落下闳之才独步今古，邓平、唐都、侯宜君等俱难望其项背，更不能替之。若落下闳果然自走，臣以为必还阆中故里，为其师奉养余年。陛下可命侍中谯隆回乡察之，言明利害，使之无疑，仍可用之，以免贻误大事。"

武帝以为然，命召谯隆。

57

谯隆正欲午睡，家仆忽报，阆中同乡张子扬求见。谯隆惊喜过望，即起，振衣出迎。

谯隆曾与张子扬为同窗，就读于落下氏私学。张氏世代营丝，家道宏富。张子扬学业无成，随父经商，娶王秀姑为妻；王秀姑属意落下闳，郁郁寡欢。张子扬百般迁就，仍不能俘获芳心，渐渐失望，于是寄情于酒肆、妓馆之间。张父见其堕落，恨之责之，又以为秀姑乃无福女子，追悔莫及。

不数年，张父大病不起，临终前责秀姑道："我死不足惜，唯恨汝幽怨不解，愁眉不开，不仅犬子一蹶不振，亦恐有碍时运，败我家业矣！"

言毕，瞠目而逝。秀姑惭愧不已，自此一改昔日，与张子扬相处如鱼水。张子扬喜不自禁，一扫颓丧，继操家业，其兴旺昌隆，竟胜于父。近年，丝织远销西域，张子扬亦欲一试，遂来长安，求助谯隆。

谯隆命家仆设酒宴，款待张子扬。谯隆举酒道："我客居长安已近二十载，念及故土人物，每每不能自禁，或泪洒枕前，或托之梦魂。今与卿会于此，喜出望外；所谓他乡遇故知，人生至乐也。浊酒一壶，愿与卿一醉！"

彼此相邀，开怀畅饮，言及故乡风物，感慨不已。谯隆知落下闳将恩师玉清子托付王子建，于是问张子扬道："卿与落亭王氏为姻亲，想必往来频繁；落下闳以恩师玉清子托付王子建，未知近况如何？"

张子扬道："王子建待玉清子若生父，侍奉起居，照料饮食，可谓无微不至。然玉清子心系落下闳，每于路口遥望长安，整日不去。其情至深，令人感叹。然一切尚好，无须牵念。"

谯隆道："落下闳奉命于骊山察天象，若知恩师安好，当无虑也。卿既来，我当命犬子谯玄上骊山，请落下闳书家信，报平安，以尉玉清子牵念之心。"

于是呼谯玄，嘱其即往骊山。二人仍相对而饮。张子扬道："我来长安，实有一事相求，望卿念及同乡之情，予以助之。"

谯隆道："卿有何事，请言之，我必倾力相助。"

于是张子扬将此行之意一一告知。谯隆慨然道："此事不难,长安之内,输丝织往西域者何止一二;而阆中乃丝织之乡,卿愿与之贸易,长安商户当求之不得。此事互赢互惠,当一拍即合!"

于是,谯隆领张子扬拜会长安商户,果如谯隆所料。谯隆请张子扬还府第,命家仆再置酒宴,详话当年。

饮至傍晚,谯玄匆匆而回,禀道："我方至灞陵,忽遇天子车辇,忙避之。又见天子至骊山下,换步辇登山,而山路已为侍从封锁,不准他人涉足。我候于山下,欲待天子离此,再登山。下午,御驾还长安,我疾步而往,方知落下闳已不知所踪!天子驾临,正为此也!"

谯隆惊愕而起,顿足道："李广利奉命护卫,何至如此?"

谯玄道："李广利自知失职,已于昨夜入宫请罪。"

谯隆沉吟良久,叹道："落下闳足不出户,又不喜结交,既无恩怨,何故又遭暗害?莫非此子之命,国家之运乎?"

正此时,宫吏来宣,命谯隆入宫。谯隆嘱谯玄陪张子扬饮宴,即入宫拜见武帝。

武帝待其叩拜毕,说谯隆道："落下闳忽不知踪迹,想必卿已知之!"

谯隆忙道："今有阆中同乡造访,臣遂命犬子谯玄往骊山,欲请落下闳书家信。谯玄夜还,方知此事!"

武帝冷笑道："朕已明示落下闳,无论何罪,朕俱恕之不问!落下闳竟疑而不信,居然遁走!足见此人有才无德,殊可恨也!朕为此亲临骊山察之,见了无痕迹,知非歹徒所为!"

谯隆冷汗淋漓,不敢应对。武帝又道："兒宽等俱言,改制汉历,非落下闳莫属。朕知其恩师在阆中,或已还乡。卿可快马而往,勿使其隐遁。若能相遇,请告知,朕虽视李夫人若性命,亦能割爱;若能改创新历,朕必不失言!"

谯隆忙道："陛下胸襟如海,令臣感慨不已。臣当不辱使命,即还阆中,使落下闳深知陛下之恩!"

谯隆拜辞武帝,惶然而回。谯玄忙问道："天子之意如何?"

谯隆道："天子料定落下闳已还故里,命我即往,使之复来长安,改制新历。"

言毕入席,却无心再饮,问张子扬道:"卿若无他事,能否与我同行?"

张子扬道:"求之不得,有何不可;然卿为命官,我为草民,卿当乘驿马,恐不能同道。"

谯隆道:"此事急迫,不敢延误;而官马交割繁琐,不如买马自走,其速当快于驿马。"

翌日绝早,谯隆即呼张子扬起,入街市,买西凉骏马两乘,出长安,加鞭疾行。

落下闳为安昌恒等所执,装入布囊,仍昏睡不醒。待出骊山,方有所觉,然嘴被塞,手足被缚,既不能动弹,又不能呼之,只能任其所为。

安昌恒恐李广利觉而追索,不敢走大道,绕行于荒山野岭。既远离长安,又恐他人疑惑,反而不利,遂命随从买车马货物,扮作行商,藏落下闳于货物间,以掩人耳目。

不觉已至武都,并无追踪,其心渐安。一路奔波,甚觉疲乏,遂寻客店休整,竟与匈奴左蠡王伊稚斜相遇于此,知为接应,大喜。伊稚斜知已得手,亦喜,恐有所失,请安昌恒等以落下闳付己,欲带往龙城。安昌恒不肯,说伊稚斜道:"沙佗利命我等执落下闳往酒泉,恕不敢违之。况酒泉乃观天测地之上选,若舍之不往,或执而不用,不如杀之,何必费尽周折?"

伊稚斜以为然,亦不力争。稍息一夜,伊稚斜命部属与安昌恒等混走,不分彼此。安昌恒恐形迹败露,仍藏落下闳于货物中。

又行十余日,已近酒泉。伊稚斜恐汉人觉察,辞别安昌恒,还龙城,回报左贤王。

安昌恒等入酒泉,亦向沙佗利复命。沙佗利知安昌恒已回,大喜,即召之,见落下闳嘴被塞,手足被缚,欲解之。安昌恒道:"此人执拗,每欲拒饮绝食,若非以粥汤强灌,或已死于途中;若去缚,必奋力抗之。"

沙佗利道:"执此人而来,不过欲用其才,若不能使其归心,岂不枉此一行!"

于是先去塞嘴物,正欲解缚,落下闳破口大骂道:"狗贼,我与汝等素无冤仇,何故劫我来此!"

沙佗利忙止，说落下闳道："所谓人处矮檐，应知低头；此处远在边塞，距长安三千里之遥，关山万重，风俗殊异，岂容汝任性？"

落下闳斥道："我非懦夫，不惧恐吓，项上之头可取，胸中之志不可夺！"

沙佗利笑道："曾闻巴郡板楯蛮服弱不服强，果然！"

落下闳慨然道："男子当有凛然气，虽千刀万剐，我有何惧！"

沙佗利大笑道："壮哉此言！若欲杀之，汝已为野鬼；何必不辞千里，请汝来此？"

落下闳再斥道："塞我嘴，缚我手足，藏入布囊，几乎使我命丧其中，汝竟有此说！"

沙佗利即朝落下闳一揖道："实出无奈，望能恕之！"

遂解其缚，请落下闳就座。落下闳昂首而立，拒不入座。沙佗利道："邀卿来此，不过欲用卿之大才耳。若能应之，必当厚谢，可使卿永享富贵！"

落下闳冷笑道："我有何能，竟使汝等不辞劳苦！"

沙佗利沉吟道："实不相瞒，我乃安息王族，每欲振兴邦国，傲视群雄。然汉家天子好大喜功，穷兵黩武，每举大军入侵西域，使居不能安，养不能获。于是人人自危，百族惶恐，故欲结盟而攻之。知卿善察天象，能明气数，于是邀来此间，若能为我所用，无论何请，必能足愿！"

落下闳方知情由，断然拒称："我虽卑微，然为汉臣，岂能为异类所用！请杀之，以全我志节！"

沙佗利苦苦相劝，落下闳毫无所动。沙佗利无奈，命囚之。

58

数日后，沙佗利深知落下闳心如铁石，欲施恩惠，予以笼络，遂释落下闳，移居上房，命仆从昼夜值守，竭力侍奉，凡有求，必应之。

落下闳知不可逃脱，其意渐平，思之，颇以为异：既远隔三千里外，何人知我善于此道，莫非左右有奸细？

想及此，呼仆从道："既欲用我能，请备好酒，容我一醉！"

仆从闻之,报与沙佗利。沙佗利颇为讶然,悄近室外,望之,见落下闳当窗而坐,饮食泰然,大喜,推门而入,笑道:"卿何不呼我对饮?"

落下闳不答,转向窗外,见一片萧索,并无花草,亦笑道:"今已三月,想长安正花木璀璨,芳华照眼;此间却满目寂寥,寒气乱走,难怪人物不同!"

沙佗利于对面落座,笑说落下闳道:"此地高寒,雪山四列,故而春意迟迟,非六月不见花开,实难与长安比。"

落下闳直视沙佗利,片刻,又道:"我自幼长于巴郡阆中,物候相宜,温润适人,食之鱼米,饮之甘泉,恐既不胜此间寒冷,又难咽此间饮食。"

沙佗利道:"卿欲离此不难,请察南斗六星,以知汉室气数;若遂我愿,无论去留,当由卿自决。"

落下闳故作犹疑,良久,说沙佗利道:"我若不应,必客死此地,魂无所归。然卿等何以知我,何以弃他人而独劫我来此?若卿告我实情,我必应命;若卿不愿以实相告,恕我至死不能应命!"

沙佗利以为事已至此,告之无妨,于是说落下闳道:"酒泉方士侯宜君欲取代卿,独占治历之功,千里传书,请我遣死士往骊山,执卿杀之,以足其愿。而我既知卿善察天象,自当用之。"

落下闳怒不可遏,掀翻几案,酒肉乱飞,杯盏俱碎;随即霍然而起,破口大骂道:"狗贼,我待之如手足,竟如此害我!"

沙佗利亦起,正欲劝解,落下闳忽指沙佗利道:"既与侯宜君沆瀣一气,岂是君子,我若为汝所用,与猪狗何异!"

沙佗利大窘,几欲言之,竟无话可说。恰此时,忽闻门外有人道:"何事吵嚷不息?"

沙佗利忙出,见侯父立于门外,颇为尴尬,忙邀其往客堂。侯父冷笑道:"适才所言,我已闻知,何故为匪盗勾当?"

沙佗利力请侯父入客堂,命仆人置酒,欲殷勤款待。

侯父知沙佗利曾遣人往长安,且已还酒泉,于是来此探问侯宜君消息。仆从知沙佗利视侯父为恩公,不敢拦阻,指上房称,沙佗利正于此间与落下闳饮酒。侯父正欲入内,忽听落下闳所言,遂止于外。

沙佗利请侯父入席,侯父拒之,愧叹道:"侯氏不幸,竟有此不仁不义之子！老朽无颜见人，容我告退！"

言毕，拂袖而去。沙佗利随出，极力相劝。侯父不听，嗟叹而走。沙佗利自愧不已，遣仆从送蜀绣十匹与侯父，以表敬意。侯父严拒不受。

是夜，沙佗利召安昌恒等议之，欲使落下闳就范。沙佗利道："落下闳软硬不服，以死抗之，奈何？"

安昌恒道："人所好者，酒也色也，财也气也。落下闳五体俱全，非贤非圣，必有所爱；不爱钱财，未必不爱美色。我知城东有妓馆，娼妓梅氏姿色艳丽，又极风流，何不赎之，使其色诱落下闳，必能令其就范。"

沙佗利纳其说，翌日即往妓馆，以五万钱赎梅氏，带入府第，嘱梅氏道："我所以不惜重金，为汝赎身，实有所用，但愿不使我失望。"

梅氏道："妾能出苦海，感激不已，不惜以死相报！"

沙佗利道："此间有落下闳者，来自长安，颇善天象。我欲用其能，故遣人劫持来酒泉，虽软硬兼施，落下闳仍不就范。汝自今日始，与之同居，挑之戏之，然不可使之得逞，令其如临水中月，看镜中花，直至难忍难耐，听命于我。若汝愿以之为终身之托，待事成，我必极力成全。"

梅氏满口应诺，又笑道："妾委身风尘，阅人无数，别无所能，若论使男子颠荡忘形，酒泉城内，无人能出妾左右。"

于是沙佗利令仆从退走，以一壶酒授梅氏，嘱咐道："此酒曼妙，必能使其大开心怀。"

梅氏接酒肉，携入上房，欲诱落下闳。

落下闳卧于榻上，苦无脱身之计，欲再拒饮食，使沙佗利绝望。梅氏见此，置酒肉于窗前几上，笑道："酒因色而美，色因酒而媚，君何故视而不见？"

落下闳大惊，转头一望，见一女子袅袅婷婷，立于几前，身若微风拂柳，面若桃花带露，缕缕馨香悠然而起，顿使人脸红心跳，恍若梦中，讶然问道："汝是何人，何故来此？"

梅氏不答，轻拖长裾，款款来至榻前，双目似火，凝视落下闳道："妾乃巫山神女，知君幽困于此，欲为君舒怀抱，慰愁肠，不知意下如何？"

落下闳已知其意，忙道："切勿近前，男女有别，请自重！"

梅氏坐于榻边，伸手欲弄落下闳面庞。落下闳急避之，下榻，欲走。梅氏捉其衣袖，嫣然一笑道："妾佳意如水，君岂能心如铁石？"

其声婉转，犹如夜莺轻啼，几乎令人骨软。落下闳强定心神，奋力挣脱，快步至门口，欲出，无奈门已锁，不能开。

梅氏再上前，笑道："此间无一人，唯妾与郎君，无须顾虑。"

落下闳扬声呼道："请开门，容我离此！"

门外寂然，无人回应。梅氏又捉落下闳衣袖道："君若欲去，请与妾饮尽壶中美酒，妾必使君离此。"

落下闳犹豫良久，问梅氏道："此说不虚？"

梅氏正色道："妾虽女子，亦知言而有信。"

落下闳无奈，随其坐于窗前。梅氏亦于对面落座，举壶斟酒。落下闳望之，见其玉指纤纤，秀发袅袅，身姿柔美，容颜娇媚，几乎不输李秋娘，不敢多看，转向窗外。窗外有枯树，枝柯横斜，尚无生气；忽有小鸟飞来，着足枝上，唧啾有声。

梅氏斟酒两盏，置一盏于落下闳面前，见其凝望窗外小鸟，轻轻一笑道："虽春意迟迟，树未醒，花未开，然鸟语如歌，亦可一证鸳盟。"

落下闳顿觉惶然，忙斥梅氏道："女子须有德，岂能出言无状！"

梅氏眼波流转，如星光闪烁，举酒道："郎君身陷此处，归心如箭，然不能自主；妾虽为女流，亦知解人所难，人之本分。君若不嫌妾卑贱，愿为红颜知己，当不惜一死，使君能出樊笼。"

恰此时，小鸟脱枝而起，飞上屋檐。梅氏指小鸟道："恰如此鸟，无拘无束，虽云山万里，亦可飞越。"

言毕，再邀落下闳饮酒。落下闳虽有疑，然自知难以逃离，不妨一试，于是饮下此酒。梅氏再斟两盏，邀落下闳同饮。落下闳亦不辞，一饮而尽。梅氏不再斟酒，笑问落下闳道："未知此酒如何？"

落下闳欲答，忽觉头昏眼花，四肢沉重，颇惊，斥梅氏道："我与汝素昧平生，何故害我？"

梅氏满脸无辜，反问落下闳道："妾美意如天，君何有此言？"

落下闳指酒壶道："此酒有毒，我命休矣！"

梅氏道："人为刀俎，君为鱼肉，若欲杀之，何需如此？实不相瞒，此酒之烈，犹如猛火，唯需一盏，必使人大醉。妾知君乡心不已，愁绪茫茫，故携此酒与君同饮，欲使君酣然入睡，暂忘忧恨；如此，则故里人物俱可会于幽梦，岂非美事？"

落下闳指梅氏道："贱妇，竟……竟……"

梅氏即起，如春云飘动，款步上前，扶落下闳道："妾曾言，必使君能返故乡；唯需片刻，君当知妾所言不谬。"

落下闳已身不由己，任梅氏拽入卧榻。

59

落下闳身在梦中，正翻山过水，行于归途。不觉已至落亭，见玉清子独坐老梅下，皓首银须，苍颜鸡皮，眼望山间小路，犹如泥塑。落下闳大为感怀，足下如飞，呼道："恩师，弟子回矣！"

呼声未落，人已幡然而醒，顿不知身在何处。良久，落下闳开目视之，见一烛荧然，似月影照壁；帷幕轻动，如流泉倒下。欲起，觉四肢倦怠，手足俱软；体内却如春潮涌动，起落不息，似欲破岸而走。

正不知所以，忽听身边一女子笑道："未知故乡如何？"

落下闳大惊，转头视之，见梅氏赤身裸体卧于侧，笑如春花，气若幽兰；顿觉惊波狂卷，怒拍两岸，竟不能言。

梅氏微微一动，竟如疾风大起，推浪吹水；仅片刻，岸已破，狂涛乱走。落下闳不能自禁，欲抚梅氏；梅氏以手格之，掖紧被角，笑道："君若玉树，妾如淤泥，岂不虑为妾污之？"

落下闳不言，推开梅氏纤手，欲揽之。梅氏又道："曾闻柳下惠坐怀不乱，此真君子也，何不效之？"

落下闳心怀大乱，岂能自持，说梅氏道："清夜寂寂，孤男寡女共卧一榻，恕不知世上有柳下惠！"

言毕，又欲揽之。梅氏已知落下闳意如惊鹿，遂掀被褥，全身尽露，目视落下闳道："君若不负妾，妾方愿以身委之。"

落下闳见梅氏玉体横陈，肌肤如雪，起伏处犹如春山带雨，浅落处恰似花底藏莺，顿时气紧，几乎不能呼吸，于是张开双臂，扑向梅氏。梅氏闪身而起，挪向另一端，说落下闳道："君未答妾之所问，恕不能如君所愿。"

落下闳急不可耐，忙道："佳人有何嘱咐，请言之。"

梅氏道："实不相瞒，沙佗利欲使君察天象，知汉室气数，故命我以色诱之。君若应，妾当与君为比翼鸟，虽天高地远，可翔之飞之；若不应，妾与君当魂断于此，沉埋地狱，永不超生。君不惧死，而妾何辜！"

落下闳闻此，犹如冷水浇头，身心俱寒，顿觉洪流俱退，狂波尽落。良久，冷笑道："请离此屋，永不相见！"

梅氏大为疑惑，问落下闳道："君莫非不食人间烟火？"

落下闳不答，复卧榻上。梅氏又道："既如此，何故每欲揽之？"

落下闳道："一时失态，望勿见笑。"

梅氏不甘，仍卧落下闳身旁，虽极尽风流之态，落下闳再不为之所动。梅氏转而赞落下闳道："酒中有春药，虽神人不能自持；君竟能忍而拒之，若非世间第一奇男子，岂能如此！可恨妾命薄，无缘侍君左右！"

言毕，遂起，穿戴整齐，知不能出，坐于窗下；待天明，呼沙佗利仆从，称事已成。仆从以为然，开门。

梅氏拜见沙佗利，将情形一一告知。沙佗利连声称奇，说梅氏道："我以重金为汝赎身，欲以汝之姿色，诱落下闳为我所用，既不成，当如何？"

梅氏泣道："妾本良家女，父母丧于兵祸，为人卖入青楼，自此堕落风尘。虽身在花街柳巷，亦望能遇良人，救妾出污淖。既恩公好意在先，望勿使妾再入苦海，妾愿为婢女，以谢恩德！"

沙佗利顿生怜意，说梅氏道："汝之美艳，令人一见垂涎；我非草木，宁不为之心动。然我壮志未酬，大事未成，不能沉溺女色。"

沙佗利欲替梅氏做媒，嫁与市井人家。梅氏不应，称虽低贱卑污，不嫁竖子。沙佗利无奈，赠钱十万，任其自去。梅氏遂于城南买小楼一幢，欲改为客舍，以此为生。

落下闳仍被软禁于上房内，求生求死俱不能，渐渐绝望，遂出绣帕，望而歌之：

悠悠巴山月

落地如霜雪

……

其声幽咽，又饱含情思。仆从闻之，颇异，遂入，欲夺之。落下闳奋起抗拒，称宁可碎尸万段，不愿他人辱之！仆从若有所悟，遂走，告知沙佗利。沙佗利闻此，大悟，即召安昌恒等。沙佗利道："落下闳怀藏绣帕，视若性命，此必心爱女子定情物！"

安昌恒道："难怪不受梅氏诱惑，原来心有所属！既如此，不如夺此物，假意毁之，落下闳或能就范！"

沙佗利道："妙哉此说，真乃天无绝人之路！"

于是即率安昌恒等入上房，执落下闳，夺绣帕。落下闳如丧考妣，哭骂不绝。沙佗利掷绣帕于地，以脚蹂躏，大骂道："狗贼，不忧生死，竟视此物如性命；如此痴愚，何当千刀万剐！"

落下闳大急，几欲争夺，无奈为安昌恒等所执，不能动弹。沙佗利已知落下闳必因此就范，遂拾起，举至落下闳眼前，冷笑道："汝既如此珍爱，我当焚之，使汝痛断肝肠！"

于是命仆从取火。落下闳疾呼道："若不伤此物，我当奉命！"

沙佗利大喜，即释落下闳，延入客堂，置酒款待。落下闳不饮，称若不奉还绣帕，非但不饮，亦不察天象。沙佗利道："我若与之，汝不为之，奈何？"

落下闳道："我如笼中之鸟，瓮中之鳖，生死由人不由我，汝何疑！况我与绣帕俱在汝手，汝何虑！"

沙佗利以为然，双手奉还。落下闳吹尽帕上尘埃，仍藏怀中。沙佗利笑道："未知此物何人所赠？"

落下闳道："若我告知，是否容我离此？"

沙佗利忙道："若为知此物来历，何必远涉关山，虏卿来此？"

落下闳不敢再拒，遂与沙佗利饮酒。饮过数盏，已有所谋，遂说沙佗利道："所谓汉室气数，应在南斗六星；而此地远悬西北，岂能察之？若欲为此，需往东南，当以秣陵为上选。"

沙佗利顿不知当如何，命仆从仍囚落下闳于上房，再召安昌恒等。沙佗利道："落下闳虽愿为之，然称察南斗六星需往秣陵，而秣陵远在数千里外，需穿州过郡，岂能往之！"

安昌恒道："我等俱不知此道，难辨其说真伪。可遣快马往长安，询侯宜君，必有所知！"

沙佗利忽忆及酒泉方士王方，跌足道："何需如此，侯宜君为王方弟子，一问可知！"

于是沙佗利备厚礼，求见王方。王方已年过七旬，目力衰弱，已不能观天测地。沙佗利问王方道："晚辈曾闻人言，若欲察南斗六星，需往秣陵，未知是否？"

王方大疑，说沙佗利道："天子、宰臣、大将军之数，尽在南斗六星，岂能察之！此历来为官府严禁，恕不敢妄言！"

沙佗利道："前辈勿虑，实不相瞒，我亦颇好此道，亦知此说，然不知所闻是否，故欲请教，并无他意。"

王方沉吟道："此说亦是亦非，所谓是，若欲取六星之数，当往南方，而秣陵堪称上选；所谓非，若欲察其隐显，以明气数，登高一望即可。"

沙佗利又问："不知前辈能否为之？"

王方大惧，忙道："此大逆不道也，岂能为之！况我老眼昏花，早已不涉此道！"

沙佗利忙道："我意不在此，所谓君子当知可为可不为，望前辈恕我胡言。"

稍停，沙佗利又问："侯宜君为前辈弟子，是否能为之？"

王方道："实不相瞒，我师未授此术，而我亦无以授侯宜君。"

沙佗利不再言，告辞。

60

沙佗利还府第，命召落下闳。沙佗利冷笑道："汝之用心，我已知之，不过欲诱我使汝往秣陵，寻机逃走；可惜我非孺子，于观天之道亦知一二！"

落下闳大失所望，不言。沙佗利又道："酒泉虽偏远，亦不乏高人，我方讨教而还，已知若察汉室气数，登高一望即可，何需往秣陵！"

落下闳忽生一计，笑道："我生于巴郡阆中，青山万里，云雾重重，若遥望南斗，必为群山所遮，非往秣陵不能为之；而此地高旷，风清气朗，或可为之，不妨一试。"

沙佗利大喜，命仆从置酒，邀落下闳饮。落下闳亦不辞，与之畅饮欢谈。沙佗利问落下闳道："不知需耗时几何，方能明汉室气数？"

落下闳道："此不难，一夜即可。"

沙佗利愈喜，慨然道："若能使我知之，无论何事，我当有求必应！"

落下闳道："别无所求，唯愿容我还乡，不留片刻！"

沙佗利慨然道："一切悉听尊便，绝不食言！"

饮至傍晚，沙佗利临窗一望，见晴空万里，群星闪烁，转说落下闳道："今夜晴好，正可望之，不知卿意如何？"

落下闳即起，朝沙佗利一揖道："卿心如快马，我意如飞箭，俱不容缓，愿往！"

沙佗利喜不自禁，呼安昌恒等同行，欲出城池，登山而望。落下闳道："何需登山，山在数十里外，恐未至，天已明；登楼一望即可。"

沙佗利指自家楼房道："此楼高三层，是否可用？"

落下闳望之，说沙佗利道："三层不足高，非五层不可。"

沙佗利思之，忽忆及城南有观星台，为侯宜君当年所筑，遂引落下闳穿街过巷，来至台下，指道："此台高过群楼，如何？"

落下闳道："甚好，几可望断千万里。"

于是登台，落下闳举头南望。沙佗利、安昌恒屏息静气，不敢出声。望之良久，落下闳说沙佗利道："汉室气数，我已尽知。"

沙佗利忙问："如何？"

落下闳沉吟不答。沙佗利又问："天子气数如何？"

落下闳道："气贯长空，通天彻地，凛然不可犯也！"

沙佗利再问："宰臣气数如何？"

落下闳道："如红日当顶，光芒四射，狂云不能吞也！"

沙佗利追问："大将军气数如何？"

落下闳道："如虎踞高山，威风四射，豺狼不敢出也！"

沙佗利顿觉失望，犹如寒气骤来，不能自禁。落下闳朝沙佗利一揖道："既气数已明，容我就此告辞！"

沙佗利张嘴欲言，竟无话可说。落下闳已下尽台阶，疾步而走。沙佗利等仍在台上，呆若木鸡。安昌恒忽道："落下闳以此搪塞，以图脱身，岂能容其扬长而去！"

沙佗利猛醒，急命安昌恒等追拿。落下闳正匆匆疾走，忽闻足声杂沓，知沙佗利等已在身后，恐不得脱身，大骂沙佗利道："狗贼，既已察之，何故食言！"

沙佗利不答，足下如飞，已在数十步外。落下闳已至街衢，不知当往何处，大急。恰此时，忽有一人骤出，将之拽入小巷。小巷格外幽曲，又与数巷相通。此人颇知个中情形，拉落下闳忽左勿右，行走如飞。

沙佗利等知落下闳没于此巷，亦入，见数巷互通，顿时茫然，顿不知当往何处。

陌生人顾望之间，拉落下闳转入一屋，即紧闭门户。屋内昏黑，不见五指。忽闻一女子问："是否得手？"

此人忙道："请勿语，恐门外有人！"

落下闳似觉彼此声音熟悉，大感不解，欲问之；此人忙掩其口。正此时，忽听沙佗利等止于外，沙佗利道："何人从天而降？"

安昌恒道："此事甚奇，莫非李广利追踪来此？"

沙佗利道："非也，若为李广利，当求助官府，堂而皇之，何必如此？"

安昌恒道："此说有理，然此间门户相连，四通八达，奈何？"

沙佗利沉吟道："既在城中，卿等可守住四门，落下闳插翅难飞！"

彳亍片刻，于是退走。待其远去，女子方取火燃烛，屋内亮开。落下闳几乎惊绝，执烛而立者，竟是梅氏，救己者，竟是李济成！

李济成离骊山，远走朔方郡，途中，风闻朔方战事大起，纷乱不已；渐而又见流民纷纷自朔方来，载途塞道，奔往内地，于是退还，改走西北，欲往西域。行至酒泉城，疲困不堪，又染风寒，见一侧有客舍，店招、门面俱新，知为初设，必洁净，于是入内。店主恰为梅氏，极艳丽，又颇殷勤。李济成顿生疑惑，欲退走。梅氏道："客勿虑，实不相瞒，妾曾为娼妓，今方从良，买房置业，欲以此为生，望念妾命苦，勿去。"

李济成思之，以为身无长物，不惧他人觊觎，遂寄宿于此。熟料病愈重，卧榻不起，耽溺于此。梅氏为其煎汤，以除风寒。李济成渐愈，颇为感激，见梅氏愁眉深锁，面含忧郁，遂询之。

梅氏亦不隐瞒，一一告之。李济成闻此，惊愕万分，仰天叹道："真可谓冤家路窄！"

于是亦将与落下闳恩怨告知梅氏。梅氏知李济成能击剑，又善骑射，跪地哀求道："妾敬落下闳志如铁石，心若良玉，虽与之无缘，然爱之慕之。每欲救其出虎穴，唯恨此身柔弱，无计可施。客既心怀愧疚，又精武艺，望能施援手，使之生还故里，妾当涌泉相报！"

李济成沉吟良久，说梅氏道："非不愿救，唯恐势单力薄，不能如愿。"

梅氏以为李济成以此搪塞，又道："若君愿为之，彼此恩怨当为之泯绝，再无愧疚，岂不善哉！"

李济成请梅氏起，嘱咐道："落下闳为天子所托，改创历法，而酒泉虽远，亦乃天子之土，可报与官府，请救之。"

梅氏道："万万不可！妾久在妓馆，阅人颇多，深知此间情形。酒泉胡汉杂处，人鬼混居，匈奴与部族久有勾结，官府知而不问，每每见风使舵。沙佗利气势已盛，执落下闳欲命其察天象，以知汉室气数，若报与官府，恐弄巧成拙！"

李济成犹疑不已，不再言。梅氏道："君既孑然一身，了无牵挂，何故不敢为之？"

李济成叹息道："人皆惜命，我亦如此，所以远道而走，亦因惧死，故而欲往化外，苟且偷生。"

梅氏泣道："君虽年长，至今孤苦无依，可叹可怜；妾知凄然一生，不如畅快一时。君若愿施援手，无论成否，妾当以身相许，与君同营此店，共度余生，未知如何？"

李济成慨然道:"烟花女子尚能如此,堂堂须眉岂能拒之!我愿以此头谢汝侠义,了结恩怨!"

梅氏大喜,以美酒佳肴谢李济成。李济成按梅氏所指,潜来沙佗利府第左右,暗察情形,以利进退。

不觉已十日,李济成昼夜察之,虽熟知街衢情形,然沙佗利防范颇严,无处下手。正茫然无措,忽见沙佗利领落下闳等夜出府第,颇喜,暗中尾随,闻其言谈,知其欲往城南察南斗六星,以明汉室气数,大惊,以为落下闳已屈服,愿为沙佗利所用,顿时疑惑。思之,以为虽四处亡命,然曾为汉臣,当不惜此身为之死!于是仍跟随,潜至观星台一侧暗伏,见落下闳奉命观天,遂取箭着弦,欲射之。正此时,忽闻落下闳道:"汉室气数,我已尽知。"

李济成恨不可遏,怒张弓弦,欲使其一箭毙命,不料用力过猛,弓弦忽断。正不知所措,忽闻沙佗利与落下闳问答,顿知落下闳之意,不禁为弓弦所断而庆幸,否则,旧怨未除,又添新恨!

片刻,落下闳一揖而走。李济成知沙佗利必悔而追拿,忙隐身退走,欲救之。危急之际,李济成忽出,拉落下闳入小巷,避开沙佗利等,退入客舍。

落下闳知又为李济成所救,顿觉恩怨交织,是非混杂,不知当谢之,抑或当恨之,于是仰天叹道:"世间事,何以如此纠结!"

叹毕,竟颓然晕倒。梅氏忙呼李济成,同扶落下闳入客房,使之卧于榻上。李济成曾随南山野老习医道,尤善针灸,遂取银针,连灸数穴,终使落下闳醒来。

61

谯隆奉命还阆中,径往落亭,拜见王子建,以查落下闳形迹,见玉清子独坐梅下,凝望归途,大为不忍,扶其还王子建家,谎称回乡省亲,顺道来访。

玉清子知谯隆自长安还,忙询落下闳情形。谯隆称,天子以落下闳为主,正忙于制历,请勿牵念。

王子建欲设酒宴,款待谯隆。谯隆辞之,称假期有限,不敢耽溺。于是倾囊以赠，称为落下闳所托，谢其侍奉玉清子。

谯隆还阆中，寄宿张子扬家，嘱其勿泄落下闳失踪事，免使玉清子绝望。张子扬满口应诺，命家仆大设酒宴，欲厚待谯隆；又欲请阆中令来此奉陪，使之能知轻重，不至为难。谯隆不愿与之结交，力拒，称同窗相聚，何必流于客套，使外人与之。张子扬不敢违意，遂置酒宴于花厅，与谯隆对饮。

席间，谯隆道："现有一事相求，我欲替落下闳谢王子建，倾其所有而赠之，已无盘费。望能借我两千钱，待卿押丝绸来长安，即如数奉还。"

张子扬慨然道："区区两千钱，何需奉还！"

谯隆忙道："有借有还，为人之道也，卿岂能陷我不义？"

张子扬无奈，如数借予。

翌日一早，谯隆辞别张子扬，驰还长安，禀报武帝。武帝知落下闳并未还乡，大失所望，思之，命召兒宽、公孙卿、壶遂、司马迁等。

武帝道："朕知落下闳乃不世之才，于是委以重托，改制汉历，谁料苍天欺朕，使落下闳杳无音信！事已至此，奈何？"

司马迁道："臣知唐都、司马可、侯宜君等取数尽毕，唯需运算。既邓平、侯宜君俱曾随落下闳习心算，当可为之。臣请以邓平、侯宜君为主，各制一历，以互证是非，择其优而用之。"

兒宽、公孙卿等俱以为可。武帝无奈，遂纳其说。

又十余日，司马可、侯宜君等相继而还，武帝召其俱往柏梁台。武帝道："朕欲以邓平、侯宜君各自为主，分别运算制历，择优用之。既取数已毕，未知卿等需耗时几何？"

邓平自知远不如落下闳，奏道："臣初习心算，又资质愚钝，岂能与落下闳相提并论；若制八十一分历，臣昼夜为之，亦需一年。"

侯宜君亦不敢妄言，奏道："臣亦需一年，方能成就。"

武帝沉吟不语，司马迁等颇为惶恐。良久，武帝叹道："一年何其漫长，恐四海之内人烟不存矣！"

公孙卿道："既别无他法，臣请陛下然之，不可延误。"

武帝深感无奈，命邓平、侯宜君各自为之；然仍不甘心，命释李广利，召入宣室。武帝道："落下闳未还阆中，足见并非自走，或有歹徒，趁卿等大意，劫而匿之。卿可再往骊山，暗察暗访，若能获其踪迹，朕当恕卿无罪。"

李广利忙叩拜谢恩，复往骊山，问樵夫，询野老，远近查之。有人告知，曾见数人负布囊出骊山，形貌怪异，料非族类，又不走大道，绕行于荒野，甚为可疑。李广利颇喜，以为囊中当为落下闳，于是询踪问迹，望武都追寻而去。

梅氏藏落下闳于客舍，恐为人所觉，于是停业谢客。落下闳颓丧不已，似觉筋骨俱碎，万念俱灰，不愿与李济成相见。梅氏苦劝，落下闳不听。

李济成见此，隔门说落下闳道："卿无须如此，实不相瞒，所以两度相救，俱因卿身负重任，并非欲折前罪。我与卿每每不期而遇，足见天意如此。卿既无怨我之心，我亦无怨罪之望，待离虎口，可以我头谢父兄之灵。天子之望殷殷，士民之心切切，愿卿暂弃私恨，多加保爱，速还长安。"

落下闳闻此，泣道："恩仇相混，实难取之；请勿多言，容我思之。"

梅氏劝李济成勿急切，杀父弑兄之仇如海，实难了断，应查沙佗利情形，使落下闳早日脱身。李济成以为然，遂出客舍，窥之望之。

至夜，李济成还客舍，见落下闳已出，正饮食，颇为尴尬。梅氏请李济成入席用餐，李济成谢之，称已于街衢饮食。

落下闳食毕，离席欲走；李济成忙道："情形已明，当议之，请稍坐。"

落下闳犹疑片刻，还座。李济成亦落座，相距数席。梅氏知彼此嫌隙未消，笑道："议大事需有酒，容妾备之。"

落下闳道："身陷此处，进退不能，恕无雅兴。"

梅氏不听，温酒一壶，邀落下闳、李济成共饮。落下闳遂起，说梅氏道："请饮毕再呼我议之。"

梅氏只好弃酒不饮，问李济成道："情形如何？"

李济成道："沙佗利遣心腹守住四门，昼夜不离，实难出城。"

梅氏忧虑不已，又问："当如之奈何？"

李济成道："酒泉多枸杞，每有商贾贩往内地。可扮作商人购之，使人货混装，或能避其耳目，此外，别无他法。"

梅氏以为可，予李济成两万钱，请其置办枸杞。翌日，李济成又往街衢，购枸杞十袋，运入客舍。梅氏恐夜长梦多，请李济成即行。李济成再买车马，精心伪装，于是辞别梅氏，欲送落下闳出城。行前，梅氏赠以盘费，说李济成道："妾虽为风尘女子，亦知人当守信。愿君早回酒泉，妾当昼夜悬望，君不还，妾心不安。"

李济成大为感怀，洒泪而去。于是押车马，望南而走，不觉已渐近南门，却见沙佗利携安昌恒等，与门卒俱在城门内，正逐一搜查出城者，凡货物，均以利剑插之。李济成立止，知沙佗利已买通门卒，若往，落下闳必死于剑下，大惧，遂还。

梅氏尚在门外，虽望断去路，仍不肯回；忽见李济成押车马返还，大惊，忙上前询之。李济成道："沙佗利与官府沆瀣一气，逐次搜查，剑刺货物，不敢涉险。"

于是入客舍，放落下闳出。三人坐于厅堂，垂头丧气，无计可施。落下闳忽起，慨然道："光天化日之下，何必形如盗贼！可泰然而往，量沙佗利无奈我何！"

梅氏忙道："此非长安，岂能冒失！沙佗利与官府暗通，若往，必执之，岂不前功尽弃！"

落下闳道："若耽溺于此，虽能生还，何益！"

李济成道："勿虑，所谓天无绝人之路，容我再查之，必有脱身之术。"

于是再往街衢，访之问之。是夜，李济成复回客舍，说落下闳、梅氏道："我已知之，侯宜君所为，其父愧恨不已，而侯氏乃酒泉第一旺族，又于沙佗利有大恩，若求诸侯父，或能助落下闳离此！"

梅氏沉吟道："妾亦知侯父为人忠厚，颇有名望，或可一试。"

翌日，李济成只身求见侯父。因酒泉人物混杂，侯父素来深居简出，不愿与人深交，知来者非故旧，命家仆婉言拒之。

家仆遂说李济成道："主人年高体弱，多年不迎客，恕不会见。"

李济成道："我自长安来，受侯宜君所托，有事相告，请再通融。"

家仆道："何事，请言之，我必如实转告。"

李济成道："事关侯氏存亡，非面陈不可。"

家仆不敢再拒，回禀侯父。侯父闻此，大疑，以为侯宜君罪行败露，即命家仆延李济成入见。

62

家仆引李济成拜见侯父。侯父问李济成道:"卿从长安来?"

李济成不答,反问侯父道:"令公子作为,可有所闻?"

侯父顿觉羞惭,叹道:"所谓子不仁,父之失也;我已知卿来意,请言之。"

李济成道:"侯宜君与沙佗利暗中勾结,劫落下闳来酒泉,欲使其望南斗六星,以察汉室气数,落下闳不从,沙佗利欲杀之!"

侯父惊起,直视李济成道:"此人已罹难?"

李济成道:"幸为我所救!"

侯父忙道:"现在何处?"

李济成道:"恕我不能相告!"

侯父跌回座席,沉吟良久,问李济成道:"卿是何人,来此何意?"

李济成道:"沙佗利把守四门,逐一盘查;落下闳虽获救,仍不能离险境。我万般无奈,遂来此拜访,实有一事相求。"

侯父见李济成欲言又止,拱手道:"请勿顾忌,凡有所嘱,老朽必尽力为之!"

李济成道:"沙佗利视前辈为再生父母,若前辈愿施援手,必能使之放落下闳生还!"

侯父略作犹豫,又问李济成:"不知卿与落下闳何干?"

李济成道:"落下闳乃巴郡阆中人,聪慧绝伦,颇知天文历数,胸中之才独步天下,奉天子之召,与令子侯宜君等入长安改制新历。侯宜君窃其所学,欲取而代之,独占其功,遂与沙佗利勾结,劫来酒泉。沙佗利别有用心,欲用其能,兴风作浪。实不相瞒,我曾为阆中令,因冤杀落下闳父兄而畏罪潜逃,遁入终南山,欲苟且偷生。侍中谯隆奉命往终南山请南山野老入宫,我惧形迹败露,转往骊山,又遇歹徒劫落下闳欲杀之,于是出手相救。又疑前罪难逃,遂往朔方,朔方战事大起,知不能安身,于是转道酒泉,恰遇沙佗利欲杀落下闳,再救之。"

侯父闻此，叹道："迷途知返，尚可称善；亡羊补牢，犹未为迟。卿能摒弃恩仇，每每出手相救，令人感慨系之。犬子不仁，老朽岂能不义！诚如所言，老朽曾于沙佗利有微恩，当不惜老命，誓保落下闳离酒泉！"

李济成大喜，朝侯父一揖道："前辈义薄云天，岂不令人敬佩！望召沙佗利，言明是非，晓以利害，使落下闳得以离此！"

侯父道："无须如此，老朽愿与卿同行，护落下闳出酒泉；青天朗朗，众目睽睽，沙佗利当有顾虑，不敢力阻！"

于是，侯父随李济成往客舍，与落下闳、梅氏相见。侯父双膝跪地，朝落下闳一拜道："犬子无德，作恶多端，老朽本无颜与卿相见；然既已知罪，当弃恶取善。何况救人如救己，唯愿以衰残之躯，力保卿出虎穴，替犬子偿此巨债！"

落下闳忙将之扶起，仰天叹道："杀我父兄者，李济成也；每每救我者，亦斯人也！置我死地者，侯宜君也；施我援手者，侯宜君之父也！我已知世事纠结，恩怨混淆，实难辨也！"

李济成等闻此，无不嗟叹。于是侯父以钱付李济成，嘱其买好马三匹，以便骑乘。梅氏备酒宴，为落下闳饯行。

席间，梅氏别绪萦怀，不能自禁，几欲吞声。落下闳亦觉肝肠寸断，说梅氏道："此地一别，今生再难相会。唯能铭记恩德，感之念之，虽云山万里，永不相忘！"

言毕，失声大哭。李济成、侯父亦不禁潸然泪下。

酒宴毕，落下闳再辞梅氏，随李济成、侯父出客舍，再往城门。梅氏倚门而望，落下闳步步回首。

不觉，已近城门，侯父嘱落下闳道："勿惧，老朽于沙佗利有救助之恩，此人行为虽大异常人，然亦颇知仁义。老朽当使其投鼠忌器，无可奈何。"

于是索李济成佩剑，持于手，从容而往。

此为南门，沙佗利以为落下闳必经此处离酒泉，遂携安昌恒候于此。时过正午，沙佗利腹中已空，嘱安昌恒买牛肉、汤饼充饥。恰此时，安昌恒见三骑将近城门，落下闳居中，李济成居后，侯父在前，忙指三人道："落下闳来矣！"

沙佗利望之，惊疑不已。顷刻，三人已在面前，侯父笑问沙佗利道："何故在此？"

沙佗利已知其意，大窘，顿不知所措。安昌恒忽出，横于马前，指落下闳道："此人不可去！"

侯父斥安昌恒道："狗贼，非官非吏，竟敢阻拦行人！"

安昌恒大怒，飞身而起，直扑落下闳，欲执之。李济成急下马，截住安昌恒。二人大打出手，一时不相上下。沙佗利见事已至此，亦起，飞执落下闳。

侯父亦下马，呼道："老朽欲替犬子赎罪，汝等若拒放此人离酒泉，我何惜以老命相谢！"

沙佗利忙道："我誓留此人，恩公切勿逼我！"

侯父冷笑道："岂有此说，汝等既受犬子所托，是去是留，当由我，岂能由汝！"

此时，围观者渐众。沙佗利恐为人指责，又说侯父道："此事亦不由我，若不留此人，我亦休矣！"

侯父大骂沙佗利道："忘恩负义之徒！若非老朽眼瞎，汝何有今日！"

李济成力怯，渐处下风。围观者已知事由，议论纷纷，俱责沙佗利假仁假义。沙佗利恐有失人心，大疑。侯父见之，忽剑横颈上，疾呼道："老朽有眼无珠，施恩成仇，唯有一死，以谢失教之罪！"

沙佗利大惧，急道："恩公何需如此！此人去留俱由恩公，绝不为难！"

遂释落下闳，命安昌恒亦止。侯父仍横剑颈上，请落下闳、李济成上马出城。安昌恒不甘，欲尾随。沙佗利不准，责安昌恒道："城中老小，俱知侯氏有恩于我，若如此，必受人唾弃，何谈大事！"

落下闳等出南门，疾走数十里，见并无尾随，其意稍平。李济成请侯父还，不必远送。侯父不肯，以为沙佗利或反悔，若快马追之，仍难脱身。

沙佗利携安昌恒还府第，命守候东、西、北三门者俱还。安昌恒仍不甘，说沙佗利道："素闻汉地岁时不符，饥馑大起，假以时日，亦可兴兵攻伐。武帝召落下闳等，欲改创新历，以绝祸患；而治历之望，俱在其人之身。既碍于众目睽睽，不能为之，何不追索，杀于途中？"

沙佗利亦为之追悔，遂率安昌恒等，快马急追。

落下闳等不敢延误，打马疾行，不觉已离酒泉百余里。李济成见无人追踪，又止,再请侯父还。侯父道:"日色已迟,不如前行,待至昭武,寄宿一夜,明日再与卿等别。"

李济成恐侯父年迈,若此时还酒泉,当只身夜行,或有失,于是又走。

三骑顺道飞驰,傍晚已至昭武。昭武长年无主,又无城池,因四周多草场,颇宜放牧,月氏人每来此牧牛羊。月氏王获知,命筑城,以为疆土。武帝遣张骞入西域,借宿城内,以为此间乃天子之土。既与月氏结盟,遂请月氏王还昭武归汉。月氏王不能辞,遂与之。

落下闳等方入城内,见近侧有客舍,欲寄宿。侯父止道:"老朽曾贩丝织过昭武,每每宿于此;因此店宽大,又颇洁净,往来客商,无不于此歇足。沙佗利亦为商贾,想必亦常于此寄宿;若其追来,岂非不问而获!"

李济成以为然,欲另寻客舍。昭武城小,居人不足百户,不觉已走遍街巷,再无客舍。正不知所措,忽有人呼道:"客欲借宿否?"

三人颇疑,望之,见有男子立于月下,形貌猥琐。李济成问此人道:"左右可有客舍?"

男子道:"昭武仅有一处,想必客已知之;若不嫌狭窄,可宿我家。"

李济成愈疑,冷笑道:"既非客舍,恕不敢寄宿!"

男子忙道:"客勿虑,我非歹人,亦曾开店纳客。昭武归汉,凡设肆谋利者,俱需纳税。我店窄小,不堪重负,于是关门闭户,每于夜间候于外,若遇无处投宿者,邀而纳之,聊以谋生。"

三人知别无去处,随其入内,内外察之,并无异常;又见后院有马厩,遂牵马系之。侯父以五百钱付男子道:"我等俱喜清净,请勿再纳他人。"

男子大喜过望,忙备酒饭,极尽殷勤。

63

沙佗利、安昌恒等纵马直追,亦入昭武,见时已二更,料落下闳等必寄宿城内,于是径入客舍,以为必能劫获。

商旅俱已安歇,唯店主及小二仍在厅堂。沙佗利饥困不已,沽酒买肉,与安昌恒等饮之啖之。店主见沙佗利面目颇熟，又出手阔绰，深恐慢待，命小二打烊，亲来侍奉。

沙佗利问店主道："可有空房？"

店主道："尚有三间，皆为上房。"

沙佗利以八百钱与店主，笑道："此酒肉、客房之费，不知是否足数？"

店主大喜，伸手欲接。沙佗利缩回，又道："有一事相询，请以实相告。"

店主忙道："请言之，无论何事，莫不尽力！"

沙佗利遂问落下闳等三人行踪，并一一告其形貌。店主思之，不敢胡言，称今夜入住者近百人，忙碌不已，未曾留意；然昭武距张掖尚远，又别无客舍，想必已在店内。

安昌恒闻此，欲逐屋查看，沙佗利恐惹是非，不准，命坐等天明，待其出，再执之。于是又加二百钱，请店主再温酒炙肉。

翌日，天未明，侯父即起，嘱落下闳、李济成道："我疑沙佗利已追来昭武，故而心神不宁，彻夜未眠。此地不可久留，请卿等早行，以免横生意外。"

落下闳、李济成以为有理，速起，草草梳洗，牵马而走。李济成再请侯父止，侯父不肯，欲送二人出城。

片刻，已至城门，门尚未开，亦不见门卒，侯父颇急，呼之。良久，方有老卒自一侧小屋内出。侯父以一百钱贿赂，门卒颇喜，笑道："昨夜未及四更，已有人出城，亦与钱一百！"

侯父颇疑，忙问："何人四更即走？"

老卒称正熟睡，忽有人呼之，不愿起，来人以一百钱谢之，遂为其开门；然月已西坠，满眼昏黑，唯见十余骑，不知何人。

侯父似觉有违常理，犹疑不定。老卒已开城门，见落下闳等倚马不行，大为怪异，问道："城门已开，何故不走？"

李济成恐骤然生变，一拍侯父肩头，笑道："莫道君行早，更有早行人！"

言毕，翻身上马，加鞭而走。落下闳、侯父亦上马，随后而行。三人穿过城门，已是郊外，李济成勒马而立，朝侯父一揖道："前辈请还，就此别过；望转告梅氏，一到长安，我即还酒泉！"

侯父解囊相赠，正欲道别，忽见前面有人，遂指前路惊呼道："有人截道！"

落下闶、李济成转头望之,见隐约十数骑,横于路上!李济成忙道:"此必沙佗利,请速还城内,另作计划!"

　　三人调转马头,欲回城;无奈城门已闭,不能入。正欲呼之,沙佗利等已驰近左右,围之。沙佗利大笑道:"汝等进退无路,何不随我还酒泉?"

　　昨夜,沙佗利命安昌恒等通宵饮酒,以待落下闶等晨起。饮至四更,忽有所疑,遂问店主道:"昭武城内,除此店外,果无客舍?"

　　店主道:"实不相瞒,昭武虽小,实乃要道,往来客商,络绎不绝,本有客舍十余家;归汉以后,设昭武县,官府别无进项,于是课以重税。余者不堪重负,纷纷关门,然仍暗自经营,以为生计,官府屡禁不止。"

　　沙佗利大惊,深恐有失,即率安昌恒等四更出城,候于道上。

　　此时,天已微明,彼此面眉已清。侯父大怒,斥沙佗利道:"所谓君子一言,驷马难追,何故反复无常?"

　　沙佗利朝侯父拱手道:"非我不守信义,实因情不得已,望恩公见谅!"

　　安昌恒等直视落下闶,欲执之。侯父忙道:"请暂止,容我言之!"

　　沙佗利无奈,示意安昌恒等勿举。侯父指沙佗利道:"想当年,汝初来酒泉,形若乞儿,老朽以为汝虽落魄,然不失仁义,于是每每周济,又以数十万钱助汝贸易,否则,汝岂有今日!"

　　沙佗利道:"此恩如天,晚辈一刻不忘;然今日之事关乎成败,请恩公恕我冒犯!"

　　言毕,令安昌恒等执落下闶。侯父横于落下闶身前,指安昌恒喝道:"且慢!汝等所以受沙佗利笼络,甘为爪牙,无非服其仁义也;老父慷慨相助,亦因此也!然今日之事,沙佗利出尔反尔,试问仁义何在!足见其昔日作为,不过虚仁假义耳!既面目已清,是非已明,汝等何不猛醒,岂能助纣为虐!"

　　沙佗利见安昌恒等顿时犹豫,忙道:"成大事者,从来不拘小节,岂能受此言所惑!"

　　侯父怒道:"所谓多行不义必自毙,如此不堪,何言大事!"

　　安昌恒等愈疑,竟退往一边。侯父即呼李济成、落下闶道:"请速离此处,无须迟疑!"

　　二人闻此,打马疾走。沙佗利羞愤不已,欲纵马而追。侯父横马于前,冷笑道："汝若欲追，请先杀老朽，否则寸步难行！"

沙佗利厉声道："恩公何故逼我太甚！"

言毕，抽剑欲杀之，又顾虑重重，终不敢为。安昌恒劝沙佗利道："所谓仁义行天下，望能深思。侯父之言如惊雷，使人猛醒。落下闳不过方士，何足为道，切勿因其小而失其大！"

沙佗利深恐安昌恒等因此离心离德，遂强忍憾恨，朝侯父一揖道："恩公之愿已足，是否尚有教诲？"

侯父大笑道："老朽不敢！此去酒泉二百余里，老朽深恐有失，愿与卿等同行！"

沙佗利不能拒绝，遂与侯父同还酒泉。

落下闳、李济成走马如飞，不足半日，已至张掖。张掖实乃重镇，远非昭武可比，亦曾为月氏所据。匈奴每欲攻汉，单于遣右贤王伐张掖，逐走月氏人而据之。元狩二年，武帝遣骠骑将军霍去病举精甲十万攻右贤王。右贤王不敌，败还龙城。于是武帝置张掖郡，隶属雍州，辖十余县。

李济成请落下闳止于城内，入客舍饮食。落下闳屡历惊险，又一路狂奔，疲惫不堪，欲歇息半日再走。李济成恐侯父不能阻沙佗利，或再追之，请落下闳稍息即行。

落下闳以为然，饮食毕，又走。

二人晓行夜住，疾驰数日，已至武都。武都已在秦巴之间，隶属益州刺史部，距长安仅五百余里。李济成知已脱险境，遂说落下闳道："我与卿一路疾行，已然人困马乏。既长安在望，可止于此，歇息一日再行。"

落下闳道："我素未远行，不知旅次之要，一切悉听尊便。"

于是二人入城，投宿客舍。其时方至晌午，客舍并无旅客，颇为清静。李济成买酒一壶，炙肉三斤，与落下闳对饮。落下闳想及种种情形，大为感慨，又身心疲困，于是痛饮不止，顷刻已大醉，指李济成道："汝送我还长安，竟不惧我上奏天子，取汝性命？"

李济成大惊，恐他人疑之，或横生枝节，欲扶落下闳入客房。落下闳已烂醉如泥，不能起。李济成无奈，遂负落下闳离席。方至楼栏，忽有人执剑横于前，喝道："狗贼，我苦苦搜寻，踪迹全无，孰料竟遇于此！"

言未毕，一剑刺向李济成前胸。李济成大骇，闪身躲过；落下闳随即跌于楼栏。李济成忙抽剑，与之恶斗。

落下闳骇然而醒，认得此人即李广利，忙道："住手，请听我言！"

二人闻之，即止。

64

李广利一路探问，寻至武都已一月有余，然消息忽断，再无音信。李广利进退两难，思之，以为武都乃西出长安第一城，街市繁华，人物驳杂，颇宜出没，歹徒或隐于此。于是寄宿客舍，昼出夜归，四处访问。

不觉，又近一月，虽问遍老幼，毫无所获。于是大失所望，欲求见武都太守，请助其察访。

昨日，李广利往郡衙，拜访太守。衙役阻之，不准入内。李广利自称为新丰都尉，奉天子之命追踪歹徒。衙役不信，大肆讥讽。李广利无奈，直呼太守姓名。

衙役怒而逐之。李广利不敢逞强，失望而还。自忖既无诏令，又无凭信，不敢再往。于是沽酒狂饮，醉卧不起。今日醒来，已过正午，自知劳而无功，欲还长安，回禀武帝。方出客房，忽听落下闳说李济成道："汝送我还长安，竟不惧我上奏天子，取汝性命？"

李广利大骇，望之，果为落下闳，惊喜不已，正欲举，又见李济成负落下闳走入楼栏，遂抽剑，阻于前。

落下闳见二人虽止，仍怒目相向，忙指李济成说李广利道："此人乃我仆从，不可伤之！"

二人惊愕不已，俱欲问之。落下闳忙道："我欲往酒泉取天地之数，雇此人为护卫，请勿误会！"

李广利如坠雾里，讶然道："往酒泉取天地之数？……既如此，何故不辞而别？"

落下闳道："时不我待，不敢延宕，所以不辞而往！"

李广利不信，又问："既骊山高绝，甚可观星，何必往酒泉？"

落下闳道："所谓历法，须用之天下，顾及四海，因而当取四方之数。酒泉地处西北，介乎百族之间，纵横数千里，牵连百万家，宁不惠及！既天子之恩欲被草木，岂能不取此间之数而用之！"

李广利不知其中是非，不敢决断，忽忆及落下闳斥李济成之言，又疑，再问道："既为随从，何故欲上奏天子，取其性命？"

落下闳道："酒后戏言，何足道哉！"

李广利冷笑道："此间必有蹊跷，我当求见天子，一一奏报，是非曲直，当由天子决之！"

落下闳亦笑道："如此甚好，天子必以卿为狩猎使，专杀山猪！"

李广利大惧，再不敢逼问，沉吟道："既如此，请随我还长安，以免天子悬望。"

落下闳道："我等疾驰近十日，精疲力竭，劳顿不堪，请容我歇息一日，明日再行。"

李广利不敢强逼，依其说，仍寄宿客舍。是夜，三人沽酒同饮，饮毕就寝。落下闳与李济成同居一室。李济成说落下闳道："既李广利在此，卿必能安然而还，容我明日告辞。"

落下闳问道："卿果欲还酒泉？"

李济成道："然，梅氏虽为风尘女子，然侠骨铮铮，不让须眉；既与之有约，当不使之失望。曾闻司马相如与卓文君当垆卖酒，不妨效此，以托余生。"

落下闳念及与梅氏种种情景，叹息不已，遂割袍为尺幅，咬破一指，书巴山竹枝词数阕，请李济成转付梅氏。

李济成应之，藏入怀中，又说落下闳道："侯宜君罪不容赦，卿若禀明天子，侯宜君当不免一死。此子虽千刀万剐不足惜，然恐祸及侯父。此恩此仇，互为交织，不知卿当何为？"

落下闳道："我之所欲，卿已尽知，何必多问？"

李济成亦不再说，入榻安歇。翌日一早，李广利即请落下闳登程。李济成送出十里，与落下闳洒泪而别。落下闳感慨不已，驻马高坡，望之良久，直至人与马隐于云烟深处。

疾行两日，二人已至长安。李广利复命心切，请落下闳入宫，拜见天子。落下闳拒之，说李广利道："蓬头垢面，满身污秽，岂能面见天子。卿且自往，容我洗尽风尘，以待天子之诏。"

言毕，欲往谯隆府第。李广利不敢随意，忙问："我当以何禀告天子，望卿明示！"

落下闳道："我之去来，卿已知之，有何疑惑？请据实奏报，无须隐瞒！"

李广利唯恐落下闳言及耽于射猎，玩忽职守，不敢不从。

其时，天色已暮，落下闳穿街过巷，直奔谯隆府第，叩门而呼。家仆闻之，问道："何人来访？"

落下闳道："巴郡阆中落下闳，烦请通报！"

家仆大惊，忙报与谯隆。谯隆自阆中归来，以为落下闳必遭毒手，竟忧思成疾，卧病不起；家仆忽报，称落下闳于门外求见，惊疑不已，忙命其延入，即披衣下榻，飞步而出。

落下闳须发缭乱，身形瘦削，恍若乞丐，已在厅堂内。谯隆惶恐不已，问道："汝是人是鬼？"

落下闳朝谯隆一揖，泣道："九死一生，能与卿重聚于人世，岂非苍天之厚德也！"

谯隆喜怒交织，不能自禁，大骂落下闳道："竖子，既不辞而别，何故复还！我为汝荡尽家财，历尽惊险，何故又来害我！"

谯玄等闻此，俱出，无不惊绝。待谯隆骂毕，落下闳道："卿勿怒，我为人所执，实乃情不得已。个中曲折，容我详言。"

谯隆心绪稍缓，命家仆侍落下闳沐浴更衣。家仆引落下闳退去，谯隆颓然而坐，仍不自安。谯玄劝道："落下闳去而复还，当喜不当悲。"

谯隆叹道："一去两月有余，天子大失所望，不知是福是祸！"

谯玄闻此，亦以为然，不敢多劝。良久，谯隆说谯玄道："落下闳如此狼狈，想必受尽磨难，可置酒，为其压惊。"

谯玄遂退，呼家仆温酒炙肉。酒宴未备，落下闳已出，与谯隆对坐窗下。谯隆说落下闳道："有何曲折，请告知。"

落下闳毫不隐晦，逐一告知。谯隆闻之，深觉是非曲直，犹同水乳，岂能分辨。彼此沉默不言。此时，家仆执酒肉而来。二人斟酒对饮，三盏之后，谯隆问落下闳道："卿既生还，天子必召见，当如何奏报？"

落下闳道："想必李广利已入宫，天子或已知之。"

谯隆道："天子聪慧绝伦，若不以实相告，岂能不疑；况欺君乃不赦之罪，宁不忌惮？"

落下闳道："若以实相告，侯父必受牵连，我于心何忍！天子虽疑，然无实证，其奈我何！"

谯隆沉吟良久，叹道："卿虽历尽劫难，所幸能化解怨仇，岂非幸事！"

于是举酒相邀。饮毕，谯隆说落下闳道："因何而去，因何而还，其实无关紧要；卿之祸福，尽在邓平、侯宜君等。此二人奉命各制一历，互证疏密，二人俱称需耗时一年，今已近二月。若卿之速，能超越二人，则当为福；若不能，则当为祸！"

落下闳正欲言之，忽闻门外有人喝道："天子驾临，请谯隆、落下闳接驾！"

二人猝然惊起，忙整顿衣冠，仓皇而出。

65

李广利与落下闳于街衢分手，径往未央宫，求见武帝。武帝闻李广利复还，颇为诧异，命其入宣室，以问情形。

李广利奏道："臣奉陛下之命，暗访落下闳踪迹，竟有所获，遂一路追问，渐入武都，又忽不知所踪。正茫然不知所措，忽与落下闳遇于客舍。臣惊而问之，落下闳称，因治历所需，故往酒泉观天取数。臣知陛下日夜悬望，不敢延误，即携落下闳还长安。落下闳自感一身褴褛，满面尘垢，不敢入宫面圣，称当还谯侍中府第，洗尽尘土，以待陛下之旨！"

武帝亦喜亦怒，霍然而起，大骂落下闳道："不辞而别，不请而往，岂是为臣之道！况此说牵强，何足为信！"

李广利大惧，深恐落下闳因此获罪，供出狩猎之事，忙道："以臣察之，落下闳举止从容，形色自若，其言当信然不虚！"

武帝不再言，思之，以落下闳之才，虽虚耗近两月，犹恐邓平、侯宜君仍不能替之，于是令李广利退下，仍还职新丰都尉；命侍从备步辇，欲往谯隆府第亲问落下闳。

　　落下闳、谯隆奔出门外，跪地迎驾。武帝命步辇止于门口，令落下闳上前答话。谯隆唯恐怠慢，请武帝入内。武帝不准，命其退下。落下闳仍跪于步辇前，叩拜道："臣请陛下垂询，凡有所问，不敢隐瞒！"

　　武帝沉吟道："朕不问来去之由，唯问制历之事。若仍以卿为主，起历运算，未知需耗时几何，方能有成？"

　　落下闳道："今万事已备，唯需运算，若按部就班，需三月；若昼夜为之，仅需两月！"

　　武帝大喜，又问："此非戏言？"

　　落下闳道："若两月不成，臣愿以项上之头，谢欺君之罪！"

　　武帝遂下辇，执落下闳手，命起，又道："若果如其言，无论去来情形如何，朕皆不问之！"

　　言毕，即登步辇，命回宫。落下闳呆滞良久，方回厅堂，仍复座，与谯隆对饮。谯隆不知情形，疑惑不已，问道："天子询以何事？"

　　落下闳道："无他，唯制历之期。"

　　谯隆又问："卿以何作答？"

　　落下闳不答，唯竖二指。谯隆惊问："两年？"

　　落下闳笑道："若如此说，恐项上之头已坠地！"

　　谯隆愈惊，又问："两月？"

　　落下闳道："两月足矣。卿勿忧，我之所学，我自知之。待新历告成，我别无所求，唯请天子赐钱五十万，以偿巨债！"

　　谯隆忧惧尽释，笑道："天子曾言，待新历制成，无论何请，必应之。卿念念不忘李秋娘，何不趁此求之？"

　　落下闳道："李秋娘已为天子夫人，岂能求之！酒泉之行，虽几乎丧命，然已使我大悟，世间万事，莫不转眼成空，恩怨如此，情亦如此，何必耿耿于怀！"

　　谯隆为之叹道："卿性情耿介，睚眦必报，竟豁然开朗，幸甚幸甚！足见不

231

经磨砺，岂谙世事！"

二人开怀而饮，大醉方止，犹觉兴致未尽，于是同榻而卧，抵足而眠。

翌日一早，武帝即召司马迁，告知落下闳已还，当仍以落下闳为主。司马迁奏道："落下闳不辞而别，不召而来，有违人臣之道，岂是可用之人！邓平、侯宜君赤胆忠心，夙兴夜寐，陛下若复用落下闳，岂不使之失望。"

武帝道："天下如在沸鼎，士民如处深渊，制历改历，刻不容缓，虽瞬息之间，朕犹恨迟！邓平、侯宜君俱需一年，而落下闳唯需两月，既快慢立分，朕岂不用之！卿无须多言，即召落下闳、邓平等，立刻交割，分清主次，不得延误！"

司马迁不敢再言，应诺告退，还太史院，即命僚属往谯隆府第召落下闳；又命邓平、唐都、司马可、侯宜君、杜云峰等俱来此，告知天子之意。

侯宜君知落下闳已还长安，恐惧不堪，以为既能脱逃，当尽知内情，必有灭族之祸！于是谎称内急，告退，欲逃走。

侯宜君仓皇而出，思之，若此事败露，侯玉昆亦当万死，应往灞陵告知，请其同行，自此亡命天涯；知城东有马市，欲买快马，驰往灞陵。

方出太史院，忽有人问道："如此匆促，欲往何处？"

侯宜君大惊失色，抬头一望，见落下闳止于三步外，满面带笑。侯宜君几乎昏绝，忙道："腹泻不止，欲往城中求医。"

落下闳冷笑道："料非腹泻，心病而已！"

侯宜君不言，欲改道而去。落下闳疾步上前，捉其衣袖道："多日不见，汝当问我从何而来。"

侯宜君冷汗淋漓，不敢抬头。落下闳道："我无心寻仇，汝何惧？若走，必使家族罹难；汝虽罪有应得，而汝父何辜！"

侯宜君大疑，顿不知所措。落下闳又道："个中情由，我已尽知，若欲报此仇，虽天涯海角，岂能避之！害我者，汝也；救我者，汝父也。恩怨互抵，两不相欠，汝不必惊惶。唯愿自此安守本分，好自为之！"

侯宜君闻此，顿时不能自禁，跪地叩头，泣道："卿如此大度，令我汗颜，若果如其言，我不惜终生为奴仆，以死相报！"

落下闳道："汝若不信，可自去，我绝不阻拦！"

侯宜君又不知进退，满脸茫然。落下闳道："汝若逃走，天子必疑之，当严加追问，恕我不敢隐瞒！"

侯宜君道："卿去而复还，前后历时两月，天子亦当疑之，必大加追问，卿何以答之？"

落下闳道："汝勿疑，我因欲往酒泉观天取数，又知时不我待，故而不辞而别。"

侯宜君道："此说牵强，天子岂能不疑？"

落下闳怒道："此说为汝而非我，何故步步紧逼！"

侯宜君忙道："卿美意如天，我岂不知；我所虑者，罪行败露也。我死不足惜，家族亦当不免矣！"

落下闳斥道："早知今日，何必当初！天子不计前嫌，不过用我所能，至于何故而去，何故而还，当无足轻重。汝若不顾家族，可就此逃走；若欲保全，请随我还太史院，不惊不诧，若无其事，他人岂能察之！"

侯宜君连连叩头，大哭道："此恩如天，我以何报之！唯誓死追随，侍奉左右，虽粉身碎骨而在所不惜！"

于是三拜而起，随落下闳还太史院。

66

说到这里，已是腊月二十九深夜，吴神形疲惫，似乎已瘦了一圈。吴伸了个长长的懒腰，抬腕看了看表说："哎呀，都快两点了，明天都大年三十了，该睡了！"

我抱歉一笑，问吴："落下闳已经生还，武帝以其为主，想必剩下的只是运算，不知新历是否如落下闳所承诺的那样，两个月就能制成？"

吴打了个呵欠，两粒泪水噙满眼眶，一抬手说："不说了不说了，反正年前也说不完！"

火塘里的火已快熄灭，墙上的人影薄而清淡，仿佛即将退场的旧岁。吴已将燃褪的柴头一一杵灭，堆在火塘一侧。我不好勉强，随吴站起，正要离开伙房，吴轻轻抽了抽鼻子，看着我说："闻到没有？"

我有些茫然，不知吴所指为何。吴几乎有些怨愤地说："酒熟了！"

我微微一愣，顿觉夜气里有一缕缕清馨，如愁如怨，缭绕不息。吴已走近灶台，揭开锅盖，有些歉疚地说："只顾得说话，竟然忘了！"

我也凑过去，酒香顿时明确，如花气一般扑面而来。吴掀开蒙在木桶上的那块棉布，探头看了一阵，满脸疑惑地说："差不多一周了吧，只怕已经酸了！"

说完，伸出一根手指，往木桶里轻轻一沾，赶紧喂进嘴里。我格外紧张，似觉对不起木桶里的酒。吴咂了咂嘴，又用指头沾了沾，伸向我说："你来尝尝。"

我略一犹豫，赶紧抿了抿吴的指头，仔细品尝，一丝极其复杂的味道从舌尖涌起，有些甜，有些苦，有些涩，也有些辣，慢慢散开，缓缓浸润，渗入血脉，沉入骨肉，在身子里流走。很快，似有另一个隐于深处的"我"被唤醒，如一片春云，飘然而起，恍若一场细雨即将洒落。

吴一直盯着我，见我久不出声，忍不住问道："如何？"

我不无惶然地一笑，不知该如何回答。

吴顿时失望，颇不耐烦地说："哎呀，哪来这么黏糊糊的，未必尝不出味道？"

我只好如实相告："味道么，有些复杂，像影子一样，抓不住，又在眼前，所以说不准。"

吴如释重负地一笑，一拍手说："这就对了！好酒都是这样，一言难尽，只可意会，所谓妙不可言！一句话能说清的，那是劣酒！"

吴将那块棉布重新蒙好，拍了拍手说："让它好好醒醒，明天再说！"

我正要离开，吴又将灶台上的那团鞭炮一把搂起，放到火塘边的一条板凳上说："好好烘一烘，免得不如个响屁！"

于是又拿起一根柴头，插进火炭里，捂上一层热灰。我们来到堂屋，我正要往寝室去，吴忽然问我："晓不晓得为啥酒要窖藏？"

我顿觉茫然，摇了摇头说："这个嘛，我真不晓得。"

吴谈兴复起，拉我坐在那个冷冰冰的火炉前，摸出两支烟，递给我一支。我们点上烟，吴一如既往地将烟雾吐向我，有些蒙眬地说："那我就免费给你说一说。这个酒呀，照说刚酿出来最好不喝，新酒一般都含有硫化物，硫化物有强烈的刺激性，还伤身。所以古人就找到了一个好办法，窖藏。窖藏半年以上，硫化物会自行分解、挥发，口味也变得柔和、绵软。酒里的分子群也将得到调和，活性大大增加。"

吴的话像一阵轻风，那片飘浮的春云已来到头顶，将我轻轻罩住；那场细雨眼看就要落下。

我忽然想起个问题，于是问吴："清酒也需窖藏么？"

吴不容置疑地说："当然！即使出于保存考虑，也离不开窖藏。高阳山南面，就有个藏酒洞，干燥、阴凉，通风极好，冬温夏寒，是个藏酒的天然洞穴。传说两千年前，落下氏的清酒就藏在这个洞里。"

我兴致忽起，忙问："那个洞还在吗？"

吴又将一口烟雾吐向我。我如同还击一般，也将烟雾吐向他。两股烟雾轻轻一碰，迅速散开。吴略略有些惊讶，把烟头往地上一杵，弹向屋角，似乎以此表示和解。

"当然还在，只是多年没人去过，都被杂草、荆棘封住了。"吴说，咳嗽了几声，将一泡痰也吐向那个屋角。

我想了想说："那你凭啥说那是个酒窖，而且是落下氏的酒窖？"

吴将两手往怀里一抄说："我已经说了，是传说。当然，传说才是信史，道理很简单，传说一般来自民间，而史料一般出自官方，官方总有强烈的目的，甚至是野心。比如唐人修《隋书》，为了掩饰李唐篡夺江山的不臣之罪，生生把杨广弄成个荒淫无度的暴君，事实是这样么，唵？当然不是！你敢去信官修史？假如修史的人魂下有知，你一信，他一定忍不住发笑！"

吴总是这么自信，这么不容怀疑，我已经忍不住笑了。吴似有些不悦，或者曲解了我的笑。我赶紧摸出两支烟，递给吴一支，并为他点上火。吴几乎有些恼怒地将烟雾吐向我，那烟汹涌而来，似乎夹着无声的惊雷。

我顿觉那片春云已将我包裹，雨声正悄然而起。我再没把烟雾朝吴吐去，我得表示妥协。吴果然缓和过来，淡淡一笑说："而传说只是传说，目的十分单纯，几乎没有立场，所以更加可信。"

我连连称是，带着不顾羞耻的逢迎。吴停了片刻又说："那个洞一直都有人藏酒,后来,一帮土匪占了那个洞,昼伏夜出,打家劫舍,再也没人敢去藏酒了。这一占就是十年,十年后,官府把匪灭了,老百姓又往洞里藏酒,虽然方式一样,洞也还是那个洞,但酒味却大不相同,又苦又辣,又酸又涩!"

我大为疑惑,想了想问:"未必,那酒染上了匪气?"

"你还说对了,就是染了匪气!那个洞的秘密其实就是山花,清酒一般都在冬季酿,酒酿好了,藏到山洞里,一到春天,满山花开,芳香四溢。那洞就像一张大嘴,把花香吸进去,藏在洞里的酒被花香熏染,当然格外芳烈!"说到这里,吴停了停,叹息一声又说,"土匪一占就是十年,虽然灭了,但匪气却留在洞里,即使依旧满山花开,那洞也废了,不能藏酒了。"

我无法分辨吴的这些话到底是真是假,或者哪些是真,哪些是假,唯觉那场雨已经下得无边无际,那个隐没在时间与荒草中的山洞,正吐出一缕缕晦暝而可疑的气息,在雨中弥漫、飘散。

倦怠已经重回吴的脸上,他扔掉烟头站起,有些含混地说:"不说了,睡了。"

我也站起,走进寝室,躺到床上。寒夜一派清寂,我闭上眼睛,努力寻找梅花的气息,但一无所获,唯有那缕酒气仍在身子里流淌。渐渐,我觉得自己恰如那片春云,轻轻飘浮起来。

我不禁自问:"梅花谢了么?"

明天,真的会下雨么?

67

在这轻盈的飘浮感里,我渐渐入睡。很快,我梦见了李,李背着一个浅蓝色的双肩包,走在满山夕阳里。

我知道,李是往桥楼来,她说过要到这里陪我过年。她总是说到做到,并且以此为傲。我站在一棵黄灿灿的蜡梅下,望着一路走来的李。

李走进一派夕烟里了,而吴忽然来到我身边,指着李问:"她是谁?"

我惊慌失措,语无伦次地说:"她,她是我情人,不不不,是我老婆。"

吴冷笑道："你老婆？呵呵，你老婆不是去三亚了么？"

我再不敢胡说，想求吴饶了我，但终究开不了口。我朝李望去，李已停在不远处，有些期待，有些复杂地看着我。我生怕李看穿我的顾虑和恐惶，想向她迎过去。而李却忽然一笑，化成一株梅树，开得酣畅淋漓！我正要呼喊，竟也在张嘴的那一瞬，变成了另一棵梅树！

我们咫尺相望，伸手可及。我忽然轻松下来，也许这是最好的结局，我们终于以两棵树的方式不离不弃了！

啊，有情人终成树木！

忽然，一阵激烈的枪声猝然响起，密集的枪弹如急雨般射向两棵梅树！我与李落花缤纷，魂飞魄散！

我大叫李的名字，猛然醒转。枪声仍在继续，而我已在无边的黑暗里碎成一地粉末。

鞭炮！我忽然回过神来，想起那一团被吴弄去火塘边的鞭炮！我赶紧爬起，鞭炮声已止，留下残骸般的气味，呼啸旋涌。

我飞步出来，直扑伙房。吴已在伙房门口，呆若木鸡。伙房里浓烟滚滚，火光熊熊！

吴忽然吼道："憨起个锤子，快救火！"

我茫然不知所措，只顾搓手，想起水桶、水瓢都在灶房里，没办法救。吴猛一跺脚说："走，去茅厕里舀粪！"

我随吴惶惶来到粪坑边，这才发现猪圈一侧挂着几只粪桶和一个舀子。吴几把取下来，奋力舀粪。等吴舀满一桶，我赶紧双手提上，飞步往伙房去。粪桶久未使用，早已开裂，洒下一路恶臭。我来到伙房门口，见火势已大旺，不敢靠近，远远朝火里泼去，不想粪桶脱手，竟飞进火里去了！

吴正好提着一桶粪走来，不禁大骂："你个闷锤子，把桶扔进去，拿啥舀粪！"

我知道至少还有两只空桶，赶紧跑回粪坑边，抄起舀子狂舀。

我与吴刻不容缓，一阵来来往往，几乎将大半池子粪水都泼进伙房里。火终于灭了，一股浓郁而怪异的气味汹涌不息。我们站在厅堂里，一身脏污，精疲力竭，望着臭气熏天的伙房，仍有一缕缕非烟非雾的气体从伙房门口吐出，有着强烈的垂死感。

我几乎有些虚脱，随手扯过一把小木椅，想坐下去，忽见一身上下都是粪污，忍不住一笑，索性一屁股坐到地上。

吴还在望那道热气氤氲的门。我想，他内心一定十分复杂，有痛惜，有懊恼，有沮丧，有追悔，说不定也有轻松。

或许吴本不想在这里过年，毕竟父母已逝，此处已空，即使想见王翠翠，阆中应该比这里更适合约会，更能遮人耳目。也许我的到来，才使吴有了回老家过年的打算。吴在阆中的家，应该跟我在成都的家一样，不便让一个外人长期待下去。所以，吴不得不选择这里，但这里什么都不方便，打个电话都需去猪圈那边，已经习惯在城里过日子的吴肯定有过动摇。

这下好了，伙房烧了，准备的年货与新酿的酒都毁了，这使他忽然有了回阆中过年的理由。

我觉得已经看穿了他，看穿了这个自以为是的家伙。于是我摸出烟，给了吴一支。吴也坐到地上抽烟，竟再没把烟吐向我！

我有些得意等着吴开口，他一定会说："算了，回阆中过年吧！"

吴曾说过那么多来这里过年的理由，说得不容置疑，无可非议。无论出于任何原因，他只要改口，那就等于是我的胜利，也将是我与吴交往以来的第一次胜利。

但吴却久不开口。不觉，已经黎明，一年的最后一天，随缕缕晨曦水一般流进门来，清洗满屋的惊惶与浊气。

我们已经抽了三支烟，吴竟然一言不发。而我则暗中发狠，一定要等吴说出那句话，一定要等来第一场胜利。

屋里越来越亮，晨光如冰冷的火焰一般，四处飞卷。吴似乎已经忍不住了，看了看我问："都这样了，你说咋办？"

我抑制住胜利在望的喜悦，本想说：你是主人，你说咋办就办，所谓客随主便嘛；但我忽然明白，吴早已看穿了我，他照样在等，等我说出那句话！

吴满脸污垢，一丝诡谲在污垢里泛滥，犹如微风吹过浑浊的池塘。他咳了声嗽说："年货和酒都完蛋了，拿啥子过年？今天已经是大年三十，街上的铺子都关张了，不要说过年，我们恐怕只能挨饿。"

我顿时明白，我根本等不来那场胜利，吴绝对不会让我得逞。我必须结束对峙，甘愿败北。于是我笑了笑说："那，我们回阆中吧？"

吴释然一笑，一下站起说："那就依你的，回阆中！"

吴还是个胜利者，一个当仁不让的胜利者。

我们来到小溪边，草草梳洗一翻，又忙着回屋收拾行李。我将换下来的脏衣服装入一只塑料袋里，塞进背包，来到堂屋。吴却依旧穿着那身脏衣服，我有些惊讶，正要问他，吴摊了摊手说："行李在车上，忘了取下来。"

那车已被吴的老婆开回城了。我有些犹豫，看着吴说："嫂子不是要来这里过年么，要不，等她来了，换了衣服再走？"

"算了算了，不等了，走吧。"吴说，抬脚走出门去。

吴停在阶沿上，四处看了看，似乎有些依恋。我忽然想，吴还会回这里么，还会回这里过年么？

吴锁上门，走进院子里。我想起那几树蜡梅，不知是否已经落尽，真想再去看看；还有落阳垭的老王、老李们，他们一定正忙于过年，真想对他们说声再见；山脊上的长公殿，是否已经有了过年的香火？真想再去烧三炷香，做一次祭拜；当然还有那挂年梯，真想再去走一走，在一年尽头，走完最后一步，那将别有意味。

但我与吴一身秽气，只能不辞而别。我们绕过长公殿，渐渐来到桥楼街上。王翠翠的面店就在场头，我们必须从那里经过，要是她看见吴如此狼狈，不知作何感受？

对吴来说，那家小面馆几乎是道关口。我真想看看，吴将怎样渡过这道难关。

眼看到场头了，吴却折向一条小路，这路正好从小面馆背后绕过，或将绕过乡街。我明白，吴想避开王翠翠，避开所有的尴尬与不堪。

这大约是对情感的负责吧，或者为对方保持良好的形象，是作为情人的义务？

我忽然想起昨夜那个梦，想起梦中两棵彼此相望的梅树。

我与李，吴与王翠翠，或许本身就在一场梦里。

但此时此刻，我对李的想念却深切无比，过于以往任何时候。也许，最深的情只能用来想念；婚姻只是一次美丽的错误？……

68

我与吴远远绕过桥楼镇，走上这条回阆中的山路。此时，年的气息已经笼罩山山水水，树木、村舍都在一层广泛的淡烟里，充满厚实的缥缈和切实的虚旷。

路上几乎不见行人，或许都在认认真真忙着过年。这几乎值得庆幸。

走了好一气，我渐渐感到饥饿，忙了大半夜，肚子早已空了，又没吃早饭。吴已满头热汗，想必也饿了。路旁有块宽大而平整的石头，表面既干净又光滑，泛着一层沧桑的柔光，一定是行人小憩的地方，不知多少人曾经坐过。

吴往石头上一坐说："歇口气吧。"

我也坐下来，屁股下一片冰凉，甚至有点波动感。我伸手摸了摸石头，顿时有种岁月从指尖流过的惊惶，似乎有些痛。

此时，吴吐了泡口水，指着我的背包问："有吃的么？"

我抱歉一笑说："没得，我从来不吃零食。"

吴叹了口气，又往几个衣袋里摸了摸，骂道："日他先人，把烟忘到屋里了，钱也忘了！"

我赶紧掏出烟，给吴一支，彼此点燃。吴猛吸一口，忍在嘴里，过了许久才吐出来。还好，再没吐向我，我几乎有些感激，有些幸灾乐祸。

吴把头扭向一边说："我们这里有句俗话，叫饱吃冰糖饿吃烟。"

说完，又猛吸一口，显得近乎贪婪。我从背包里摸出两包烟递给吴，吴毫不客气，接过，揣进衣袋里，轻轻一笑说，包里无烟，好比菜里无盐，总是觉得少了些味道！

我把烟头往石头上一杵，吹了吹洒在身上的烟灰，随即将背包挂到肩上说："走吧。"

吴再吸一口，恨不得将过滤嘴烧成灰，正要站起，一眼瞥见我留下的烟头和那团烟灰，毫不迟疑地将烟头捡起，又噘嘴把那团烟灰吹走，并且伸手擦了擦。

我顿时为此羞惭。吴若无其事地说:"走吧。"

我想,吴一定会教训我几句,但他没有,将两个烟头扔进了路边一片油菜地里。油菜已将开花,溅起星星点点的黄。

"记得前面不远处有个小卖店,可以买点儿吃的。"吴说,往前面指了指。

又走了几里山路,路边果然有家小店,但门窗紧闭,想必店主也忙于过年了。吴走近窗口喊了几声,不见回应。我前后看了看,这是家独立的小店,店主一定回家了。

山坡上有几户农家,距此约两百米,屋顶上都飘着蓝烟,似乎有些不同寻常,那该是年的气息了。吴对着几座房子喊道:"老板儿,买东西!"

一连喊了好几声,仍不见回应。吴一脸失望地说:"日怪,咋不见吱声?"

正此时,一个系着围裙的妇女朝院子边上走来。吴一脸兴奋,又喊:"买点儿吃的!"

妇女捞起围裙,一边擦手一边回答:"老板儿昨天去阆中进货了,还没回来!"

我与吴大失所望,只好离开。前面是一片松林,一只喜鹊从一侧飞来,没入松林里。吴忽然停在林子外,回头看着我说:"再不吃点儿东西就走不动了。"

我咽了泡唾沫说:"这有啥法?"

吴诡异一笑说:"未必活人还叫尿憋死?"

我忙问:"你啥意思?"

吴笑得更加诡异:"鲁迅老人家曾教导我们,读书人窃书不算偷;如果引申出去,饥饿的人弄点吃的呢?"

我顿时明白吴的意思,但更担心吴会逼我把那句话说出来。我赶紧摇头说:"你莫问我,我是个拿不定主意的人!"

吴朝我肩头重重一拍说:"成大事者不拘小节嘛!何况俗话也说了,吃得的官都不究嘛!"

吴径直朝那家小店折回。我略一迟疑,也随后跟来。吴折了根树枝,想别进钉在窗外的那根木条里,但缝隙太小,插不进去。吴想了想,捡了块尖锐的小石头塞进去,又找来一块碗大的石头,往小石头上砸了几下,木条终于裂开。

吴再将树枝插进去，使劲一掰，钉子脱落的吱嘎声如同呻吟。我顿时想起那夜吴与唐嫂的叫声，透过墙壁，激越而疯狂！

吴回过头来说："来来来，憨起做啥，把树枝扶住！"

我只好听命，将那根树枝接过。吴抠住一张木板，摇了一阵，终于取下来。我往店里瞥了一眼，见有个货架，堆着些方便面、饼干、矿泉水之类。吴又取下一块木板，见我还死死握住树枝，有些不屑地说："用不着了。"

我赶紧松手，树枝还插在缝隙里，如不可抵赖的罪证。

吴爬进去，取下两盒饼干、两瓶矿泉水，回头问我："有没得钱？"

我赶紧掏出钱包问："要多少？"

吴说："你自己算。"

我取出十块钱，想了想，又放回去，拿出一百元递给吴。吴轻轻一笑说："用不着这么多，给五十吧。"

我将钱包敞开，忙说："除了一张十块，没得零钱！"

吴将钱接过去，放到货架上。

吴翻出来，把树枝取下，扔得远远，再用那块碗大的石头将木条钉回去。

我们离开小店，走进松林里。路上满是松针，格外柔软。吴往路旁一坐，折开饼干说："吃吧，高价买的，问心无愧。"

我正想问吴，这到底算不算偷，忽见那只喜鹊悬在不远处的树枝上，正望着我们。我忽觉慌乱，指着喜鹊说："你看！"

吴扭头一望，朝喜鹊一扬手，骂道："看个锤子，给了钱的！"

喜鹊飞走了，林子里一片空寂。

走出林子，云已散开，洒下一地阳光。经太阳一晒，吴身上散出一股热烘烘的臭味，让人想起带有种种传说的油炸臭豆腐。

我正要取笑他，吴指着对面山上说："那边就是公路，我们到公路上去。"

我知道吴的意思，他估计老婆可能要往桥楼去了。我们走上一条更小的路，过了一条小溪，爬到公路上。吴站在公路边喘了一阵，指着转弯处说："那里原来有几口砖窑，公路只通到那里。我们去县城读中学，一般都从这里到公路上来，要是运气好，就会碰上来拉砖的拖拉机。"

我顺着吴的手指望去，那里是一片麦地，绿幽幽一片，已无砖窑的影子。

吴叹了口气说:"哎,一晃都四十年了!"

我正要问他,王翠翠是不是也曾搭过拖拉机,恰此时,吴的小车已经转过山弯,朝这边驶来。吴赶紧跳到公路正中,朝小车挥手。小车停下来,唐嫂伸出头来,一脸诧异地盯着吴问:"咋的了,咋把自己搞成这副尿样了?"

吴一挥手说:"哎呀,一言难尽,把后备厢开了,老子把这身臭衣服换了!"

后备厢砰一声响,开了。吴赶紧拿出衣服,换上裤子和外衣,把脏衣服团了团,扔到荒草里。

等我们钻进车里,唐嫂又问:"到底咋回事?"

吴不回答,我只好把昨夜的事草草说了。两道目光在后视镜里一碰,我一片惶然,唐嫂淡淡一笑说:"烧得好!"

等车子掉过头来,唐嫂又往后视镜里一瞥,抬高声音说:"都烧了才好,免得心里挂念!"

显然,她指的那座房子,也指的王翠翠。吴靠在副驾座上,两眼紧闭,一言不发。

回到阆中已经正午,吴要我去他家里,说来阆中过年的人多得很,酒店、客栈早就满了,根本找不到床位。但唐嫂却始终不出声,显然并不欢迎。我忙说:"就不添麻烦了,这么大个阆中,肯定找得到床位。"

吴也不再坚持,叫唐嫂把车停在街边。吴也下了车,要与我一起去找住处。

69

我与吴走遍阆中古城,问遍大大小小几十家酒店、客栈,果然都预订出去了,无一空位。

一直找到下午,仍然无果,我已完全绝望。吴正要说话,唐嫂打来电话,扯着嗓门儿吼:"你到底回不回家吃团年饭?"

吴也对着电话吼:"吃,吃个铲铲!"

我忙劝吴早点回家,到底是大年三十,不用管我。吴一把拉起我说:"算了算了,就到我家去!"

我连忙挣脱说:"你不用管我,总有办法的。刚才有家客栈不是说,可以在值班室搭一张床,将就将就,正月初三就有房了。"

吴点点头说:"可以理解、可以理解,就再去那家客栈看看吧。"

客栈在一条小巷里,格外古朴,小院也显得幽深,一棵老柳几乎将房顶遮去大半,记得树上还有个鸦雀窝。来到巷口,我抬头望了望那个黑黢黢的窝,真想变成一只公雀,跟那只筑巢的母雀做一场鸳梦。

正要往那家客栈走,李忽然打来电话,问我在哪里。我停下来,对着手机说:"我在阆中城里,正找地方住宿,找好了就告诉你。"

李说:"真想到阆中来一起过年,可惜身不由己。"

我忙说:"只要心在一起就够了。"

我说这话时,下意识地瞟了吴一眼。吴一脸坏笑,正点燃一支烟。我立即有些紧张,正要躲开,吴已将那口烟朝我吐来。我还是逃不过这口宿命般的烟,而吴已经通过这口烟找回了所有的自信。

等我打完电话,恢复自信的吴说:"有个地方一定有床位,就看你有没得那个本事住进去。"

我有些摸不着头脑,看着吴问:"你,这话是啥意思?"

吴说:"江边有家客栈,老板是个怪人,要有意思的人才住得成。"

我顿时讶然,忙问:"有意思的人,这是啥意思?"

吴淡淡一笑说:"老板姓陈,叫陈恨我,原来是个做丝绸生意的,后来爱上了石头,就买了江边一栋楼,开起这家客栈,名字也怪,叫石头居,天天守在客栈里,客人一去,他就主动搭话,如果觉得这人有意思,就让你住;要是觉得这人无趣,就说客满了。"

我大为诧异,笑道:"有意思有意思,陈恨我,单这名字就足以令人称奇!但他这是做生意么?"

吴一挥手说:"人家早把钱挣够了,有这底气,就是图个意思,混混日子。怎么样,敢不敢去试试?"

"当然!"我说,我自己已经觉得太有意思了。

我们转过几条街,往江边去。一路上,好些人家都贴上了春联,确乎只有对偶,不见横批。吴指着那些人家说:"看见了吧,是不是都没得横批?大年初一天一亮，春圣落下闶就会挨家挨户来赐福，你一定会目睹的。"

不觉，我们已到客栈门口，门上也贴着春联，一样不见横批。石头居几个字写得格外古朴。这是一座古色古香的院落，上下两层，漆成酱色，正对一江碧水。我不由赞道："真是个好地方！"

吴诡谲一笑说："等会儿注意说话，尽量说得有意思些。"

我笑说："不知他说的有意思，到底有何标准？"

吴不答，率先进去。厅堂不大，但布置得与众不同，两边各竖一个木架，一边摆着石头，大大小小，但并非奇石，只是颜色各不相同；另一边也摆着石头，都是各种形状的碎片，上面隐约有些凿痕，但看不出来路。我大为不解，既然陈恨我爱上了石头，何不用奇石做装点？

吴拉了我一下，我们走向服务台，一个穿着古装的女子站起来，朝我们轻轻一笑。我四处看了看，不见陈恨我，不免有些释然，也有些失望。正此时，一个有些发福的中年男人自一侧出来，走进服务台，手里转着两个光洁的石球，也很普通。这一定是陈恨我了！我顿时有些不知所措。

陈恨我停在女子一边，不冷不热地看着我和吴。吴忙给陈恨我打招呼："陈老板，生意好！"

陈恨我一脸不屑，鼻子里一哼，不说话。我与吴往两张椅子上坐下，似乎不是来住店，是来接受陈恨我的面试。陈恨我看了看吴说："阆中的？"

吴忙说："是是是，就住在古城。"

陈恨我已经盯着我了，把两个石球转得哗哗响。

我忽然心里一动，笑道："要是我没猜错，你应该姓石！"

陈恨我一愣："啥子，我姓石？"

我指了指两个木架说："你摆的石头，手里拿的也是石头，店名又叫石头居，你要不姓石，根本说不过去。"

陈恨我眨了眨眼，缓缓坐下，两眼一直望着我，嘴里嘘了口气说："噫，你还给我改姓了？"

我不由暗喜，觉得已经初见成效，于是又问："左边那些石头颜色各异，这还说得过去；右边那些碎片就叫人看不懂了，是不是有啥来历？"

两个石球停在陈恨我的手心里，仿佛突然失重。片刻，陈恨我淡淡一笑说：

"你猜，猜对了免费吃住。"

我也淡淡一笑说："那应该是些街石，年代应该很久远了，近年才换下来，你把这些碎片弄到木架上，这是收藏一座城的历史呢。"

陈恨我霍然站起，两眼紧紧盯着我。我顿时气紧，生怕他让我滚蛋。陈恨我忽然一笑说："有点儿意思！你说，你是咋看出来的？"

我顿时缓过气来，往椅子上一靠说："实不相瞒，蒙的。这年月嘛，蒙不了自己，还不能蒙蒙别人？"

陈恨我又是一愣，继而把两个石球往服务台一拍说："有意思！"

我如释重负，知道已经通过面试了。

陈恨我转向一旁的年轻女子说："去，把楼上的江景房开一间。"

女子拉开抽屉，拿出一串钥匙，朝一侧走去。陈恨我一抬手说："等等，干脆就开套房，把东西都换了，把檀香点起熏一下！"

我顿时惶然，想说有个单间或者标间就行了，又怕陈恨我嫌这话没意思，于是改口说："我这样子摆不了那么个大的谱，一个单间就装下了。"

其实我是担心价格。陈恨我微微一笑说："你这人还有点儿意思，就套房吧。说实话，那个套房一直没住过人，你是第一个。"

我几乎有些受宠若惊，暗想，大不了就是多几个钱，生怕陈恨我觉得没啥意思，也就不再说，摸出钱包问："多少钱？"

陈恨我已经将石球抓回手里，轻轻转动起来，笑道："我都说了，吃住免费。"

"不行不行，你我素昧平生，不能占你便宜。"我忙说，将钱包搁在服务台上。

两只石球再次停在手心里。陈恨我想了想说："这样，你不开钱肯定不自在，套房是我叫你住的，你就开单间的钱，每晚一百二。但丑话说在前头，三顿饭免费，你要不同意，那就请便。"

我赶紧取出一千块钱递过去说："好好好，先交这些，有账算账，多退少补。"

陈恨我不接，又把两个石球转起来说："等会儿吧，我从不沾钱。"

这时，被我和陈恨我晾在一旁的吴站起来说："那我就回去了，明天过来。"

我忽然充满歉意,送吴走出客栈。

70

套房里溢着一缕缕轻盈的檀香和一丝丝沉闷的霉味,但陈设颇新,也很雅致。外间摆着一套实木沙发,一张方桌和四张木椅,色调都比较深厚,也有些冷静;那面正对沙发的墙上,挂着液晶电视机,底下是台面,放有机顶盒、路由器和茶具等。临江是一道雕花木门,门外是个宽大的露台,放有茶几、藤椅,楼栏上还有一盆吊兰,竟然生机勃勃。

里间当然是睡房,雅致得近乎豪华。我想,花一百二十块钱住这么好的房,简直便宜得令人汗颜。

我来到露台上,正要看看江景,李的电话来了,问我找到住宿没有。我说找到了,刚刚住下。于是照李的要求,里里外外录了段视频,发了过去。

很快,李问我多钱一夜,我让她猜,她由低到高一直猜到两千,我都说不对,最后告诉她一百二一夜,还管三顿饭。李当然不信,但并不追问缘由。这正是她最可爱,也是最可贵的地方。李总是说,她只追求简单,拒绝一切复杂。她真是做到了。简单的人最聪明。

发完最后一条微信,我坐在藤椅里,去看那条隔着马路和休闲带的江,一派夕阳洒在江面,仿佛一场幽梦落在水里,几只白鹭正从梦中飞过,飞向对岸那片芦荡,那是梦开始的地方么?

白鹭没进芦荡里了,无声无息,梦并未惊破,仍在继续。我顿时有些惶然,不知自己是否也在一场梦里。

恰此时,响起了敲门声。我赶紧过去,将门打开。陈恨我提着一壶酒,那个女子端着一个条盘,里面是几碟菜。

我不敢道谢,生怕他觉得没意思。酒菜上桌,我与陈恨我分坐两边。陈恨我举起酒说:"你我是有缘人,就一起吃个团年饭吧。"

我们饮下一杯,我还是忍不住问了个没意思的问题,我说:"你不回家团年?"

陈恨我正执壶斟酒，放下酒壶说："娃儿大了，成家立业了，婆娘去跟娃儿过年了。"

我点点头，顿觉少了许多压力。我必须要使他觉得有意思，否则就对不起他，于是我又问："知道落下闳么？"

陈恨我正端起酒杯，听见这话又放下说："当然知道，都是阆中人嘛，只不过隔了两千年。"

"两千年是不是太久？"

"这要看咋说，往小里说，两千年远得不可想象；往大里说，也不过一瞬！"

"有意思！那你是否知道，在阆中，哪个最了解落下闳？"

陈恨我想了想说："听说有个姓吴的，号称是权威，但我不认识。"

我微微一笑说："下午陪我来的就是他。"

陈恨我一愣："是他？有意思！"

我举起酒杯，与陈恨我一碰，饮下第二杯。我搜肠刮肚找话题，只为使他觉得有意思，于是想起一件与阆中有关的旧事。

我自然想吊足他的胃口，我说："唐朝有个宰相叫房琯，这人就死在阆中。"

陈恨我果然一脸讶异，忙问："有这事？"

"当然！这事要从头说起。当时有个异士叫邢和璞，能察生死祸福，房琯就去找他算命。邢和璞说，你会去东南方向任职，然后再到西南转任，任满回长安，死于西北方向。你死的那个地方，不是客舍，不是驿馆，也不在路上，更不在官衙。有人会请你吃鱼脍，吃完就害病，当晚就会死，死后会有人用龟兹板做棺材。"

陈恨我一直盯着我，听到这里，一拍桌子说："有意思，说得这么详细！算命的我也见过不少，一般都只说个大概。不知这姓邢的算准没有？"

"你听我慢慢说，有意思的还在后面。当时，房琯是太尉，位极人臣，一般不会去地方任职。而房琯这人也很有意思，本来只是刑部侍郎，碰上'安史之乱'，唐玄宗仓皇出逃，欲往西蜀。房琯听说皇帝跑了，叫上同僚去追。追了十几天，不见玄宗影子，其他人大失所望，都回长安去了。房琯仍然一路狂追，终于追上了。玄宗感动得一塌糊涂，以为房琯忠诚壮烈，直接拜为宰相。"

"有意思，撵路也能撵出个宰相，这事也绝了！"陈恨我目光炯炯，已经被我牢牢吸引。

"后来，唐肃宗于灵武称帝，尊玄宗为太上皇；玄宗无奈，派房琯去灵武祝贺。肃宗知道房琯颇受玄宗器重，于是也拜为丞相，总领各路兵马，负责平乱。房琯不懂军事，吃了几个大败仗，被贬为袁州太守。袁州就是今天的宜春，正好在东南。"

"我晓得了，姓邢的话要现了！"陈恨我说。

"对，已经初现端倪了。袁州任满，又转任汉州太守，汉州就是今天的广汉。汉州任满，朝廷再无委任，房琯只好回长安。玄宗逃往西蜀时，害怕追兵，将栈道烧了，到这时仍未修复。也就是说金牛道不通，只能走米仓道。房琯到了阆中，寄宿在一个叫紫极宫的道观里，恰好道观正雇人解木板，木纹十分漂亮，呈现种种形状。房琯大为惊讶，问这是何种木材。道士告诉他说，这是几月前一个商人捐献的龟兹板，准备用来维修道观。房琯大惊，想起邢和璞的话，几乎一身冷汗。当日晚，阆州太守得知房琯寄宿紫极宫，就带上鱼脍前来宴请。房琯一见，更知邢和璞所言不虚。于是以后事托付太守，请求以龟兹板做棺材。当晚，房琯死于紫极宫。"

"有意思，太有意思了！"陈恨我满脸兴奋。

我们又饮下一杯。我说："这个邢和璞还与落下闳有关。"

陈恨我一愣，立即摇头说："不可能不可能，一个在汉朝，一个在唐朝，差了将近一千年，哪里扯得上关系？"

我微微一笑说："你莫慌，听我慢慢说。落下闳创制太初历时曾预言，此历八百年后差一日，当有圣人出世，再创历法。唐玄宗时有个精通历数的和尚叫一行，一行奉玄宗之命制大衍历。此前虽然经过几次改历，但都是按落下闳的方法依律起历，也照落下闳的《通其率》运算。一行和尚一改此前，以《易经》起历。邢和璞闻知大衍历制成，叹息道，汉之落下闳造太初历，曾称八百年后当差一日，至今正好八百年，我今日方信落下闳所言不差！你说，邢和璞与落下闳有关不？"

陈恨我点头说："有关，真算有关！"

我又说："邢和璞的话最值得注意的，不是所谓八百年，而是落下闳造太初历，只字不提其他人。除此之外，扬雄的《法言》，沈括的《梦溪笔谈》，包括汉代以后的正史等，一旦言及浑仪和太初历，都只提到落下闳，不说其他人。这说明啥？说明太初历是以落下闳为主制成的。"

陈恨我不断点头，又问我："你说的这些，是那个姓吴的告诉你的？"

"不是不是，都是书上的，完全可以查证。"我极其认真地说。

陈恨我举杯说："来，我敬你一杯！难怪这么有意思，原来爱读书！"

两只酒杯碰在一起，格外清脆。陈恨我靠在椅子上，两眼有些蒙眬地看着我。我拿出烟，递一支给他。他瞟了眼我手里的烟盒，把身子坐直，接过去。我几乎有些紧张，担心他也跟吴一样，把烟吐向我。

他并未如此，而是把上嘴唇往前突出一截，把烟雾都吐到自己身上。这一动作似乎诠释了陈恨我这个名字的全部含义。我忍不住问："为什么叫陈恨我？"

陈恨我淡淡一笑说："不敢恨别人，未必还不能恨恨自己？"

"嗯，有意思！"我一拍手说。陈恨我却仍沉浸在我说的那些旧事里，他皱了皱眉头说："我只晓得落下闳做出了太初历，然后春节就再没有变过；落下闳是阆中人，所以阆中人把年看得比啥都重，好像三百六十五天忙下来，就是为了过年！"

我想了想说："这话有道理，就普通人来说，年既是奔头，也是开始，循环往复，周而复始，人这一辈子就这么过去了。"

"有意思，你这话既简单又深刻！"陈恨我说着，再次举起杯来。就在两只酒杯相碰的那一刻，窗外忽然光彩闪烁，一声声爆响随之炸开，此起彼伏。

陈恨我微微一惊说："都在放烟花了！"

于是一饮而尽，站起来说："走，放烟花去！"

我随陈恨我出来，将几桶烟花搬到马路对面，摆在临江的空地上。江边到处都是放烟花的人，烟花纷纷升空，漫天飞扬，嘉陵江已经流光溢彩。

我顿时有种天上人间的迷离感，一直看着江面，江面上如百花竞艳，姹紫嫣红。

我第一次目睹这般景象，几乎彻底迷失，顿不知今夕何夕。

71

陈恨我一连放了整整十桶烟花,烟花从纸筒里射出,挤入密集的天空。天空已被烟花填满,几乎再也找不到开放的缝隙。

此刻,江边的人越来越多,烟花源源不断飞起,相互碰撞,相互拥抱,明明灭灭,无休无止。这条江已是花团锦簇,五色缤纷,仿佛要燃起来,燃成一片欢腾的海洋。

我忽然有了留下这一刻的冲动,赶紧掏出手机,对准江面,录下好几段视频,一一发给李。李立即问我这是哪里,我说是嘉陵江,烟花映照下的嘉陵江。

"天哪,太美了,比梦幻还美!"李在微信里赞叹不已。

烟花仍在继续,江与天似乎已经不堪重负。陈恨我拉了拉我说:"走,回去喝酒!"

我有些遗憾地回到客栈,继续与陈恨我对饮。又喝下几杯,我已觉头昏眼花,开始推辞。陈恨我酒兴正浓,伸手来拿我的杯子。我赶紧把酒杯捂住说:"我已经醉了,实在喝不得了!"

陈恨我顿时有些色变,抬高声音说:"这就没意思了!过年呢,不喝个大醉咋行?"

我最怕这个没意思,不敢强辞,赶紧把杯子递过去。陈恨我摇了摇酒壶,扭头朝门外喊:"再烫一壶酒来!"

喊声刚落,那女子立即推门进来。我有些惊讶,似乎她一直候在门外。陈恨我把酒壶递过去,两眼看向我这边说:"实不相瞒,我们喝的是二十年的茅台。"

"二十年的茅台?"我有些抱歉地说,"我这人是个酒盲,品不出滋味,也不爱问是啥酒,喝了半辈子糊涂酒!"

"有意思,听说过做糊涂人,干糊涂事,没听过喝糊涂酒!有意思有意思,不枉你我相识一场!"

我举起杯来,邀陈恨我。喝完这杯,陈恨我掏出两盒烟来,扔一盒给我说:

"来，抽这个！"

我轻描淡写地拿起一看，顿时心惊肉跳，竟是传说中的"天之叶"，一千块钱一包，据说只有上了某种级别的贪官才抽得起！

我故作镇定地抽出一支，点燃，深吸一口说："好烟！"

陈恨我弹了弹烟灰说："听说这是贪官烟，就去搞了一条，过年嘛，该抽点好的，喝点好的。"

我忽想起那酒也是贪官酒，难道这人曾经做过当官的梦？做不成官就照着官的做派过过瘾？或者他恨的正是自己没能当成官？

正在我胡乱揣度时，那女子已将又一壶酒送来了。这一壶喝下去，我早已大醉，有种强烈的破碎感，我禁不住望着他说："问个没意思的话，你是真恨自己，还是假恨自己？"

陈恨我毫不隐晦地说："这是我爹取的，不关我啥事。但这名字好，让我一辈子都不自恋。人一自恋，几乎等于自残。"

我不怀好意地问："那就不担心自卑？"

陈恨我正要说话，那女子又推开门进来，走到陈恨我身边说："喝不得了。"

陈恨我咧嘴一笑，指了指酒壶说："不喝了，都空了。"

女子轻轻看我一眼，转身出去了。我顿时对两人的关系有了怀疑。陈恨我一眼看穿了我，望了望那道关上的门说："她是我侄女，亲侄女！"

我庆幸自己没说出什么失格的话。陈恨我叹息一声说："这女子命苦，不到三岁就死了爹，她妈急着嫁人，我只好把她接过来，跟在我身边长大。这女子样样都好，就是不爱读书。我的意思是，等她成人了就把客栈给她，也算是给我那短命的兄弟一个交代。唉，人哪，其实没啥意思！"

我为自己刚才的念头感到自责，伸手欲拿酒杯，忽又意识到酒杯已空，生怕他再叫烫酒，赶紧收回。

陈恨我靠到椅子上，又说："不瞒你说，为了给她留条后路，我才买了这座房子，怕我要是有个意外，她一个女子，拿啥过日子？等过完年，我就过户给她，免得到时候说不清！一旦办完手续，该如何经营就由她自己了，我再也不管了！"

我近乎讨好地说："你这人不仅有意思，还有担当，难得难得。"

陈恨我说:"人嘛,不能只顾自己,要是自己的亲侄女都不管,你挣再多的钱有啥意思?"

他还是回到了意思上。但平心而论,任何人活着,不就是图个意思么?陈恨我如此,吴如此,我如此,甚至两千多年前的落下闳也如此。也许,意思包涵着人生的全部智慧和全部哲学,没有意思,何必活着?

陈恨我看了看表说:"都子时了,该发天祝了!"

说完站起,走两步又停下,扭头问我:"去不去看看?"

"有意思么?"我笑着问他。"当然有意思!"他极其认真地说。我却试了几次都没能站起,真的已经大醉了。

陈恨我大笑着说:"那你早点休息,我去发天祝!"

屋里只剩下我,还有桌上的杯盘,一片狼藉。我忽觉奇怪,陈恨我竟然不问我的来历。

烟花仍在继续,并且愈发密集,屋子里闪着团团彩光。很快,爆竹声如怒潮一般卷入漫天绽放的烟花里,彼此呼应,撼天动地。

许久后,我扶着桌子站起,跟跟跄跄走到露台上。真是好酒,虽然醉得一塌糊涂,却丝毫不觉难受,反而有种飘浮感。我靠在那盆吊兰边,望向嘉陵江。烟花、爆竹铺天盖地。那已不是一条江了,而是一片天,或者江天已然一色,被热烈的烟花透染。

不知过去多久,爆竹声终于稀疏下来,烟花也不再那么繁密,变成一朵一朵,零零散散,开在天上,也开在水里。

有风,轻微而柔和,竟然再无寒意。我蓦然有些恍惚,不知自己到底身在旧年,还是新年。

烟花已经彻底停止,似乎要把灿烂留给那些即将开放的花朵。江面一片宁静,也不见丝毫水声。我忽然有些冲动,真想划一叶扁舟,沿江而走,从今夜到明天,从新年到旧年。

夜气里不仅有一丝暖意,更有一点潮湿。春天就这么来了?我觉得从未有过的神奇,岁月流过的质感正漫过我的身体。难怪有守岁的年俗,为的一定就是这种质感吧。

该睡觉了,明天吴就会来石头居,将继续讲述落下闳。我正要转身,忽觉这盆吊兰似乎有了某种不同。抬头一望,顶上悬着一盏宫灯,又见壁上有开关,伸手一按,宫灯顿时亮起。

我俯下身去,仔细打量这盆吊兰,竟然有几粒花蕾,已经微微绽开!我有些惊讶,也有些惑然,不知这花到底是开在去年还是今年?

我愣了许久,关灯回房,躺到床上去。但我知道,这注定是个不眠之夜。在岁月交替的关口,我无法抗拒内心的敏感。

我想,明天一定要早起,去看春圣赐福。

72

然而,我却在天将微明时睡过去了,是敲门声惊醒了我。我赶紧起床穿衣,打开房门。

是那女子,手里端着一碗汤圆儿煮鸡蛋,朝屋里看了看,递给我。我赶紧接过,连声道谢。女子扶着门方说:"初一吃鸡蛋、汤圆儿是阆中的年俗,说是能招财进宝。"

我故意笑笑说:"有意思,那我就不客气了。"

而我心里想的是,但愿不要误了春圣赐福。我草草梳洗一番,吃完汤圆儿、鸡蛋,将碗洗净,送到柜台上,走出石头居。忽记起门上也有春联,抬头一看,横批已经贴上门楣,门上还有一个斗大的福字!

完了,一定晚了!

我正不知所措,忽听陈恨我说:"你起来晚了,都过了!"

我停在门口,不知所措。陈恨我不紧不慢出来,顿时令我眼前一亮,他竟然穿了件崭新的绛紫长袍!

我张了张嘴,想问他为何打扮得这么古怪,又怕没意思。陈恨我笑问:"怎么样,不上头吧?"

他说的是昨夜的酒。我赶紧附和说:"当然嘛,要是上头,那就是假酒。"

陈恨我哈哈一笑,往我肩头拍了一下说:"走,去街上看看热闹!"

我这才注意到,沿江这条公路两旁,已经停满了车,大多是外地牌照;江边已有许多游人，观景拍照，一片熙熙攘攘。我顿时有些紧张，这才记起时间，看了看表，已经过了十点！

我忍不住问："还能看见春圣赐福么？"

陈恨我有些古怪地看我一眼说："我都说了，你起来晚了，都过了！"

我立时觉得遗憾，也觉得索然。陈恨我扯了扯身上的长袍又说："是不是觉得奇怪，我咋穿了件长袍？"

我忙说："就是，本想问你，又怕你觉得没意思。"

陈恨我又是哈哈一笑说："我很幸运，是扮演春圣落下闳的人选之一！"

我大为愕然，立即想起吴曾说过的话，不无疑惑地问："不是说要有文化，还要年近花甲才有资格么？"

陈恨我又拍了拍我的肩，笑道："这话不错，不过也有例外。"

"例外？"我停下来，一片惊讶。陈恨我有些得意，指着行道树上挂着的红灯笼说："城里城外挂的灯笼，至少有一半是我出的钱！"

我明白了，这是回馈，是灯笼促成的例外，心里顿时有些不屑。陈恨我却扬扬得意，显然，他为这个例外感到自豪。

不觉，我们已经转过江边，接近古城，抬眼一望，顿时目瞪口呆，古城已被汹涌的人流淹没，几乎摇摇欲坠！

我们不由自主停下来，站在一根缀着几盏灯笼的玉兰树下。树上已经冒出一粒粒浅浅的白，似乎只需一缕微风，那花就将怒放。

不息的声浪朝我们涌来，几乎能掀动衣角。陈恨我看着我问："还去不？"

我担心吴或者已经去了客栈，况且春圣赐福已过，忙说："算了吧，我怕热闹，一热闹就免不了心慌。"

陈恨我说："那就站在这里看热闹吧。"

我不好拒绝，于是掏出那包天之叶，给陈恨我一支。我们抽着烟，像两个局外人一样，去看来往穿梭的人群。渐渐，我觉得这是岁时的洪流，人们四面而来，被这洪流裹挟，流走或者消逝，一波又一波，永无止息。当然，时间无处不在，而此时的阆中，无疑是最具质感的关口，每个人都能感到时间的刺痛和激荡。而这一切，都因为阆中出了个落下闳，他是人类历史上第一个真正定义时间、驯服时间的人；他使我们懂得了时间的切实和虚妄，也懂得了时间的深度与简易。

"这些年来,阆中已经是许多人过年的首选,来的人越来越多。"陈恨我将烟雾吐向自己的长袍。

我吐出一口烟问:"年年都是这么多人?"

"今年也许最多。"

"为啥?"

"今年有春节博览会,还有灯会和曲艺节,消息一发布,跟帖、转帖一下就是好几千万,来的人肯定多。"

"灯会在哪里?"

"在那面山下。"陈恨我朝那边一指说。我想,灯会只能在夜间,那里应该没这么拥挤,于是说:"我们不如去那里看看?"

陈恨我忽然一脸不屑,抬脚回走。我大为不解,几步跟上去,正要问他,陈恨我说:"还是去年十月,政府召集了好些人,一起商量如何办灯会,我也参加了。我说阆中丝绸曾经名满天下,不如搞个丝绸灯会,用丝绸做灯面,把阆中历史名人或者阆中故事和年俗展现出来。你想想,那多有意思?"

我点头说:"是,这个点子很好!"

陈恨我鼻子里哼了一声说:"可惜人家不听,说我们第一次搞灯会,没有经验,怕搞砸了,后来请了自贡一家公司承办。自贡灯会虽然有名,但人家搞的是自贡灯会,你费这个劲干啥,有啥意思?"

我忽然明白,陈恨我所谓的意思,都需符合他的意愿,否则都没意思。

我们回到客栈,已经快十一点。陈恨我见那女子坐在服务台里玩手机,有些不快地说:"都快晌午了,还不准备午饭。"

女子有些尴尬地笑笑,赶紧离开。陈恨我仍然不悦,嘟着嘴抱怨说:"店里又没住客,还守在这里!"

说完,往厅堂一侧的实木沙发里坐下。我也过来,坐在他左侧,背后正好是那一架破碎的街石。我笑了笑说:"请允许我问个没意思的问题,你既然开了客栈,为何不愿招客?"

陈恨我叹口气说:"实不相瞒,我这是迫不得已。我老婆是个财迷,知道我开了这个客栈,天天守在这里等着收钱。你想想,要是生意红火,她一定寸步不离，我能转到侄女手上去？我也就天天守在厅堂里故意捣乱，唯一的任务是变着手法得罪人。最终把她气了个吐血，再也不来了。我不怕生意冷清，最怕生意红火，所以声称只接有意思的客人。"

我想了想问："那你何不一开始就给你侄女？"

陈恨我说："那时她还小，今年都才十八岁。"

我彻底明白了陈恨我的苦心，正要再说，吴忽然打来电话，说带了酒菜，要到石头居来陪我吃午饭，叫我请陈恨我一起吃。

于是我对陈恨我说："不用做饭了，吴带了酒菜，请你一起吃。你放心，那也是个有意思的人。"

陈恨我笑道："也好，那个姓吴的，我也听说过好多回了，也算是个奇人，奇人都有意思！"

言毕，高声喊道："陈倩！"

原来这女子叫陈倩。

不见答应，又喊："陈倩！"

陈倩答应了。陈恨我说："只做你自己的饭，不用管我们！"

于是我们仍然坐在这里，抽烟，说些有意思或没意思的闲话。过了许久，并不见吴来。陈恨我不断看表，看得我几乎有些心慌。我想给吴打个电话，又觉得不好意思。陈恨我又看了看表说："都快一点了，姓吴的住在哪里？"

我忙说："他说过住在古城，应该不远。"

恰此时，吴打来电话说，不好意思，街上太挤了，还没走出古城。

我立即把这话转告给陈恨我。陈恨我轻轻一笑，扔一支烟给我，我们点上烟。陈恨我望着天花板，竟没把那口烟吐在自己身上。

"一到假日，阆中就这样，尤其是过年，那个挤呀，简直恐怖。从这头到那头，几乎等于从去年到今年！一个字，烦！"陈恨我说这话时一直望着天花板，脸上一直保持那缕微笑。我由此深信，他所谓的烦，其实是发自内心的自豪。

我想，一个生长在江边的人，应该有这份水一般的委婉。

74

吴一手提着个足有十层的木质食盒，一手提着一壶酒，走进石头居时已经过了两点，一进门就说："对不起对不起，久等了！"

我赶紧站起，去接他手里的酒壶。陈恨我也站起，笑问："你就是那个迷上落下闳的老吴？"

吴笑得格外节制，忙说："不敢不敢，陈老板的大名我是久有耳闻。"

两人客气一番，陈恨我说："干脆去套房，那里清静。"

于是我们上楼，走进套房。吴将食盒往桌上一搁说："肯定凉了，麻烦陈老板叫人热一热。"

陈恨我就朝门外喊："陈倩，把菜拿到厨房去热热！"

很快，陈倩推门进来。我见吴一直盯着陈倩看，怕他说出什么失格的话，忙说："这是陈老板的亲侄女。"

吴果然变得收敛，再不去看陈倩。陈倩提上食盒走了，我们各坐一方。陈恨我看着吴问："听说你经营字画？"

吴一挥手说："谈不上经营，也就混口饭吃。"

陈恨我又问："是城里人？"

吴说："桥楼人，进城不到二十年。"

陈恨我点点头说："哦，跟落下闳是老乡，应该、应该。但我听说史料上并无落下闳的传记，不知你从哪里下手？"

很快，吴已经是那个自信得无以复加的吴了，他淡然一笑，指着窗外那条江说："历史就好比嘉陵江，在这里，我们既看不见源头，也看不见尽头；但我们都知道，源头是一条又一条小溪，而尽头是一片汪洋，这是常识。"

我接过话头说："常识不需要去经历，也不需要去体验。司马迁既没见过项羽，也没参与过楚汉相争，但他却把项羽写得如此详尽，包括项羽如何战败，如何自刎，甚至有哪些举动，说过哪些话。这足以证明，历史是允许想象的。"

陈恨我点着头说："嗯，有点儿意思！"

吴又说："要是史料上说得清清楚楚、明明白白，那还谈何研究？正因为不详不细，所以才值得研究。不管是想象的，还是发现的，都一样真实。还是拿嘉陵江来比喻，我们能看见的这一段，相当于发现；而看不见的源头和尽头，相当于想象。你看不见不等于不存在，你看见的也绝不等于全部。这就是历史，或者是我理解的历史。我是落下闳的乡党，我有这个责任把那些缺失的都补上去。"

陈恨我一拍桌子说："太有意思了，这才是阆中人的风格！今天必须好好喝一台，不醉不散！"

这时，吴转向我问："一定目睹春圣赐福了，感觉如何？"

我不免惭愧地说："睡过头了，没赶上。"

吴几乎有些愤怒，伸出指头点着我说："你看你看，这么大的事，一年一回呢，居然睡着了！错过了春圣赐福，我看你如何写！"

陈恨我有些讶异地看着我问："未必你一个外地人，也对落下闳感兴趣？"

我正要回答，吴抢先说："这位是成都来的作家，要写一部关于落下闳的书。"

陈恨我恍然若悟地说："原来是作家，难怪这么有意思！"

我一拱手说："见笑见笑，是落下闳让我们走到一起了，这是两千多年前就注定的缘分。在我看来，落下闳不仅属于阆中，也属于中国，甚至属于全人类。别的不说，即使仅仅因为春节，我们也该永远记住他！"

陈恨我一拍手说："这话不仅有意思，还很有意义！既然外地人都因为落下闳不惜在此过年，我们还有啥话说？这样，你不准出一分钱房费，你要是拒绝，那你就是跟落下闳过不去！"

我正要推辞，陈倩提着食盒进来，只好打住。陈倩将菜摆在桌上，不多不少，正好十样，看上去格外丰盛。

陈倩正要离去，陈恨我叫住她说："赶紧把这位老师的一千块钱退给他，算我请客。"

我忙说："这、这不好吧？"

陈恨我打断我说："不说了不说了，再说就没意思了！"

我只好不说，朝陈恨我拱了拱手。陈恨我朝我摇摇手说："不用客气，不要说写落下闳,凡是跟阆中沾得上边的,你都随便来住,这门永远向你敞开!"

说着,把手伸向酒壶;吴也正好伸过去,两只手同时握住酒壶,两人微微一愣,各不相让。陈恨我说:"客随主便嘛,虽然酒菜是你的,我才是这里的主人嘛,把手松开!"

吴的执拗与耿介已经不可收敛,死死抓住酒壶说:"不行不行,既然是因为落下闳才聚在一起,那我想问你,到底哪个最有发言权,唵?"

陈恨我一愣,手慢慢松开,有些无奈地说:"好好好,看在落下闳的份上,就依你的!"

吴举起酒壶,斟满三杯酒,看着我说:"你一定注意到了,桌上是十样菜,代表十全十美,图个吉利。这是阆中的年俗,不能多,也不能少。来,干杯!"

吴端起酒杯,伸向桌子上空。我和陈恨我也端起杯来,往中间一碰。喝下这杯酒,陈倩拿着一千块钱进来,双手递还给我。我不能再客气,将钱接过,揣进衣兜里。陈恨我又对陈倩说:"再去烫壶酒来,就一壶还不够我一人喝。"

吴赶紧阻拦说:"不用不用,我是来讲落下闳的,不能说酒话!"

陈恨我无奈一笑,朝陈倩挥挥手说:"好好好,听人家的,今天他是主人;你不用管这里,等会儿准备夜饭。听好,十个菜!"

陈倩微微一笑,不声不响出去了,像个淡淡的影子。喝下第三杯酒,陈恨我望着吴说:"开始吧,我也当个旁听,保证一言不发。"

吴放下筷子,一脸冷峻地说:"等吃完饭再说,总不能拿这事下酒吧。"

陈恨我有些尴尬,甚而有些恼怒。我担心彼此惹出不快,赶紧笑着说:"这不过年么,还是轻松点好,何必那么刻板?"

吴忽然一拍桌子,近乎恼怒地说:"过年也不行,过年也不能不尊重先贤!"

我大为窘迫,求救一般看着陈恨我。陈恨我淡淡一笑,看了看吴和我说:"老吴这话有道理,人就不能太随便。"

我忽然明白,吴已经彻底掌控了局面,陈恨我也甘愿臣服。陈恨我将酒杯举向吴说:"你我真是相见恨晚,来,敬你一杯!"

我静静地看着两人,觉得有些怪诞,他们同处一城,竟然通过我才走到一起。他们身上都有共同的特质,大气而又狭隘,仗义疏财而又锱铢必较,古道热肠而又爱恨分明。这使我想起了落下闳,他们相隔两千年,但彼此之间似乎有着时间无法割断的关联。

正在我浮想联翩时,忽听有人高声说:"呃呃,搞的啥名堂,敬你酒呢!"

我恍然若悟,抬眼一看,两只酒杯正伸向我。我赶紧站起,端上酒杯朝他们迎过去。陈恨我说:"记住,书出来了一定送我一部。新年快乐!"

我连忙答应:"一定一定,新年快乐!"

吴声音格外软和:"首先祝你新年快乐;其次我想表示歉意,你是我的客,这些天让你受苦了。到了城里又把你独自扔在这里,你就是骂我,我都认。但我请你谅解,家家有本难念的经,想必你也知道,我不便请你去我家里过年。"

我顿时心里一热,有些哽咽地说:"不能这么说,我感激都来不及呢。"

陈恨我一下站起,拍拍我的肩,看着吴说:"哎呀,不要煽情,更不要矫情,有我呢,亏不了他!"

我见吴仍旧一脸歉意,赶紧回敬说:"不要忘了,我们彼此是搓过圪圪的,何必客套?"

陈恨我一拍桌子,也端起酒杯:"那还说个锤子!来,我买个马!"

很快,吴已恢复常态。酒局完全在他的掌控中,不到一个小时,酒壶已空,菜肴已残。陈恨我叫陈倩拿来一套紫砂茶具,泡了一壶上好的滇红。在茶的浓香里,吴的讲述再次开始。

74

司马迁奉武帝旨意,分别以落下闳、邓平为主,仍各制一历,互为印证,命邓平、唐都、司马可等居太史院东;落下闳、侯宜君、杜云峰等居太史院西,各自运算,不分昼夜。

落下闳求见司马迁,请使侯宜君等亦往东院助邓平运算,唯留杜云峰等二人报数、记数。

侯宜君闻之,立即求见落下闳,称有感于落下闳宽宏大度,决意侍奉左右,自愿以此前运算所得予落下闳。落下闳不准,说侯宜君道:"我精于运算之道,恐邓平十倍不及。汝亦知心算,当助邓平,无须助我。我所虑者,即或算出历数，而邓平不及我速，不能印证，不能早日行之。汝若有愧，当使新历早出，以赎其罪。"

侯宜君愈为感激，拜谢而退，往东院助邓平。

杜云峰仍疑落下闳为侯宜君所害，说落下闳道："我等于骊山观天取数，每见侯宜君行为异常，甚为可疑。卿所以历险，或与侯宜君有涉。"

落下闳斥杜云峰道："无稽之谈，岂能妄言！"

杜云峰不敢多说，以为落下闳虽精于天文历数，却不谙世事。落下闳命将所取之数分门别类，逐一运算。

既毕，命杜云峰报数。凡所报之数，无论繁简，更无论乘除，落下闳均能应声答出得数。杜云峰惊叹不已，赞道："卿真乃神人也！邓平、侯宜君虽亦知心算，恐百倍不及！"

算至二更，落下闳命杜云峰等止，明日再算。杜云峰深知落下闳神速而精准，毫无疑惑，于是灭灯而出。

三人驻足院内，望之，东院仍灯火通明，想必邓平等正全力以赴。杜云峰不禁笑道："所谓贤愚有别，强弱有差，我今始信！"

落下闳仍回谯隆府第，方入门，呼道："请谯侍中备酒，五十万钱指日可待矣！"

谯隆正夜读，闻之大惊，即弃卷而出，见落下闳立于厅下，忙问："卿自称不分昼夜，两月可使新历出，何故早还？"

落下闳笑道："何需两月？何需不分昼夜？以今日之速，四十日足矣！"

谯隆仍疑，又道："天子不可欺，卿需慎之又慎，不可食言，否则，必获大罪。"

落下闳道："卿勿虑，请备酒，如此良夜，宁不痛饮！"

谯隆不再言，命家仆备酒。二人对坐窗下，高卷竹帘，对一地好月，满窗清风，饮至大醉方止。

翌日晨，杜云峰等二人绝早即来太史院，邓平、侯宜君等已然在此，正忙于运算。杜云峰步入西院，收拾洒扫，以待落下闳。良久，不见落下闳来，颇疑，复出太史院望之，仍不见踪影，深恐贻误大事，遂往谯隆府第，欲呼之。行至途中，见落下闳迎面而来，待其近前，杜云峰跌足道："卿何故迟来，岂不虑误事！"

落下闳笑道："卿何有此说，误事者，邓平、唐都之流也，虽合众人之力，恐仍不及我一成，我一日，当胜邓平等十日，何虑？"

二人还太史院，忙于运算。

不觉已十日，落下闳说杜云峰道："依我度之，已超邓平、侯宜君等。自今日始，卿可以每日得数送入东院，使邓平亦能用之，以免延误。"

杜云峰大惊，说落下闳道："此间人物，无不望立功获赏；卿既独出众人之上，有望居头功，若如此，岂能足愿？"

落下闳笑道："实不相瞒，谯侍中曾为我举巨债，唯愿新历早成，以赏钱还债。"

杜云峰愈惊，再不多言，遂依落下闳所嘱，以得数送邓平。邓平不知落下闳用意，颇疑，不敢采用。侯宜君说邓平道："落下闳心无藏掖，必无恶意，请勿疑。"

邓平不敢草率，命侯宜君等仍致力运算，亲验落下闳所予，凡十日，用尽心机，竟丝毫无误，不再疑，遂用之。

不足三十日，落下闳运算已毕，欲制历成书，请杜云峰等议之。落下闳道："所谓历法，当用于稼穑，故应以农事为大；而农夫无识，岂知历法之古奥。虽有历法行于世，而农夫不能用之，于事何益。古人分二十四节气，借以知四季，或用于种，或用于收，以补历法所不到。我欲以二十四节气入历法，分布其中，使人一见而知时节，再无疑惑，卿等以为如何？"

杜云峰道："以二十四节气入历，旷古之举也，虽村妇野老亦能用之，岂非大德！然制历改历，乃天子之旨，卿欲如此，应奏报天子，否则，恐既不能用，还将因此受责。"

落下闳道："令出天子，历出我等，何需奏报！譬如将军奉旨出征，如何赴敌，如何进退，或以车冲之，以箭射之，凡此之类，若需奏报，恐尚未举，已惨败敌手！"

于是以所得之数，分岁时，明四季，度朔望，置闰期，定日月食，以二十四节气布入十二月；再以寅月为岁首，与夏历同。

分配已毕，落下闳又请杜云峰等议之，落下闳道："古人以雨水、谷雨为节,以惊蛰、清明为气,使惊蛰处雨水后,谷雨处清明前。以我度之,立春之后,雪化为雨,而春雷行于雨后,蛰伏者方能惊悟。故而应改雨水为气,惊蛰为节,以惊蛰处雨水后。所谓清明,天气回暖、柳暗花明,此时当耕也;所谓谷雨,春气充溢、万类俱苏,此时当育也。应改清明为节,谷雨为气,使清明处谷雨前,卿等以为如何?"

杜云峰等疑而不决,请落下闳与邓平、唐都等共议。落下闳不听,说杜云峰道:"此上合天道,下合地气,何需共议!"

于是纠前人之谬,使雨水先于惊蛰,清明先于谷雨。

至此,新历已成,用时不足四十日。邓平、唐都、侯宜君、司马可等,因有落下闳助之,缓数日,其历亦成。

司马迁大喜,以二历呈送武帝。武帝疑之,问司马迁道:"邓平自称非一年不可,何故早成?"

司马迁道:"邓平等殚精竭虑,废寝忘食,又有侯宜君助之,故能如此。"

武帝不信,召邓平问之。邓平不敢隐瞒,奏道:"落下闳实乃神算,臣等虽合众人之力,亦不能追其迅疾。落下闳每以运算得数送与臣等用之,故勉能与之同步。"

武帝笑道:"以落下闳之偏执,竟能如此,足见人之善恶,不可一言喻之!"

于是令宫吏誊抄二历,分送公孙卿、壶遂、兒宽等,命其详加揣度,以辨是非。

十日后,武帝召公孙卿、兒宽、壶遂等,问二历精疏。公孙卿道:"以臣度之,此二历互能印证,丝毫不差;然落下闳以二十四节气入历,无论何人,一见可知时节,当再无稼穑之虑,臣以为优于邓平所制。"

兒宽道:"诚如此言,以节气入历,旷古之举也,无论野老耕夫,俱知时令所在。若此历用于天下,当永绝农事之忧,可喜可贺也!"

武帝又问:"与古六历或唐都等所制,相比如何?"

公孙卿道:"精疏立现,优劣立分,实有云泥之别也!"

壶遂道:"虽如此,然落下闳以清明、惊蛰为节,以雨水、谷雨为气,顺序颠倒,此有违古例,实可疑也。"

武帝大惊,说壶遂道:"既如此,请卿详言。"

壶遂道："以臣所知，二十四节气始于春秋，历时千载，用于四海而无误，岂能篡改！臣请纠落下闳之谬，以免贻误农事！"

公孙卿道："臣以为落下闳既为之，必有其因，不可擅改。臣请召落下闳问之，必能厘清是非。"

武帝然其说，命宫吏召落下闳。

75

落下闳制成新历，即还谯隆府第，喜不自禁，呼谯隆备酒，以示庆贺。谯玄闻之，说谯隆道："落下闳年奉八百担，可谓厚禄，又无家室之累，竟不见沽酒买肉，每每索饮，何至悭吝如此！"

谯隆笑道："人各有性，何必求全责备？"

于是出书房，呼家仆置酒。二人日日饮宴，不醉不休。今日，谯隆欲携落下闳郊游，于是早起，命家仆备酒肉，以供野餐，见落下闳迟迟不起，近门呼之。落下闳道："新历既成，了无一事，唯待天子赏赐，卿何故催我？"

谯隆道："今当盛夏，城内酷热难耐，而郊外碧树如云，绿草茵茵；何不一往，以图一日之凉？"

落下闳游兴大生，即起，稍事梳洗，欲与谯隆出城。恰此时，宫吏忽来，令落下闳入宫。

二人遂止。谯隆颇疑，嘱落下闳道："是祸是福，殊难料也，切勿出言无状，触怒天子。"

落下闳笑道："卿勿忧，天子召我，当事关赏赐。我别无所求，唯请赐钱五十万，偿清巨债。此愿一了，我即还乡，侍奉恩师，以尽弟子之义！"

于是随宫吏而往。既入宣室，见司马迁、公孙卿、壶遂、兒宽等俱在此，而武帝面色严峻，似有不悦，落大闳大疑，叩拜道："不知陛下有何训示，请言之，臣必洗耳恭听。"

武帝道："卿以惊蛰、清明为节，以雨水、谷雨为气，前后倒置，有违古例。朕不解，公孙卿等亦不解，请言明缘由。"

落下闳顿觉释然，奏道："臣居乡间，虽不事稼穑，然亦勉知农事。立春，气象始暖也，风气熏蒸，吹雪为雨。所谓云生雨，雨生雷，春雷奔行，虫蛇始惊也，故而雨水当先于惊蛰。所谓谷雨，意指春雨浸润，谷当吐芽也。千百年来，农夫莫不于此时育种，然因寒气未尽，乍温乍冷，谷多未醒，吐芽者不足五成，且弱不禁风。若使清明、谷雨互换，则霜雪已断，寒气俱消，此时育种，谷类已醒，不但俱能吐芽，且壮硕丰肥，长势必佳，有望丰收也！"

武帝不能辨此说是非，又问公孙卿等："此说如何，请卿等辨之。"

司马迁道："落下闳言之凿凿，而古法用之千载，孰是孰非，实难辨也。臣请以落下闳所改并古人所立，分而试用，则是非可辨也。"

武帝以为然，遂命司马迁以邓平之历亦置二十四节气，然仍依古例，以雨水、谷雨为节，以惊蛰、清明为气；与落下闳所制，分别于司隶河南郡、益州蜀郡、扬州会稽郡等地试用。又令落下闳、唐都、侯宜君、司马可、杜云峰等候于长安，不得擅离，若新历有误，以便修正。

谯隆不知落下闳此行祸福，坐立不安。谯玄见此，劝道："人之祸福，自有定数，何必忧心如焚？"

谯隆叹道："我与落下闳为同窗，知其天资卓越，聪慧绝伦，故而荐之；然其人固执，敢言敢行，又不谙世事，竟至今不忘李秋娘私情！若天子忌恨，虽治历有功，犹恐借故害之。既因我所举，若不能善终，我必为此愧疚终身！"

谯玄知不可劝，亲手置酒，欲为谯隆分忧。尚未饮，落下闳已带笑而还。谯隆见之，大喜过望，忙问："天子召卿何事？"

落下闳道："无他，唯问何故改雨水于惊蛰前，使谷雨处清明后。"

谯隆又问："天子之疑解否？"

落下闳道："天子不解，公孙卿等亦不解。于是命以邓平及我所制，分于三郡试用，以证是否。"

谯隆再问："卿以为如何？"

落下闳笑道："勿忧，天地之数，我尽知之，当用之不谬！然如此一来，尚需一年，方能知我之精；而卿之债务，需待彼时，方能偿还！"

谯隆道："岁时匆匆，弹指之间而已，卿何忧！既难得闲暇，我当携卿游遍长安内外，岂不妙哉！"

此时不能酿造，于是自翌日始，谯隆携落下闳每日出行，或游历市井，或涉足城郊，优哉游哉，颇为自在。

不觉，秋去冬来，酿酒之期将近。谯隆恐落下闳不胜闲散，于是求见武帝，请暂以落下闳为酿酒吏。武帝准之。谯隆遂携落下闳等入山烧炭，以备酿造之用。

待还长安，蜡梅将开，正当酿造，又制酒曲，选酒米，忙于诸事，亦颇有趣。

寒尽春来，落下闳已觉无聊，欲还阆中。谯隆斥道："天子有旨，命卿等候于长安，以便修正差错，岂能违而不遵！"

落下闳道："新历出自我手，精于古人何止百倍，何用修正！"

谯隆道："卿虽知，而天子不知，奈何！"

落下闳已知不可，遂止，然自知已游遍长安，再无兴致，每日唯与谯隆饮酒，以解闲愁。

一年之期已满，三郡相继奏报，俱称落下闳所制确然无误，农人用之，无不大获丰收。至于朔望之期，盈亏之数，节令之时，无不应之。至此日星归位，天人合一，万物应季，百魔隐遁，祸患尽除矣。

武帝大喜，即召群臣，命年俸五百担以上者，各誊写历书百份，分送州郡，令天下用之。又命司马迁分论落下闳、邓平、唐都、司马可、侯宜君等之功，欲行赏赐；再命名新历，以别于古人。

司马迁不喜落下闳为人，恨其性情偏执，不知尊卑，又曾与李夫人暗通，有辱天子之威；知其曾私离骊山，疑另有隐情，遂召侯宜君。

司马迁道："卿与落下闳同登骊山察天取数，定知其何故私走，望能告知。"

侯宜君道："我曾言酒泉颇宜观天，落下闳或信以为然，故而往之；然究竟如何，我亦不知。"

司马迁又召杜云峰询之，杜云峰道："落下闳孤僻，喜独处，不爱与人往来，恕我不知。"

司马迁知杜云峰与落下闳相处最善，又曾于西院制历，又问："曾闻落下闳藏有绣帕，每于无人处观之，不可自已，可有此说？"

杜云峰不知此说何意，亦不知绣帕来历，笑道："确有此事，其于西院运算之暇，亦曾出而看之。然我不知来历，以为或乃定情之物，不便问之。"

司马迁引而不发，请杜云峰退下，即书奏表，论众人功绩，以邓平为一等，唐都、司马可、侯宜君次之，落下闳、杜云峰等十余人再次之；并以其历名邓平历。

侯宜君以为司马迁别有用意，遂往谯隆府第，拜见落下闳，一一告知。落下闳不以为然，冷笑道："此事天子尚不追问，何惧司马迁横生枝节！"

武帝阅司马迁奏表，颇疑，遂召司马迁问之，武帝道："浑天之说，全赖落下闳析其疑而用之，浑象、浑仪亦赖其绘制营造，制历之法、运算之道尽出落下闳，否则，何谈新历？此尽人皆知，卿何故以其居末等？邓平所用者，亦落下闳之法也，主次立分，何故名为邓平历？"

司马迁慨然道："诚如陛下所言，落下闳实乃旷古奇才，若非此人，难成新历。然其性情执拗，行为古怪，又颇自大，倨傲无礼，若使其居头功，必更猖獗，恐虽天子之威不能使之收敛。况其曾暗慕李夫人，今仍私藏绣帕，不忍释手。臣虽愚昧，亦知天子之威不可犯，岂容落下闳辱之！故臣以其居末等，欲使其知尊卑，奉行为臣之道！"

武帝顿时无语，令司马迁退下，以待圣旨。

武帝其恨未消，又以为不可使落下闳居末等，遂改之，仍以邓平居头功，以落下闳、唐都次之；以侯宜君、司马可、杜云峰等再次之。

76

数日后，武帝召司马迁、兒宽、公孙卿、壶遂、邓平并落下闳、唐都、侯宜君、司马可、杜云峰等俱来宣室，欲论功行赏。

宫吏奉命宣旨。宣毕，众人一片愕然，但俱不敢言。

侯宜君见此，挺身而出，慷慨道："臣虽贱如草芥，亦知赏罚须明，罚不明，则无以儆肖小；赏不明，则无以服君子。臣等改制新历，无论所用之说，抑或所行之术，无不有赖落下闳！何故以邓平为头功，而使落下闳屈其次？如此是非颠倒，主次乱分，试问何以服众？"

司马迁斥侯宜君道："此为圣旨，岂能妄议！"

唐都亦出，叩拜道："侯宜君所言，何人不知！臣请陛下收回成命，以落下闳为头功；臣愿寸功不取，告退还乡！"

邓平亦起，叩拜道："落下闳之功，有目共睹，臣虽勉制一历，然其说其术，无不出自落下闳，又赖落下闳以运算所得助之，若非如此，臣必一无所获。臣既不敢居头功，亦不敢以姓名用于新历，请陛下明鉴！"

司马可、杜云峰等亦以为不可，俱请以落下闳居头功。

武帝颇疑，不能决之。公孙卿奏道："既众口一词，足见论功有失；臣请陛下再议，待主次分明，行赏不迟。"

武帝纳其说，命众人退走，独留公孙卿。武帝以司马迁奏表示之，说公孙卿道："司马迁以为落下闳桀骜不驯，狂放不羁，若以其居头功，当助其嚣狂，故请以其居末等。朕不忍，遂改之，使其与唐都并列，高于侯宜君、司马可等。然侯宜君、邓平等纷纷为之不平。所谓为君之道，一令既出，绝不可改；既如此，朕当如何？"

公孙卿道："落下闳久在草野，初入长安，焉知为臣之道，其言行异常，在所不免也。况功过有别，岂能混淆，若落下闳有罪，当依律问之，岂能不予分别。若欲以其功抵其过，亦应条分缕析，一一言之，使其无可辩驳。臣闻既已知其非，当从善如流，陛下何疑！"

武帝以为然，再改圣旨，以落下闳居首，邓平次之，唐都、侯宜君、司马可、杜云峰等再次之。

于是再召司马迁、兒宽、公孙卿、谯隆、秦宓、壶遂、邓平并落下闳、唐都、侯宜君、司马可、杜云峰等俱来宣室，宣读圣旨。

宣毕，众人再无异议，一片欣然。武帝又依功行赏，赐唐都、司马可、侯宜君、杜云峰等爵位，可世袭罔替，又赏钱十万，终身不纳税赋，不应徭役；迁邓平为太史丞，赐爵位，赏钱二十万；拜落下闳为侍中，主酿酒，赐爵位，赏钱三十万；迁谯隆为少府监，亦因举荐之功，赏钱五万；迁秦宓为太常。

众人无不叩拜谢恩，独落下闳昂然而立，拒不称谢。待众人叩拜毕，落下闳奏道："臣所以奉旨而来，实欲以己之学，救生民于水火，不为高官厚禄。况臣不过村夫，不知为官之道，望陛下恕臣不能奉命！"

众人闻此，无不大惊失色。武帝旧恨复炽，勃然大怒，骂落下闳道："狗贼，竟如此狂傲！朕若不戮汝头，何以驾驭群臣！"

于是不容分说，命执落下闳下狱，择日决处；因落下闳拒不受官，令秦宓、谯隆等仍居原职。

谯隆恐落下闳获罪，大急，欲替其分辩，武帝不听，斥退群臣及唐都等。

谯隆不去，叩头不止。武帝命侍从推谯隆出宫门，逐其还家。谯隆裸身自缚，复来宫门外，跪地疾呼，求见武帝。

宫吏见之，报与武帝。武帝仍怒，命侍从再逐之。谯隆忧心如焚，唯恐落下闳不免于祸，竟又来，呼之愈切。宫吏不敢再报，劝谯隆回，不可触怒天子。

谯隆泣道："落下闳为我所荐，若不免大祸，宁愿一同赴死！"

武帝颇知谯隆性情，见再无报请，颇疑，问宫吏道："谯隆是否复来？"

宫吏不敢隐瞒，忙道："已在宫门外，称陛下不见，绝不离此。"

武帝已有所悔，命召谯隆。谯隆惶惶而入，叩拜道："臣所以苦请，唯有一言奏报，望陛下准之。"

武帝道："何言？"

谯隆道："恕臣大胆，落下闳失踪时，陛下召臣入宫，问以情形，曾称无论落下闳何罪，俱不责问。今言犹在耳，何故因小过而执其下狱？莫非新历已成，无须再用其能？然所谓君无戏言，岂能出尔反尔！臣百思不解，请陛下示之！"

武帝顿时语塞，沉吟良久，说谯隆道："朕所怒者，落下闳拒不奉命也！朕以其为侍中，主酿造，此恩宠至极也！群臣莫不以此为荣，落下闳竟拒而不受，莫非耻于为朕私臣？"

谯隆道："绝非如此，落下闳自知率性，不知谦让，恐不能为同僚所容，故而辞之，望陛下明鉴！"

武帝其恨已消，遂命释落下闳，召入宣室，问其所欲。武帝道："朕曾言，若新历制成，无论何请，朕必使卿如愿。卿不受侍中，是否嫌官小禄薄？果如此，除丞相、太尉、大司马、大将军、御史大夫外，俱可请，朕必应之。"

落下闳道："非也，臣虽愚鲁，亦有自知之明，岂敢贪图高位！况臣生性放荡，喜纵情，而不喜拘束，实非官宦中人，若受之，必有负陛下隆恩。"

武帝又疑，问道："卿莫非意在李夫人？"

落下闳忙道:"此事已成烟云,臣岂敢妄想!"

武帝冷笑道:"何故仍藏旧物,不忍弃之?"

落下闳复跪地,叩头道:"臣所惜者,巴山竹枝词也,并非其他!"

武帝声色愈冷,又道:"既非他人所言,何不使朕一睹?"

落下闳不敢拒,于是出绣帕,呈武帝。武帝视之,不语;良久,以绣帕近烛火,焚之。

落下闳虽心如刀割,不敢溢于表。武帝忽笑道:"卿勿惧,此事已了。卿有何请,可言之,朕必应诺。"

落下闳道:"臣别无所求,唯请陛下赐钱五十万!"

武帝大惑,笑道:"朕以卿为侍中,年俸二千石,区区五十万钱,不及三年官禄,何故舍其多而求其少?况侍中之贵,过于大夫,不输卿相;若论恩宠,犹恐王侯不及,卿何故不受?"

落下闳道:"实不相瞒,臣曾私离长安,欲还故里,谯侍中追之,俱为山匪劫持,索钱五十万。谯侍中命家人筹借,为此举债。臣每每不安,故臣不敢奢求,唯愿陛下赐之,使臣能偿此债!"

武帝赞道:"有债必偿,人之信义也,朕岂能拒之!然治历之功,胜于开疆拓土,若不厚赏,世人当笑朕悭吝。朕以五百万钱赐卿,如何?"

落下闳忙道:"臣唯求五十万,多一钱不敢受!"

武帝大为不解,说落下闳道:"荣华富贵,人所共望也,何故拒之?"

落下闳道:"所谓福兮祸所倚,大富大贵,祸之始也。臣唯求平安,不求富贵,故不愿多取。"

武帝沉吟良久,叹道:"人各有志,不可强求。朕当为卿于长安买房置业,使卿平生得以安处,如何?"

落下闳道:"陛下之恩如天,臣必感戴终生。然臣之师玉清子年老病弱,孤苦无依,无奈寄人篱下,臣当还阆中,以尽弟子之义,望陛下体谅!"

武帝又赞道:"一日为师,终身为父,此大义之举,朕何忍阻之!然卿孑然一身,何以使恩师安度余年?"

落下闳道:"陛下勿虑,臣勉能酿酒,又有私学,若还乡里,既可以酒换钱,亦可复学课徒,当无生计之忧。"

武帝亦不再劝，遂召少府监秦宓，令以天子私钱五十万赐落下闳。

77

公孙卿、兒宽等，俱以为新历既已用于天下，此大吉之象也，于是纷纷上奏武帝，请改元，以应天地之新。

武帝遂召群臣以议之。武帝道："高祖灭暴秦，败强楚而创汉，然万事草草，仍用秦制。历百年有余而汉历成，颇宜改元，以明图新之志。然兹事之重，有关国运，故召卿等议之。请各抒其见，以大吉之称而幸苍生社稷。"

兒宽道："臣日思夜想，以为可改称新元，自周以来，历代未用此号。新，兴也；元，始也。请陛下纳之！"

壶遂道："臣以为不可，新，亲斤也。亲，亲力亲为也；斤，斧也，兵器也。此喻干戈横起，天子当亲征也。大不祥，岂能用之！"

兒宽大惧，惶惶不已。壶遂又道："臣以为，新历上应天时，下合地利，而地法天，天道自然，逆之，则万物毁，顺之，则万物兴。臣请以天元为号，望陛下用之！"

公孙卿道："所谓天道自在人心，何需明之？况二人为天，而天子独尊，岂能用之！臣请以太初为号，太，高也，大也，既喻苍天之德，又喻天子之尊；初，始也，兴也，喻劫数已尽，旧制已弃，纪元重开也，请陛下取而用之！"

群臣纷纷附和，俱称宜以太初为号。武帝以为可，遂下旨，改年号为太初，以新历名太初历。

诏令下时，已过十月，而颛顼历以子月（十月）为岁首，太初历以寅月（一月）为岁首，则一岁之内当有两度为元旦。武帝为此颇疑，又召司马迁、公孙卿、兒宽等，欲议之。武帝道："颛顼历、太初历始末各异，若用之，当有二度元旦，朕恐不祥，欲越一年，再以寅月为岁首，令天下共庆元旦，卿等以为如何？"

公孙卿道："新历已行，不可缓之。所谓梅可二度，人或再春，此俱天时所予也，陛下何疑！"

司马迁、兒宽、壶遂等俱尊公孙卿之说。武帝已无疑，遂止。又命落下闳、唐都、司马可、侯宜君、杜云峰等暂勿离京，待新年之后，再各自还乡。落下闳等不能辞，仍留长安。

于是太初元年，竟有二度元旦，此千古未有也。

腊月某日，忽报柏梁台深夜失火，已焚为废墟。武帝又疑，以为不祥，再召司马迁、公孙卿、兒宽等。武帝道："柏梁台无故失火，朕以为不吉，或太初历不符上天之意，故有此兆？"

司马迁道："太初历旷古绝今，精微至极，陛下何疑，臣以为柏梁台建于新历未出之时，而新历既行，柏梁台毁于新旧交替之际，正所谓新制已立，旧制当废，此大吉也，陛下何虑！"

武帝大喜，即下旨，除尽柏梁台残余，永不复建。

新年将临，公孙卿又上表，请武帝登封岱岳，以示除尽阴霾，天地复明。武帝以为然，遂命丞相、御史大夫等，及内府官吏备封禅之需，待春日和暖，即出长安，登岱岳大行封禅。

不觉，新年已过，落下闳归乡心切，于是买肉沽酒，嘱谯隆家仆备酒宴，欲答谢并辞行。

谯玄见之，大为讶异，说谯隆道："落下闳沽酒买肉，如此慷慨，闻所未闻也。"

谯隆道："落下闳将去矣，欲以此酬谢。"

于是惆怅顿生，不可已矣。酒宴已备，落下闳请谯隆父子及家人就席，一时百感交集，动情不已，举酒道："我受谯侍中之荐，天子之召，来长安改历，匆匆已数年；今将还矣，略备薄酒，以表谢意。卿等若不嫌寒酸，请尽此酒！"

谯隆、谯玄等一饮而尽。落下闳道："所谓礼尚往来，谯侍中待我恩重如山，凡食宿用度，无不予我，我每欲酬答，然终因后顾之忧不敢破费。父兄死于横祸，母亲丧于流言，而我许身此道以来，不事耕作，不涉经营，家徒四壁，身无长物。因有恩师待我赡养，虽有俸钱，不敢擅用；欲携此还乡，重开私学，再事酿造，与恩师相依为命。或许卿等笑我悭吝，不知回报。所以如此，实乃情不得已，望多海涵！"

言毕，分向谯隆、谯玄等一揖。谯玄想及曾为此多有讥讽，大为惭愧。落下闳亲为谯隆等斟酒，又道："此地一别，山长水远，不知何年得以重聚；然幸与卿等为同乡，家山多情，可寄云树之思；风物如旧，可托水石之怀。他年相遇，再与卿等畅叙情谊，饮过此酒，我将登程矣，所谓青山不老，后会有期。"

言至此，落下闳不禁吞声。谯隆不忍离别，苦苦相劝，请落下闳暂留，待畅饮三日再去。

落下闳坚辞不过，只好应诺。

于是，谯隆日日设宴，极尽丰盛。倏忽间，已饮至第三日，落下闳再辞谯隆。谯隆知落下闳携钱二十余万，恐途中有失，命谯玄随其同还阆中。落下闳不准，说谯隆道："叨扰数载，已令我汗颜，若如此，当使我愈为不安。"

谯隆道："我不过欲使谯玄还乡，代我祭祖省亲而已，卿岂能拒之？"

落下闳知为托词，亦不好强拒。谯隆遂命谯玄往市井买马车，整顿行囊，次日登程。

是夜，谯隆与落下闳同居一室，彻夜而谈，几乎未眠。

侯宜君深服落下闳人品才学，欲拜其为师，随其还阆中，执弟子礼，毕生侍奉，以赎往罪；知落下闳仍在谯隆府第，亦滞留不去，每于左右望之，以待其行。

今日，侯宜君又携行囊来此，恰遇落下闳、谯隆、谯玄驱马车出门，忙上前拦车，朝落下闳一拜道："我知卿尚未成行，每日来此瞻望，幸未错过！"

落下闳颇为惊疑，问道："如此何意？"

侯宜君道："我欲随卿还阆中，执弟子礼，平生侍奉左右；此心耿耿，天日可鉴，望勿却之！"

落下闳下车，说侯宜君道："我与汝恩怨已了，互不相欠，何需如此？"

侯宜君泣道："卿于我有再造之恩，若不回报，此生不安！"

落下闳请侯宜君起，侯宜君不听，三拜道："自今日始，卿为师，我为弟子，当终身不弃！"

落下闳说侯宜君道："救汝者，乃父也，汝当还酒泉，以尽人子之孝，无须以昔日恩怨系怀！"

侯宜君仍不起，再说落下闳道："我父尚有子嗣，俱能尽孝；我师孑然一身，无我不能承欢！"

落下闳道："我与汝年齿相当，实为同辈，焉有此说！"

侯宜君道："所谓师，唯德高才广也，何论长幼！我师怀古今不遇之才，有高天厚土之德，宁不誓死追随！"

落下闳颇觉无奈，跌足道："既有今日，何必当初！"

谯隆知侯宜君诚心如鉴，大为不忍，亦下车，说落下闳道："所谓迷途知返，善之善者也，卿何忍弃之！"

落下闳沉吟良久，准侯宜君同行。侯宜君大喜，自愿鞭马引车，不惜为仆。

78

几乎与此同时，武帝率群臣及随从，合十万之众，东出长安，欲往岱岳封禅，笙箫管弦冲云破日，浩浩荡荡，绵绵延延，十里之内，车马盈盈，衣冠楚楚，其声势之浩大，可谓空前绝后。长安父老闻之，无不争相观望，一时少长争先，万人空巷。

谯隆送落下闳等西出长安，不觉已到野外。落下闳命侯宜君止，朝谯隆一揖道："所谓送君千里，终有一别，请止于此，我将去矣。"

谯隆别绪茫茫，不忍下车。落下闳含泪三请，谯隆遂嘱落下闳道："此去必经秦岭巴山，林深草茂，山高路险，多有匪盗出没；卿携巨财，需昼行夜住，多加小心，以免不测之祸。"

落下闳道："卿勿忧，既有三人同行，又走官道，应无碍。"

谯隆嘱咐再三，方下车，彼此洒泪而别。谯隆频频回首，落下闳见之，命停车高处，下车目送。谯隆见此，不再回头，举步而去。

良久，侯宜君、谯玄请落下闳登车行路，落下闳不听，仍举目而望。此时已当春日，长安郊外花已开，草已发，满眼晴翠。目所及处，正长安以东，尘土飞扬，直逼云间，想必车马萧萧，鼓乐载途。此处却芳草不言，鸟语不惊，甚为寂寥。

落下闳不禁大为感怀，正此时，似闻李秋娘歌声渐起，掠过城池，绕过碧树，如一缕芳魂，飘摇而至：

悠悠巴山雨
蒙蒙千万里
既为他人妇
莫恋旧时衣

悠悠巴山月
落地如霜雪
他年若相逢
可堪对落叶
　　……

落下闳不胜伤感，登车而走。行百余里，日色未晚，落下闳知往前数十里，即遇匪处，见此处有客舍，命侯宜君止于此，欲投宿。侯宜君以为天色尚早，可再行数十里。

谯玄亦知前去不远，或有匪盗出没，亦请止于此。侯宜君不敢争，遂引车入客舍，呼店主赁房。凡酒食房费，侯宜君无不争先支付。落下闳见其真诚，亦不强拒。

是夜，侯宜君极尽殷勤，待酒饭毕，又亲备汤水，请落下闳洗面浴足，以除旅次疲劳。落下闳不辞，受之。

翌日晨，待落下闳、谯玄起，侯宜君已命店主备好晨炊。

三人用过早餐，即登车而行。日将正午，马车已近秦岭，官道至此，曲曲折折，回环盘旋，行速将缓。侯宜君见道旁有客舍，遂止，请落下闳、谯玄进店稍息，待午饭毕再走。

落下闳恐误行程，投宿或晚，命侯宜君买汤饼，聊以充饥。侯宜君遂入客舍，买炙肉、汤饼各十斤，还车又走。

马车一路环绕，艰难上行，林木渐幽，山势渐雄，前后不见商旅。落下闳颇疑，渐而心惊肉跳。正此时，忽有壮汉自林间出，手持利剑，横于道上。

落下闳大惊，望之，恰乃昔日劫人质索钱者！忙指其人道："此山匪也，卿等需小心！"

侯宜君挥手加鞭，欲冲闯而过。山匪见之，呼道："此儿戏也，我岂惧之！"于是剑指奔马，待其近，忽出手如电，执马缰，往上猛提，马已失控，前蹄离地，车顿止。

　　山匪凝视落下闳，大笑道："别来无恙乎？"

　　落下闳等大骇，不知所措。山匪又道："真乃冤家路窄，竟与汝不期而遇！"

　　落下闳心神稍定，说山匪道："五十万钱，可足平生之用，何不知改恶从善？"

　　山匪又笑道："此痴言妄说也，出没山林，拦路劫掠，英雄本分也；此间之乐，汝竟不知！"

　　落下闳道："我等俱为布衣，平贱寒酸，恐无所获！"

　　山匪指马车道："走马行车，非富即贵，此小儿亦知，我岂不知！无须多言，我只取财，不取命！"

　　侯宜君知不能脱身，遂取行囊，下车，双手奉与山匪道："此为十万钱，唯愿借道一行。"

　　山匪大喜，又恐有诈，以剑挑破行囊，钱纷纷坠地。侯宜君笑道："烦汝拾取，我等需赶路，恕不奉陪。"

　　于是，落下闳等复登车，催马欲走。山匪再阻之，指车厢道："此间必更多，若不尽予，恕不准过！"

　　侯宜君大怒，骂道："狗贼，如此贪得无厌！"

　　骂毕，忽起，飞扑山匪。山匪猝不及防，连连退后。侯宜君以为机不可失，欲夺剑。山匪猛醒，勇气复炽，竟一剑刺穿侯宜君前胸！侯宜君大张双手，紧抱山匪，疾呼道："请恩师疾走！"

　　落下闳、谯玄俱不肯去，急下车，欲救侯宜君。山匪大惧，抽剑乱刺；侯宜君双目怒张，死不放手。

　　落下闳忙拾道旁山石，猛击山匪头顶。山匪终不能禁，与侯宜君倒于道上。

　　谯玄夺剑，连刺山匪十余剑，直至气绝。落下闳大哭，欲扶侯宜君登车。侯宜君已气息奄奄，释然一笑道："我命休矣，能以微贱之躯，护我师幸免于难，死而无憾！此处山高林密，不宜久留，请恩师即行，切勿延迟。"

　　言毕，亦气绝。落下闳悲痛不已，呼天抢地。谯玄苦劝，请早离险境。落下闳遂收侯宜君尸首上车，欲持葬阆中落亭。谯玄恐旅途不便，劝落下闳葬于道旁高坡上。落下闳不听，称："侯宜君为我而死，岂能草葬！"

　　于是引车又走，行不足二十里，已将日暮，见有驿馆，谯玄请停车，欲借宿此处。二人下车，近驿馆呼之，良久，驿丞始出，见二人衣民服，非官非吏，斥道："此乃官驿，不纳庶民！"

　　落下闳指谯玄道："此为侍中谯隆之子，请勿拒之。"

　　驿丞不信，冷笑道："除非谯侍中亲来，虽其子，亦不敢纳。"

　　谯玄忙以二百钱予驿丞，笑道："荒山野岭，实在无处投宿，望纳之。"

　　驿丞见此，欲勒索，又道："此处有驿卒十人，区区二百钱，难沽酒一壶；若欲借宿，请予钱一千。"

　　落下闳大怒，骂驿丞道："狗贼，公然索贿，竟不知王法如天！"

　　驿丞亦怒，呼驿卒逐之。顷刻，驿卒尽出，喝骂不绝。二人无奈，又走。谯玄见天将晚，而山愈深，恐再遇不测，焦虑不安。落下闳道："曾记数十里外有市肆，可疾行，到此投宿。"

　　谯玄催马急走，行二十里，见几点灯火在望，颇喜。待近前，方知所谓市肆，不过十余人家，分居官道两侧。虽极小，然客舍、酒家俱全，想必为往来商旅驻足处。

　　谯玄恐店主忌讳，请落下闳留侯宜君尸首于车上。落下闳不肯，亦不入内，欲栖车上。谯玄苦劝无果，遂买酒食，送入车内，请落下闳饮用。

　　店主知车内尚有人，颇疑，问谯玄道："车中人何不入住？"

　　谯玄道："实不相瞒，因患痢疾，恐祸及他人，不敢入内。"

　　店主大惧，不再问。是夜，谯玄独居旅舍，念落下闳仍在车中，颇为不安，遂出，愿替落下闳护侯宜君尸首，落下闳不听。谯玄思之，说落下闳道："此去阆中，尚有千里之遥，持丧而走，多有不便。况天气已暖，若迟，其尸必腐。所谓入土为安，不如买棺椁衣衾，择吉地葬于途中。"

　　落下闳颇觉无奈，沉吟良久，应之。

79

谯玄大喜，即入客舍，问店主道："此间能否买棺材？"

店主大异，反问谯玄："莫非车中人已死？"

谯玄道："非也，唯恐殁于中途，故欲买之，以备不时之需。"

店主道："此间仅十余户人，倚官道而居，虽不乏商贩，然无人营棺材。"

谯玄又问："不知何处可以买得？"

店主沉吟道："我有薄棺一口，若出价合理，可售之。"

谯玄大喜，请验之。店主引其入内院，指阶上棺材道："在此，不知出价几何？"

谯玄掌灯细查，恐落下闳嫌其太薄，正欲再问店主，见右侧尚有一棺，近前视之，颇为厚重，问店主道："若愿售此，请出价。"

店主忙道："此棺为老父所备，岂能售之！"

谯玄笑指薄棺道："莫非彼为老母所备？既为人子，考、妣俱当孝敬，何故厚此薄彼？"

店主道："非也，母已逝去多年；拙荆久病在床，故备此。"

谯玄道："此处林木丰茂，虽售之仍可再造，何疑？"

店主犹疑片刻，说谯玄道："此棺乃千年檀木，密实厚重，浓香不散，可使尸骨不腐。若欲买之，非五千钱不可！"

谯玄称人在旅途，携钱不多，愿以二千钱购买。店主不肯，非五千钱不可。谯玄颇为尴尬，囊中仅四千钱，需以二千钱偿还张子扬，其余为往来盘费。

谯隆奉命回阆中寻落下闳踪迹，倾其所有赠王子建，曾借张子扬二千钱作盘费，约其押丝绸来长安时奉还。张子扬虽数度往来其间，然无暇拜会谯隆。谯隆无奈，命谯玄代其偿还。

谯玄又来车中见落下闳，告知情形。落下闳以一万钱与谯玄，嘱谯玄道，既有棺木，必有衣衾，可俱买之。

谯玄再会店主，先以五千钱与之，称五千钱在此，分文不少。店主大喜，

279

即呼伙计抬棺木，送入车上。谯玄止之，又以两千钱与店主，欲买衣衾。店主愈喜，尽与之。

谯玄再出两千钱，说店主道："实不相瞒，车中并无病人；我等一行三人，途中遇匪，一人死于匪手。因恐他人忌讳，不敢入馆舍投宿，于是止于路旁，留一人于车内护丧。此二千钱，望能助我等殓尸，再赐以祭物，请勿拒之。"

言毕，朝店主一揖。店主道："生死不弃，为人之义也，岂能拒之！"

于是再收二千钱，命家人、伙计尽出，助其殓尸。殓毕，扶棺上车。落下闳燃烛烧香，于车前燎祭。祭毕，已近半夜。谯玄、店主俱请落下闳入店歇宿，落下闳不肯，仍宿于车内。

翌日一早，谯玄以一千钱还落下闳，称为交易所余。落下闳不接，请用于途中。二人用过早餐，驾车又行。

谯玄每请葬侯宜君，落下闳不肯，称沿途无不荒凉，俱非吉地。不觉已过尽秦岭，将有百余里坦途，官道于此一分为二，右经阴平，通西蜀，世称金牛道；左经汉中，通巴郡，世称米仓道。

落下闳、谯玄取道米仓，过汉中，再行数十里，官道已入巴山。至绝顶，落下闳令停车，驻足望之，见群山逶迤，云气缭绕，氤氲弥漫，绵延不绝；又有黄鹤往来，越山而飞，似觉酒泉在望，几可回还；而来龙去脉，无不起伏有致，以为乃吉地。于是手掘墓坑，葬侯宜君于此，使坟头向酒泉。

葬毕，落下闳大哭而祭，久不忍去。谯玄再三苦劝，落下闳方肯登车。

又数日，已至阆中，天色将暮，谯玄请宿于馆舍，欲拜会张子扬还债。落下闳归乡心切，欲夜走。谯玄劝道："此去落亭非官道，不能行车马，前辈携钱二十余万，沉重不已，岂能夜走。请暂宿一夜，待明日雇人负之，如何？"

落下闳无奈，寄宿客舍。酒饭毕，谯玄暂辞落下闳，拜会张子扬。张子扬正宴客，阆中令、丞俱在座，闻谯玄来访，大为惊喜，俱出，邀其入席。得知落下闳在客舍，县令惊道："近闻太初历出自此人之手，天子视为国之栋梁，宁不一会！"

于是俱往之，求见落下闳。落下闳称旅次劳顿，疲乏不堪，拒而不见。令、丞三请无果，大为憾恨，于是仍请谯玄往张子扬府第，殷勤相劝。谯玄不好严拒，大醉，不能还客舍，宿于张子扬处。

翌日，落下闳绝早而起，梳洗饮食，却久不见谯玄回，再难忍耐，遂请店主代雇力夫，负钱还落亭。临行时，嘱店主以马车还谯玄。

谯玄近午方醒，大惊，即起，欲往客舍。令、丞早已候于此，知谯玄已起，欲迎入府第，设宴款待。

谯玄深知落下闳性急，必难忍焦躁，力拒，径奔客舍。令、丞随其后，亦往之。谯玄问店主，知落下闳已去，唯留车马于此，顿时为之怅然。县令劝道："既已去，何必不安；我等慕名已久，特备薄酒，以表寸心，望勿拒之。"

谯玄辞道："家父嘱我送落下闳还乡，今只身而走，若有差池，岂不有辱父命！"

县丞亦劝道："此处往落亭，不逾百里，又有力夫同行，卿有何虑？令长致力治安，一县肃然，无匪无盗，卿有何疑？"

谯玄不胜苦劝，仍留车马于客舍，随其而往。县令颇知谯隆极受天子恩宠，久欲攀附，于是苦留谯玄。谯玄坚辞无果，竟淹留三日，三日后亦往落亭，受谯隆所嘱，欲祭落下闳父兄之灵，再还乡祭祖。

落下闳迫不及待，嫌力夫太慢，每每催促。力夫不堪其苦，渐有怨恨。落下闳觉之，不敢再催。

时将傍晚，落下闳一行已近落亭，望之，见玉清子独坐梅树下，须发如雪，面向归途，不禁悲喜交集，飞步而往，呼道："恩师，弟子回矣！"

玉清子两眼尽瞎，不辨人物，闻此，惊喜过望，欲起不能，问道："莫在梦中？"

落下闳跪于玉清子前，泣道："弟子不孝，一去数载，杳无音信，使恩师日日悬望！今既归来，当不离左右，以尽微薄之意！"

师徒相拥树下，泣不成声。力夫见之，无不唏嘘。玉清子欲问制历成败，忽觉身心俱软，顷刻，魂已出窍，溘然而逝。

落下闳见玉清子久未出声，颇惊，问之不答，以手探鼻，已无呼吸，方知已逝，顿时悲痛欲绝。

王子建等闻之，纷纷而来，俱劝落下闳节哀，当为之设灵。落下闳悲不自禁，请王子建代为治丧，不惜以二十万钱厚葬玉清子。

三日后，待谯玄来落亭，落下闳正请工匠大造墓穴，勒石刻碑，欲葬玉清子于高阳山顶。谯玄为之唏嘘，见落下闳哀容惨淡，不胜悲痛，滞留于此。

逾时一月，玉清子已下葬，谯玄欲辞行，说落下闳道："人死不能复生，当节哀自便，所谓死者已矣，存者仍将偷生。"

落下闳请谯玄早还，勿使谯隆悬望。谯玄仍不忍去，问落下闳道："前辈离家日久，房屋破败，家业已尽，二十万钱尽用于丧葬，不知以何为生？"

落下闳道："我当为恩师守孝三年，待孝满，再言其他。"

谯玄挥泪告辞，还故里，祭祀祖先，仅留数日，即往道阆中，取车马，还长安。

谯隆知落下闳因厚葬玉清子用尽钱财，恐其无以为生，遂求见武帝，请令州、郡予以资助。武帝闻此，嗟叹不已，即下旨，令益州刺史部以二十万钱赠落下闳。刺史不敢怠慢，亲率僚属，携二十万钱来落亭，拜访落下闳。

落下闳正在孝期，拒而不见，亦不受钱。刺史不敢强之，嘱阆中令予以优待，无论何求，俱当应之。

落下闳设茅庐于碑前，为玉清子守墓，自此绝酒肉，拒交游。待三年满，方重开私学，以课徒为生。远近慕其大名，来此求学者日多。

80

此时夜已深，吴恰似一只吐尽腹丝的巨蚕，倦怠而干瘪。我扭头望向窗外，缕缕光影交织散漫，透过窗纱，浸入屋内。想必城中正万家灯火，犹在年的热忱里。

屋内一片沉寂。陈恨我靠在椅子上，眼望天花板，似在回味。许久之后，陈恨我直了直身子，不无小心地说："我们还没吃夜饭呢。"

我这才记起，那个叫陈倩的女子曾来过好几次，请用餐，均被听得津津有味的陈恨我拒绝。

吴如释重负，淡淡一笑说："唉，终于讲完了，我已心身俱疲，既无酒兴，也无食欲。"

说完站起，朝我一拱手，又说："我的任务完成了，接下来就看你的了。"

陈恨我也赶紧站起,拉住吴说:"新年大节呢,不能挨饿;就算为了落下闳,也该好好喝几杯,不醉不散!"

我也出面挽留。吴推辞不过,只好还座。陈恨我立即去门口,叫陈倩上酒菜。

我掏出烟来,给陈恨我和吴一支。我们一边抽烟,一边等候。陈恨我看着吴问:"你说得这么详尽,枝枝叶叶,无不俱全,不知你是如何搞清楚的?"

吴一脸不屑,指着窗外说:"还记得那个比喻么?"

陈恨我恍惚若悟,笑道:"当然当然,当然记得,你用嘉陵江作比,落下闳是阆中人,好比源头;太初历出自落下闳,好比尽头。"

吴把那口烟吐向陈恨我而不是我,这几乎使我幸灾乐祸;吴说:"既然如此,还用问么?"

陈恨我从那团烟雾里挣扎出来,点了点说:"有道理有道理!我只知道落下闳是阆中人,在两千多年前制出了太初历,其余就不知道了。可惜我没听全,等过完年,一定向你请教。"

吴看了看我说:"等着看他的书吧,应该不会使人失望。"

我忙说:"放心,我一定竭尽全力,还原一个有血有肉的落下闳。"

正说着话,陈倩端菜提壶走进门来。我赶紧上去,接过酒壶。陈倩将十碟菜放上桌,又去拿来酒杯、筷子,最后将温在一只小木桶里的米饭也送来。

我们开始喝酒,仍是温过的茅台。几杯酒下肚,吴已恢复常态,话题仍在落下闳身上。陈恨我也不再注重表面的意思,热衷与吴讨论落下闳的意义,包括历史意义和现实意义。

我不想打断他们,洗耳恭听。吴侃侃而谈:"啥叫现实意义?历史意义就是现实意义。道理很简单,从古至今,人的困境与焦虑从来就没改变过,也不可能改变。比如生的艰难,死的恐惧,改变了吗,唵?"

陈恨我忙说:"没有没有,只要你活在世上,这就是问题!"

吴继续说:"最重要的是,现实永远只有一瞬,所谓俯仰之间,已为陈迹;无论如何,我们能讲述的只能是历史!"

稍停,吴又说:"落下闳发现,所有的星球都并非独立存在,彼此之间都有某种关联。而宇宙是由无数个星球组成的,每个星球都不过是一粒分子。你说,既然在同一空间里,你怎么可能独立,唵?"

吴的话立刻触动了我,我正要出声,吴已经抢先说出我想说的话——

"这让我想起了人,人也无法独立存在,必须与他人发生关系。因此有人说,世上最大的学问是与人相处,其实这远远不够,人最该学会的,是怎样与自然相处。比起落下闳,一切处世哲学都微不足道。他不仅用太初历定义了时间,他找到的,其实是一条人与自然如何相处的路径。"

这时,陈恨我不声不响脱去了那件绛紫长袍,搭在椅背上,仅剩一件黑色毛衣。我想,这是他内心油然而生的敬意所使。

只要是人,无论是谁,都需有这份发自内心的敬意。

吴继续说:"可惜,人总是那么贪得无厌,今天,我们早已缺少对自然的敬畏,雾霾遮天、洪水泛滥,人人深受其害,但人人都不收敛。问题到底出在哪里?很简单,我们学会了索取,但忘了敬畏。今天,我们重提落下闳,推而广之,若能使人重新学会与自然相处,岂不善莫大焉!"

说到这里,吴往衣袋里摸了摸,随即向我伸出手来。我立即会意,赶紧掏出烟来,递给他和陈恨我一支。

吴点上烟,竟再没将烟雾吐向我或陈恨我。我几乎有些感动,这样的吴更令人喜爱。或许他跟我和陈恨我一样,正在经历一次内心的洗礼。

吴又说:"有人说落下闳没有著述,这不胡说么,太初历是一部代天地立言的巨著,古往今来,几人能跟他比!"

显然,吴的话到此已尽,屋里复归寂静。陈恨我端起酒杯说:"作为阆中人,我为此深感自豪,来,干一杯!"

于是彼此举酒相邀。在陈恨我的一再坚持下,我们喝干了三壶茅台酒。

陈恨我与吴走了,客房里仅剩我一人,桌上杯盘狼藉。

想起吴的那些话,我心里油然生出许多愧疚,似乎对不起所有的人。很快,我想起了李,想起了老婆和女儿。

大年初一,节气正浓,李还好吗?

老婆跟女儿一起去了三亚,她们还好吗?

我掏出手机,打开微信,李只发了几条,先是祝贺新年,再问年过得好不好。我想,此时此刻,她正跟家人在一起,一定多有不便。

女儿也发了一条,除了拜年,还说给我买了一条腰带,是鳄鱼皮的。

老婆在朋友圈里发了几组照片,她与女儿都穿着短裙,戴着墨镜,背后是一片深蓝的海,一侧是一棵沉默的椰子树。

我正要点赞,李发来一条微信:

"明年,带上我去阆中过年,好吗?"

我想了想,回了三个字:"再说吧。"

此时,窗外微风不止,习习有声。我想,横在百步开外的应是一条春江了。